二 見 文 庫

甘やかな夢のなかで

リンゼイ・サンズ／田辺千幸＝訳

THE BRAT
by
Lynsay Sands

甘やかな夢のなかで

登　場　人　物　紹　介

バラン	ゲイナー男爵。ガーター騎士団の一員
ミューリー・ソマーデール	イングランド国王の名付け子
オスグッド	バランの従兄弟
マルキュリナス・オルダス	ゲイナー城近くに居城を持つ貴族
ラウダ・オルダス	マルキュリナスの妹
エミリー	ミューリーの親友
レジナルド・レイナード	エミリーの夫。バランの友人
セシリー	ミューリーのメイド
エドワード三世	イングランド国王
フィリパ	エドワード三世の王妃
ベッカー	エドワード三世の側近
ジュリアナ	バランの妹
バクスリー	マルキュリナスの使用人
クレメント	ゲイナー城の料理人
ティボー	ゲイナー城の家令
ガッティ	ジュリアナの乳母
アンセルム	ゲイナー城の兵士

1

一三五一年　九月

バランは椅子の上でもぞもぞと身じろぎし、肩をほぐした。青色のダブレット（首から腰のあたりまでを体に密着して覆う男性の上着。ベストの前身）は小さすぎて窮屈だったが、そもそも大柄な彼の体に合わせて作ったものではない。父親がかつて宮廷に赴くときに着ていた一張羅だ。だがそれも遠い昔の話で、いまは色あせ、ところどころ擦り切れている。それでもバランの手持ちのなかでは、これが一番ましだった。もっと体に合う服はあるが、どれもこの場で着るにはふさわしくないものばかりだった。

「見ろよ。マルキュリナスがばかみたいににやにや笑っている」オスグッドがうんざりしたように言った。

「わたしたちを笑っているんだ」バランは従兄弟に答え、口を引き結んだ。「もっと正確に言えば、わたしたちの着ているものを」

「それなら、彼はただの愚か者だな」オスグッドは鼻先で笑った。「あれではまるで孔雀《くじゃく》じゃないか。きみは、紫のカフスがついた緑色のダブレットに真っ赤なウプランド（14世紀末から15世紀初めにかけて、西欧の男女によって着用されたガウン状外衣）という格好で、死にたいか？　そのうえ、金の玉飾りのついた青い斜帯までつけているときている」彼は首を振った。「あの男はセンスというものを家に忘れてきたらしい。ただの間抜けにしか見えないぞ。いくらか着古しているとはいえ、ぼくたちのほうがあのけばけばしい男よりはずっとましだ」

　本当にそうだったらよかったのにと思いながら、バランはうなり声で応じた。残念ながら、彼とオスグッドの外見が実状をそのまま映しだしていることはよくわかっている。ゲイナー家が直面する厳しい冬を乗り切るため、裕福な花嫁を娶《めと》る目的でエドワード三世の宮廷にやってきた貧しさにあえぐ騎士。それが彼らだ。

「本当だぞ」オスグッドはあくまでも言い張った。「あの男はまったく哀れだ。ダブレットに詰め物をしていると聞いたことがある。剣の腕前ときたら……ひどいものだ。クインティン（馬上槍の練習用の器具）を使ったこともなければ、槍《やり》の訓練もしていない。戦場に出たこともないんだ。少なくともぼくたちには、強さと腕がある。語るだけの功績がある。だが彼にあるのは、父親の金だけだ」

　バランはなにも言わなかった。オスグッドの声に羨望の響きを聞き取っていたし、従兄弟が彼と同じくらい、居心地の悪さを感じていることはわかっていた。彼らのまわりの席は、見事に着飾った大勢の貴族たちで埋められている。

「それに、彼よりいい席なのは間違いない」オスグッドは自分を励ますように言った。

バランは弱々しく微笑《ほほえ》んだ。従兄弟は誇らしげに胸を張っている。たしかにふたりがついているのはここにいるだれもがうらやむような席だが、それは血と汗と忠誠心で手に入れたものだ。バランとオスグッドはここ数年のほとんどの時間を、国王のためにフランスと戦うことに費やしてきた。カレーを占拠したあともふたりはフランスにとどまっていたため、黒死病《ペスト》が猛威をふるったとき英国にはいなかった。この死の病で命を落とした英国人の仲間入りをせずにすんだのは、そのおかげだろう。大勢が死んだ。英国の人口の少なくとも三分の一——半数近いと主張する者もいる——がペストの犠牲となった。遺体はまとめて葬られ、バランが戻ってきたとき、人口が半減した祖国は混乱のなかにあった。

「マルキュリナスですら、ぼくたちの席をうらやんでいるだろうな」オスグッドはほくそ笑んだ。「国王陛下の一言一句を聞き取れるくらいに近い。忠義の褒美としては悪くない」

バランはうなり声をあげただけだった。この席は褒美ということになっているものの、罰のように感じられる。これほどみすぼらしい格好をしているときに、みなの目にさらされるのだ。陛下の言葉が聞こえるくらい近いとオスグッドは言うが、そんなものではない。おならが聞こえるくらいの距離だ！　国王陛下から——いまはまだ空席だが——二席空けたところが、彼らの席だった。

バランがそんなことを考えていたちょうどそのとき、広間のドアが開き、エドワード三世が現われた。三〇代後半で、長身で、たくましくて、人目を引く存在だ。着ているものも贅《ぜい》を凝らしていた。

「ロバート」エドワードは腰をおろしながら声をあげた。

「はい、陛下」召使がすぐさま国王の傍らに歩み寄った。

「ミューリーをここへ」

驚いたことに、召使は国王の命令にすぐさま従おうとはせず、不安そうな表情を浮かべてその場でためらっている。

「わたしの言ったことが聞こえたか、ロバート？」エドワードが声を張りあげた。「ミューリーを連れてくるのだ」

召使はごくりと唾を飲みこむと、渋々うなずき、いかにも気が進まない様子でその場を離れていった。

バランとオスグッドは眉を吊りあげ、目を見交わした。ふたりとも、国王の名づけ子であり、お気に入りでもあるミューリーの話は聞いていた。輝くような青い瞳と金色の髪と愛らしい笑顔の、息を呑むほど美しい娘だという。初めて見たときから国王はすっかり彼女のとりこになり、両親のソマーデール卿夫妻が亡くなったあと宮廷に引き取ってからは溺愛した。甘やかされて育てられたため、手のつけられないほどわがままになったという噂《うわさ》だ。そのせいで、宮廷内ではそのものずばり〝わがまま娘〟というあだ名で呼ばれているらしい。彼女を連れてこいというただそれだけの命令に、召使があんな反応を示したところを見ると、その噂は本当なのだろう。

「ベッカー」エドワードが大声で呼ぶと、側近がすぐに歩み出た。

「はい、陛下？　なにかお気に召さないことでも？」

「うむ」エドワードは重々しく宣言した。「ミューリーは結婚すべきだと妻は考えている」

「なるほど」ベッカーはよく訓練されているのだろう。片方の眉を吊りあげ、唇を結んで困惑の表情を浮かべたが、やがて低い声でつぶやいた。「困りましたな」

「まったくだ」エドワードが応じた。「あの子は歓迎しないだろう」

「はい、その……そうだろうと思います」ベッカーはおそるおそる答えた。

国王は不機嫌そうな表情を浮かべている。

「しかしながら、彼女は結婚適齢期をとうに過ぎています」ベッカーが指摘した。「結婚すべきなのかもしれません」

エドワードはため息をついた。「ふむ。この件をこれ以上先送りにするよう妻を説き伏せるのは、わたしには無理だ」

「なるほど」ベッカーはしばし口ごもったが、すぐに言葉を継いだ。「レディ・ミューリーは、わたくしたちが考えているよりもすんなり受け止めるのではないでしょうか。彼女は、普通の娘が結婚する年齢をとっくに超えていますから、いずれこういう日が来るというのはわかっていたはずです。あるいは、すでにあきらめてそのつもりでいるかもしれません」

「ばかを言うな」国王はぴしゃりと言った。「わたしたちは彼女が望むものすべてを与えてきた。いやがることは一度たりともさせなかった。今回は違うと彼女が考える理由があるはずもない」

「たしかにそのとおりです、陛下」ベッカーは認めた。「みなの話からすると、残念ながらレディ・ミューリーは結婚したくないと考えているようです。何度かそうおっしゃっていたようですから」

エドワードは浮かない顔でうなずいた。「あの子と話をするのは気が進まない」

「ごもっともです、陛下」

「あの子はかわいらしい子だ。だが少しばかり……扱いが難しいところがある」

「そのとおりです、陛下」

エドワードは座ったまま体勢を変えた。「そこに待機していろ。おまえが必要になるかもしれない」

「おおせのとおりに、陛下」

ふたりの話が終わるやいなや、オスグッドはバランの腕をつかみ、興奮した口調でささやいた。「聞いたか?」

バランはのろのろとうなずいた。「陛下はようやくわがまま娘を結婚させる気になったようだ」

「そうだ。そのとおり」オスグッドはつかの間なにかを考えているようだったが、やがて告げた。「彼女は裕福だ」

バランはうろたえたように彼を見た。「おまえまさか――」

「彼女はものすごく裕福だ」オスグッドはバランの言葉を遮って続けた。「ゲイナー城にかつての栄光を取り戻すためには、ぼくたちには裕福な花嫁が必要なんだ」

オスグッドの言葉どおり、ゲイナー城を廃墟《はいきょ》としないためにはどうしても資金が必要だった。英国のかなりの地域を荒廃させたペストは、ゲイナー城と周辺の村にも大きな打撃を与えていた。使用人と村人の半数は膿疱《のうほう》と高熱のなかで命を落とし、残った半数もそのほとんどは恐怖から、あるいはよりよい生き場所を求めて逃げ出していった。解決策はひとつだった。領地と使用人を伝染病に奪われたことを悟ると、多くの裕福な貴族は背に腹は代えられず、働く気のある者に高給を提示した。彼らはそうやって、失った使用人を補充したのだ。

ゲイナー家にもかつては充分な資産があった。だが不運なことに、二年前バランの父親は新しい池を作るために多額の資金を投入していた。そのうえ、伝染病が蔓延《まんえん》する前の年の夏は長雨が続いたため、さらに損害を被った。ペストによる被害が出る頃には、運よく損害の小さかった貴族たちに対抗できるだけの給金を支払う余裕はなくなっていた。いまでは、作物を収穫するための人手もなければ、臨時にだれかを雇うだけの金もない。今年の作物の大部分は収穫されないまま腐り、城とそこに残った住人の暮らしをさらに不自由なものにした。

彼らは深刻な苦境に陥っていた。

　最悪だったのは、病が国を襲ったとき、バランの父親も大勢の人々といっしょに命を落としたということだった。バランは父の称号、城、逃げずに残った忠義に篤《あつ》い使用人、そして数々の問題を相続することになり、いまやゲイナー家をかつてのように繁栄させる責任を負っているのが、彼だった。

「わたしだ」バランは険しい口調で訂正した。「裕福な花嫁を娶らなければならないのは、わたしだ。それがだれであれ、人生を共にしなければならないのは、わたしだ。国王陛下のわがままな名づけ子と結婚するなど、とんでもないぞ」

「まあ、たしかに試練ではあるだろうな」オスグッドは認めた。「だがこの厳しいご時世では、ぼくたちはみな、犠牲を払わなければならないんだ」

　バランは渋面を作った。「おまえはさっきから、ぼくたちと言っているが、それは間違いだ。あの女と結婚していっしょに暮らしていくのは、わたしなんだから」

「ぼくでいいなら、そうするぞ」オスグッドの顔は真剣だった。

　バランは鼻を鳴らしただけだった。

「言われているほど、ひどくはないんじゃないだろうか」オスグッドは違う方向から攻めてきた。「とにかく結婚して、ベッドを共にして、それからあとは……昼間はぼくたちといっしょに外にいるようにして、できるだけ彼女を避けていればいい」

「そして毎晩、彼女に非難され、愚痴を聞かされていろというのか？」バランは冷ややかに言った。

「そのとおり」オスグッドはうなずき、にやりと笑った。「だが、口がふさがっていれば、愚痴もこぼせないし、非難もできまい。夜は話す以外のことに彼女を夢中にさせておけばいい。そっちはそれなりに楽しいんじゃないのか。とても美しいという話だぞ」

「もちろん美しいに決まっている」ばかじゃないのかと言わんばかりの口ぶりだった。「だからこそ陛下は彼女を溺愛しているんだ。ここにやってくるやいなや、彼女は大きな青い目と金色の髪と小さな指ですっかり陛下をとりこにしてしまった。言うことはなんでも聞いてもらえた。〝手に負えない子供〟になったのはそのせいだ。だからわたしは彼女とは結婚しない」バランはきっぱりと言い切り、そのあとで言い添えた。「まったく、おまえがそんなことを言いだすとは！　わがまま娘？　あんな女性をゲイナー家の一員にしたいのか？」

「そうではないが、しかし――」

「しかしはなしだ。それに、彼女のように甘やかされて育った娘は、わたしの格好を好意的には受け止めないだろう。この服をひと目見ただけで、笑いだすに決まっている。なにより――陛下がどれほど彼女を溺愛しているかを思えば――ゲイナー城のような惨めな状態の地所の領主と結婚させようとは思わないだろう」

オスグッドは顔をしかめた。その点には考えがいたらなかったようだ。

「陛下は」バランは苦々しげに言葉を継いだ。「もっともふさわしい男を選ぶはずだ——もっとも裕福で、ハンサムで、力のある男を。あるのは広大な地所だけの貧乏な男爵はお呼びじゃないさ」

「たしかにそのとおりだな」オスグッドは言った。

「そういうことだ」この話はここまでだとバランはほっとしてうなずいたが、それもオスグッドのつぎの言葉を聞くまでだった。

「それなら言うが、そんな状況の相手と娘を結婚させようと思う貴族などいないんじゃないだろうか。ゲイナーが必要とするだけの持参金つきの花嫁を見つけるのは、かなりの至難になりそうだぞ」

ふたりは浮かない顔で黙りこんだが、広間のドアが開く音を耳にしてそちらに目を向けた。召使のロバートが、小柄な金髪の娘を連れて入ってくるところだった。

悪名高いわがまま娘をひと目見て、バランは思わず息を吞んだ。彼女と会うのは初めてだ。ガーター騎士団の一員として出席を求められる特別な儀式以外、宮廷にはめったに顔を出すことがないからだ。レディ・ミューリー・ソマーデールは、注目に値する存在だった。かの有名な金色の髪は愛らしい顔を囲む後光のようだったし、大きな目はドレスと同じツルニチニチソウのような青色だった。つんととがったかわいらしい鼻に柔らかそうなバラ色の頬、ふっくらした甘そうな唇はキスを——そしてそれ以上のことを——男に連想させる。

バランは息を吐きながら、彼女が落ち着いた足取りで広間を横切ってくるのを眺め、結婚させられることを知ったらあれほど落ち着いていられるだろうかと考えた。こうして見るかぎりでは、人々が言うほどとんでもない娘だとはとても信じられなかった。

「ごきげんよう、陛下」

挨拶をする彼女の声の愛らしさに、バランは思わずため息を漏らしそうになった。国王の様子を確かめるため、無理やり彼女から視線をはがす。まず目に入ったのは満面の笑みだったが、国王はすぐに顔をしかめて目を逸らした。

「うむ。よく眠れたかね、ミューリー？」エドワードはうしろめたさを感じているかのように、彼女の顔を見ずに尋ねた。

「もちろんです、陛下」ミューリーはにこやかな笑顔で応じた。「眠れないはずがありません。このお城で一番柔らかいベッドで眠っているんですもの」

「繊細なレディには柔らかいベッドが必要だからな」エドワードはそう答えてから咳払《せきばら》いをし、あたりを見まわした。ただ挨拶を交わしただけなのにもかかわらず、国王はなぜか追いつめられているように見える。

「なにかわたしにお話がおありとか」国王が黙ったままでいると、ミューリーが尋ねた。逃げ道を探しているかのように、国王の視線が部屋のなかをさまよった。

エドワードはため息をつくとミューリーに目を向け、顔をあげた。なにか言おうとして口を開いたが、すぐに閉じ、隣に座っている男性に向かっていらだたしげに手を振った。「アバナシー、席を譲れ。彼女と話がある」

「おおせのとおりに、陛下」貴族の男性は即座に立ちあがったものの、数歩離れたところで足を止め、困惑したようにあたりを見まわした。どこへ行けばいいのかわからずにいるらしい。それに気づいたベッカーが合図を送り、ロバートがあわててアバナシーのもとに駆け寄った。ロバートは、これはあくまでも一時的なものにすぎず、国王がミューリーとの話を終えるまでだと説明しながら、唯一の空いている席——末席——へとアバナシーを案内した。

バランとオスグッドはこれからなにが始まるのだろうという期待に、再び目を見交わした。

エドワードはすぐに話を切りだそうとはしなかった。咳払いをしたり、口ごもったり、どうでもいいことを長々とつぶやいたりしているうちに、ミューリーが訊いた。「どうかなさったんですか、陛下？　今朝はなにか悩んでいらっしゃるようですけれど」

エドワードは眉間にしわを寄せてテーブルを見つめ、それから助けを求めるようにベッカーを見た。国王の側近は即座に近づいてきて申し出た。「恐れながら、わたくしが代わりに話をいたしましょうか？」

国王の顔に安堵《あんど》が浮かんだ。「うむ」

「承知しました」ベッカーはミューリーに向き直った。「国王陛下がお嬢さまをお呼びになったのは、結婚してご自分の家族を持たれる時期が来たことをお話しなさるためです」

意外なことに、ミューリーは怒った様子をすぐには見せなかった。それどころか、驚きながらもその知らせを歓迎しているように見えたが、やがて表情が険しいものに変わった。

「からかうのはやめてちょうだい、ベッカー。わたしは結婚なんてしたくないし、ここを離れたくないと思っていることを陛下はご存じよ。その陛下が無理やりそんなことをさせようとするはずがないでしょう?」彼女は目を細くして不運な側近をにらみつけた。「一番かわいがっている名づけ子に対する愛情がなくなって、これ以上面倒をかけられないように陛下がわたしをどこか遠くへやってしまおうとしているなんて、言うつもりはないわよね?」

エドワードはうめき声によく似た声を漏らした。いい滑りだしとは言えないようだ。

「いいえ、もちろんそういうわけではありません」ベッカーがあわてて答えた。長《た》けていると評判の交渉術を存分に発揮する。「お嬢さまは陛下の深い愛情を受けておいでですし、わたくしどもにとってもお嬢さまがいらっしゃらなくなるのは大変つらいことです。陛下はただ、お嬢さまにとって一番いいと思われる道を考えていらっしゃるのです」

ミューリーがいまにもわめきだすのではないかとバランが思ったそのとき、エドワードが言った。「もうよい!」

ミューリーは口を閉じて、彼に向き直った。

「ミューリー、おまえは結婚せねばならないとフィリパは考えている。この件に関して、妃《きさき》が考えを変えることはない。おまえを宮廷に引き留め、当然持つべき夫と子供をおまえから奪っているわたしは、まったくもって身勝手だと妃に言われたのだ。すまない、ミューリー。一度こうと決めたらフィリパはあとには引かないし、今回の決意は固い。なんとしても譲るつもりはないようだから、反論しようものなら、わたしに食ってかかるだろう」国王はここで言葉を切り、近くにいる人々が聞き耳を立てていることに気づくと、顔をしかめて声を張りあげた。「わたしは王であり、わたしの言葉が法だ。おまえは結婚するのだ」

ミューリーはどう反応していいかわからないとでもいうように、長いあいだエドワードを見つめていたが、やがて両手で顔を覆うと泣き始めた。女性らしいすすり泣きなどではなく、声をあげ、ぽろぽろと涙をこぼし、盛大にしゃくりあげ、演技ではないかと思えるほどだ。けれど、そうではないことをバランは知っていた。

オスグッドが驚いたような顔でこちらを見たことには気づいていたが、バランは国王に向けた視線をはずさなかった。国王に、それほど驚いた様子は見受けられない。あきらめているようでもあり、彼女が宮廷を出ていくのをこれほどいやがっていると知って喜んでいるようでもある。問題こそ違え、これまで何度も同じような場面が繰り広げられてきたのだろう。

広間を埋める人々があっけに取られて見つめるなか、ミューリーはそれから数分間泣き続けた。

「よしよし」やがて、エドワードが彼女の背中を叩《たた》きながら言った。「ここを出ていくのはつらいことだろう……わたしたちもおまえがいなくなると寂しい……さあ、もう泣くのはおやめ……具合が悪くなってしまうではないか」エドワードはミューリーをなだめようとして泣き声の合間に様々な言葉をかけたが、彼女は顔を覆ったまま、体を揺すりながらバランが聞いたこともないような声で泣きじゃくるばかりだった。なにを言っても効果がないことを悟ると、エドワードは彼女を懐柔《かいじゅう》しようとした。

「そんなに悲しまなくていい。おまえには国で一番の夫を見つけよう……嫁入り衣装も素晴らしいものを揃える……結婚式はこれまでになく大々的に行おう……そうだ、夫はおまえが自分で選ぶといい」エドワードはどうしようもなくなって言い添えた。

ようやく泣き声がいくらか静かになった。ミューリーは濡《ぬ》れた瞳を国王に向け、つっかえながら言った。「へ、陛下の……お……望み……ど……どおりに」

ミューリーはよろめきながら立ちあがると、泣き声が漏れないように両手で顔を押さえながら、足早に広間を出ていった。

エドワードは扉が閉まるのを眺めていたが、やがて大きなため息をつきながら首を振り、テーブルに視線を向けた。目の前にはご馳走《ちそう》が並んでいる。豪華な料理は冷たくなっていたが、だれもまだ手をつけてはいなかった。エドワードは不意に立ちあがった。

「食欲が失《う》せた」だれにともなくつぶやくと、向きを変えて扉のほうへと歩いていく。

「ベッカー、来るのだ」

国王と側近が広間を出ていくと、オスグッドが自信なさげに尋ねた。「食べてもいいんだろうか？」

バランは顔をしかめて、広間にいるほかの貴族たちの様子をうかがった。彼らもどうしていいかわからないようだ。供された料理を食べてもいいのだろうか？　それとも国王と同じようにするべきなのだろうか？　後悔するよりは無難なほうを選んだらしく、ほかの人々が席を立つのを見て、バランは首を振った。泣きわめく娘を見て食欲を失くしたわけではないが、国王の気分を害するよりはロンドンにたくさんある酒場のどこかで食事をするほうがいい。

「考えていたんだが」城を出て、厩舎《きゅうしゃ》へと向かいながら、オスグッドが言った。「きみの言うとおりかもしれない。ミューリーはぼくたちが必要としている救い主じゃない」

「そのようだな」バランは庭園のほうへとオスグッドをいざないながら応じた。この件を話題にするのなら、人気《ひとけ》のない場所のほうがいい。厩舎には聞き耳を立てている人間が大勢いるし、オスグッドが話の続きをするつもりであることはわかっていた。彼はあまり用心深い質《たち》とはいえない。バランが聞きたがっているかどうかに関係なく、自分の意見を口にするだろうから、だれも聞いている者のいない場所で話をさせてやったほうがいい。

「なんなんだ、あの性悪女は！」庭園までやってきたところで、オスグッドが言った。

バランはうめきながらあたりを見まわし、だれもいないことを確かめた。ひっそりとして静かだ。

「彼女との結婚なんて考えないでくれ」ついさっきまで、その利点を得々と述べていたのを忘れたかのように、オスグッドは言葉を継いだ。「まあ、彼女がきみに興味を持つこともないだろうが。あんなわがまま娘はきみに洟も引っかけないさ。それに、あんなにぎゃあぎゃあと泣きわめくような性悪女のそばにいるよりは、ゲイナー城で飢えているほうがよっぽどましだ。まったくここまで聞こえるような泣き声だったじゃないか。ゲイナー城では、逃げようがない。外壁の外にいてもだめだ」

バランは、オスグッドの無礼な言葉をとがめることもできたのだが――レディ・ミューリーはわがまま娘かもしれないが、性悪女というのは言いすぎだ――彼女が妻としてはふさわしくないことを悟って、彼がひどくがっかりしているようだったのでやめておいた。それに、広間でのあの態度はとてもレディと呼べるものではなかったから、その表現もまったくの的はずれではないのかもしれない。

「とにかくだ」オスグッドは無理に背筋を伸ばし、顔をあげて言った。「宮廷には、きみにふさわしい女性はほかにも大勢いる。ちょっと考えてみようじゃないか」

空っぽであることを主張するように腹が鳴って、バランは顔をしかめたが、おとなしくオスグッドのあとについて小さな石のベンチに向かった。これは重要な問題だ。腹の虫にはもう少し我慢してもらおう。

「いいか」腰をおろしたところで、オスグッドが切りだした。「レディ・ルシンダがいる。

そこそこ美人だし、金持ちだ」

バランは首を振った。「ブランベリーとの結婚がほぼ決まったと聞いている。双方の父親が婚姻契約の準備をしているところだ」

「そうか」オスグッドは渋面を作った。「それなら、レディ・ジュリアはどうだ。少し気難しいところはあるらしいが、美しいし——それに金はたっぷりある」

「彼女は病気で……」バランがぼそりと言った。

「いや、たしかに気難しいとは言ったが、病気というほどではないぞ、バラン。レディ・ミューリーよりずっとましだし、だいたい恵んでもらう側が好き嫌いは言えないものだ」

「彼女が病気だと言ったわけじゃない。病気で——ペストで死んだんだ」バランはいらだたしげに告げた。

「そうか。それは知らなかった。レディ・アリスは？」

「先月、グランワーシーと結婚した」

「本当に？　それも聞いていないな」オスグッドは数分考えてから言った。「レディ・ヘレンは？」

「彼女もペストで亡くなったよ」バランは冷ややかに告げた。「宮廷の女性に絞ったほうがいいかもしれない。たいていは夫を亡くして、ここへは新しい配偶者を探しに来ているわけだから」

「たしかに」オスグッドはうなずき、考えこんだ。

ふさわしい相手を頭のなかで選びだしながら、バランはオスグッドの言葉を辛抱強く待った。

「ぼくたちに必要なくらい金を持っているのは三人だけだ」やがてオスグッドが言った。

「わたしはふたりかと思ったが。レディ・ジェーンとレディ・ブリジーダだ。だれを忘れているんだろう？」

「ラウダだ」

「マルキュリナスの妹？」バランはぞっとしたように訊き返し、首を振った。「たとえゲイナーのためでも、無理だ」

「そう言うんじゃないかと思っていた。ということは、候補はふたりしかいない――レディ・ジェーンとレディ・ブリジーダだ」

「レディ・ジェーンはあまり好ましい候補者ではないな」バランが言った。「秘密の愛人がいるという話だ」

「ふむ」オスグッドはうなずいた。「ぼくも聞いたことがある。子供がいるんじゃないかという話もあるぞ」

ふたりは顔を見合わせ、声を揃えて言った。「絶対だめだ」

「となると、レディ・ブリジーダか」オスグッドがつぶやいた。どこか申し訳なさそうな口調で、その理由ならバランにもよくわかっていた。彼女は見る者をぎょっとさせるような女性だった。大柄でけばけばしくて、聞いたこともないような恐ろしい声で笑う。彼女と暮らす未来は、さぞ不愉快なものになるだろう。

「エミリー！　あなたを探しまわっていたのよ！」

バランとオスグッドは揃ってあたりを見まわした。ふたりをもってしても、興奮したような声がベンチのうしろの生垣の向こう側から聞こえていることに気づくまで、しばらくかかった。

「あら、おはよう、ミューリー」眠たそうな女性の声が応じた。「ここで、今日という日を楽しんでいたのよ」

「木陰でうたたねしていたくせに」鈴のような笑い声が響き、その主があのわがまま娘であることに気づいたバランは、不思議そうに首をかしげた。彼女の声だとしばらくわからなかったのだ。広間に入ってきたときの冷静で落ち着いた声でもなければ、出ていくときのかすれた泣き声でもない。いま聞こえているのは、陽気で快活で屈託のない声だ。国王の言葉にあれほど落胆していたことを考えると、妙な気がした。

「うまくいったの！」至極うれしそうなミューリーの声が、生垣の向こうから流れてきた。

「なにがうまくいったの？」エミリーという名の女性はけげんそうだ。

「国王陛下と王妃殿下がわたしを結婚させる気になるように、あなたが立てた計画よ！」

ミューリーが言った。「ほら、起きてちょうだい、エミリー。いま、すごくわくわくしているんだから」

「起きているわよ」エミリーはいくらかはっきりした声で応じた。「いいわ、話してちょうだい」

「ほら、今週はずっと王妃殿下の居間をうろうろして、わたしは絶対結婚なんてするつもりはないって、そこにいる女官に言い続けていたでしょう？　宮廷での暮らしに満足しているから、どこかの田舎の屋敷で囚人みたいな結婚生活に縛られるなんてまっぴらごめんだって」舌を鳴らすような音をはさんで、彼女はさらに言った。「王妃殿下からはなんの反応もなかったから、失敗だったのかもしれないって思い始めていたの。でもついいましがた、国王陛下から結婚するようにって言われたのよ！　王妃殿下がそう言い張っているんですって！」

「まあ、よかったじゃないの！　うまくいくって言ったでしょう？」

「本当ね」ミューリーが笑いながら言った。「あなたの言ったとおりだったわ」

「当然よ」エミリーはいかにも満足げだったが、再び口を開いたときにはより冷静な口調になっていた。「でも、こうなることは予想できたわ。フィリパ王妃は、あなたがいやがることをさせようとするんですもの。いつだってそう」

「ええ」ミューリーの声が小さくなった。「悲しいけれど、王妃殿下は昔からわたしのことが嫌いみたい。どうしてなのか、わからないわ。喜んでもらいたくて一生懸命やっているのに、なにをしても非難されるか、ばかにされるかのどちらかなんですもの。あら、ここに来た頃はそうだったって言うべきね」ミューリーは言い直した。「ここ最近は、王妃殿下と女官をできるだけ避けるようにしているから」

「あなたのせいじゃないわ、ミューリー」エミリーが静かに答えた。「彼女があなたにあれほどかたくなな態度を取るのは、嫉妬のせいよ。国王陛下があなたを大事にしているのが気に入らないの。自分の子供をかわいがっているようなものなのにね。国王陛下があなたに愛情を注いでいることが腹立たしくてたまらないのよ。自分と子供たちに向けられるべき愛情を、あなたに盗られているように思えるんでしょうね。それに」エミリーは真面目な顔で告げた。「国王陛下は誠実な夫とは言えない。あなたをこれ以上ここに置いておけば、彼の愛情が違うものに変わるかもしれないと、王妃殿下は考えているんだと思うわ。はっきり言って、彼女がずっと以前にあなたを結婚させようとしなかったことのほうが意外だわ」

ミューリーは無言だった。

「それで、だれと結婚するの？」しばしの沈黙のあとでエミリーが尋ねた。

「あら！」ミューリーは笑い声をあげた。「話すのを忘れていたわね。それが一番素晴らしいところなの。自分で結婚相手を選んでいいって、陛下はおっしゃったの」

「本当に？」エミリーは驚いた様子だった。

「ええ。わたしも驚いたわ」

「そこまで陛下に言わせるんだから、あなたったらさぞかし泣きわめいたんでしょうね」エミリーはくすくす笑った。

「そのとおりよ。だって、宮廷を出ていきたがっていることがわかったら、国王陛下は気を悪くするでしょうからね」

エミリーは声をあげて笑い、ようやく話ができるようになったところで言った。「あなたが実はとてもかわいらしい子だっていうことを周囲がわかっていたら――」

「ひどい目に遭わされていたでしょうね」ミューリーは静かに応じた。

「そうね」エミリーはため息をついた。

「あなたには本当に感謝しているのよ、エミリー」ミューリーは真剣な口調で言葉を継いだ。「宮廷で生き延びていくためにいろいろ助言してもらって、本当に役に立ったわ。あなたがいなければ、頭がおかしくなっていたと思う」

「ばかなことを言わないの。あなたはちゃんとやれていたわよ」

「とんでもない。あの人たちはきっと、狼《おおかみ》みたいにわたしをつけ狙ったでしょうね。あなたの助言がそれを阻止してくれた。だれかが襲いかかってくるような素振りを見せるたびに、わたしはあなたの言葉を思い出して盛大に泣きわめくか、手に負えないわがまま娘のふりをした。ものすごくうまくいったわ。いまではだれも、わたしに近寄ろうとしない。王妃殿下でさえそうよ。わたしの泣き声を延々と聞かされるのは、うんざりなんでしょうね」

「わたしにはあれしか考えられなかったの」エミリーは力なく言った。「あなたは宮廷で暮らしていけるほど、冷酷でも貪欲でもない。ひと目見て、すぐにそれがわかったわ。ここにいる人たちと対等に渡り合っていくのは無理だって。あなたには、必要なときに武器として使える、身を守るためのなにかが必要だった。国王陛下の愛情を利用することと、あなたがそれでいい気になって好き勝手に振る舞うこと——それが最善の方法だった」

「そうね」ミューリーはそう言って笑った。「実を言うと、けっこう楽しかったわ。自分の態度に自分でうんざりするときはあったけれど」

バランはオスグッドに腕をつかまれているのに気づいたが、それを無視して、ミューリーのうれしそうな顔をただひたすら見つめていた。木の枝をほんの少し動かすことで、生垣の向こうのあずまやにいる女性たちの様子をうかがうことができたのだ。ふたりとも金髪で美しい。レディ・エミリーは臨月間近らしい。彼女は昨年の夏、バランの友人であるレイナード卿と結婚した女性だった。レイナードは結婚相手に恵まれたとバランは思っていたし、エミリーには好感を持っていた。

彼の視線の先で、ミューリーは不意に顔をしかめると、不安そうにエミリーを見た。「わがまま娘だっていう評判のせいで、優しくていい夫を見つけることが難しくなったりしないかしら？」

「いいえ、大丈夫。心配ないわ」エミリーは請け合ったが、いくらか心配そうな表情が浮かんでいることにバランは気づいた。彼女はベンチに置かれているミューリーの手を軽く叩くと、無理に笑顔を作って言った。「あなたはとてもきれいだし、国王陛下が一番かわいがっている名づけ子ですもの、求婚する男性が列をなすに決まっているわ」

ミューリーは息を吐いた。「そうだといいけれど」

「そうに決まっているわ」エミリーは再び彼女の手を叩くと、立ちあがった。「行きましょう。あなたの部屋で、候補になりそうな男性を考えてみるのよ。リストを作って、だれがもっともふさわしいかを決めないと」

ミューリーはうなずいて立ちあがったが、近くの枝に二羽の鳥が止まっているのを見て動きを止めた。「まあ、見て！　オスのクロウタドリが二羽、身を寄せ合っているわ。あれはいいことがある前兆ね」

エミリーは振り返って鳥を見ると、おかしそうに首を振った。「あなたったら、本当に迷信深いんだから」

「あら、あれはいい前兆だと言われているのよ」ミューリーは恥ずかしそうに応じ、その場を離れていった。

「聞いたか？」オスグッドは、ふたりの姿が見えなくなるやいなや、興奮した口調で尋ねた。

「聞いたか？」同じ言葉が聞こえてきて、ふたりは顔を見合わせた。

「いまのはこだまか？」オスグッドが訊いたが、バランは彼を黙らせた。生垣の反対側から聞こえてきた声の主は、さらに言葉を継いだ。

「なんとも素晴らしいじゃないか！」男は言った。

バランとオスグッドは再び枝をかきわけ、顔を突き合わせるようにして隙間から向こうをのぞいた。マルキュリナス・オルダスとラウダ・オルダスが、いましがたまでミューリーとエミリーがいたあずまやの向こうの生垣から姿を現わした。

「本当に」ラウダがうっすらと笑みを浮かべて言った。「彼女は、みんなが思っているほどひどい性格じゃなかったのね」

「その評判のおかげで、だれもが彼女を恐れている」マルキュリナスは得意げに言った。「ハルスタッフは結婚相手の候補にされることを恐れて、宮廷を出る言い訳として病気の母親の話を持ち出しているし、ハーコートは、彼女から逃げられるならなんでもすると言っている。男たちは沈む船を見捨てるネズミのように宮廷を出ていこうとしているんだ。つまり、競争相手はいないというわけさ」

「だれもお兄さまの邪魔をする者はいないわね」ラウダはにやりとした。「国王陛下が溺愛しているわがまま娘の夫になれば、お兄さまの思うがままだわ」

「うむ」マルキュリナスは息を吐くようにしてつぶやくと、その様を思い浮かべているかのように遠くに視線をさまよわせた。

「でも」ラウダが不意に言った。「安心してはいけないわ。とんでもない女性でもかまわないと思うほど、切羽詰まっている人だっているわけだから」

「たしかに」マルキュリナスは渋面を作った。「ゲイナーは金を必要としている。彼とオスグッドの着ているものを見たか？　わたしなら、とてもではないがあんな格好で宮廷に顔は出せない」

侮辱されて、バランは口を引き結んだ。

「わたしは彼女を手に入れたい」マルキュリナスは決然と告げた。「レディ・ミューリーと結婚することで手に入る政治的な結びつきが欲しい」

「それなら、彼女がお兄さまと結婚する気になるように仕向けなければいけないわね」

「どうやって？　なにか考えがあるのか？　あるんだな。おまえの顔を見ればわかる」

ラウダの口元に笑みが広がった。「ええ。彼女の迷信深さを利用するのよ」

「話してくれ」

「ここじゃだめ。だれかに話を聞かれるかもしれない」ラウダは用心深かった。「この続きをするなら、迷路が安全だわ。行きましょう」

マルキュリナスは意気込んでうなずくと、妹のあとについてあずまやを出ていった。

「行くぞ」オスグッドは立ちあがりながら、ささやいた。

「どこに？」バランはけげんそうに尋ねた。

「聞いただろう？　ふたりは迷路で策略を練るつもりだ。どうにかして、それを聞いておかなければ」バランがなにも答えないでいると、オスグッドは顔をしかめてさらに言った。「あのふたりがレディ・ミューリーをだまして結婚しようとするのを、黙って見ているつもりはないだろう？　彼女をそんな目に遭わせるわけにはいかない。なにより、彼女はみんなが思っているようなわがまま娘ではないことがわかったのだから、きみが彼女と結婚すべきだ。それでゲイナーが助かるんだぞ！」

バランがまだためらっていると、オスグッドは再び言った。「彼女は、あの男と結婚していいような女性じゃない。あいつは馬を叩くと聞いた。自分の馬を叩く男がどう言われているか、知っているだろう？」

「〝その倍もひどく妻を殴る〟」バランは眉間にしわを寄せて答えた。ミューリーが妻を殴るような男と結婚することを考えただけで不愉快だ。

「そうだ。きみのほうがずっといい夫になる。動物にも女性にも優しいからな。それに」オスグッドは言い添えた。「彼女と結婚しなければ、残るのはレディ・ブリジーダだぞ」

バランは顔をしかめ、うなずきながら立ちあがった。「わかった。マルキュリナスが彼女をだまそうとするのは、なんとかして阻止しよう」その点については同意したものの、きっぱりと付け加えた。「だが、それだけだ」

2

「もう少し寄ってくれ。ぼくは体半分、茂みに突っ込んでいるんだぞ」オスグッドが小声で言った。

「しーっ。聞こえるぞ」バランは声を潜めて言い返した。「それにこれ以上は動けない。わたしも半分、茂みに突っ込んでいるんだ。いいから静かにして、耳を澄ませていろ」

文句を言いながらもぞもぞと体を動かしている従兄弟を無視して、バランは生垣の向こうにいるマルキュリナスとラウダに意識を集中させた。彼らを追って迷路を進んでいくのは難しいことではなかったが、問題はそのあとだった。話が聞こえるほど近くまで寄る必要があるとは言え、姿を見られるわけにはいかない。結局ふたりが選んだのは、マルキュリナスたちの背後にある生垣の向こうの行き止まりになった通路だった。あいにくそこはふたりで身を潜めるには狭すぎたが、どちらも彼らの話を聞き逃すつもりはなかった。

「今夜は聖アグネス祭の前夜よ」さも重要なことであるかのようにラウダが言った。

それがなにを意味するのがバランにはわからなかったが、マルキュリナスも同じだったらしく、いらだたしげに訊き返したのが聞こえた。「だからなんだ？　明日は祝宴だ。それがなんの役に立つというんだ？」

「祝宴はどうでもいいの」ラウダが辛抱強く答えた。「大事なのは、聖アグネス祭の前夜だっていうことと、レディ・ミューリーの迷信深さよ」

「教えてくれ」

「聖アグネス祭前夜にまつわる言い伝えは聞いたことがあるでしょう？」ラウダの声にいらだちが混じっているのがわかった。「女性がその日一日なにも食べずにいるか、もしくは寝る前に腐ったものを食べると、未来の夫になる男性の夢を見るっていう話よ」

「なるほど！」マルキュリナスはくすりと笑った。「おまえがその話を彼女に聞かせるわけだ」

「夕食の席で」

「そして……そして……どうするんだ？　彼女がわたしの夢を見ることを祈るのか？」

「違うわ。祈るなんてばかのすることよ」ラウダは嘲るように言った。「天は自ら助くる者を助くって言うでしょう。彼女がお兄さまの夢を見るように仕向けるの」

「どうやって？」

「一日なにも食べていないっていうことはないでしょうから、なにか腐ったものを食べるようにわたしが勧めてみるわ」ラウダはさらりと言った。「そして、わたしが見つけた腐ったものを彼女に食べてもらう」

「それだけでは、彼女にわたしの夢を見させることはできないぞ」マルキュリナスが反論した。

「できるのよ」ラウダは請け合った。「その腐ったものには、頭を朦朧《もうろう》とさせて、朝までぼんやりしているような特別な薬草をあらかじめ仕込んでおくから、お兄さまは夜中に彼女の部屋に忍びこむの。物音を立てるか、必要なら彼女を揺すぶるのよ。それとも」ラウダは不意に思いついたかのように言った。「キスをして起こすのもいいわね。目を開けたらそこにお兄さまがいて、そうしたら――」

「すぐに悲鳴をあげて、衛兵を呼ぶだろう」マルキュリナスはうんざりしたように言った。

「おまえは頭がどうかしたのか？　わたしを吊るしあげたいのか？」

「違うわよ」ラウダは腹立たしげに答えた。「頭を朦朧とさせて、朝までぼんやりしているような薬草を飲ませるって言ったでしょう？　彼女は衛兵を呼んだりしない。目を覚ましてお兄さまを見たら、またすぐに眠りに落ちるわ。でも朝になってはっきりと眠りから覚めたら、お兄さまの顔を見たことを思い出して、結婚するべき相手の夢を見たんだって考えるでしょうね」

「ふむ……なるほど」マルキュリナスはようやく理解したらしく、考えこみながら言った。

「うまくいくかもしれない」

「もちろんうまくいくに決まっているわよ」ラウダはぴしゃりと言い返した。「さあ、行きましょう。メイドに必要な薬草を取ってこさせなくてはいけないわ」

ふたりは木の葉をざわつかせながらその場から遠ざかっていった。

「どうにかしないと！」オスグッドが声をあげた。「あいつらはとんでもないことを企《たくら》んでいる。このままではあのかわいそうな娘は、あいつと結婚するはめになってしまう」

バランは返事の代わりにうなっただけだった。

「そんなことはさせられない。どうする？」

バランはしばらく考えていたが、やがて首を振った。「なにもしない」

「なにもしない？」

「なにもする必要がないということだ」バランは告げた。「彼女は、自分が甘やかされたわがまま娘だと宮廷じゅうの人間に信じさせたんだ。聖アグネス祭前夜に腐ったものを食べたら、結婚相手の夢を見るなどというばかげた話を信じるほど、愚かなはずがない。あいつらには計画どおりやらせればいい。うまくいくはずがないさ。それどころか、身を滅ぼすことになるかもしれない」

「そう信じられればいいんだが」オスグッドは難しい顔をした。「だがもしミューリーが本当に迷信深くて、ラウダに言われるとおり腐ったものを食べたらどうする？　もし夜中に目を覚まして、マルキュリナスを見たら……」彼は眉を吊りあげた。「信じるかもしれない。

彼を運命の相手だと思って、結婚するかもしれない。そうなったらすべては、阻止しようとしなかったきみの責任だぞ」

バランは苦々しげな顔になり、その危険性について改めて考えてみた。ミューリーが聡明《そうめい》であることはわかっている。宮廷じゅうの人間をだましおおせたという事実がそれを物語っている。だが二羽のクロウタドリはいい前兆だとも言っていたから、知性はあっても迷信深いようだ。そのうえ、ラウダはとても頭が切れる。卑劣で狡猾《こうかつ》な手段を取ることで知られていた。彼女なら、たとえばちょっとした戯れとして、あるいはそんなものはただの迷信にすぎないことを証明するためと称して、ミューリーがその儀式を試すように仕向けることができるかもしれない。そうなれば、この企みが成功してしまう可能性もある。

「いいだろう」バランはようやく口を開いた。「今夜の晩餐《ばんさん》は、彼女の近くに座るようにしよう。そうすれば、ラウダが彼女をその気にさせたかどうかがわかる。もしミューリーが試してみるつもりでいるなら、そこで初めて行動を起こすことにする」

「そうだな」オスグッドはいくらか肩の力が抜けたように、ゆっくりと息を吐いた。ひとつうなずき、にやりと笑って言った。「ぼくがマルキュリナスを引き留めておくから、そのあいだにきみがミューリーの部屋に忍びこんで彼女を起こし、きみの顔を見せるといい」

バランは憤慨して彼をにらみつけた。「とんでもない」

「なぜだ？　そうすれば、彼女はきみと結婚することになる。きみはマルキュリナスよりずっといい夫になるだろう。いや、ここにいるたいていの男よりも、きみはレディ・ミューリーにふさわしいよ。きみのことは昔から知っているんだ。誠実で優しい男だということはよくわかっている」

「マルキュリナスに卑劣な手段を取らせまいとするのは、自分で同じことをするためではない」バランはきっぱりと宣言した。

オスグッドは反論できずにため息をつき、首を振った。「バラン、落ちているチャンスを拾わないのなら、奇跡でも起きないかぎりきみはだれとも結婚できないぞ」

「それならそれでいい」バランは応じた。「さあ、行こう。昼食を取り損ねたうえに、悪巧みだの盗み聞きだののおかげですっかり腹が減った。なにか食べるものを探しに行こう」

「この鴨肉《かもにく》、おいしいわ」エミリーが言った。

「そうね」ミューリーがうなずく。

「それなら、どうして食べないの？」

「え？」ミューリーはとまどったように友人を見つめ、それからトレンチャー（前日に焼いたパンを厚く切ったもの。皿の代わりに使った）とその上の手つかずの料理を見おろした。大きく息を吐きながら打ち明ける。

「考えていたの」

「思い悩んでいたんでしょう」エミリーが言い直した。「だれと結婚するべきかを考えていたのね」

「とても大事なことですもの。自分で選んだ人と、一生を共に過ごすのよ。その人とベッドを共にして、その人の子供を産むんだわ。もし……」ミューリーは力なく肩をすくめた。「間違った人を選んだら、どうすればいいの？」

「間違った人なんて選びませんとも。大丈夫よ」エミリーは笑顔で答え、いくらか真剣な口調で言い添えた。「いっしょに考えてみましょうよ。さっき作ったリストのなかに、あなたが興味を持っていたり、この人ならいいかもしれないと思えたりした人はいた？」

ミューリーはしばらく考えていたが、やがてまばたきをするとがっかりしたように言った。「わからないわ。もう長いあいだ、だれとも接しないようにしてひとりで過ごしていたんですもの。宮廷にいる男の人は、ひとりも知らないの」

「それなら」エミリーはもっともらしく言った。「彼らのことを知らなくてはいけないわね。ここには整った顔立ちで、お金持ちで、魅力的な人が大勢いるわ」

ミューリーは手を振ってエミリーの言葉をいなした。「〝整った顔立ち〟になんの意味があるの？　美しい顔に醜い心が隠れていることはよくあるわ――ここに来てから、それを思い知ったの。お金については、両親が充分なものを遺してくれた。魅力はあるにこしたことはないけれど、困難にぶつかったときに身を守ってはくれない」

「それじゃあなたは、夫となる人になにを求めるの？」エミリーが尋ねた。

「そうね……」ミューリーは唇を噛《か》みしめた。「自分より弱い人に対して優しくできる人がいいわ。それに聡明なこと——それがなにより大切ね。愚かな夫はいやよ。話が合わないもの。それに戦争が起きたときに守ってもらえるように強い人がいいわ。あとはいい領主でないと困るわね。領民がちゃんと暮らしていけるように、自分の地所を管理できる人がいい」

ミューリーが黙りこみ、エミリーは彼女の手を軽く叩いた。「どれも大事なことね。ひとつひとつ考えていけば、きっと思いどおりの人が見つかるわ」

「聖アグネスに助けてもらうのはどうかしら?」

ミューリーは驚いて、反対隣に座っている女性に目を向けた。いつもなら、レディ・ラウダ・オルダスが彼女に優しい言葉をかけてくることはない。それどころか、普段は完全に無視している。少なくとも、ラウダが宮廷を出て実家に帰って以来、ここ五、六年はそうだ。それ以前の彼女は、いつもミューリーに意地悪ばかりをしていた。今夜の晩餐で彼女が隣に座ったことに、ミューリーはおおいに驚いていた。いまはもうふたりともいい大人であるにもかかわらず、子供の頃のように辛辣な言葉を投げつけられる気がして身構えたが、彼女はなにも言わなかったのでほっとした。ただ笑みを浮かべ、こんばんはと挨拶をしただけですぐに料理に視線を向け、それっきりひとことも話そうとはしなかった。たったいままでは。

「なんですって?　聖アグネスに助けてもらうって言ったの?」エミリーは不審そうな顔で訊いた。身を乗り出し、ミューリーごしにラウダを見る。

「ええ」ラウダは気恥ずかしそうに笑った。「でもばかげた話だわ――忘れてちょうだい」

「あら、だめよ」ミューリリーは笑顔で言った。「興味があるわ。どういうことなのか、聞かせてほしいわ」

ラウダはいかにも気まずそうに身じろぎしたが、やがて言った。「夫になる人を選ぶという話を聞いて、聖アグネス祭前夜について言われていることを思い出したの」

「聖アグネス祭前夜になにがあるの？」ミューリリーは好奇心にかられて訊いた。

「それがね……」ラウダは秘密を打ち明けるかのように顔を寄せた。「聖アグネス祭の前日になにも食べずに眠ったら、夫になるべき人の夢を見るっていう言い伝えがあるのよ」

ミューリリーとエミリーがぽかんとして見つめていると、ラウダは恥ずかしそうに笑って肩をすくめた。「ばかげた迷信よね。うまくいかないに決まっているわ。でも本当だったら、素敵だと思わない？」ラウダは小さくため息をついた。「わたしもあなたと同じような立場なのよ、ミューリリー。わたしの婚約者はペストで命を落としたわ。父は、宮廷にいるあいだにわたしの夫を選ぼうとしているけれど、でも……」彼女は人でいっぱいの広間を見まわした。「こんなに大勢の人がいるのに、わたしはほとんどだれも知らない。だれを選べばいいのか、まったくわからないのよ」

「難しい決断よね」ミューリリーはそう応じながらも、子供の頃からずっと自分をいじめ続けてきた娘と共通点があったことに驚いていた。

「わたしたちの人生を左右することだもの」ラウダはつぶやき、皮肉っぽく付け加えた。「でも、聖アグネスに手助けしてもらうのは無理ね。すっかり忘れていて、今日は食事をしてしまったわ」

ミューリリーはとりあえず試してみるのも面白かったかもしれないと思いながら、力なく微笑んだ。その結果に全面的に従うつもりはないにしろ、聖人にいくらか力を貸してもらうのも悪くない。

「そうでもないぞ、ラウダ」妹の隣に座っていたマルキュリナスが不意に口をはさんだ。「無理ではない。言い伝えによれば、その日一日なにも食べないか、あるいは寝る前になにか腐ったものを食べれば、結婚するべき相手の夢を見ることになっている。まだ、試してみるチャンスはある」

「本当に?」ラウダは疑《うたぐ》り深そうな顔で兄を見た。「間違いない?」

「彼の言うとおりだと思うわ」エミリーが声をあげ、ミューリリーは大きく目を見開いた。「そう言われてみれば、その話は聞いたことがある。たしか腐った肉かなにかじゃなかったかしら」

「まあ!」ラウダは明るい声をあげ、ミューリリーに向かって微笑んだ。「それなら、いまからでも試せるわ。ミューリリー、よかったじゃないの」

ミューリリーは心を決めかねて唇を噛んだ。一日なにも食べずにいるのはともかく、腐った肉を食べるのはあまり気が進まない。だが残念なことに、いまからではひとつ目の方法を実践するのは無理だ。鼻にしわを寄せて言った。「あなたが今夜試してみて。もしうまくいったら、わたしは明日やってみるわ」

「聖アグネス祭の前夜しかだめなのよ」ラウダは首を振った。「どうしても今夜やらなくてはいけないというわけ」

「あなたはどうなの？」エミリーが尋ねた。ラウダが驚いたような顔になると、さらに言葉を継いだ。「ミューリーにばかりやらせようとしているけれど、あなただって夫を選ばなければならないんでしょう？」

「あら、わたしは――」ラウダはあわてて言いかけたが、マルキュリナスがそれを遮った。

「もちろんラウダもするさ。ミューリーとラウダがふたりして試してみればいい」妹に険しい顔を向けられて、彼は肩をすくめた。「おまえも夫を選ばなければならないのだし、ミューリーは自分ひとりでするのは気が進まないようだ。夢がおまえたちの不安を解消してくれるかもしれないんだぞ」

ラウダは顔をしかめたが、すぐにミューリーに視線を戻した。

「聖アグネスが力を貸してくれるというのは心強いけれど、腐った肉を食べるのは――」

ミューリーは言った。

「そうでしょうね。変なことを言ってごめんなさいね。あなたのお腹は繊細ですものね。わたしひとりで試してみることにするわ」

ひ弱だと言われたことが気に入らなくて、ミューリーは肩をいからせた。「わたしのお腹は繊細でもなんでもないわ」

「あら、それじゃあ怖いのね」ラウダの口調はあくまでも穏やかだ。

「怖くなんてないわ」ミューリーは彼女をにらみつけた。

「あら、そう。それならいっしょに試してみましょう」

「そうだ、ふたり揃ってやってみろ!」マルキュリナスが笑い声をあげた。「面白い。明日の朝、結果を聞くのが楽しみだ」

「でも――」ミューリーは反論しようとした。やると言ったつもりはなかった。いくら、結婚すべき相手を教えてもらえるかもしれないとはいえ、腐ったものを食べる気にはなれない。

「これで決まりね」ラウダはミューリーにそれ以上言わせず、立ちあがった。「料理人のところに行って、なにかないか訊いてくるわ。傷んだ肉があるはずよ。スパイスやハーブで料理して、食べられるようにしてくれるかもしれない」

「いいのよ、ラウダ、わたしは――」ミューリーは言いかけたが、ラウダはすでに歩きだしていた。彼女が広間を出ていくと、ミューリーは小さくため息をついた。

「本当にするつもりはないんでしょう?」エミリーが訊いた。「冗談だと思ったわ。本気じゃないわよね?」

「もちろんよ」ミューリーは答えた。「ラウダが戻ってきたら、そう言うわ」

「そうね」エミリーは首を振った。「聖アグネスを悪く言うつもりはないけれど、ばかげた迷信だと思うわ。腐った肉を食べるなんて、どんなことになるかわからないのに」

ミューリーはうなずき、トレンチャーの上の料理に視線を戻した。だが、食欲はすっかり失せていた。ラウダはいつ戻ってくるのだろうと扉のほうばかりが気になる。彼女はひたすら待ち続けた。

食事が終わり、だれもが立ちあがろうとしたところでようやくラウダが戻ってきた。ミューリーは、こんなことをする気はないと丁重に、けれどきっぱりと告げるつもりでいたが、ラウダはその隙を与えなかった。

「遅くなって本当にごめんなさい。料理人ったら、なかなか話をしようとしてくれなくて。適当なものを見つけるのにも時間がかかったし、それを調理しているあいだ、わたしもずっと見ていたものだから。でもほら、ようやくできたわ」ラウダは笑い、小さな白目の皿に載せたふた切れの肉を見せた。

ミューリーは不快そうに肉を見やり、首を振った。だがそのとたんに、ラウダの表情が険しくなった。「わたしがこれだけ時間も労力もかけて用意してきたものを、食べないつもりじゃないでしょうね？」

申し訳なさにミューリーは顔をゆがめた。「ごめんなさい、ラウダ。そんなつもりじゃ

「――」

「あなたは意気地なしだものね」ラウダはがっかりしたようにため息をついた。「わかっていたはずなのに。あなたには気骨っていうものがないんだわ。甘やかされたわがまま娘として有名なのも当然ね」

ミューリーは思わず立ちあがり、言い返そうとして口を開いたが、まわりで熱心に聞き耳を立てている人々に気づいてそのまま閉じた。最初に宮廷にやってきたときには、彼女も立ち向かおうとした。当時の彼女は親を失ったばかりの悲しみに打ちひしがれた孤独な少女で、友人と同情と愛情を必要としていた。だがそこで待っていたのは、彼女の痛みを弱さととらえ、狼のように獲物を取り囲む少女たちだった。応戦しようとしても、結局はやられるばかりだった。ひとりがミューリーに食ってかかり、彼女が反論しようとすると、ほかの少女たちが一斉に襲ってくる。半年もする頃にはすっかり追いつめられて、両親といっしょに死ねばよかったと思うようになっていた。もしもエミリーが宮廷にやってこなかったら、友だちになってくれていなかったら、いったいどうなっていただろう。エミリーがいたことは幸いだった。彼女は状況を見て取り、ミューリーに助言をした。最高の助言ではなかったかもしれないが、そのおかげで正気を失わずにすんだのだとミューリーは考えていた。彼女がしたことといえば、ただ派手に泣いただけだ。それでも少女たちは彼女から距離を置くようになり、そのうち攻撃してくることもなくなった。

もうひとつの利点が、王妃が彼女の泣き声にうんざりして、自分の近くにいろと言わなくなったことだ。おかげでひとりの時間が持てるようになり、読書をしたり、様々な趣味に励んだりできるようになった。

わがまま娘。ミューリリーはそう呼ばれることにこれ以上耐えられそうになかった。結婚したかったし、彼女を尊重してくれる夫が欲しかった。エミリーはああ言ってくれたものの、わがまま娘とみなに思われていることが夫を見つける機会を奪っているのだとわかっていた。どうにかしなくてはいけない。

ミューリリーは苦々しい顔で手を出した。「いただくわ」

ラウダからひと切れの肉を渡されると、ミューリリーは即座に口に放りこんだ。いやな味が広がって、思わず顔をしかめる。腐っていることをごまかすために料理人が使ったハーブだかスパイスだかは、苦くてまずかった。あまりのひどさに吐き出しそうになったが、意志の力でそれを抑えこみ、なんとか飲みこんだ。残ったひと切れに目をやり、片方の眉を吊りあげて言った。「あなたはどうするの?」

ラウダは笑みを浮かべてそれを食べた。

「さあ、これでいい」マルキュリナスは満足げに笑ったが、腐った肉を食べたのは彼ではない。「どういうことになるのやら、朝が来るのが楽しみだ。いい夢を見るよう、祈っているよ」

ミューリーはなにも応えず、ただ彼に背を向けて広間を出ただけだった。

「大丈夫?」部屋に戻りながら、エミリーが訊いた。「さっきからお腹を押さえているけれど、あの肉のせいで気分が悪いんじゃない?」

「ええ、少し」ミューリーは苦々しげに認めた。

エミリーは明らかにいらだった様子で、首を振った。「どうしてあんな人の口車に乗って、腐った肉なんて食べる気になったの? ばかばかしい話だって、わかっているんでしょう?」

「もちろんよ」

「本当かしら」エミリーの口調は素っ気なかった。「あなたのことはよくわかっているのよ、ミューリー。わたしが知るかぎり、あなたみたいに迷信深い人はいないわ。これで今夜は夫となる人の夢を見るって、信じているんじゃない? ためらったのは、腐った肉を食べるのがいやだったからなんでしょう?」

ミューリーは否定も肯定もしなかった。本当に気分が悪かったからだ。胃がひっくり返りそうだったし、頭もぼんやりしている。

「ずいぶん具合が悪そうね」ミューリーが再びお腹を押さえるのを見て、エミリーが心配そうに言った。「ひどい味だった?」

「ええ」ミューリーは小さく笑って答えた。「ものすごく。とんでもなくまずかったわ」

「そうでしょうね」エミリーは心配そうだ。

「さあ、着いたわ」ミューリーはドアを示して言った。

エミリーは眉間にしわを寄せて、自分の寝室のドアを見た。「しばらくあなたについていたほうがいいかもしれない。大丈夫だってわかるまでは」

「ばかなこと言わないの」ミューリーは、彼女の気遣いがうれしかった。エミリーは本当にいい友人だ。「部屋に戻ってあなたがいないことに気づいたら、レジナルドが心配するわ。それに、わたしなら大丈夫。すぐにベッドに入るから……いい夢が見られることを祈りながら。せっかく腐った肉を食べたんですもの。報われなかったら悲しいわ」

エミリーはため息をついた。「わかった。でもセシリーをあなたの部屋で眠らせるようにしてね。具合が悪くなるようだったら、わたしを呼びに来させて」

守るつもりのない約束をしたくはなかったから、ミューリーはただ微笑んだだけだった。メイドを同じ部屋で眠らせるつもりはない。約束をしなかったことをごまかすように、彼女は尋ねた。「いい夢をって言ってくれないの？」

エミリーはくすくす笑って答えた。「いい夢を見てね」

「ありがとう」

エミリーは肩をすくめると、ミューリーを抱きしめた。「おかしなことが起きたみたいね。マルキュリナスの言うとおり、夢が不安を解消してくれるのかもしれないわ」

「ええ」ドアを開けるエミリーに、ミューリーは声をかけた。「いい夢をね、エミリー」

「あなたも」エミリーはそう応じて、部屋に入っていった。

ミューリーは顔をしかめながら、自分の部屋へと向かった。今夜は眠れるかどうかすらあやしいものだ。胃が腐った肉を受けつけまいとしているようだ。ひどく疲れを感じていたし、頭までくらくらする。理由がわからなかった。ふんだんに用意されていたワインもエールも、ほとんど飲んでいないというのに。

「お嬢さま」メイドのセシリーがにこやかな笑みを浮かべ、座っていた窓台から立ちあがった。繕っていたアンダーチュニックを脇に置き、ミューリーに駆け寄ってくる。ミューリーはドアを閉めた。「いい夜でしたか？」

「あんまり」ミューリーは疲れた様子で答えた。

「まあ」セシリーはミューリーの服を脱がし始めた。

ミューリーはしばらく無言だったが、やがて尋ねた。「セシリー、聖アグネス祭前夜にまつわる迷信を聞いたことがある？　夫に――」

「夫になる人の夢を見るという話ですね？」セシリーはうなずいた。「はい。実は姉が試したんです」

「まあ。それで、どうなったの？」

「姉は見知らぬ人の夢を見ました。そうしたら一週間後にその人に出会って、半年後には結婚したんです」

「本当に?」ミューリーは笑顔になり、この胃のむかつきが無駄に終わらないことを願った。

「はい」セシリーはミューリーのドレスの留め具をはずして脱がせ、さらにアンダーチュニックも脱がせた。

「あなたも試してみた?」ミューリーは尋ねながら、ベッド脇に置かれている洗面器に近づき、リネンを水に浸した。

「はい」セシリーはのろのろと答えた。

「だれかの夢を見た?」

「いいえ。見なかったと思います」彼女は顔をひきつらせて笑い、ドレスを置いた。「もう何年も前のことですけれど。わたしはまだ結婚していませんし、きっと一生しないから、だれの夢も見なかったんだと思います」

「あら、そんなことはないわ」ミューリーは急いで言った。ミューリーの両親が死んだあと、彼女について宮廷にやってきたときには若い娘だったセシリーだが、あれから十年になる。中年に差しかかりつつあったし、おそらくもう結婚することはないだろう。ミューリーは顔をしかめながら、濡れた布で顔と腕を拭くと、セシリーが広げている清潔なチュニックに腕を通した。

「ほかにまだご用はありますか、お嬢さま?」ベッドに滑りこんだミューリーにセシリーが尋ねた。

「いいえ、ないわ、ありがとう、セシリー」

「おやすみなさいませ、お嬢さま。いい夢を」

ミューリリーは驚いてそちらに目を向けたが、すでにメイドは部屋を出て、ドアは閉まろうとしているところだった。「いい夢を、ね」ミューリリーはそっと息を吐くと、吐き気が治まることを願いながら体を横向きにした。

素敵な人の夢を見て、その人と結婚できたら素晴らしいことじゃない？　ミューリリーはいくつかの理由から、本当に結婚したいと思っていた。結婚すればここを出て自分の家で暮らせるから、宮廷の人たちの強欲さや意地の悪さにこれ以上つきあわなくてすむ。それに子供も持てる。ここ最近、彼女は子供が欲しくてたまらなかった。亡くなる前の両親から注がれたような愛情を、自分の子供にも注ぐのだ。

だが、国王と王妃に結婚を認めさせることにばかり意識が向いていて、結婚相手についてはなにも考えていなかった。国王が相手を選ぶのだと思いこんでいたので、いまはどうしていいかわからない。選択を間違えて、冷酷だったり乱暴だったりする夫を選んでしまったらどうしようという不安もあった。

聖アグネスが結婚すべき相手の夢を見させてくれれば、これほど助かることはないと思いながら、ため息をつきつつ、再び仰向けになった。けれどお腹がこんな調子では、眠れないかもしれない。眠れなければ、夢も見られない。

そんなことを考えているうちにまぶたは閉じられていき、やがて彼女は眠りに落ちた。


「あいつはどこだ？」オスグッドはいらだたしげに訊いた。

バランは答える代わりに肩をすくめた。晩餐では、なんとかミューリーの近くに席を取ることができた。そこで、聖アグネス祭前夜の儀式をするようにラウダが彼女を説き伏せたのを聞き、介入する決断をしたのだ。ふたりはそのあとずっとミューリーから目を離さず、彼女がエミリーといっしょに部屋に戻るまで見守った。そしていま、彼女の寝室の外の廊下の窓にかけられたカーテンの陰に隠れて、マルキュリナスが現われるのを待っているところだった。

「まさか夜明け直前まで待つつもりじゃないだろうな」オスグッドはいまいましそうにつぶやいた。

「それはないだろう」バランが答えた。「時間がたてば、ラウダが肉にまぶした薬草の効果が切れる恐れがある」

「そうだな」オスグッドはうなずいた。「薬草と言えば、マルキュリナスを阻止したあとで、きみはミューリーの部屋に入って具合が悪くなっていないかどうか、彼女の様子を確かめたほうがいい」

「いや、わたしは彼女の部屋には入らない。わたしの姿を彼女に見せるつもりはない」

「だがそうすれば、彼女はきみと結婚するんだぞ。結婚すれば、ぼくたちは助かるんだ。すぐにでも金を手に入れないと、冬のあいだに大勢が飢え死にするだろう。それに、きみという男を知っていれば、彼女は絶対にきみを選んだはずだ。そもそもきみがそれほど内気でなければ――」

「内気？」バランは信じられないという顔で従兄弟を見た。「わたしは内気ではない」

オスグッドは鼻を鳴らした。「バラン、ぼくは生まれたときからきみを知っている。きみは女性と話すらできないくらい内気じゃないか。娼婦《しょうふ》たちと話をしているなんて言うなよ。彼女たちとは言葉は必要ないんだから。それにぼくが言っているのは、ちゃんとしたレディのことだ」

バランは肩をすくめた。「わたしが女性と話をしないのは、話すことがないからだ」

「まったく。きみは内気だよ。だがそれはぼくがなんとかできると思う。ぼくは女性の扱いは得意だからね。女性をうっとりさせて、その気にさせる方法をぼくがきみに――」

「オスグッド」バランが彼を遮って言った。「きみが酒場女を口説くのに使っている手管は、レディ・ミューリーには役に立たないと思うぞ」

「女であることに変わりはないさ。レディだろうが酒場女だろうが、女性はみんなほめられて、ちやほやされて、特別だって言われるのが好きなんだ。きみはただ部屋に入って――」

「いやだ」

「バラン、頼むよ。ただそれだけで――」

「いやだ」バランはうなるような声で応じた。「マルキュリナスの策略を利用して、わたしの姿を彼女に見せるような真似はしない。きみがなんと言おうと絶対にしない。だから、もうその話は忘れるんだ」

「わかったよ。ぼくはただ――あれはやつか？」オスグッドは不意に尋ねた。

バランは、マルキュリナスが来るだろうと思っていた方向に目を向けたが、なにも見えない。顔をしかめ、ミューリーの部屋のあるほうに視線を転じると、ふたつ先のドアの前にマルキュリナスが立っているのがわかった。服はしわだらけで、髪は乱れ、熱烈に女性とキスをしている。

「あれはレディ・ジェーンか？」オスグッドが尋ね、バランがそうだと答えるのを待たずに言葉を継いだ。「噂は本当だったらしいな。たしかに秘密の恋人がいたわけだ。本当に子供もいるんだろうか？」

バランはうなっただけだった。

「やつは策略を実行するつもりはないのかもしれないな」オスグッドが言った。「レディ・ジェーンはレディ・ミューリーと同じくらい裕福だ」

「マルキュリナスの目的は金じゃない」バランが改めて告げた。

「たしかに。だが彼女はちゃんとしたレディだ……ふむ、彼を愛人にしているという事実を除けばだが。いくらあの男でも、愛人の部屋からまっすぐミューリーの部屋に向かうほど、恥知らずではあるまい」

バランは応えなかった。マルキュリナスはレディ・ジェーンの向きを変えさせると、部屋に戻るように促している。ふざけたように軽く背中を叩いてから、ドアを閉めた。彼女がもう一度ドアを開けないことを確認しているかのように、しばらくその場で待っていたが、やがて服の乱れを直し、手で髪を整えながら廊下を歩き始めた。

バランはつかの間、オスグッドの言うとおり、マルキュリナスはミューリーの部屋を通り過ぎるつもりかもしれないと考えた。だがマルキュリナスは足を止め、あたりを見まわしてだれもいないことを確かめると、ミューリーの部屋のドアを開けてするりとなかに入っていった。

「どうにかしろ」オスグッドが言った。

バランはすでにカーテンの陰から滑りでていた。

3

バランはドアを少しだけ開けて、マルキュリナスに気づかれることなく部屋に入った。音を立てないようにドアを閉め、目が暗さに慣れるのを待つ。暖炉の炎は消えかけていて、その明かりはごく弱いものだった。それでも、マルキュリナスがすでにベッドの脇に立ち、ミューリリーの肩をそっと揺すって起こそうとしているのを見て取るには充分だった。

「ミューリリー、起きるんだ」マルキュリナスはささやくような声で言ったが、彼女が目を覚ます気配がないのを見て顔をしかめた。「ラウダはハーブを使いすぎたらしい。ふむ――キスをすれば目を覚ますかもしれない」

卑劣なろくでなしがミューリリーの唇を奪うことを思い、バランの表情が険しくなった。ドア近くのテーブルに置かれていた小さな彫像を手に取ると、素早く彼のうしろに忍び寄る。音を立てないように移動したつもりだったが、なにか気配を感じたらしく、背後に近づいたところでマルキュリナスが振り返ろうとした。バランは彼の頭めがけて、彫像を振りおろした。

静かな部屋にゴンという大きな音が響き、マルキュリナスはうめき声をあげながらくずおれた。バランはちらりとベッドに目を向け、どちらの音もミューリーを起こしてはいないことを確かめた。

暖炉はベッドの向こう側にあったから、こちら側は闇に沈んでいる。バランは黒い塊のようなマルキュリナスを見おろし、意識のない彼を部屋から引きずりだそうとして体をかがめたところで、その手を止めてベッドで眠っている女性に目を向けた。昼間、広間で見たときにも美しいと思ったが、炎の明かりで見る彼女の美しさは息を呑むほどだった。薄明かりに浮かびあがる表情は穏やかで神秘的だったし、炎に照らされた髪は筆で掃いたかのように、ところどころが明るかったり、黒っぽく見えたりした。

眠りが浅いのか、寝苦しいのか、シーツや毛皮をはいでしまっていて、太腿にチュニックがからまっているのが見える。雪花石膏《せっかせっこう》のような脚が薄明かりのなかで柔らかな光を放っていた。

バランの視線は丸みを帯びた腰からなだらかな曲線を描く腹部、そしてチュニックの襟元へと移動した。何度となく寝返りを打ったらしく、チュニックの胸元も乱れていた。紐《ひも》がほどけて前が大きく開き、胸の上部と片方の乳房の一部があらわになっている。

気がつけばバランは、胸のふくらみをじっと見つめていた。手を伸ばして、ほんの少し布地を動かせば、乳首が見えるだろう。彼は思わず唇をなめ、この光景を心に刻みこもうとした。そうすれば、あとでまた思い出すことができる。いったいどれくらいそうやって立ちつくしていただろう。床の上の塊からうめき声が聞こえてきたところを見ると、かなりの時間がたったらしい。

バランはそちらに目を向け、楽しみを邪魔したマルキュリナスに向かって顔をしかめた。膝をついて男の頭の位置を確認すると、それ以上声を出さないように側頭部を押さえつけた。少なくとも、そのつもりだった。だが不運なことに、頭をつかんだとたん、マルキュリナスは屠《ほふ》られる直前の豚のような悲鳴をあげた。

バランは声に出さずに毒づきながらしたたかに彼を殴りつけ、それから不安げなまなざしをベッドに向けると、マルキュリナスの声でミューリーが目を覚ましたことを知って、体を凍りつかせた。彼女は体を横向きにして、暗がりに膝をついているバランを見つめながら、眠たそうに目をしばたたかせている。

「あなたはだれ?」ミューリーはとまどったように尋ねたが、まぶたがすぐにくっついてしまったところを見ると、完全に目が覚めたわけではないようだ。「わたしの旦那さま?」

バランはためらった。自分でも驚いたことに、この状況を利用してイエスと答えたくなっている。だがそんなことをすれば、いま足元に転がっている男と同じ程度にまで自分を貶《おとし》めることになる。自分の良心を呪いながら、バランは渋々答えた。「違う」

「それじゃあ、あなたはだれ?」ミューリーは当惑した様子で訊いた。

「だれでもない。わたしはここにはいない」

「そうなの？」

「そうだ。きみは眠っているんだ。さあ、横になって」バランは命じた。

ミューリーはしばらく考えていたが、不意に思いついたらしい。「わかったわ。そうよ、あなたはまだわたしの旦那さまじゃない。結婚する運命の人なんだわ」

彼女がベッドに仰向けになるのを眺めながら、バランは大きく目を見開いた。これはまずい。彼女はわたしのことを……彼女は……。まずいぞ！

バランは唇を噛んだ。どうすれば事態を修正できるのか見当もつかなかったが、なにかしなければならないことはわかっていた。つかの間ためらったあと、膝立ちのままベッドに近づき、半分だけ立ちあがってミューリーを見た。彼の指示どおり横になり、すぐに眠りに落ちたようだ。体を動かしたことでチュニックの胸元はさらに乱れ、乳首がはっきりと見えている。バランは鋭く息を吸いこむと、強くこぶしを握りしめ、触れたくなるのをぐっとこらえた。

まったく、わたしはこんな責め苦を受けなければならないほどのなにをしたというんだ？最初は領民を奪ったペストだ――だが英国の人口の半分が同じ病で死んでいるから、運命が彼だけを苦しめているとは言えないだろう。しかしながら、ゲイナーがほかの領地のように立ち直れなかったことは、運命のせいにしてもいいだろう。そして父が死に、ゲイナーとそこに暮らす人々が彼の手に委ねられ、最後はこの誘惑だ。

ミューリーの唇から小さな息が漏れた。同時に体を動かしたので、チュニックがさらに乱れて片方の乳房が完全にこぼれ出た。丸くて、引き締まっていて、とてつもなく魅惑的だ。

「ちくしょう」バランはつぶやいた。こんなものが目の前にあっては、事態を修復する方法を考えるのはとても無理だ。

どうするべきかを考えてさらに時間を無駄にしたあとで、バランは乳房をチュニックに戻そうとした。両手を必要とする作業だった。片手で乳房を支え、もう片方の手でチュニックを引き寄せる。だがミューリーがうめきながら背中を弓なりに反らしたので、その手が止まった。

思わず彼女の顔に視線を向けると、いまにも目を開こうとしているのがわかった。バランは考えられる唯一のことをした――キスを。だれかに触られていることに気づいた彼女が悲鳴をあげるのを防げるし、彼自身もまたこのあとどうするべきかを考える時間を稼げるというのが、バランの理屈だった。

だがその理屈には不備があったことに、すぐに気づいた。むきだしになった乳房がすぐ目の前にあったせいでもともと思考力は低下していたが、キスは完全にそれを奪った。彼女は温かくて、眠たそうで、唇は柔らかくて、蜂蜜酒の味がした。バランは我を忘れた。

初めはただ唇を合わせるだけの軽いキスだった。だが彼女が吐息を漏らし、体を反らせると、どうしようもなく熱いキスに変わっていった。舌で唇をこじ開け、彼女の口のなかへと差し入れる。

返ってきたのは、これ以上ない反応だった。ミューリーは喉の奥でうめいたかと思うと、小さな手で彼の腕を弱々しくつかみ、体をのけぞらせるようにして乳房を彼に押しつけた。バランの手は即座にその誘いに応じたが、それは乳房をチュニックのなかに戻すためではなかった。

束縛を解かれた乳房をバランはそっと握りしめた。彼女のうめき声を歓喜と共に呑みこむと、それ以上の歓びの声を聞きたくなった。ベッドに乗ろうとしたところで、彼女のものとは違う低い声が聞こえた。

自分がどこにいるのかも、そしてその理由も、バランの頭からすっかり消えていたから、つかの間彼はとまどった。だがなにかがかすかに足首に触れるのを感じて、自分がいま置かれている状況を思い出した。重ねた唇はそのままにこぶしを突き出すと、マルキュリナスの額らしいものに当たる感触があった。彼が床にくずおれる音を聞いて、バランはミューリーの口のなかにため息をついた。

わたしがしていることは間違っている。わたしはマルキュリナスの卑劣な策略を利用して、薬を盛られた娘に身勝手な振る舞いをしているのだ。

そう考えると、彼女が意図せずかきたてた欲望に冷たい水を浴びせられたような気になった。バランはゆっくりと唇を離した。彼女の髪を撫《な》でつけながら、そっとささやく。「おやすみ」

ミューリーは落胆したような声を漏らしたが、その音が消えるより先に再び眠りに落ちていた。ラウダが飲ませた薬草がどれほど効果のあるものだったかが、よくわかった。実のところミューリーは、まったく目を覚ましてはいなかったのかもしれない。

落胆のため息をつきながら、バランはマルキュリナスの様子を確かめると、彼を肩にかつぎあげた。最後にもう一度寝乱れた姿のミューリーに目を向ける。枕に広がった髪、頭の上にあげた両手、軽く曲げた膝。チュニックは肩からずり落ちて、腰のまわりにからみつき、彼女の体は隠れているところよりあらわになっている部分のほうが多かった。

朝一番に目に入ってくる光景がこれだったらどんなにいいだろうか。

バランは毅然《きぜん》として彼女に背を向け、マルキュリナスをかついだまま部屋を出ると、そっとドアを閉めた。

「なにがあった？」すぐに近づいてきたオスグッドが小声で訊いた。「彼女はやつを見たのか？　きみを見たのか？　彼女は――」

「静かにしろ」バランはげんなりして命じた。「とにかくこいつを……」肩にかついだ意識のない男を見て、顔をしかめる。「部屋に連れていって、わたしたちも眠ろう」

「今回ばかりはオスグッドも軽口を叩いたりはせず、マルキュリナスの部屋まで黙ってバランについてきた。幸いなことに、マルキュリナスは部屋を出る前に召使を引き取らせていたらしく、そこにはだれもおらず、ベッドは寝る準備ができていた。ふたりはマルキュリナスの服を脱がせると、朝になって目が覚めたときには彼がなにも覚えておらず、自分の足で部屋に戻って眠ったのだと考えてくれることを願いながら、ベッドに寝かせた。

ひどい頭痛がするだろうし、そのせいで疑問を抱くかもしれないことはわかっていたが、バランは気にかけなかった。当然の報いだ。


ミューリーは笑顔で目を覚まし、ベッドの上で伸びをした。素晴らしくいい気分だった。最高の夢を見たのだ。ある男性が夜中に彼女のもとを訪れて、そして——ミューリーは目をしばたたいた。

男の人の夢を見た！

ぱっと体を起こし、部屋のなかを見まわした。もちろん彼はいない。夢なのだから。けれどいかにも現実のように思えた。唇に残る重ねられた唇の感触、シーツから漂う彼の香り……。

「嘘みたい」ミューリーは聖アグネス祭前夜に腐った肉を食べ、長い黒髪と茶色い目と戦士の肉体を持つ男性の夢を見たのだ。

「まあ……」彼の手と唇の感触を思い出して、ミューリーの目が大きくなった。現実の彼が夢に出てきた男性の半分でも素敵なら、すぐにでも出会って結婚したい。ベッドを共にするのも怖くはないと思えた。

ミューリリーは笑いながらシーツと毛皮をはいでベッドからおりた。早く朝食の席につきたくてたまらない。今朝はとても空腹だったし……それに夫となる人もそこにいるかもしれない。そうであってほしいと思った。一刻も早く彼と出会い、名前を知り、もう一度キスをしてもらいたかった。考えただけで爪先がむずむずする。あのキスは――。

「痛い」ミューリリーは思わずつぶやき、床から足を持ちあげた。なにか硬いものを踏んだようだが、怪我はしていなかった。足をさすりながら床のイグサのあいだに目を凝らすと、小さな光る金色のものが見えた。

足から手を離し、かがみこんで拾いあげてみると、それは金の鎖のついた十字架だった。その鎖の部分を踏んだのだ。しげしげと眺めた。彼女のものではないし、セシリーがつけているのを見たこともない。手の上でひっくり返し、唇を嚙みながら、いったいなぜここにあるのだろうと考えてみた。

ドアが開く音がしてそちらに目をやると、セシリーが顔をのぞかせていた。女主人が起き出しているのを見て、水を入れた洗面器を持って笑顔で部屋に入ってきた。

「よくおやすみになれましたか?」

「ええ」ミューリリーはベッド脇のテーブルに十字架を置き、洗面器を運ぶメイドのあとを追って窓に近づいた。

「だれかの夢を見ましたか？」

ミューリーは驚いて彼女を見た。ゆうべ、聖アグネス祭前夜の迷信の話をしたことを思い出したが、腐った肉を食べたと言ったかどうかは記憶になかった。

「どうなんです？」セシリーは知りたくてうずうずしているようだった。首をかしげ、目を細くしている。「見たんですね？」

「ええ」ミューリーは認めた。彼女とラウダがしたことは、おそらくすでに宮廷じゅうに知れ渡っているのだろう。そもそもラウダは料理人から腐った肉をもらったのだし、ゆうべ近くの席に座っていた人間はだれであれふたりの話が聞こえたはずだ。

「見たんですね！」セシリーは興奮した声をあげた。「教えてください。どんな人でした？ハンサムでしたか？　知っている人でしたか？」

「とてもハンサムだったわ」答えるミューリーの脳裏に、見知らぬ男性の顔が蘇《よみがえ》った。しっかりした顔立ちのハンサムな男だった。彫りの深い茶色の目、まっすぐな鼻、美しい口元――知らず知らずのうちに、ミューリーは自分の唇に手をやっていた。彼とのキスの記憶はどこか曖昧で、現実と言うにはあまりにぼんやりしていたけれど、あのキスが呼び起こした感情や、彼の舌の感触すら思い出すことができた。だが、ベッドから起き出してしまったいま、もう彼の香りはしない。ほかの記憶もこんなふうにすぐに消えてしまうのだろうかと、ミューリーは考えた。消えてほしくなかった。キスをしたのは初めてだったけれど、あれほどぞくぞくする経験も初めてだった。忘れたくないと思った。

上唇を指でなぞっていることに気づき、ミューリーはその手を離して顔を洗い始めた。

「ベッド脇のテーブルに置いてある十字架を見てちょうだい。あなたのものではない？」

セシリーは部屋を横切り、十字架を手に取った。「いいえ、違います、お嬢さま。わたしのではありません」

「そうだと思ったわ」ミューリーは落ち着かない気持ちになった。あれは夢に出てきた男のもので、彼は夢ではなく現実の存在なのかもしれないとふと考えたが、彼が十字架の類《たぐい》を身に着けていたという記憶はなかった。

「召使のだれかが、昨日イグサを交換するときに落としたんじゃないでしょうかね」セシリーが言った。「あるいは、イグサに紛れこんでいたのかもしれません」

「そうね」ミューリーはほっとして息を吐いた。「きっとそうだわ。テーブルに戻しておいてちょうだい。だれが落としたのかを調べるようにベッカーに言っておくわ」

セシリーは指示どおりにテーブルに十字架を戻すと、ミューリーのところに戻ってきて尋ねた。「夢の男性はなにか言ったり、したりしましたか？」

濡らしたリネンを左の乳房に当てたところで、ミューリーの手が止まった。答えたくなかった。夢を見たことを認めなければよかったと思った。夢の男性の話はだれにもしたくない。あの経験はいつまでも忘れずに大事に取っておきたいのに、だれかに話すと記憶が薄れてしまう気がした。

ミューリーは顔をあげると、無理に笑顔を作った。「いいえ。それにいまはこれ以上話さないでおくわ。さあ、着替えを手伝ってちょうだい。今朝はとてもお腹が空いているの。早く食事にしたいのよ」

セシリーはがっかりした様子だったが、それ以上尋ねてくることはなかった。ミューリーを手伝って身支度を終えると、彼女について部屋を出て階段をおりていく。エミリーと彼女の夫であるレジナルド・レイナード卿もちょうど部屋を出てきたところで、ミューリーとメイドに気づくと揃って笑みを浮かべた。

「おはよう、ミューリー！　気分はよくなった？」エミリーはふたりが近づいてくるのを待って尋ねた。

「ええ、気にかけてくれてありがとう」ミューリーは答えると、レイナード卿に微笑みかけた。ハンサムでたくましい彼が妻を深く愛していることは、はたから見ていてもよくわかった。彼ほど素晴らしい夫はいないとミューリーは考えていて、友人が幸せであることがうれしかった。

一行はあれこれとたわいもないことを話しながら下へとおりていき、料理が用意されている広間までやってきた。レイナード卿は空いている席にふたりをいざなうと、妻の頬にキスをし、ほかのナイトたちと話をしてくる、すぐに戻ると約束をして離れていった。

エミリーはにこやかな笑みで夫を見送った。「あの人はきっと政治的な議論を始めてしまうんでしょうね。戻ってきて食事を始めるのは、わたしたちが食べ終えてからよ」

「それでもいいの？」ミューリーは訊いた。

「いいのよ」エミリーは笑って答えた。「わたしたちはめったに宮廷には来ないし、彼が楽しそうにしているのを見るのはうれしいわ。ペストの流行以来、ずっと働きづめだったのよ」彼の姿が人ごみに消えるのを見つめるエミリーの顔に、心配そうな表情が浮かんだ。

ミューリーは重々しくうなずいた。レイナード城はほかよりもまだ運がよくて、命を落とした人間は少なかったものの、あの病の恐ろしさに変わりはない。流行が続いているあいだ、ミューリーは友人たちのことを死ぬほど心配した。レイナード卿も同じだったことを——妻が子供を宿していることがわかってからはなおさら——彼女はよく知っていた。もしも妻とお腹の赤ん坊を失っていたら、彼は立ち直れなかったのではないかとミューリーは考えていた。

「それに——」エミリーはミューリーに向き直って笑った。「あなたとわたしをふたりきりにするために、あわてて行ってしまったんだと思うわ。わたしたちがどれほど親しいか、あなたに会えるのをわたしがどれほど楽しみにしていたか、彼はよく知っているから」

それを聞いたミューリーは満面に笑みを浮かべ、お腹の大きな友人を抱きしめた。「わたしだってあなたに会えるのをとても楽しみにしていたのよ。あなたは家族のつぎに大事な人だわ、エミリー」

「しーっ。そんな大きな声で言ってはだめよ。国王陛下の耳に入ったら、気分を悪くされるわよ」エミリーが注意した。

「そうね」だれかに聞かれてはいないかと、ミューリーはあたりを見まわした。国王の気分を害したくはない。彼は彼なりに優しかったし、感謝もしている。けれどめったに宮廷にいることはなかったから、ミューリーにとっては伯父のような存在だった。一方のエミリーは姉も同然だ。

「それで、よく眠れたの？　未来の夫の夢を見た？」エミリーは空気を変えようとして、からかうように尋ねた。

ミューリーがためらっていると、セシリーが代わりに答えた。「そうなんです、見たんです――すごくハンサムなんだそうですよ！」

エミリーは信じられないというように大きく目を見開いてメイドを見つめ、それから顔を赤らめているミューリーに視線を移した。「そうなの？」

「わたし……その……あんなの、ただの夢に決まっているわ」ミューリーはかろうじてそう答えると、話題を変えようとして言った。「わたしたちがこんなに仲良くしていること、レジナルドはなんとも思っていない？　彼は――」

「だめ、だめ」エミリーはきっぱりと告げた。「話を変えようとしてもだめよ。全部話してちょうだい。本当にだれかの夢を見たの？」ミューリーがうなずいて、気まずそうに身じろぎをすると、エミリーはさらに訊いた。「あなたの知っている人？」

　ミューリーはあきらめて息を吐いた。「いいえ、知らない人よ」

「知らない人？」エミリーとセシリーが同時に声をあげた。

「ハンサムなの？」しばらくして驚きから立ち直ったところで、エミリーが尋ねた。

「ええ、とてもハンサムだった」

「どんな人なんです？」セシリーが口をはさんだ。

「ええ、聞きたいわ」エミリーが勢いこんで言った。「どんな人なの？」

「そうね、髪はとても濃い色だった——黒だと思うわ。そして彼は……あの人にそっくり！」広間の反対側に腰をおろした男性が目に入り、ミューリーは驚きの声をあげた。色あせた青いダブレットを着た彼をうっとりと眺める。夢のなかの彼女の寝室は暗かったから、いまほどはっきりと彼を見たわけではなかったが、同一人物だという確信があった。彼女の頬に優しく触れた長く黒い髪、誇り高い顔立ち、夢のなかでしがみついたたくましい肩。彼は素晴らしくハンサムだった。

「どの人？」エミリーが、ミューリーの視線の先を追いかけながら訊く。「どの人なの？」

「青いダブレットと緑のコタルディ（袖の長い、体にぴったりした中世の外衣の一種）を着ている人よ。わたしたちの向かい側にいるわ。黒い髪と広い肩と柔らかな唇をした人」

「柔らかな唇？」エミリーがさっと振り向いた。

「夢のなかでわたしにキスしたとき、唇が柔らかかったの」ミューリーはそう答えてから、眉間にしわを寄せた。「でも引き締まっていた。柔らかいけれど、引き締まっていたの」

エミリーは驚いたようにミューリーを見つめていたが、やがて興味深そうな視線を問題の男性に向けてつぶやいた。

「ゲイナー卿」

「ゲイナー」ミューリーはその響きを試すかのように繰り返した。きれいな名前だ。力強くて、堅実で。彼自身もまた力強くて、堅実に見えた。

「全部話してもらうわよ」エミリーが告げた。「夢の最初から最後まで。なにもかも聞きたいわ」

「彼女はきみのことを見ているぞ」

「なんの話だ？」隣に座った従兄弟にうしろめたそうな表情を見せないようにしながら、バランは尋ねた。

「レディ・ミューリーだ。広間を横切っているとき、彼女とレディ・エミリーの脇を通ったんだ。そうしたら、彼女がレディ・エミリーに、ゆうべ夢で見た男はきみだと言っているのが聞こえた」オスグッドは言葉を切り、片方の眉を吊りあげた。「どうして彼女がきみを見たと教えてくれなかったんだ？」

バランは居心地悪そうに体をもぞもぞさせた。「目が覚めたとき、なにも覚えていなければいいと思ったからだ」

見え透いた嘘というわけではなかった。彼の一部――より高潔な部分――は、彼女が忘れていることを本当に望んでいた。そちらの彼なら、堂々と彼女の手を取ることができるだろう。だが別の一部は、どうやって彼女を手に入れようが意に介してはいなかった。彼のことを忘れてほしいなどとまったく思ってはおらず、覚えていてほしがっていたし、一刻も早く結婚して、ふたりきりになれるところならどこでもいいから、一糸まとわぬ姿で彼を迎え入れてくれることを望んでいた。

「まったくきみときたら」オスグッドは首を振りながら言った。

「わたしは――」バランがいらだたしげに口を開いたが、オスグッドがそれを遮った。

「それだけじゃない。その話を聞いていたのは、ぼくだけではないんだ。ラウダが近くにいた。ふたりに声をかけようとしていたんだが、レディ・ミューリーが話しだしたんで思いとどまった。彼女の言葉を聞くと、ひどく動揺した様子であわててどこかに向かった。もちろんぼくはあとをつけた」

「そうだろうな」バランは言った。オスグッドはこの手のことが大好きだ。

「彼女はまっすぐ兄のところに向かった」

「それで？」まだ続きがあることはわかっていた。

「彼女はまだあそこにいる。見えるだろう？」オスグッドはテーブルの先を示し、バランはその指の先を見やった。マルキュリナス・オルダスが、勢いこんで話をする妹に耳を傾けている。彼女がおおいに不満を抱いていることは明らかだ。彼女がこちらを身振りで示し、兄妹の視線が向けられると、バランは思わず歯をむきだして鮫《さめ》のような笑みを作った。ことの成り行きに満足しているわけではもちろんなかったが、ふたりの企みはわかっていると知らしめておくべきだろうと思ったのだ。これで彼らもこれ以上ばかなことをするのを思いとどまるかもしれない。

「ゆうべなにがあったのか、あいつらは突き止めるだろうか？」オスグッドがふたりを見ながら言った。

「おそらくは」オルダス兄妹は彼に背を向け、顔を突き合わせてなにごとかを熱心に話し合っている。

「またなにか企んでいる」

「そのようだな」バランはいらだたしげに応えた。なにをしてもふたりを阻止することはできないらしい。「なにを話しているのか、わかればいいんだが」

「わかるさ」オスグッドが請け合った。バランが鋭い目を向けると、彼は肩をすくめて説明した。「騎士見習いの男を偵察に行かせた」

広間の向こう側にいるふたりに再び目を向けたバランは、近くに若者がいることに気づいた。イグサの上にあぐらをかいて座り、犬と遊んでいる。彼に注意を向けている者はだれもいない。

バランは笑顔になった。「ウィリアムはいい青年だ」

「ああ。それにこういった仕事には長けている。あとで、ふたりの会話をそのまま復唱してくれるだろう」

うなずくと、バランは目の前のパンとチーズに視線を戻した。

「それで……」オスグッドが切りだした。

バランは用心深い目で彼を見た。「なんだ?」

「やつと同じ程度にはならないと断固として言い張っていたにもかかわらず、彼女にきみの姿を見せただけではなく、キスまでしたようだな」

落ち着かない様子でバランが身じろぎした。「どっちもそのつもりはなかったんだ」

「だが彼女に姿を見られたあとは、キスをしようと思ったわけだ」オスグッドは皮肉っぽくうなずいた。

「キスをしたのは、チュニックを元どおりにしようとしていたら、彼女が目を覚ましたからだ!」

「なるほど」納得したと言わんばかりの口調だったが、表情はそうではないと語っている。オスグッドは唇を嚙んで尋ねた。「彼女のチュニックはどうして元どおりにする必要があったんだ？」

「彼女は寝相が悪いらしい」バランはぼそぼそと答えたが、ちらりと従兄弟に目を向け、彼が妙な顔をしていることに気づいた。「なにをにやにやしてるんだ？」

「それほどばつの悪そうなきみを見ることはめったにないからね」オスグッドは面白そうに答えた。「それにぼくたちは助かったんだ。きみは彼女と結婚できるのさ。レディ・エミリーに〝夢〟の話をしていたとき、彼女はずいぶんときみに惹《ひ》かれている様子だった」

「彼女は夢の内容について話していたのか？」レディ・ミューリーはどれほど覚えているのだろうと考えると、バランは不安になった。彼が暗闇のなかで乳房に触れていたことを思い出しただろうか？

「ああ。〝熱い抱擁、燃えあがる情熱、灼熱のキス〟という感じだった」

バランは愕然《がくぜん》とした。ラウダがミューリーに食べさせた薬草のせいで現実の認識がおかしくなり、彼女の心のなかで暖炉の炎と彼のキスが入り混じってしまったのだろう。彼にとっても熱く情熱的なひとときであったことは間違いないが、オスグッドは〝熱〟という言葉をやたらと口にした。ハーブかあるいは腐った肉のせいで、彼女自身が熱っぽかったのかもしれない。

「そうだったの……」エミリーは椅子の背にもたれ、片手で顔をあおいだ。「それって、まるで……その……」

「ええ、そうなの」ミューリーはため息をついた。

エミリーはつかの間彼女を見つめてから言った。「聖アグネス祭前夜の迷信は別としても、ゲイナー卿は立派な人よ。レジナルドは彼を高く評価しているわ。国王陛下も」

「それはいい知らせだわ。あなたの旦那さまの意見は確かですもの。それに陛下も彼を高く評価しているのなら、わたしたちの結婚に反対はなさらないでしょうし」

「そうね」エミリーはうなずいた。「クレシーでもカレーでも国王陛下のために戦っているの。とても勇敢な戦士だという話よ」

ミューリーはそれを聞いて安堵した。我が家を守るためには、剣の腕が立つことは重要だ。

「相手が男でも女でも子供でも動物でも、彼がひどい扱いをしたという話は聞いたことがないわ。だれに対しても、公正で礼儀を重んじるということね」

「それもいい知らせだわ」ミューリーはうれしそうに言った。

エミリーは笑みを浮かべたが、彼女を戒めるように言い添えた。「けれど、ゲイナー城はペストで大きな損害を受けたという話よ。お父さまも亡くなって、バランはたくさんの問題を抱えることになったの」

「バラン？」ミューリーはとまどった。

「彼の名前よ」

「まあ……バラン」ミューリーは彼の名前をつぶやいてみた。いい響きだ。バランとミューリー。

笑顔のまま、エミリーは唇を軽く嚙んで言った。「そのせいで、経済的な苦境にあるらしいの。もちろんいまだけのことでしょうけれど、でも——」

「わたしの両親は充分なものを遺してくれたわ。経済的な苦境はたいした問題じゃない」ミューリーは彼女の言葉をあっさりと受け流し、再び彼の名前に思いをはせた。バラン。ゲイナー卿。バランとミューリー。レディ・ゲイナー。ゲイナー城はどんなところだろうと考えてみた。水辺が近くにあって、あまり内陸でないことを願った。ミューリーは水が好きだった。「ゲイナーはどこにあるの？」

「北よ。近くに川があったはず」エミリーが答えた。「なにより素晴らしいのは、ここからかなり離れているから、頻繁に宮廷に戻ってこなくてもいいことね」

「たしかにそれは素晴らしい知らせだわ」ミューリーは宮廷での暮らしがいやでたまらなかった。放蕩《ほうとう》、陰謀、残酷な人々……。

エミリーはふと気づいたように言った。「あら、あれはセシリーじゃない？　まあ、あなたのメイドには恋人がいるらしいわ」

ミューリーは彼女の視線をたどり、うなずいた。「そうみたいね」

エミリーはゲイナー卿に再び視線を戻し、考えこんだ様子で言った。「残る問題はただひとつ、あなたたちが合うかどうかね」

ミューリーは一時の思いつきや興奮などではなく、知性と分別を持って行動しようとした。夫となるかもしれない運命の人に視線を戻す。彼は、隣に座っている男性と熱心に話しこんでいた。彼もまた魅力的だが、バランとは比べものにならないとミューリーは思った。彼よりも色白だし、肩幅も彼ほど広くなければ、たくましくも見えない。「隣にいるのはどなた？」

「従兄弟のオスグッドよ。バランといっしょにフランスの戦いに行ったわ。だから、ペストが流行したとき、この国にいなかったの。レジナルドは彼のことも評価しているの」

「そう。彼もゲイナーに住んでいるの？」

エミリーはうなずいた。「お母さまは彼を産むときに亡くなったの。その後お父さまも亡くなって、それ以来ゲイナーで育ったのよ。バランとは兄弟のようなものね」

ミューリーはうなずいた。「ほかに家族は？」

「バランには妹がいたはず。お母さまは彼女の出産のときに亡くなっているし、お父さまもペストで亡くなったから、両親がいないのよ」

「わたしと同じ」見たこともない少女を思って、ミューリーの胸は痛んだ。だが面倒を見てくれる兄がいただけ、彼女は幸運だったと言えるだろう。両親が死んだとき、ミューリーにはだれもいなかったのだ。もちろん国王と王妃が彼女を引き取ってくれ、名づけ親である国王がかわいがってくれたことは幸運だった。けれど彼女が本当に求めていたのは王妃の愛情だった。国王がどれほど溺愛してくれても補えない、母親のような愛と優しさが欲しかった。自分が手に入れられなかったものを、バランの妹には与えることができるかもしれない。

「なんていう名前なの？」

「え？　たしかジュリアナだったと思うわ。確信はないけれど」

「ジュリアナ」素敵な名前だと思いながら、ミューリーは繰り返した。

「さてと」エミリーは朗らかに言った。「準備はいい？」

「なんの？」ミューリーはとまどったように訊き返した。

「彼に会う準備よ」

「彼に会う？」ミューリーは息を呑んだ。「どうして？」

エミリーは声を立てて笑い、辛抱強く告げた。「彼と話をして、あなたにふさわしいかどうかを見極めるのよ」

「でも……いま？」

「いま以上のタイミングはないわ。彼に時間を割くだけの価値があるかどうかを決めてしまうの。いいと思えば、彼ともっと話をすればいいし、ふさわしくないと思うのなら、ほかの候補者を探せるわ」

「でも……」ミューリーは自分の着ているドレスを見おろした。シンプルな灰色のコタルディに白いサーコート。夢で見た男性と会うことがわかっていたなら、もっとお洒落な装いをしていたのに。

「あなたは素敵よ」エミリーが請け合った。「さあ、行きましょう。バランはレイナードに滞在したことがあるの。フランスから自宅に戻る途中で寄ったのよ。わたしとは知り合いだから、彼に挨拶をしに行っても変には思われないわ」

「わかったわ」ミューリーはそう応じたものの、立ちあがり、エミリーについて広間を歩いていく頭のなかはすっかりパニックを起こしていた。

4

「ふたりがこっちに来るぞ！」

　オスグッドのうろたえたような声を聞いて、バランは飲みこもうとしていたパンを危うく喉に詰まらせそうになった。蜂蜜酒のグラスを手に取って、ごくりと飲んでパンを流しこみ、広間をこちらに近づいてくるエミリーとミューリーに目を向ける。どこかほかのところに向かっているのかもしれないし、だれか別の人間と話をするつもりなのかもしれないとも思ったが、こちらを見つめるレジナルドの妻の断固としたまなざしを見れば、ふたりのところに来ようとしていることは明らかだった。

「背筋を伸ばせ」オスグッドが命じた。「手ぐしで髪をなんとかしろ。ああ、神さま、いったいどうすればいい？」

　バランは目を丸くした。「おまえは女性には慣れているとばかり思っていた。わたしに訊かないでくれ。それに動揺する必要はない。彼女たちがここに来るとしたら、わたしと話をするためだ。おまえではなくて」

「だから動揺しているんじゃないか。きみはろくに話をしない——特に女性とは。まあそれは、相手が男であってもだが」

「わたしは寡黙でたくましい人間なんだ」バランがうなるように言った。

「寡黙でたくましくても、妻は勝ち取れない。頼むからバラン、彼女とは話をしてくれ。お世辞のひとつやふたつ言って——」声の聞こえるところまでふたりが近づいてきたので、オスグッドは言葉を切った。いきなり向きを変え、あたかも彼女たちの存在に気づいていないかのように、一心に料理を口に運び始める。

バランはそれを見て首を振り、どうするべきだろうと考えた。従兄弟の真似をして、ふたりに気づいていないふりをする？　あるいはもっと近づいてきたところで、笑顔で挨拶をすればいいだろうか？　レジナルドの妻には好感を持っていたから、ミューリーを正式に紹介してくれるのが彼女だったことに感謝した。少しは気持ちが楽になる。近づいてくるふたりを眺めるうちに、バランは最後にレイナード城を訪れたときに交わした会話を不意に思い出した。レジナルドは宮廷に顔を出すように命じられていて、エミリーは友人と会える機会ができたことをとても喜んでいた。わがまま娘とその振る舞いについての話は耳にしていたから、エミリーとミューリーが友人だと聞いて、そのときは驚愕したのだ。だが、ミューリーは巷《ちまた》で言われているような女性ではない、自分の目で見て判断するべきだとエミリーはバランに言ったのだった。

そのときは、彼女の言葉をさらりと聞き流した。

だがいまはそのとおりだと思っていた。ミューリーは、だれもが考えているような女性ではない。彼女の行動は、宮廷の冷たく無慈悲な世界から身を守るための演技にすぎない。バランは彼女が無事に生き延びたことに驚くと同時に、エミリーとの友情が彼女の品位を守ったのだろうと考えた。レジナルドの妻ほど優しくて、理解のある女性はいないとバランは常々思っていて、エミリーと結婚した友人の幸運に幾分かの嫉妬すら感じたほどだった。

「おはようございます、ゲイナー卿」レディ・エミリーが言った。

バランは声のしたほうに視線を向け、ふたりがすでにそこにいることを知って、驚きに目を見開いた。オスグッドもあたりを見まわして驚いたふりをしている。バランは立ちあがり、ふたりの女性に会釈をした。

「ミューリー、こちらはバラン、ゲイナー卿よ。そして彼の従兄弟のオスグッド」エミリーが礼儀正しく紹介した。「それからおふたかた、彼女はソマーデール家のレディ・ミューリー」

バランは再び会釈をしたが、勢いよく立ちあがったオスグッドに肘で脇をつつかれて小さくうめいた。たまたま当たったわけではないとわかっていた。

「おふたりにお会いできて光栄です」オスグッドはうれしそうに告げた。「レディ・エミリー、もちろんあなたとは以前にもお会いしたことはありますが、お会いできるのはいつだって大歓迎ですよ。とりわけ今日はうれしさも倍だ。こんな美しい花とごいっしょなんですから」

頭がどうかしたに違いないと思いながら、バランは目を丸くしてオスグッドを見つめた。こんなお調子者のような彼を見るのは初めてだ。

「おはようございます、オスグッド」エミリーは笑顔で応じ、ふたりを交互に見比べた。「ミューリーが庭を散歩したがっていて、わたしもそうしたいのだけれど、いっしょに行ってくれるはずのレジナルドが見当たらないんです」

「彼ならいまこちらに向かっているところですよ」バランは彼女の背後に目を向けた。

「まあ」驚いたことに、エミリーは少しもうれしそうではなかった。振り返り、急ぎ足で近づいてくる長身で金髪の夫を眺める。

「すまなかったね」レジナルドは彼女の隣に立つと、身をかがめて頬にキスをした。「アバナシー卿と大事な話があったもので、すっかり時間を忘れてしまった」

「いいのよ、あなた」エミリーは答えたが、なぜかいらだっているように見えた。

「レディ・ミューリーといっしょに庭を散歩したいんだが、きみが見当たらないと話していたところなんだ」バランは緊張をほぐそうとして言った。

「うむ」レジナルドは眉間にしわを寄せて妻を見た。「その……実を言うと、国王陛下と会うことになったと言いに来たんだ。ロバートが呼びに来たので、すぐに行くと答えたんだが、きみに断わっておきたくて」

「まあ」それを聞いたエミリーは怒るどころか顔を輝かせ、夫の言葉がさも素晴らしいことであったかのように微笑みかけた。いらだたしさはすっかり消えている。「あら、全然かまわないのよ。ゲイナー卿とオスグッドが、きっと喜んで散歩につきあってくださるでしょうから」

「もちろんですとも。光栄です」オスグッドがすかさず答えた。いつもより威勢がよく低い声だ。なにがあったのか理解できず、バランは当惑のまなざしを彼に向けた。

「ほらね？　いっしょに行ってくださるわ。大丈夫よ」エミリーは夫の腕を叩いて言った。

「そうか、それはよかった」レジナルドは応じたが、妻を見る目にはいぶかしげな表情が浮かんでいる。その視線はミューリーに移り、それからバランに向けられた。レジナルドは問いかけるように片方の眉を吊りあげたものの、バランは肩をすくめただけだった。エミリーが、ミューリーと彼がいっしょに過ごす時間を作ろうとしているのは間違いない。だがそれをレジナルドに説明するつもりはなかった。いまは。これからも。ゆうべの失態をだれかに話す気にはなれない。

「それじゃあ、わたしは行くよ。散歩を楽しむといい」

彼は妻の耳にキスをし、ついでになにごとかをささやいて彼女ににらまれた。それから姿勢を正し、バランたちに会釈をするとその場を離れていった。

「さあ、行きましょうか、殿方たち？」エミリーは朗らかに宣言すると、だれかが返事をするより早くオスグッドの腕をしっかりとつかみ、歩きだした。

ミューリーが恥ずかしそうに微笑みかけてきたので、バランは腕を差しだした。彼女が前腕に軽く手をからめ、ふたりもオスグッドたちを追って歩き始めた。城を出て、宮廷の庭へと向かう。

エミリーとオスグッドはミューリーたちの数歩前を歩いていたが、つまずかないのが奇跡だった。ふたりとも自分の足元には注意を払わず、しきりにミューリーとバランを振り返っている。エミリーは心配そうな表情でふたりを眺め、オスグッドは眉を吊りあげては意味ありげな視線をバランに送っていた。幸い、ミューリーは気づいていないようだ。オスグッドがなにを言いたいのかバランにはさっぱりわからなかった。おそらく彼女と話をするように促しているのだろう。だがあいにく、言うべき言葉が見つからない。ミューリーのほうを見るたびに唇に視線が吸い寄せられ、ゆうべのキスを思い出してしまう。考えがまとまらず、オスグッドが期待しているようなはずんだ会話などとてもできそうになかった。

ふたりだけにしておいてもらちが明かないと思ったらしく、オスグッドとエミリーは突然組んでいた手を離し、ふたりの隣にやってきた。エミリーはミューリーの側、オスグッドはバランの側だ。オスグッドが脇腹を肘で突いてきたときも、バランは驚かなかった。なにか話せと言いたいのだろう。エミリーが口を開かなければ、オスグッドは彼の頭を引っぱたいていたかもしれない。

「今日は暑すぎもせず、気持ちのいいお天気ね」明るい声で言う。

「まったくだ」オスグッドが即座にうなずいた。「夏にしては気持ちがいい。かといって涼しすぎるということもない。ぼくは冷たい冬の風が吹き始める頃が大嫌いなんだ。バランもそうだ」

「冬はミューリーも好きではないの。一番好きなのはいまの季節で、秋は色彩が豊富で美しいと思っているのよ」エミリーは応じたが、不安になったのかしばし口をつぐんだ。不意に足を止め、明るい声でバランに話しかけた。「バラン、妹のジュリアナのことをミューリーに話してあげて。たしか十歳だったわよね？」

「そうだ」バランは答えた。

彼がそれ以上なにも言おうとしないのでエミリーは顔をしかめ、さらに訊いた。「元気でやっているのかしら？」

「ああ」バランはうなるように答え、また肘で脇をつついたオスグッドをにらみつけた。

オスグッドは彼をにらみ返すと、身を乗り出すようにしてミューリーたちに言った。

「ジュリアナは元気でやっているよ。もちろん父親を亡くして寂しがってはいるが、バランがせいいっぱいその代わりを務めているからね」

バランは彼の白々しい嘘を聞いて、片方の眉を吊りあげた。父親が妻の死をジュリアナのせいだと考えていて、決して許そうとはしないことにバランは常々心を痛めていた。ジュリアナに直接つらく当たることはなかったが、彼女の世話は使用人任せで、その存在はほぼ無視していた。ほとんど接することのなかった父親の死を妹が悲しんでいるはずもない。バランが埋めるべき穴などなかった。

だがそれを聞いたミューリリーはおおいに心を動かされたらしく、優しげな笑みを浮かべて言った。「あなたは親切な方なんですね。妹さんは感謝されていると思います。両親が亡くなったあと、わたしに面倒を見てくれる姉か兄がいたなら、心から感謝していたでしょうから」

「本当に」エミリーは顔をのぞかせるようにして、ミューリリーごしにバランを見た。「孤児になって宮廷に連れてこられたとき、ミューリリーはほんの十歳だったんですよ」

バランはうなずき、またもや彼を突こうとしたオスグッドの肘をつかんだ。ミューリリーたちが気づいたことはわかっていたから、警告するようなまなざしを彼に向けただけでその手を離した。「気をつけろ。ここは滑る。転ぶところだったぞ」

オスグッドは不満そうに唇をゆがめ、ミューリリーに向かって言った。「さぞつらいことだっただろうね、ミューリリー。宮廷は快適な環境とは言いがたい」

ミューリリーは落ち着かない表情になり、代わりにエミリーが応えた。「本当につらかったと思うわ。国王陛下が彼女をとてもかわいがったものだから、ほかの少女たちが嫉妬して、ひどく意地悪をしたんですよ」

オスグッドは同情してうなずいた。「バランも若い頃に同じような目に遭っているんだ。ぼくたちはストラスクリフ卿のところで訓練を受けたんだが、彼はバランを気に入って、ひいきしたんだよ。彼のせいではないのに、ほかの少年たちがそれを恨んでね、しばしば喧嘩《けんか》を吹っかけてきた」

バランは苦虫を嚙みつぶしたような顔になった。たしかにそれは事実だが遠い昔のことだし、そのおかげで強い戦士にもなれたのだ。いま持ち出すような話ではない。だが、腕をつかむミューリーの手に力がこもり、控えめではあるものの同情のこもった笑みを向けられると、そんなこともないのかもしれないという気がした。

「ミューリーはそろそろ結婚すべきだと国王陛下がおっしゃったのはもちろんご存じですよね。夫となる人の選択は彼女に任せると言ったことも」エミリーが唐突に切りだし、ミューリーは驚いて息を吞んだ。エミリーはミューリーを無視して言葉を継いだ。「これほど深刻で、難しい決断はないわ」

「たしかに」オスグッドが同意した。「バランも結婚しなくてはならないんだが、同じように感じているよ」

バランは思わず声に出してうめいてしまうところだった。このふたりの意図は恥ずかしくなるくらい明白だ。もっと時間があれば、バランに代わって求婚までしかねない。だが幸いなことに、そうはならなかった。そしてより不運なことに、マルキュリナスと妹のラウダが小道に姿を見せた。

ラウダの赤らんだ顔とマルキュリナスの息を切らしている様子から判断するに、ふたりは彼らに追いつくために走ってきたらしい。

「まあ、レディ・ミューリリー、レディ・エミリー」ラウダはにこやかな笑みを浮かべて挨拶をした。「こんなところでお会いできるなんて、偶然だこと」バランは、ラウダが彼とオスグッドを完全に無視したことをいやでも意識した。

「まったくだ」マルキュリナスはまだぜいぜいと喉を鳴らしている。体を鍛える必要があると、バランはあきれたように考えた。槍でも剣でもいいが、少し鍛錬すれば体も引き締まるだろうに。だがその可能性はほぼないだろう。戦いに赴かなくてもすむように、マルキュリナスの父親が軍役免除税を納めていることをバランは知っていた。

だがそのほうがいいのかもしれないと、息を整えようとしているマルキュリナスを見ながらバランは思った。あの有様では、最初の戦いで命を落とすだろう。そもそも戦うだけの勇気があるかどうかも疑問だが。

「レディ・ミューリリーはだれかの夢を見たのだろうかと、話していたところだ」ようやく息が落ち着いたところで、マルキュリナスが言った。

バランは唇を引き結んだ。どこか勝ち誇ったような表情を浮かべているところを見ると、オルダス兄妹は自分たちの関与を明らかにすることなく、ゆうべ見たものは夢ではないと彼女に信じさせる方法を考えついたのだろう。

必要とあらばいま一度彼の頭を殴りつけようとバランが身構えたところで、ミューリーが言った。「いいえ、残念ながら夢は見なかったわ」

マルキュリナスとラウダはそれを聞いて驚いたかもしれないが、バランが受けた衝撃には及ばなかった。オスグッドも意外そうな表情を浮かべている。

エミリーだけがなんの反応も示さず、笑顔でこう言った。「ただのばかげた迷信だったみたいね」

「わたしは……あなたは……」マルキュリナスは言葉に詰まり、どうしていいかわからないようにミューリーを見つめている。彼の計画は台無しになったようだ。

「本当にだれの夢も見なかったの？」ラウダが苦々しげに訊いた。それが許されるのなら、彼女はミューリーの喉をつかんで、本当のことを聞きだすまで揺すぶり続けるに違いないとバランは思った。だがここにいるのは彼女たちだけではなかったから、ミューリーが否定した以上、できることはなにもない。

「ええ、間違いなく」ミューリーはそう答えてから、逆に訊いた。「どうしてなの、ラウダ？　あなたはだれかの夢を見たの？」

ラウダは体をこわばらせたが、不意に満足げな表情になった。「ええ、見たわ」

「本当に？」エミリーは興味を持ったようだ。「だれの夢を見たの？」

「わたし……知らない人だった。背が高くて、金髪で、ハンサムだったわ」ラウダは答えてから、ミューリリーに目を向けた。「あなたも見たに違いないと思ったのよ」

自分が夢を見たと告げることで、ミューリリーにも打ち明けさせようとしたのだろうが、彼女は申し訳なさそうに首を振るばかりだった。「ごめんなさいね、ラウダ。もっとたくさん腐った肉を食べなければいけなかったのかもしれないわ」

ラウダはため息をつくと、顔をしかめた。「そうかもしれないわね」

「めったにない気持ちのいい日に散歩を楽しんでいるところなの」エミリーは朗らかに言った。「失礼するわね」

「わたしたちも行くわ」ラウダの笑顔は明らかに作られたものだった。

エミリーは迷惑そうな表情になったが、むげにするわけにもいかない。いっしょに散歩するというオルダス兄妹を断ることはできなかった。そこで彼女は次善の策として、マルキュリナスの腕をしっかりとつかんで言った。「まあ、それは素敵。ちょうどマルキュリナスに訊きたいことがあったの。ここしばらく考えていたのだけれど、あなたはあの……フランス人のことをどう思っているのかしら？」エミリーはマルキュリナスを引っ張るようにして歩きだし、ミューリリーとバランから離れていった。

ラウダは顔をしかめてなにか言おうとしたが、オスグッドが彼女の腕を取って歩くように促したので、驚いて口を閉じた。「それではぼくがあなたをエスコートしよう、レディ・ラウダ。今日のぼくは運がいい——三人もの美しい女性と散歩できるんだから」ふたりが歩きだしたのを見て、バランは唇を噛んで笑いをこらえた。

「さて」ミューリーに向き直って声をかける。「わたしたちも行こうか？」

ミューリーは無言でうなずくと、バランに促されるまま彼の腕に手をからめて歩き始めた。頭のなかでいろいろな思いが渦巻いている。ゆうべは夢を見なかったことにしたほうがいいと言いだしたのはエミリーだった。夢についてくわしく話した直後のことだ。ミューリーは安堵した。相手がエミリーであれば問題ないが、セシリーにあれ以上夢のことを打ち明ける気にはなれなかったし、ほかの人間にも話したいとは思わない。夢を見なかったことにするのが一番いいと彼女自身も納得した。ラウダとマルキュリナスに尋ねられたときも、嘘をつくのは驚くほど簡単だった。どちらにしろ、バランの前で認めるつもりなどない。エミリーには夢のことを話せても、その夢のなかで彼女にキスをし、優しく愛撫した当の本人に話せるはずもなかった。

なにより、秘密にしておくことで、迷信の信ぴょう性を確かめられるとミューリーは考えていた。バランは夢のことを知らないのだから、もしふたりが結婚することになれば、これはまさしく運命だったということだ。

エミリーとオスグッドがいなくなったあとは沈黙が続いていたから、彼がなにか言ってくれればいいのにと思いながら、ミューリーは無理に笑みを浮かべてバランを見た。自分でも話題を見つけようとしたものの、ここ数年はエミリー以外の人とはできるだけ口をきかないようにしていた。王妃殿下の居間には近づかず、庭や城内をひとりでうろついていることが多かった。そのせいか、当たり前の会話というのがどういうものなのか、わからなくなっていた。なにも言うべき言葉を思いつかない。バランも口をつぐんだままだ。言葉を交わさなければ、彼のことを知り、結婚相手としてふさわしいかどうかを判断することはできない。

しびれを切らしてミューリーが口を開いた。「レジナルドとはお友だちだとエミリーが言っていたわ」

「ああ」

エミリーはその続きを待ったが、バランがなにも言おうとはしないので、顔をしかめてさらに訊いた。「長いおつきあいなの？」

「ああ」エミリーは再び待ったが、やはり彼はなにも言わない。ミューリーは唇を噛んだ。彼はあまり協力的とは言えない。「国王陛下のために戦ったんですって？」

「ああ」

「フランスで？」

「ああ」

「クレシー？　カレー？」ミューリーは食いしばった歯のあいだから絞り出すようにして尋ねた。

「ああ」

耐えきれなくなったミューリーは、いらだちもあらわに彼を見た。「あなたは話ができるのかしら？　もしできるなら、わたしだけに話をさせないで、会話を続ける努力をしてくれてもいいと思うのだけれど」

「ああ、話はできる」バランは答えたが、それだけだった。

ミューリーは爆発寸前だった。この人、ようやく、〝ああ〟以外のことを言ったわ。神さま、どうかわたしの心臓を鎮めてください。この人は――。

「だが、女性よりは男性と話をするほうが気が楽だ。わたしは、男性と過ごした時間のほうが長い」バランが説明した。

それを聞いて、ミューリーの気持ちが和らいだ。男の人の多くは自分の欠点を認めたがらないものだから――少なくとも国王はそうだ――バランの態度は立派だと思った。彼のつぎの言葉を聞くまでは。「女性と話をするのは面倒だと思うことが多い。女性は感情的な生き物で、どうも男に備わっている基本的な感覚を持ち合わせていない気がする。女性の気分を害さないようにするのは難しい」

「なんですって？」ミューリーは思わず息を呑んだ。

「ほらね？　きみは気分を害している」

「気分を害して当然でしょう？」怒りに満ちた声だった。「あなたはたったいま、女性は愚かだから話す価値もないって言ったのよ」

「そうじゃない。きみは誤解している」あわててバランは弁解した。

「男性に備わっている基本的な感覚が、わたしに欠けているせいでしょうね」ミューリーは冷ややかに告げ、さらに彼に向き直って言葉を継いだ。「言っておきますけれど、女性は男性と同じくらい分別があるわ。いいえ、男性よりもある」

「いや、そういう――」バランは口を開いたが、ミューリーはそれを遮って言った。

「ええ、そのとおりよ。わたしは知性で男の人に負けたりしないわ」

「もちろんそうだろうとも」バランは彼女をなだめようとしたが、手遅れだった。

「なだめてくれなくてもけっこうよ」ミューリーは素っ気なく答えた。「わたしは男の人と同じくらい知性があるし、それを証明だってできる。女性が男性と同じくらい賢いことを証明するために、知性で争いましょう」

「知性で争う？」バランは驚いて訊き返した。「いったいどうやって？」

ミューリーは唇を噛んだ。「いまは思いつかない。でも、知性に欠ける頭で考えてみるわ。決まったらご連絡します」

それ以上彼に言うことはなかったから、ミューリーはきびすを返すと急いでエミリーに近づいた。
「外は少し不快だわ、エミリー。お城に戻ろうと思うの」
「いっしょに戻りましょう」エミリーが応じた。
「それならわたしたちも」ラウダが言い、オスグッドの腕を放した。いっしょに来るように
と身振りで兄に伝えると、城へと戻り始めたミューリーたちのあとを追っていく。
「ゲイナー卿は来ないのかね？」マルキュリナスはミューリーの隣を歩きながら、好奇心も
あらわに尋ねた。
「わかりません」ミューリーは正直に答えた。
「あら、そう」ラウダはゆっくりと相槌《あいづち》を打ったあとで、言葉を継いだ。「ねぇ、本当に夢
を見なかったの？」
「その質問にはもう何度も答えたわ、ラウダ」ミューリーはいらだたしげに答えた。「本当
に見ていないの」
「そう。何度も訊いてごめんなさいね。なんだか申し訳なくて。ふたりして腐った肉を食べ
たのに、夢を見たのがわたしだけなんですもの。あなたにこんな話をして悪かったと思って
いるの。だって、腐った肉の話にはあやしいところがあることがわかったんですもの」
ミューリーは足を止め、さっと振り返った。「どういう意味かしら？　なにがあやしい
の？」

ラウダは唇を嚙んで言った。「わたしたちがゆうべしたことを耳にした人がいて、彼女が言うには、夫になる人の夢を見ることができるのは一日なにも食べなかったときだけなんですって。腐った肉を食べたときは、結婚してはいけない人の夢を見るらしいの」

「なんですって？」ミューリーはおののきと共にラウダを見つめた。

「だから、あなたが夢を見なかったからといってどういうことはないの。でもせっかく腐った肉を食べたのに、無駄になってしまったわね」

「言い伝えのなかに、そんな話はあったかしら」エミリーが顔をしかめて言った。「結婚してはいけない人の話なんて、聞いたことがないわ」

「そうなの、わたしもよ」ラウダは熱心にうなずいた。「でも、わたしは昨日、腐った肉のことには触れなかったと思うわ。確かそうだったって、言い出したのはあなたよ。その話をしてくれた女性はこういうことにとてもくわしくて、間違いないって言っていたの。でもラウダはどうでもいいと言うように、手を振った。「たいしたことではないわね。ミューリーは具合が悪くなることもなかったし、だれの夢も見なかったわけだから」

「そうね」エミリーは重苦しい声で応え、城のなかへと足を踏み入れながら心配そうなまなざしをミューリーに向けた。それから、あえて朗らかな口調で言った。「さあ、戻ってきたわね。ミューリー、わたしの部屋にいっしょに来てもらえるかしら？　あなたにあげたいものがあるの」

「ええ、もちろん」エミリーからの贈り物はすでにもらっていたにもかかわらず、ミューリーはうなずいた。ふたりきりで話をしたがっているのがわかったからだ。それに、ラウダとマルキュリナスから離れる口実ができるのもありがたかった。考える時間が欲しかった。頭のなかが混乱している。バランに情熱的なキスをされる夢を見て、彼が夫となるべき男性なのだと思ったのに、女性は感情的で分別に欠けると彼に言われてしまったのだ。

オルダス兄妹にごきげんようと挨拶をしてから、エミリーはミューリーと腕を組み、階段へと歩いた。ふたりは黙って階段をのぼっていたが、エミリーが不安と好奇心の入り混じった視線をちらちらと自分に向けていることにミューリーは気づいていた。やがてエミリーが言った。「散歩はうまくいかなかったみたいね。会話がはずまなかったの?」

「はずまないほうがよかったわ」ミューリーはつぶやくように答えた。「初めのうち、彼はまったく話そうとしなかったの。石みたいに押し黙っていたわ。そのことをとがめたら、わざわざ自分から女性と話をすることはないって言われたの。たいていの場合、そうするだけの価値がないからですって。女性は感情的な生き物で、男性と同じような強さも知性もないそうよ」

「なんですって?」エミリーは驚いて訊き返した。「でもレジナルドを訪ねてきたときには、わたしと話をしたわ」

「それなら、あなたは例外ということね」

ふたりはしばらく口をつぐんだままだったが、やがてエミリーが言った。「いいえ、わたしは信じないわ。あなたはなにか誤解しているのよ、ミューリー」

「誤解じゃないわ」

エミリーは首を振った。「それなら彼はあなたをからかったのね」ミューリーはその可能性を頑として認めようとはしなかったが、エミリーはさらに言った。「とにかく、あの迷信に関することは忘れるべきだと思うわ。腐った肉を食べたあとに夢で見た男性は結婚するべきではない相手だと、ラウダが言ったことも。どれもばかばかしい話ですもの」

「ばかばかしいと思っているなら、どうして夢で見た彼をわたしに紹介したの？」ミューリーは尋ねた。

「バランを知っているからよ。あなたが彼の夢を見たと聞いた瞬間に、彼ならいい夫になると思ったの。彼は高潔だし、優しいし、結婚する必要があるの。ゲイナー城を立て直すためには裕福な花嫁が必要なのよ。迷信とはまったく関係ないわ」エミリーはため息をついた。

「ミューリー、これほど大事な決断を迷信のようなばかげたことに左右されてはいけないわ。宮廷で結婚相手になりそうな男性はだれも知らないって、あなたは言ったわね？　わたしは知っているの。バランは申し分のない候補者のひとりよ。いいえ、一番かもしれない。あなたたちはとてもお似合いだと思うの。わたしがあなたを妹のように思っていて、こんなことで嘘はつかないって知っているでしょう？」

ミューリーはゆっくりと息を吐くと、唇を噛んだ。「彼に戦いを申し込んだの」

「なんですって？」エミリーはぞっとしたように彼女を見た。

「剣を使った戦いとかそういうのではないのよ」ミューリーはあわてて説明した。「知性の戦いなの」

「まあ」エミリーはほっとしてそのまま歩き続けたが、やがて自信なさげに訊いた。「それはいったいどういうものなの？」

「まだわからないわ」ミューリーは打ち明けた。「なにをするか、考えなくてはいけないのよ」

「そう……でも知性の戦いは悪くないんじゃないかしら。また会う口実になるし、お互いをよく知るためのいい機会よ」エミリーはうなずいた。「そうね、いいことかもしれない。わたしも考えてみるわね。でもね、ミューリー、彼がからかっているとわたしが言ったことは信じてほしいの。彼はいつだって最大限の敬意を持ってわたしと接してくれるわ。女性を見下しているなんて感じたことは、一度もない」

「覚えておくわ」ミューリーは約束した。けれど、聖アグネスの言い伝えが間違いだったかもしれないことを知ってひどく動揺していた。バランの夢を見たのは、彼と結婚すべきではないという意味なのかしら？　一番博学な人に訊いてみるのがいいかもしれないと彼女は考えた。

ミューリーが知るなかでもっとも博学なのはベッカーだが、彼に直接相談するわけにはいかない。国王陛下がそれを知れば、ミューリーは彼よりも側近のほうが聡明だと考えていると思って、気を悪くするかもしれないからだ。ベッカーがいっしょにいるときに国王に相談を持ちかけ、ふたりの意見を聞くことにしようと決めた。

「来ないの？」ミューリーが足を止めたことに気づいて、エミリーが訊いた。

ミューリーは我に返り、笑顔を作った。国王とベッカーにはあとで会いに行けばいい。言い伝えについて調べようとしていることをエミリーに知られたくなかった。ふたりの意見が平行線をたどるのが、迷信にまつわることだった。迷信などくだらないとエミリーは常々ミューリーに言い聞かせていたが、彼女はどうしてもそうは思えなかった。世界は広くて、恐ろしい場所だ。運命が人生の残酷な支配者になりうることを、彼女はごく幼いときに学んでいた。たとえ、科学的根拠に欠けるとしても、未来を少しでも明るく照らしてくれるのなら迷信にも存在意義がある。いっしょにいる二羽のクロウタドリや夏に飛ぶ白い蝶だけが、明日への希望を与えてくれた日があったのだ。

「ええ、行くわ」ミューリーはスカートをつまみ、足を速めた。

「いったいなにを言ったんだ？」ミューリーたちが声の聞こえない距離まで離れたところで、オスグッドは厳しい口調で訊いた。

「おまえがなにを言っているのか、よくわからないが」自分は、あの場を台無しにするようななにを言ったのだろうと考えながら、バランは答えた。ミューリーに対して言いたいことははっきりしていた――自分には女性がよく理解できないこと、女性は男性に比べて感情的に見えること、自分からすると率直で思慮深い男性よりも女性は複雑に思えること――が、言葉が足りなかったらしい。女性は複雑で感情的なのではなく、単純で愚かだと彼が考えているとミューリーに思われてしまったようだ。だがその話をオスグッドにするつもりはなかった。

「なんてことだ」オスグッドは嘆いた。「なにか彼女の機嫌を損ねるようなことを言ったんだろう。逃げるようにして帰ってしまったじゃないか」

「彼女が言っていたとおり、この天気が不快だったのかもしれない」バランは答えながら、いくらか彼女の気持ちが落ち着いたら、釈明する機会があるだろうかと考えていた。女性を侮辱する気も中傷する気もなかった。女性は大好きだし、敬意も抱いている。

「きみが話し下手だということはわかっていたんだ。きみの夢を見たという事実が、この失敗を補ってくれることを祈るほかないな」

バランはなにも答えず、ただ同じことを祈っただけだった。

「今夜は祝宴のあとでダンスがある」オスグッドが言った。

バランは上の空でうなずいた。今夜が聖アグネス祭の祝典であることをすっかり忘れていた。ゆうべは祝典の前夜だからこそあんなことがあったのだから忘れるほうがどうかしているが、そもそもあんな出来事があったから、祝典が頭の隅に追いやられてしまったのだ。

「午後はダンスの練習をしたほうがいいかもしれない」オスグッドは考えこみながら言った。

「ダンス？」バランは警戒心もあらわに言った。

「そうだ。レディ・ストラスクリフがあれほど熱心に教えてくれたというのに、きみはかろうじてステップが踏める程度にしかならなかった。ぼくたちはちゃんと女性をリードできるようになったんだが。あれ以来、きみがダンスをしているのを見たことがない」

なぜなら、あれ以来彼はダンスをしていないからだ。かろうじてステップが踏める程度というのは、かなり甘い評価だと言えた。バランはダンスに興味がなかったし、彼のステップを見ればそれがわかった。

「さあ、行こう。ステップの練習だ」

「いや、わたしにはすることがある」バランはいらだちをこめて応じた。「大事なことが」

「レディ・ミューリーをきみの花嫁にする以上に大事なことなどない」オスグッドがきっぱりと告げた。「きみがレディ・ブリジーダと結婚したいのなら話は別だが。彼女に好意を抱くようになったのかい？」

バランはため息をついた。「わかった」

5

「バラン、頼むからぼくの爪先を踏むのはやめてくれ」オスグッドが食いしばった歯のあいだから言った。

「ダンスの練習をするべきだと言ったのはおまえだ」バランは従兄弟の手を放し、うんざりしたように応じた。ダンスなどなんの役にも立たない、ただの時間の無駄だと日頃から考えていた。女性がどうしてこんなばかばかしいことにこだわるのか、まったく理解できない。女性が興味を示さなければ、男はこんなことをするはずがないと彼は確信していた。そんな考えだったから、複雑なステップに集中できるはずもない。いつしかもっと興味のある事柄に考えがさまよっていき、自分がなにをしているのかを忘れてステップを踏み間違えたり、オスグッドの爪先を踏んづけたりしていた。

「彼女にいい印象を与えたいのなら、今夜の祝宴のあとの舞踏会では、少なくとも彼女の足を踏むことなく踊らなければいけないんだぞ」オスグッドは譲らなかった。「散歩のとき、きみが彼女を侮辱しなければ、これほどダンスにこだわらなくてもすんだんだ」

バランは顔をしかめた。どうしてこんな事態になってしまったのか、いまだに理解できずにいる。だがそのせいで、オスグッドを相手にステップの練習をするという惨めな時間を過ごさなければならなくなったのだ。従兄弟を相手にダンスをするのは滑稽としか思えなかったから、マルキュリナスとラウダの会話の内容をオスグッドの騎士見習いから聞いていなければ、とっくにやめていただろう。

ミューリーがマルキュリナスではなくバランの夢を見たことを知って、当然ながらふたりはおおいに落胆した。なぜそんなことになったのかを考えているようだったが、やがてラウダに問い詰められて、ミューリーの部屋に入ったところまでは覚えているが、そのあと彼女を起こしたりキスをしたりした記憶はないことをマルキュリナスは白状した。さらに、どうやって自分の部屋に戻ったのかもわからないことを認めた。覚えているのは彼女のベッドに近づいたところまでで、つぎに気づいたときには自分のベッドの上にいたという。目が覚めると割れるように頭が痛み、三つもこぶができていたらしい。

話を聞いたラウダは、なにがあったのかをかなり正確に推測した。バランが彼女たちの計画を利用したのだというのが彼女の意見だった。マルキュリナスを気絶させたうえで、ミューリーを起こしたに違いないとラウダは考えた。バランが自分の姿をミューリーに見せるつもりがなかったことなど、ふたりが知るよしもない。バランが勘ぐったとおり、彼がミューリーの寝室にいたことを暴露するつもりで、オルダス兄妹は庭園まであとを追ってきたのだ。バランが寝室に入るところを目撃したが、今朝になってミューリーが出てくるのを見るまではそこが彼女の寝室だとは気づかなかった、もし知っていたらもちろんその場で衛兵を呼んでいたと、ラウダが主張する計画だった。だがミューリーが夢を見たことを否定したので、その計画は頓挫した。

兄妹がこれであきらめるとは思えず、必ずまた別の計画を企てるに違いない——ゆうべバランがミューリーの部屋にいたことを明らかにするか、もしくはどうにかして彼女がマルキュリナスと結婚するように仕向ける——と考えたオスグッドとバランは、彼らの計画を知るためにスパイを送りこんだのだった。

「さあ」オスグッドは部屋の反対側に移動すると、バランに向き直った。「もう一度最初からだ。今度はぼくの右側から近づくことを忘れないように」

バランは大きくため息をつきながら位置につき、騎士見習いに向かってうなずいた。一五歳の少年はすぐにリュートを奏で始め、バランとオスグッドは再びステップを踏み始めた。

「知識を競うのはどう？」エミリーが言った。

ミューリーは立ち止まって考えた。「なんの知識？」

「歴史とか？」しばし考えてからエミリーが提案した。

鼻にしわを寄せてミューリーは首を振った。「歴史はあまり得意じゃないわ。日付と名前

なの？」
「そう」エミリーは眉間にしわを寄せた。ふたり揃って口をつぐむ。「あなたはなにが得意
がごちゃごちゃになってしまうの」
　ミューリーは歩くのをやめ、唇を結んで考えた。「チェスはかなり上手よ」
「チェス！」エミリーは立ちあがった。「素晴らしいわ！　バランもチェスをするのよ。レ
イナードでレジナルドとしていたわ」
「よかった」ミューリーは結論が出たことにほっとした。この一時間あまり、散々頭をひ
ねっても適切なものが思いつかなかったので、バランに知性の争いを持ちかけたのはとんで
もなくばかげたことだったのかもしれないと思い始めていたのだ。けれどチェスなら得意だ。
国王陛下ともよく対戦したものだ――少なくとも以前は。ミューリーが勝利を収めることが
多くなると、国王はおおいに悔しがり、彼女と対戦するのをやめてしまった。
「チェスをすることになったとバランに言いに行きましょう」エミリーが言った。「すぐに
対戦できるかもしれないわ」
　ミューリーはうなずき、ドアへと向かった。だが廊下に出ると、不安が忍び寄ってきた。
「ここしばらくしていないの」不安げに打ち明ける。「わたしがずっと勝ち続けたものだか
ら、国王陛下はわたしと手合わせしてくださらなくなったのよ。戦い方を忘れていないとい
いんだけれど」

「大丈夫」エミリーは勇気づけるように彼女の肩を叩いた。

ふたりはまず広間をのぞいた。オスグッドもバランもそこにはいなかったが、オスグッドの騎士見習いの少年が暖炉のまわりをうろついていた。その近くでは、マルキュリナスとラウダが暖炉脇の椅子に腰をおろし、膝を突き合わせてなにか話をしている。

彼らの注意を引きたくなかったので、エミリーは少年がこちらに目を向けるのを待って手招きした。少年はためらったものの、ふたりのところに駆けてくると、バランとオスグッドは今夜の準備のために自分たちの部屋に戻ったと教えた。

ふたりは少年に礼を言ってから、今夜の準備とはいったいなんだろうと首をかしげながら、バランとオスグッドの部屋を探して廊下を歩きだした。目的の部屋にたどり着いたときにも、その答えは出ていなかった。

「さあ、ここよ」ドアの前で足を止め、エミリーが言った。なかからリュートの音色が聞こえてきたので、ふたりはけげんそうに顔を見合わせたが、やがてエミリーがドアをノックした。しばらく待ったが応答がないので、さらにもう一度ノックする。

「返事がないわね」ミューリリーがつぶやいた。ドアが開く気配はない。

「音楽のせいで聞こえないんだと思うわ」エミリーが顔をしかめた。

「出直したほうがよさそうね」ミューリリーは肩をすくめた。先延ばしになったことにほっとしていた。対戦する前に、チェスの練習をする必要がある。最後にしてからもうずいぶんになる。知性では男性に負けないとあれほど主張した以上、恥をかきたくはなかった。

だがあいにく、エミリーはうなずいてはくれなかった。「だめよ。早く終わらせてしまったほうがいいわ」

「でもノックに応答してくれないんじゃ――」エミリーがドアを開けたので、ミューリーはその先の言葉を呑みこんだ。ふたりは大きく目を見開いて、部屋のなかを見つめた。少年がリュートを吹いていたが、ふたりが思わず息を呑んだのはバランとオスグッドを見たからだ。彼らはダンスをしていた――しようとしていた。オスグッドはそれなりにうまくステップを踏んでいたが、バランは苦労しているようだ。

「足を踏むな！」オスグッドが怒鳴った。バランが――握ろうとしている手に気を取られていた――足を大きく踏み出しすぎて、従兄弟の爪先を踏んだのだ。

エミリーは音を立てないようにドアを閉めると、振り返ってミューリーの腕をつかんだ。ふたりはくすくす笑いながら、急いでドアを離れた。

角を曲がり、笑いがようやく収まったところでミューリーは息をついた。「あの人たち、なにをしていたのかしら？」

「オスグッドがバランにダンスのレッスンをしていたんだと思うわ」エミリーが答えた。

「今夜の舞踏会で、あなたにいいところを見せたいんでしょうね」

「あら、今夜のことをすっかり忘れていたわ」エミリーがいない宮廷での祝宴や舞踏会には顔を出さないようにしていたし、実際にそれですんでいた。けれど今夜はエミリーがいるうえ、結婚するようにと命じられたのだから、出席しないわけにはいかないだろう。

「なにを着るのか、決めていないんでしょう」エミリーが言った。

ミューリーはうなずいた。

「あの人たちは忙しいようだから、チェスはあとまわしにして、そっちを考えましょう。ふさわしいドレスがあるはずよ」

「どういうことかしら」エミリーは眉間にしわを寄せ、舞踏場を見まわした。「あなたが結婚しなければならないことは、宮廷じゅうの人が知っているはずよ。男の人たちはどこに行ったの?」

ミューリーは悲しげに肩をすくめた。「どこかに隠れているのよ。わたしと目が合って、〝わがまま娘〟を妻にしなければならなくなることを恐れて」

「そんなことはないわ」エミリーはそう応じたものの、不安そうな表情になった。もっともだとミューリーは思った。宮廷から突如として男性の姿が消えたのは、まさにそれが理由だとささやく声をあちらこちらで耳にしていた。女性たちのなかには、そのことを面白がっている者もいれば、自分たちも夫を見つけなければいけないのに、ミューリーのせいで候補者たちがいなくなったことにいらだっている者もいた。マルキュリナス・オルダス卿は逃げ出さなかった数少ない男性のひとりで、彼は舞踏会のあいだじゅう、ミューリーにつきまとって離れなかった。振り返ると、いつでも彼が目の前にいた。

「とりあえずマルキュリナスはわたしを怖がってはいないようね」ミューリーはわざと明るい調子で言った。彼につきまとわれていることにいらだちを感じてはいたが、踊る相手がいないという事態は避けることができた。彼にまで背を向けられていれば、さぞ屈辱だっただろう。そのことだけでも、彼には好意を持つべきなのだろうと思った。けれど彼には、警戒心を抱かさせるなにかがあった。

「そうね。でもわたしはなぜか、マルキュリナスが信用できないの。彼が近づいてくるたびに、あなたをその場から連れ出して隠したくなるのよ」エミリーはそう打ち明けたあと、顔をしかめて言葉を継いだ。「わたしがどうかしているんだと思うわ。マルキュリナスはなにも悪いことはしていないのに」

ミューリーはなにも言わなかったが、エミリーも同じようなことを感じているのを知って安堵した。

「バランとオスグッドはどこにいるのかしら」エミリーは何度目かに言った。「来るつもりでいたはずなのに。そうでなければダンスの練習なんてしないでしょう?」

「そうね」ミューリーも同じことを考えていた。それどころか、バランの姿を探して舞踏場を眺め、その場にいないことがわかると、気づけば現われるのを待っていた。だが時間がたっても、彼は姿を見せない。彼を待つのはやめたほうがいいのだろうとミューリーは思った。ラウダの言うとおりなら、彼女が夢で見たのは結婚すべきではない男性なのだから。女性に対する彼の意見を考えれば、それももっともだと言えた。一方で、彼と結婚すべきでないのなら、夢のなかでなぜあれほど情熱的なキスを交わしたのかが不思議だった。

ミューリーは頭のなかの思いを脇に押しやり、近づいてくるレジナルドを眺めた。彼は妻の額にキスをしてからミューリーに挨拶をし、再びエミリーに向き直った。「顔色が悪いね。疲れているようだ」

「大丈夫よ。あなたは心配のしすぎよ、レジナルド。そんなに気を遣わないで」

「きみのお腹にはわたしたちの子供がいるんだよ、エミリー。初めての子供だ。気を遣って当然だろう？」

「彼の言うとおりよ、エミリー」ミューリーがうなずいた。「顔色が悪いわ。わたしたち、もう引きあげたほうがいいわね」

「ここを出ていく口実にしたいのね」

ミューリーは肩をすくめた。「ダンスを申し込んでくるのがマルキュリナスだけなら、ここにいる理由はないわ」

それを聞いたレジナルドは顔をしかめ、妻に訊いた。「バランはどうした？」

ミューリーは非難がましいまなざしをエミリーに向けた。ミューリーの夢とその後の出来事をエミリーは夫に話したらしい。当然かもしれない。エミリーたちは本当に愛し合っている。とはいえ、にらむくらいは許されるだろう。

「わたしたちもどうしたんだろうと思っていたところなの」ミューリーは申し訳なさそうにミューリーを見ながら答えた。

「彼は来るつもりでいたんだ。さっき話をした。わたしのダブレットを借りに来たんだよ」

ミューリーは驚きに目を丸くしたが、エミリーは彼女に顔を近づけて言った。「ほらね？　彼は来るつもりだったのよ――そのうえ、あなたに好意を抱いてもらおうとした。そうでなければ、レジナルドからダブレットを借りたりしないわ」

「来ていれば、もっと好意を持つことができたかもしれない」ミューリーは冷ややかに応じると、目を細くしてレジナルドを見た。「それともわたしがチェスの対戦を申し込むつもりだとだれかから聞いて、逃げ出したのかもしれないわ」

「にらまないでくれないか」レジナルドが面白そうに言った。「チェスの話はしていないよ。それに彼が逃げ出すとは考えにくい。彼はかなりチェスがうまい。このわたしも何度か負けたことがあるくらいだからね」

うぬぼれに満ちた彼の言葉を聞いて、ミューリーは鼻にしわを寄せた。レジナルドが自分をチェスの天才だと思っていることは知っていた。残念だが、それは否定できない。直接対戦したことはなかったが、ほかの人としているのは何度か見たことがあって、かなりの腕前であるというのは認めざるを得なかった。やはりバランと対戦する前に、練習しておいたほうがよさそうだ。試合に負ければ、彼女の知性を証明することはできない。

「さあ」レジナルドはエミリーの肘の下に手を添えた。「部屋に戻ろう」

「でも、ミューリー――」エミリーは反論しようとしたが、レジナルドは最後まで言わせなかった。

「ミューリーもここにはいたくないし、部屋に戻れる口実ができて喜んでいるよ」彼はきっぱりと告げた。

「そのとおりよ」ミューリーは面白そうに応えた。「舞踏会はもうたくさん。ここにいても楽しいことはなにもないし、ワインとエールのせいでほかの人たちの口が軽くなる前に帰りたいわ」宮廷にいる人々はもっとも機嫌のいいときですら不愉快な存在なのに、アルコールが入ると輪をかけてひどくなることを、ミューリーはこれまでの経験から知っていた。そうなるまでこの場にいたくはない。

「それならいいけれど」エミリーがあっさりとうなずいたのは、それだけ疲れているという証明だった。ミューリーは心配そうに彼女を眺めた。妊娠も後期に入っているのだから、本当なら宮廷まで旅してきてはいけなかったのかもしれない。実を言えば、レジナルドが許したことにミューリーは驚いていた。もしひとりで行こうとしたら、あとを追いかけていくと言って彼を脅したのだと、エミリーからは聞いていた。彼女が頑固で本当にそうしかねないことをレジナルドは知っていたから、いっしょに来る考えを認めたのだろう。だがもろ手をあげて賛成したわけではない。

「来ないの？」レジナルドが歩きだそうとしたところで、エミリーが訊いた。

ミューリーはしばしためらってから答えた。「国王陛下にご挨拶してからにするわ。あなたたちは先に帰っていて」

待っていると言おうとしたのだろうが、エミリーが口を開くより早く、レジナルドがぐっと彼女を引っ張った。

「彼女はここに住んでいるんだ、エミリー。ちゃんと自分の部屋まで戻れるよ」

夫に連れられて舞踏場を出ていくエミリーの表情を見て、ミューリーは小さく笑った。

レイナード夫妻の姿が見えなくなると、国王に挨拶をしに行く代わりに、向きを変えて城の外に出た。いま国王と顔を合わせるつもりはない。夫を選んだかどうかを訊かれたくはなかった。それに少しも疲れを感じてはいない。それどころかなぜかじっとしていられない気分だったので、庭園を散歩すれば落ち着くだろうと思った。

けれど、考えが足りなかったことがすぐにわかった。庭園は、愛し合う者たちがふたりきりになれる場所を探しに来るところだ。愛をささやき合っているふた組目のカップルに遭遇したところで、ミューリーはため息をつきながらきびすを返した。見たくもないものを見てしまう恐れのない安全な自分の部屋で、なにか時間つぶしになることを考えようと思った。

庭園を半分ほど戻ったところで、不意にマルキュリナスが目の前に現われた。ミューリーは肉食動物と出会ったリスのように体を凍りつかせたが、無理やり笑顔を作って言った。

「オルダス卿。ほかの人たちといっしょに舞踏場にいるのだと思っていましたのに」

「きみが出ていくのを見かけたので、同行する人間がいたほうがいいかと思ってね」マルキュリナスは笑みと共に応えた。

彼の態度にはなにも脅威を感じさせるところはない。彼女との距離が近すぎるわけでもなければ、不適切だと思われるような目つきで見ているわけでもなかった。だがなぜか警戒しなければならない気がしたので、小道をこちらに近づいてくるバランに気づくと、ほっとして彼に呼びかけた。

「ゲイナー卿！　レイナード卿から伝言をことづかっているんです」彼が途中で小道をはずれたりしないように、彼女は大きな声で告げた。それからマルキュリナスに視線を向け、申し訳なさそうな笑顔を作った。「ごめんなさい、ゲイナー卿に伝えなければならないことがあるんです」

ミューリーは足早にマルキュリナスの脇をすり抜けてバランに近づくと、彼の腕を取って城のほうへと歩き始めた。ややあってから振り返ると、マルキュリナスはさっきと同じ場所から目を細くしてこちらを見つめていた。

「それで伝言というのは？」マルキュリナスに声が届かない場所までやってきたところで、

バランが尋ねた。

唇を噛むと、ミューリーは本当のことを打ち明けた。「ごめんなさい、嘘なの。伝言なんてないのよ。ただ、庭園でマルキュリナスとふたりきりでいたくなくて。無礼にならずに彼から逃げ出すために嘘をついたの」

「ふたりきりでいたくないのなら、どうしていっしょにここまで来たんだ？」

ぶっきらぼうに言われ、ミューリーはいらだたしげな視線を向けた。「〝いっしょに〟来たわけじゃないわ。わたしはひとりで散歩をしていて、急に彼が現われただけよ」

バランの顔からとげとげしさが消えた。「つまり、彼といっしょにいて気まずかったということか？」

ミューリーは肩をすくめた。「そういう状況が気まずかったとだけ言っておくわ」

「きみはなかなか直感が鋭いな。わたしも、きみとふたりきりになったときのあの男は信用できない」

ミューリーは驚いたように彼を見たが、なにも言わなかった。

「舞踏会は楽しかったかい？」しばしの沈黙のあとバランは尋ねた。

「楽しかったなら、こんなところにはいないわ」かすかな笑みを浮かべてミューリーは答えると、彼に尋ね返した。「あなたはどうしていらっしゃらなかったの？」

沈黙があまりに長いので、答える気がないのだろうとミューリーが思い始めたところで、彼はようやく口を開いた。「着るつもりでいたダブレットに問題が起きたのだ」ひと呼吸置いたあと、彼女のほうに体を向けた。月明かりのおかげで、彼が着ている淡い色のタブレットの中央に大きな染みができているのが見て取れた。

ミューリーはしばらくその染みを見つめていたが、やがて尋ねた。「ほかに着るものはなかったの？」

「宮廷の舞踏会にふさわしいようなものはない。というより、宮廷で着られるものなど一枚もない。ゲイナーはペストで大きな打撃を受けた。いまわれわれは、一時的に経済的な苦境にある。このダブレットはレジナルドから借りたんだが、新しいものを用意して返さなくてはならなくなった」

どう返答していいかわからず、ミューリーは黙ったままでいた。正直でいることは、彼にとって難しくはないらしい。一時的であろうとなかろうと、たいていの男性は自分の苦境をこれほどあっさりと認めないだろうが、バランは単なる事実として淡々と話した。

ミューリーは彼の貧窮ぶりには触れず、別のことを尋ねた。「どうしてそんな染みがついたのかしら？」

「わたしもその答えが知りたいと思っているんだ」苦々しげな顔でバランは答えた。「レジナルドから借りたダブレットを部屋に置いてから、オスグッドといっしょに階下におりた。戻ってみると、インクの染みができていた」

ミューリーは驚いて眉を吊りあげた。彼がいない隙を狙って、だれかがわざとダブレットを汚したように聞こえる。だがどうしてそんなことをするのかがわからなかった。バランを舞踏会に行かせたくない人間がいたのだろうか？　けれどなぜ？　だれがそんなまねを？

庭園には松明《たいまつ》が灯《とも》っていたが、それでも小道は暗い。彼との会話に気を取られていたミューリーは、足元に充分な注意を払っていなかった。小道にあったなにかにつまずき、気づいたときには足首をひねっていた。悲鳴をあげ、とっさにバランの腕をつかむ。彼はすぐに足を止めて、彼女を支えた。その顔に浮かんだ苦痛の表情を見て取ると、彼女を抱えあげて小道の脇に置かれていたベンチに運んだ。そっとそこに座らせ、足首を調べるために彼女の前に膝をつく。

恥ずかしさに顔を赤らめながら——彼はスカートのなかをのぞくつもりなの？——ミューリーはバランの手を払おうとしたが、彼は動じなかった。足首を入念に調べていたバランは靴を脱がせ、彼女がうめき声をあげるまでかかとやすねのまわりを押した。

「折れてはいないが、腫れているね」

「大丈夫よ」やめてほしいと思いながら、ミューリーは言った。

バランは手を止めたものの、足をつかんだまま、顔をあげて彼女を見た。一瞬ためらったのちに、口を開いた。「今日庭園でわたしが言ったことを、きみは誤解したようだ。というよりも、わたしの言い方が悪かったのかもしれない」ミューリーが目を細くするのを見て、バランはあわてて言い直した。「わたしはただ、女性というものは男性よりはるかに複雑だと言いたかっただけだ。われわれ男は単純な生き物だ。単純な欲望と単純な会話でこと足りるのに、女性はもっと……その……感情的な事柄を話題にしたがる。永遠の愛の誓いや美しさを称賛されることを好むと聞いているが、どれもわたしが苦手なことばかりだ。だから、知らないうちに女性の気を悪くしたり、黙っていることでいらいらさせたりするよりは、最初から近づかないようになった」バランは苦笑いした。「ひとことで言えば、わたしには会話の才能が欠けているということだ」

ミューリーはそれを聞いて安堵した。「あなたは女性を侮辱するつもりで言ったわけではないと、レディ・エミリーが言っていたわ」

「そうだ。そんなつもりはなかった」

ミューリーは笑顔になった。「知性の戦いをどういうものにするか、わたしたちいろいろ考えたの」

「本当に?」バランは面白そうに訊き返した。「それで、どういう結論になったんだい?」

「チェスよ。わたしはかなり強いわよ。少なくとも以前は強かった。ここしばらくはやっていないの。わたしに負け続けたものだから、国王陛下が相手をしてくださらなくなったのよ」

バランは目を丸くすると、頭をのけぞらせて笑った。

なにがそんなにおかしいのかよくわからなかったものの、ミューリーも笑顔になった。彼の笑い声がとても素敵だったので、頬が緩むのをどうしようもなかったのだ。

ようやく笑いが収まったところで、バランが言った。「いずれぜひともお手合わせ願いたいね。チェスは楽しいゲームだ。とりわけ、相手が好敵手のときはね」

「それなら、あなたの好敵手になれるように最善を尽くすわ」ミューリーが応じた。

バランは笑顔で立ちあがった。「さてと」腕を差しだしながら言う。「足首が大丈夫なようなら、部屋まで送っていこう」

ミューリーも立ちあがり、それがごく自然に感じられることに驚きながら彼の腕に手をからめた。ふたりは黙ったまま歩いたが、少しも気まずくはなかった。話をする必要を感じない。歩いているだけで満足だった。ミューリーの部屋の前でふたりはおやすみの挨拶を交わし、彼女は小さくため息をつきながら部屋に入った。

「お嬢さま」セシリーが笑みを浮かべ、急ぎ足で近づいてきた。「舞踏会は楽しかったですか？」

「あまり楽しくなかったわ」ミューリーが答えた。

セシリーは眉を吊りあげた。「でも笑っていらっしゃるじゃありませんか」

「あら」ミューリーは小さな笑い声をあげ、肩をすくめた。「そのあとで庭園を散歩していたら、バランに会ったの」

「ゲイナー卿ですか？」セシリーは心配そうに訊いた。

「そうよ」

「お嬢さま」セシリーはなにか言いかけて唇を噛み、顔をしかめながらミューリーのサーコートを脱がせた。

「どうしたの、セシリー？」

「いえ、その……もっと早くにお話しするべきだったんですが、機会がなくて」

「なにかしら？」

「はい、ゆうべここを出たあと、ゲイナー卿がオスグッド卿といっしょに廊下を歩いているのを見かけたんです。それで……」

「なにかしら？」ミューリーは眉間にしわを寄せて、繰り返した。

「いえ、やっぱりなんでもありません」セシリーは首を振るとサーコートを畳み、ミューリーのドレスに取りかかった。「今日、ミドリードと話をしたんです」

「そうなの？」ミューリーは、セシリーが先ほど言いかけたことを考えながら言った。

「はい。お嬢さまの結婚相手を占う方法を聞いてきました」

ミューリーはうなずき、セシリーの言葉に集中しようとした。ミドリードは宮廷でもっとも年配の使用人で、たとえば悪意にどうやって対抗すればいいかといったような、様々な言い伝えを教えてくれる。「どうしてそんなことをしたの？」

セシリーは肩をすくめた。「今日、聖アグネス祭前夜の儀式について人々が議論しているのを聞いたんです。腐った肉を食べたあとの夢に出てきた人は、結婚すべきではない相手だって考えている人もいるんですね」

「ええ、その話ならわたしも聞いたわ」ミューリーは苦々しげに答えた。バランといっしょに歩いていたときは、すっかり忘れていた。ベッカーにもまだ尋ねていない。

「なので、ほかに結婚相手を知る方法はないのかってミドリードに訊いたんです。とても難しい決断ですし、お嬢さまが悩んでいらっしゃるのを知っていましたから」

「そう」セシリーは紐をほどき終え、ミューリーのドレスを頭から脱がせた。ミューリーはあの夢を見て以来、バランと結婚するのも悪くないと思っていた。それなのに、だれもがそうさせまいとしているようだ。

ミューリーはドレスを脱ぐと、ため息と共に両手をおろした。「彼女はなんて?」

「たくさん方法を教えてくれました」セシリーは意気込んで答えた。ドレスを置き、腰につけた小さなバッグから様々な木の葉と種を取り出す。

「これはなに?」ミューリーはよく見えるように顔を近づけた。「蔦《つた》とクローバー……セイヨウトネリコの葉?」

「そうです。ポケットに蔦の葉を入れて、最初に会った男性が結婚相手なんだそうです。クローバーも同じです……でもクローバーは右の靴に入れてください。セイヨウトネリコの葉も同じですけれど、詩を暗唱しなきゃいけないんです。ちょっと待ってくださいね……」セシリーは言葉を切ると、真剣な表情で意識を集中させ、やがてうなずいた。「こうです。〝セイヨウトネリコ、セイヨウトネリコ、あなたの葉を摘んだのはわたし。これから最初に出会う若者が、愛する人になるように〟それから左の靴に葉っぱを入れて、今から最初に見た男の人が夫になるっていうわけです」

「でもその詩は〝あなたの葉を摘んだのはわたし〟って言っているのに、摘んだのはわたしじゃないわ。あなたよ」ミューリーリーは顔をしかめて指摘した。

「そう言えばそうですね」セシリーはがっかりしたようだ。

「その種はなに?」

「そうそう、これです」再び彼女の顔が輝く。「リンゴの種です。ひとつひとつに候補者の名前をつけて、頬に貼っていくんです。そして、頬から落ちず、最後まで残った種が、夫になる人です」セシリーは説明しながら、種をなめてはミューリーリーの頬に貼りつけていた。

種を落としたくなかったので、ミューリーリーは口と頬を動かさないようにして言った。「でもそんなにたくさん候補者がいないわ」

「ちゃんといますよ。いま宮廷には独身の男性が何人もいます。ますはオルダス卿。彼はお金持ちだしハンサムです。それから……」セシリーは渋面を作った。

「ほらね?」ミューリーリーは両手で頬についた種を払うと、ベッドのほうへと歩きだした。

「今日は疲れたわ。あなたがミドリードから聞いてきたことについては、また明日の朝、話しましょう。でもありがたいと思っているわ」

「わかりました、お嬢さま」セシリーはがっかりしたようだ。

彼女の気分を上向かせようとして、ミューリーは言った。「蔦とクローバーとセイヨウトネリコのある場所を教えてちょうだい。そうすれば、明日試せるわ」

「そうですね」セシリーはなんとか笑顔を作ると、ドアに向かった。「おやすみなさい、お嬢さま」

「おやすみ」ミューリーは部屋を出ていくセシリーに声をかけた。シーツと毛皮の下に潜りこむと、横向きになってセシリーがおこしてくれた暖炉の火を眺めた。季節は夏の終わりで、昼間はまだ暖かいものの、夜は冷える。火のぬくもりがありがたかった。ミューリーは揺れる炎を見つめながら、バランの笑い声は素敵だと考えた。それに優しそうな瞳。庭園で彼がキスをしてくれればよかったのにと思った。そうすれば、現実のキスは夢のなかと同じくらいぞくぞくするものなのかどうかがわかったのに。

顔をしかめて仰向けになり、腐った肉を食べて見た夢のことを考えた。彼とは結婚すべきではないということ？　答えが知りたかった。ミドリードが知っているかもしれないと思ったが、もしそうならセシリーが答えを教えてくれたはずだ。ということは、やはり知らないのだろう。けれどベッカーならきっと知っている。明日の朝一番にベッカーと国王陛下に会いに行こうと心を決めた。

6

「さてと……」エドワード国王は謁見室《えつけん》の人払いをすると、眉をあげてミューリーを見た。「ふたりきりで話したい重大な用件とはなんだね?」

ミューリーは顔を赤らめた。バランとあの夢の本当の意味についての不安が頭のなかで渦巻いて、ゆうべはほとんど眠れなかった。彼は夫になるべき人なの? それともなってはいけない人なの? あれこれと考えを巡らせ、思い悩むうちにいつしか空が白み始めていて、ミューリーはシーツと毛皮をはぐとベッドから飛びおりた。着替えをし、セシリーが顔を出すより早く自分の部屋を出たところで、あまりに早く起きすぎたことに気づいた。国王陛下はまだベッドのなかだ。

だれもがぐっすり眠っているらしいことにいらだちを覚えながら、ミューリーは庭園に向かい、あずまやに腰をおろしてまたバランのことを考えた。夢でのキスを心のなかで何度も反芻《はんすう》しているうちに、思っていたよりも長い時間をそこで過ごしてしまった。謁見室に行ってみると、そこはすでに国王に会う順番を待つ人々であふれていた。順に彼らを案内していたロバートに声をかけられ、ミューリーはいらだちもあらわに彼を見た。彼女がまた泣きじゃくったり、癇癪《かんしゃく》を起こしたりするのを恐れたのか、彼はできるだけ早く国王とふたりきりで会えるように手配すると約束した。

「ミューリー？」彼女が答えないので、国王が促した。

ミューリーは国王の気の短さを苦々しく思った。大勢の人間と会わなければならないことは承知しているが、どう切りだせばいいのかわからないのだ。彼女はベッカーに視線を向けた。彼がいてくれてよかった。たいていの場合、国王のそばに控えているのだが、たまになにか別の用事をしていることがある。幸い、今日はそうではなかった。

「ミューリー？」国王は繰り返した。口調が険しくなり、これ以上は待てないと告げている。口を開くと、ミューリーは急いで言った。「陛下、聖アグネス祭前夜の未来の夫について占う儀式の話を聞いたことがありますか？」

「うむ」国王は不意に理解したらしかった。「レディ・オルダスがその迷信を試すようにおまえを説得したと聞いた」

「はい」面白がっているような彼の口調に、ミューリーは落ち着きなく身じろぎした。

国王は片方の眉をあげた。「だれかの夢を見たのか？」

「はい」夢の中身を思い出して顔を赤らめながらミューリーは答えた。

「本当に？」国王は驚いて背筋を伸ばした。「見なかったと聞いたが」

ミューリーは顔をしかめた。噂が広まるのは、リスが宮廷を駆け抜けるより速いらしい。結婚してここを出ていけば、それからも逃れられる。

「わたしが夢を見たことを知っているのはレディ・レイナードとわたしのメイドだけです。夢を見たことや、それがだれなのかを宮廷じゅうの人に知られたくはありませんでしたから」

「ふむ」国王はうなずいた。「それが賢明だろう」

ミューリーは自分の手に視線を落とした。

「だれだったのだ？　おまえが知っている男で、以前から素敵だと思っていた相手なのか？」彼は優しく尋ねた。

驚いて顔をあげ、ミューリーは言った。「いいえ。まったく知らない人でした。彼がだれなのか、わかりませんでした」

国王は目を丸くした。「本当に？」

「はい」ミューリーは肝心な話を切りだした。「陛下は正しい言い伝えをご存じですか？」

国王は当惑したような顔で、椅子の背にもたれた。「どういうことだ？」

「聖アグネス祭の前日になにも食べずにいるか、もしくは腐った肉を食べれば、その夜夫になる男性の夢を見るのだとマルキュリナス卿から聞きました。でも昨日の朝になって、一日じゅうなにも食べなければ、夢に出てくるのは夫になる男性だけれど、腐った肉を食べたときは、結婚してはいけない相手の夢を見るのだとラウダが言い出したんです。それで、陛下なら本当のことをご存じなのではないかと思ったんです」

「なるほど。つまりおまえは、夢の男が結婚すべき相手なのか、結婚してはいけない相手なのか、わからずにいるというわけだ」

「はい」

「ふむ……」国王は顔をしかめ、ベッカーに視線を向けた。「どちらだ、ベッカー？　そういった迷信については、わたしよりおまえのほうがくわしいはずだ」

国王が自分に知識がないことを認め、側近に尋ねるのを聞いてミューリーは驚きに目を丸くしたが、それこそが側近の役割なのだと気づいた。賢い人間とは、あらゆる知識を蓄えている者ではなく、自分の知らないことを適切な有識者に尋ねることのできる者のことかもしれない。すべてを知ることは何者もできないのだから。

ベッカーはためらうことなく答えた。「マルキュリナス卿がゆうべ言っていたことは正しいと存じます、陛下。一日なにも食べずにいるか、もしくは腐った肉を食べると、未来の夫の夢を見ると言われています。わたしが知るかぎり、結婚すべきではない相手の夢を見るなどという話はありません。そもそも、その話にはおかしなところがあります。だれかと結婚するのであれば、それ以外の人間はすべて結婚すべきではない相手ということになりますから」

国王はうなずき、ミューリーに微笑みかけた。「そういうことだ。夢に見た相手がだれにせよ、その男がおまえの夫になるべき人間というわけだ」国王の笑みが薄れた。「本当にだれかの夢を見たのかね？」

「はい」ミューリーは再び頬を染めた。

「いままで会ったことのない男だったのだな？」興味深そうに国王が尋ねた。

「はい」

「ふむ」国王の顔に心配そうな表情が浮かんだ。「ミューリー、おまえが結婚してここを出ていきたくないと思っているのはわかっている。だが夢の男を言い訳にして、夫選びを遅らせることは許されない。フィリパは決して認めないだろう」

「いいえ、違います、陛下」ミューリーはあわてて答えた。「そんなことはしません。それに昨日の朝、朝食におりていったときに、夢に出てきた人を見たんです」

「見た？」国王は驚いて訊き返した。「だれだったのだね？」

ミューリーはためらったあとで答えた。「ゲイナー卿です」

「ゲイナー卿？」国王は鋭い声で繰り返した。「ありえない。彼はもう何年も宮廷には来ていなかったのだぞ。一昨日久しぶりにやってきたのだ。珍しく来たときでも、祝宴や舞踏会には顔を出さず、いつもさっさと引きあげていたのだ」

「以前にも来たことがあるんですか？」ミューリーは驚いた。今朝になるまで、一度も彼を見かけたことがなかったのだ。

「そうだ。だが、おまえが以前に彼を見かけて、好意を抱いていたということはありえない」それを聞いて、意識下にある欲望が夢を見させたのだと国王が考えていたことをミューリーは悟った。

「もちろんです。彼の夢を見たときには、好意など抱いていませんでした」ミューリーはきっぱりと断言した。「見知らぬ人だったんです。それに、彼を実際に見るまでは、想像の産物なのだろうと思っていましたから」

「だが……」国王は困惑した様子だったが、やがてとまどいながら尋ねた。「おまえは本当に腐った肉を食べて、それまで会ったこともない男性の夢を見たのだな?」

「はい」

「なるほど。そしてそれがゲイナーだった。間違いないか?」

「はい。彼を見かけてレディ・レイナードに伝えたら、彼女が知っていたんです。彼の名前を教えてくれたのが、レディ・レイナードです。彼女は間違ったりしません」

「たしかにそうだ」国王はベッカーに視線を向けた。「ゲイナーだそうだ」

「はい、陛下」

「あれはいい男だ」

「そのとおりです、陛下。バランは信頼の置ける立派な戦士です。父親はペストで命を落とし、彼が領地を相続しました」

「なるほど」国王はうなずいた。「フランスでの忠義に褒美を与えようと考えていたところだ。これがいい褒美になるだろう」

「ごもっともです、陛下」

ミューリーは驚いて目を見開いた。「陛下、彼には夢を見たことを話していません。わたしたちが互いにふさわしいと確信できるまでは、話すつもりもありません。それに、彼はわたしと結婚したくないかもしれません」口をはさまないでほしいと思いながら、ミューリーは言葉を継いだ。「わたしが夫を選んでもいいと陛下はおっしゃいました。でも、お互いを愛せなかったら、どうすればいいんでしょう?」

「愛?」国王は意外そうな顔で彼女を見た。「結婚は愛に基づいてするものではないのだ、ミューリー。結婚が決まるまで、わたしはフィリパのことはまったく知らなかった」

「でも、わたしが自分で夫を選んでいいと陛下はおっしゃったんです」ミューリーは繰り返した。

「そうだ。そしておまえは選んだ」国王は指摘した。「彼の名前を出したのはおまえだ」

「でも……」ミューリーは唇を噛み、国王を侮辱することなく、余計な口出しはしないでくれと告げるすべはないかと考えた。だがそんな都合のいい方法があるはずもない。なにより、国王の耳には届きそうもなかった。じっとなにかを考えこんでいる。

しばらくしてから国王は顔をあげ、ミューリーがまだそこにいることに気づいてぎょっとしたような顔になった。

「もうさがっていいぞ、ミューリー」国王はそう告げてから、ベッカーに命じた。「ゲイナーをここへ」

ミューリーは心のなかでうめいた。国王が考え直すことはなさそうだったから、あきらめて立ちあがる。

「ミューリー、今日の晩餐は主賓席につくように」ミューリーがドアの前に立ったところで、国王が告げた。ミューリーは驚いて振り返った。

「でも、レイナード夫妻とごいっしょすることになっています」

「レイナード？」国王はベッカーを見た。「そうか、では彼も――」

「おおせのとおりに、陛下」最後まで聞く必要はなかったらしく、ベッカーが答えた。

国王はうなずいて言った。「夫妻にも主賓席についてもらおう。もうさがっていい。わたしには仕事がある」

ミューリーはほっと息を吐くと、再び呼び止められる前に謁見室をあとにした。自分の部屋へと向かいながら、いったいわたしはなにをしてしまったのだろうと考えた。答えはわかっていた。バランには好意を抱いていたし、魅力的だと思っていたし、夢のなかでのキスは素晴らしかった。けれど、結婚を無理強いしたくはない。彼がわたしを好きではなかったら？　わたしとのキスを素晴らしいと思わなかったら？　そうよ、きっと――。

当の本人が廊下を近づいてくるのが見えて、ミューリーの足も思考も停止した。バラン。

つかの間バランを見つめていたが、やがてミューリーは考えるより先に廊下にいる人々のあいだをすり抜け、彼の前に立った。

「レディ・ミューリー」バランは驚いたようだ。

「はい」ミューリーはうなずき、唇を嚙んでから切りだした。「お話ししたいことがあるの」

「なんだろう？」

ミューリーは口ごもり、通り過ぎていく人々に不安げな視線を送った。

バランは問いかけるように片方の眉を吊りあげた。「なんだい？」

「わたし……」すぐ脇を通り過ぎていく人々の姿を目で追いながら、ミューリーは顔が赤らむのを感じていた。本当は彼にこんな話をしたくない。だがほかのだれかに聞かれるかもしれない場所で話すのは、それ以上にいやだった。それでなくても気まずいのに、恥までかくのはごめんだ。

なにをためらっているのかに気づいたらしく、バランはあたりを見まわすと、彼女の腕を取って廊下を進み始めた。階段の下を通って、城の外に出る。上の中庭を抜けて、国王の塔を建築中の場所までやってきた。今日は雨が降っているので作業をしている人間はいなかったが、壁はある程度できているのでそれなりに雨よけにはなってくれる。ミューリーは泥に足を踏み入れないように、注意しながら進まなければならなかった。

上品な靴を履いた彼女が歩きにくそうにしていることに気づいたらしく、バランは不意に彼女を抱きあげると、足場のしっかりした石まで運んだ。

石の上に彼女を立たせたバランが背筋を伸ばすと、ミューリーははにかんだように笑いかけた。

「ありがとう」ミューリーはしげしげと彼を眺めた。ちょうど同じくらいの背の高さになっていて、バランの顔が目の前にある。これほど近くで彼を見るのは初めてだ。美しい目だった。黒に近いくらい濃い茶色の瞳。それに見たこともないくらい長いまつげ。男の人なのに。

「なにか？」彼女がなにも言おうとしないので、バランが促した。「なにかわたしに話したいことがあるのでは？」

「あ、ええ」ミューリーは答えたものの、言葉が出てこなかった。どう説明すればいいだろう？　恥ずかしくてたまらない。どうして国王陛下は口を出そうとするのだろう？　約束どおり、わたしに任せてくれればいいものを……。

「どうしたんだい？」バランは唇にかすかな笑みを浮かべている。その目は、ミューリーが噛んでいる唇を見つめていた。

ミューリーは唇を噛むのをやめて口を開いたが、すぐにまた閉じ、考えこむように首をかしげ、再び口を開いたものの、出てきたのは恐怖にかられたあえぎ声だけだった。「ああ、どうしよう」

バランは驚いて目をしばたたき、彼女の手を取って言った。「大きく深呼吸をして、心に浮かんだことをそのまま話してごらん」

ミューリリーは言われたとおりに胸いっぱいに空気を吸いこみ、ゆっくりと吐き出しながら言った。「国王陛下!」

「陛下がどうしたんだい?」

「ひどい話なの。こんなつもりじゃなかったのに。わたしはただ言い伝えをご存じかどうか知りたかっただけなのに、陛下ったらまるでそれが既成事実みたいに思いこんで、きっとこれからつぎつぎと命令をくだして、みんなに話すに決まっている。こんな恥ずかしいことなんてないのに、わたしはいったいどうすれば——」

突然バランの唇に口をふさがれて、ミューリリーは驚いて息を呑んだ。とたんにパニックは収まり、唇を優しく愛撫されて小さなため息が漏れた。

「少しは落ち着いたかい?」バランは顔を離すと、優しい声で訊いた。

ミューリリーは顔を赤くしてうなずいた。

「よかった。さて——落ち着いて話してごらん——陛下がどうしたって?」

「そうなの!」ミューリリーは恐怖も新たに目を見開いた。「あんなふうに受け取られるなんて思わなかったの。少なくともまずあなたに話すべきだったのに、でもわたし――」

唇をふさがれて、ミューリーの言葉はまた途中で途切れた。今度は、しっかり唇が重ねられたかと思うと、口を開くように彼の舌に促され、気づいたときには夢で見たときと同じように侵入を許していた。ミューリーはうめきながら彼の首に腕を巻きつけた。体がぴったりと寄り添う。天国にいるかのような心地だ。

バランが顔を離したときには、ミューリーは軽く息を荒らげていて、なかなか目を開けようとはしなかった。ようやくその目が開いたところで、バランは微笑みかけた。「気持ちは落ち着いたかい？」

ミューリーは曖昧にうなずいた。

「そうか。それでは、ヒステリーを起こさずに事情を説明できるかい？」

「わたし、ヒステリーを起こしていたの？」

「そのようだね。落ち着かせるのに、平手打ちよりはキスのほうがいいと思ったんだ」

「ええ、そうね」ミューリーはため息と共に答えた。「ずっとキスしていてくれたら、もっと上手に説明できるかもしれない。不安に邪魔されずにすむから」

バランはくすくす笑うと、彼女の頬にキスをした。そのまま唇を耳へと移動させて軽く歯を立ててから、首筋へとおりていく。「これでいいかい？」

「ええ」ミューリーは彼に体を預けるようにして応じた。

「それじゃあ、話して」バランの手は休むことなくミューリーの背中をさすり、彼女の体を自分のほうに引き寄せている。

「国王陛下にあなたの夢を見たことを話したの——ああ、それ……んん」バランが顔をさげて鎖骨を軽く嚙むと、ミューリーはうめくような声をあげた。「わたしたちが結婚することになったら、あなたはいやかしら？」

バランの動きが止まった——彼の口、手、そしておそらくは心臓までも——が、やがてゆっくりと顔をあげた。ミューリーは唇を嚙んで視線を逸らし、険しい顔で言葉を継いだ。

「あなたが、聖アグネス祭前夜の話を聞いたことがあるかどうかは知らないけれど——」

「ある」バランはうなるように答えた。

「ラウダ——レディ・オルダス——に言われて、腐った肉を食べたの」

「知っている」

「本当に？」ミューリーは驚いた。

「宮廷にいる人間で知らない者はいないと思うよ」

「まあ」ミューリーは鼻にしわを寄せた。「あの夜は夢を見なかったってほかの人たちには言ったけれど、実は見ていたの。あなたの夢を」

それを聞いたバランが恐怖の声をあげなかったので、ミューリーはさらに言った。「でもつぎの日になって、腐った肉を食べたあとに見る夢は結婚すべきではない人だってラウダが言いだしたの。一日食事を抜いたときにだけ、結婚すべき人の夢を見るんだって」

「彼女が嘘をついているとは思わないのかい？」バランの声は冷ややかだった。

ミューリーは驚いて目をしばたたいた。「どうしてそんなことで嘘をつくの？　わたしはだれの夢も見ていないって言ったのに」首を振って言い添える。「いいえ、嘘をついたとは思わないけれど、ラウダに話をした女性が間違っていた可能性はあると思った。だから今朝、どの話が本当なのかを国王陛下に訊きに行ったの。そうしたらベッカーが――ベッカーはとても頭のいい人なの。なんでも知っているのよ。なにかわからないことがあるときは、彼に訊くことにしているの。ただ残念なのは、彼と話をするときは国王陛下を通さなくてはならないことなの。陛下じゃなくてベッカーに相談したがっていることがわかったら、陛下が気を悪くなさるでしょう。だから――」

今回バランは、ミューリーのとりとめのないお喋りを止めるために、キスをするのではなく、口を押さえた。

「きみは迷信のどの話が本当なのかを陛下に訊きに行った。うなずくか、首を振るかで答えてくれ」

ミューリーはうなずいた。

「わたしの夢を見たことを陛下に話したのか？」

再びうなずく。

「そして陛下は、わたしたちが結婚すべきだと考えた」

ミューリーはいま一度うなずいたが、彼の手が離れると、またもや猛烈な勢いで喋り始めた。「自分で結婚相手を選んでもいいって約束してくださったはずなのに、夢に出てきたことを伝えただけで、それがもうわたしの選択なんだって考えたみたいで、あなたを連れてくるようにってベッカーに命じたの。でもわたしは、あなたがなにも知らないまま連れてこられるのはいやだったし、もしわたしと結婚するのがいやなら、それはそれで納得できるからべつに気分を害したりはしないし、陛下が考え直すようにできるだけのことをするから。陛下は頑固なときもあるけれど、でも――」

バランは再びキスで彼女を黙らせた。今回その唇は積極的に彼女を求めていた。ミューリーは息ができなくなった。バランが顔を離したときには、足元はふらつき、焦点が合わなくなっていた。

「結婚しよう」バランはそう宣言すると、向きを変えて歩きだそうとした。

ミューリーは彼の背中を見ながら、目をしばたたいた。驚きのあまり、一気に頭が冴《さ》え渡る。立っていた石から飛びおり、彼のあとを追おうとしたが足を滑らせて泥のなかに倒れこんだ。けれどいまは、ドレスが汚れたことなどどうでもよかった。「本当に？」

バランは足を止めて振り返り、眉間にしわを寄せて、彼女を抱きあげた。「それがきみの望みなのだろう？」

「わたし……あなたと……」ミューリーは顔に落ちてきた髪を息で吹き払い、すっかりリラックスして体を預けながらバランを見あげた。「ええ、聖アグネスはそうするべきだと思っているようだから」

バランは目を細め、不愉快そうに口をゆがめた。「それ以外に理由はないのかい？」

少し考えてからミューリーは答えた。「あなたはとてもハンサムだと思うわ」

「本当に？」彼が尋ねると、ミューリーは恥ずかしそうにうなずいた。そんな彼女を眺めながら、バランは言った。「わたしはきみを美しいと思っているよ」

ミューリーは笑顔になった。「それにエミリーとレジナルド、それから国王陛下もあなたのことをとても高く評価しているの。だからあなたがいい人だっていうこともわかっているわ」

「そしてきみは、みんなが思っているようなひどいわがまま娘ではない」

ミューリーは皮肉っぽいほめ言葉を聞いて、目をぱちくりさせた。

「ほかには？」バランが訊いた。

「あなたのキスが好きだわ」ミューリーは顔を赤らめつつ言った。

バランの口元に笑みが浮かんだかと思うと、頭をかがめて彼女の唇に軽くキスをした。

「わたしたちはうまくやれそうだ」バランは彼女を抱いたまま、城へと歩き始めた。

ミューリーは男らしいバランの顔を見つめ、小さくため息をつくと、彼の首に腕をまわした。結論は出たようだ。わたしはバランと結婚する。そう思ったとたん、頭のなかで様々な計画が動き始めた。結婚式のために、彼の新しいダブレットを作らなければ。最高の生地でできた、彼に一番似合う色の新しいダブレット。ゲイナーに着いたときに彼の妹のジュリアナにあげるためのドレスもいるわ。ゲイナーが必要とするあらゆるものを注文しよう。すべきことは山ほどあった。

遅らせる理由はなかったし、エミリーとレジナルドにも参列してもらいたかったから、一週間後に結婚式を行うと国王が宣言したとき、ミューリーは反論しなかった。それはつまり、すべての準備を整えるために、それまでの一週間は走りまわらなければならないことを意味していた。だがエミリーやベッカーやほかの使用人たちの手助けもあって、ミューリーはやりたかったことすべてを終えただけでなく、水色の新しいドレスと、バランのために仕立てさせたダブレットとウプランドと同じ赤紫色のサーコートという姿で、時間どおりに祭壇に立つことができた。

新しい服をまとったバランが現われると、ミューリーはうれしくてたまらなくなった。とてもハンサムで、堂々として見える。

結婚式はなにがなんだかわからないうちに終わっていた。覚えているのは、耳の奥で響く雑音と大勢の人に囲まれていたことだけだ。すべてが終わって、バランが誓いのキスをしてきたときには心の底から安堵した。形だけの素早いキスで、夢のなかや塔で交わしたキスとはまったくの別物だったが、これほど大勢の人の前でそんなものを期待してはいなかった。

バランは彼女の手を取り、ふたりの幸福を祈る人々のあいだを抜け、行列の前を通って、その後の祝宴が催される広間へと向かった。その宴もまた、ミューリーがぼうっとしているうちに終わった。バランが砂糖菓子を食べさせてくれ、心配そうな顔でワインの杯を唇に押し当てたことを、ぼんやりと覚えているだけだ。顔色が悪いとかそんなことを言ったような気がする。それから、背後に女官とエミリーを従えた女王が傍らにやってきて、床入りの時間だと告げた。

その場で卒倒し、朝まで眠っていたいところだったが、ミューリーはあまりに丈夫すぎた。女性たちがあれこれとお喋りをしたり、からかったり——意地の悪い言葉もあった——しながら彼女の服を脱がせてベッドに寝かせるまで、しっかり目を開けたままでいた。だれかに喧嘩を売ったり、どっと泣きだしたりせずにすんだのは、エミリーの力づけるような言葉とまなざしのおかげだ。エミリーがいてくれたおかげで、ミューリーはどうにかパニックを起こさずにすんだ。

ベッドに横たわり、シーツをかけられたところで、最悪の部分は終わったはずだったが、惨めな気分に変わりはなかった。女王は勇気づけるようにミューリーに微笑みかけると、ドアに近づいて開けた。とたんに男性たちが一斉になだれこんできた。先頭に立つのは国王で、真ん中にいるバランをまるで戦争捕虜のように、半分引きずり、半分抱えるようにして入ってきた。オスグッドとレジナルドを含むその一行は、即座にバランの服を脱がせ始めた。新郎が目の前で裸にされるのを、ミューリーは目を丸くして眺めていた。

たくましい肩、しっかりと筋肉のついた胸、引き締まった腹部。彼の体は見事だった。さらにその下に視線が流れると、ミューリーは唾を飲んであわてて視線を逸らし、いまいるのは、どこかほかの場所なのだと思いこもうとした。男たちはバランの服を脱がせ終えると、シーツをはぎ、バランをベッドに寝かせた。つかの間、ミューリーの裸体が露わになった。

呆然としていたミューリーの耳には、みだらな冗談や称賛の言葉はほとんど聞こえていなかった。一行はシーツを元どおりにすると、ぞろぞろと部屋を出ていった。

最後のひとりがいなくなるのを見届けたところで、バランは妻に視線を移した。まるで危険を察知した鹿のようだ。大きく目を見開き、全身をこわばらせている。

バランは心のなかでため息をついた。長い夜になりそうだ。彼女を落ち着かせて初夜の儀式を行うには、細心の注意を払う必要があるだろう。彼女はもちろん処女で、処女特有の繊細さに加え、夫と妻の関係だとか、夫婦がすべきこと、あるいはしてはならないことなど、ありとあらゆるばかげた事柄を教会で吹きこまれているはずだ。

バランは首を振り、ミューリーを脅かしたり、怖がらせたりしないようにそろそろと向きを変えた。心配しなくていいと声をかけるつもりだったのだが、彼が口を開くより先に、ミューリーが体を投げ出すようにして唇を重ねてきた。驚いたのはほんの一瞬だった。バランは肩をすくめて彼女の体に腕をまわし、片手で頭を支えて自分の好きな角度にすると、正しいキスの仕方を教え始めた。

7

バランがキスを返してくれたので、ミューリーの喉から安堵の声が漏れた。ずっと不安で、気がかりで……そして……実を言えばこのあとのことが怖くてたまらなかったのだ。けれどあの夢を思い出し、彼がキスをしてくれさえすれば、すべてがうまくいくという気になっていた。だが彼はなかなか行動を起こそうとしない。ベッドから飛びおりて逃げ出そうかと思うくらい動揺が激しくなったところで、バランがようやくこちらに顔を向けたので、ミューリーは自分から彼にキスを仕掛けたのだった。

幸いなことに、バランは気を悪くしたりはせず、一瞬ためらっただけで彼女を抱きすくめた。

彼の舌が執拗《しつよう》に唇をなぞり、ミューリーは夢のキスを思い出しながら口を開いた。夢と同じように、彼の舌が即座に滑りこんできて彼女の舌を撫でる。バランは祝宴で飲んだエールとビールの味がした。いい取り合わせだと思ったが、シーツの下で彼の手が乳房に触れると、そんなことはどうでもよくなった。

ミューリーは息を呑んだ。ぞくぞくするものが全身を走り抜けて、体を反り返らせた。

「ああ」バランが口から耳へと唇を移動させると、ミューリーはあえいだ。全身がかっと熱くなり、驚きに目を見開く。耳に、音を聞く以外の用途があるなどと思ったこともなかった。彼の口が動きやすいように頭を軽く片方に倒したところで、部屋の向こう側にある収納箱に視線が止まった。新婚初夜のために用意した蹄鉄《ていてつ》と兎《うさぎ》の足のことを思い出し、はっとして目をしばたたく。

ミューリーはバランの手を振りほどいた。不意をついたからこそできたことだったかもしれない。

「なにを――?」ベッドを出ようとしたミューリーに膝蹴りを食らわされ、バランの言葉は途中でうめき声に変わった。自分がなにをしたかに気づいたミューリーは膝をおろし、毛皮の上から彼の腰にまたがる格好になった。

「ごめんなさい。怪我をさせてしまったかしら?」心配そうに彼を見おろす。

バランは弱々しい声をあげたものの、首を振った。ミューリーはほっとして笑顔になり、そのまま収納箱に駆け寄った。イグサに膝をついて収納箱を開き、そのなかをごそごそと探り始める。セシリーに見つからないように、服の下に隠しておいたのだ。

「なにをしているんだ?」

バランが隣に立っていることに気づき、ミューリーは驚いてそちらに目を向けた。必死になって収納箱をかきまわしているミューリーを苦々しげに見ている。

「わたし……まあ」彼の脚のあいだから突き出ているものに目が止まり、ミューリーは思わずつぶやいた。ベッドに入ったときにはあれほど大きくなかったはずだ——あんなふうに赤くなってもいなかったし、猛々《たけだけ》しくもなかった。さっき膝が当たったときに、怪我をさせてしまったに違いない。

「ひどく腫れて赤くなっているわ。わたしのせいね」もっとよく見ようとして上下に揺れる部位を手に取りながら、ミューリーはおののく声で言った。牧師さまが説教しながら振り立てる指のように顔の前でゆらゆらと揺れているようでは、どこをどう痛めたのかを見極めるのは難しい。

そこを握る指に力をこめるとバランがうめいたので、痛みがあるのだとミューリーは思った。

「痛む？」ミューリーは彼の顔を見あげながら、心配そうに尋ねた。バランは固く目を閉じていたが、ぱっとその目を開き、ぎょっとしたように彼女を見おろした。

「なんだって？」

「わたしのせいで腫れているから」

「きみのせい？」バランがかすれた声で訊き返すと、ミューリーは顔を近づけ、痛みをいくらかでも和らげようとそっと息を吹きかけた。そこはとても温かかった。熱いといってもいいくらいだ。怪我をした箇所はしばしば熱を持つ。

「そうよ。さすりましょうか？　それで痛みが楽になるかしら？」ミューリーは再び彼を見あげた。

バランは信じられないといった表情で彼女を見つめた。「さする？」

「ええ。足をくじいたりしたときは、そうやって――」バランに不意に立たされて、ミューリーは驚いてそのあとの言葉を呑みこんだ。唇をふさがれると息が止まり、彼がぴったりと体を押しつけながら舌を差し入れてくると、思考が停止した。

バランのキスがさらに深くなると、ミューリーはあえぎながら手を伸ばして彼の腕をつかんだ。このキスは、夢のキスよりさらに素敵だ。夢のなかでは、彼の胸に乳房がこすれることはなかった。弾力のある胸毛に乳首がくすぐられることはなかった。傷ついた彼の一部が太腿の付け根に繰り返し押しつけられて、全身をぞくりとする波が走り抜けたり、下腹部になにかが集まってくるような感覚に襲われたりすることはなかった。

バランの手が背中にまわされたかと思うと、突然ミューリーを抱きあげた。熱を持った彼の一部がミューリーの体の中心部に強く当たる。不意に体を駆け抜けた快感にミューリーは声を漏らし、渋々キスを中断して告げた。「怪我の具合を確かめないと」

「あとだ」バランはミューリーの顎に軽く歯を立ててから、再び唇を重ねた。

ミューリーはあきらめ、衝動にかられるまま、彼の腰に両脚を巻きつけた。背中側で足をからませ、肩にまわした腕に力をこめてキスを返し始める。からみ合った舌が彼の口のなかに侵入していく。体勢を変えたせいで、彼の一部がミューリーのもっとも敏感な箇所に触れた。

彼女の動きにバランが反応した。ミューリーはためらいながら、腰と太腿をくねらせるようにして押しつけてみた。喉の奥で低くうなると、彼女を抱えたままベッドのほうに歩きだす。だがミューリーは収納箱のなかに入れてあるもののことを思い出し、からませていた脚をほどいて、彼から離れようとした。驚いたバランはそれを止めることができず、彼女を床におろした。

「兎の足と蹄鉄を取ってこないと」ミューリーは説明しながら、彼の脇をすり抜けようとした。

「蹄鉄と兎の足をなにに使うんだ？」バランは気分を害したように言うと、彼女の腕をつかんだ。

ミューリーは答えようとして振り返ったが、彼の姿が目に入るとなにも言えなくなった。うっとりするほど魅力的だ。彼女の指でかき乱された髪、彼女のキスで腫れた唇。

「ミューリー？」バランはつかんだ腕を軽く揺すった。「どうしてそんなものが必要なんだ？」

「あら！」ミューリーはまばたきをして微笑んだ。「子宝に恵まれるための幸運のお守りなの」バランの手を振りほどこうとしたが、彼は離そうとしなかった。

「必要ない」バランは再び彼女を抱き寄せた。

「でも――」

バランがキスで彼女を黙らせる。これまで以上に激しいキス。腰にまわされた彼の手が乳房を包むと、降参のため息がミューリーの口から漏れ、お守りのことはすっかり頭から消えた。あれは今度使えばいい。バランが乳房を揉み始めた。

彼がキスを中断すると、ミューリーはがっかりした。彼は顔を下にずらしていったかと思うと、硬くなった乳首を口に含んだ。硬くなるのは、寒いときと決まっているのに。ミューリーは抵抗しようとしたが、自分の体の反応に驚いて思わず悲鳴をあげながら爪先立ちになった。これは……これは……。

「ああ、バラン」ミューリーは彼が続けやすいように体をのけぞらせた。ベッド脇のテーブルの端がお尻に当たるのがわかった。

さらに愛撫を続けるバランが軽く歯を立てた。腰からお尻へと手を滑らせていく。ミューリーはいつしか体をよじらせながら、彼に押しつけるように腰を突き出していた。お尻を彼につかまれると、脚が自然と開いた。

バランは、突然震え始めたミューリーの腹部に唇を這《は》わせながら、腰を落として座りこんだ。太腿の外側、さらには膝の内側へと唇を移動させ、彼女に脚を開くように促す。やがて彼の口は太腿の内側をゆっくりと上に這いあがっていった。

ミューリーはあえいだ。すすり泣くような声が口から漏れる。気がつけばベッド脇のテーブルにもたれかかる格好になっていて、彼女が身を震わせるたびにテーブルが揺れた。バランが不意に彼女の両脚をつかんで自分の肩に乗せたので、テーブルに完全に座る形になった。そして彼は、彼女のもっとも敏感な部分に顔を埋めた。

ミューリーは悲鳴をあげてテーブルの端をつかんだ。バランの舌に中心部を撫でられて、さらに指に力がこもる。こんなこと……こんなこと……。きっといけないことなんだわ。こんな快感を教会が許してくださるはずがない。

けれどバランがさらに愛撫を続けるうち、教会などどうでもよくなった。いまはただ、やめてほしくない、このみだらな拷問が終わってほしくないということしか考えられない。だがやがて、耐えられなくなってきた。このままでは爆発してしまう。もう終わりにしてほしかった。

抗議するようにあえぎながら、ミューリーはテーブルをつかんでいた手を離し、片方の手で彼の頭をつかんだ。柔らかな髪に指をからめて、何度も引っ張る。けれどバランはそれを無視し、やめるどころかさらに行為に没頭した。ミューリーは抵抗をあきらめ、再びテーブルをつかんだ。腰が勝手に持ちあがって動いている。バランが生み出した波に乗っているようだった。突然、ミューリーの動きが止まった。全身が凍りついたようになり、すべての神経がなにかに向けて張りつめる……そしてミューリーは悲鳴と共に体をひきつらせた。恐れていた爆発がやってきて、全身がひくひくと痙攣《けいれん》する。初めての経験だった。

バランが自分の肩から彼女の脚をおろしたことにも、立ちあがったことにも、ミューリーは気づいていなかった。両脚のあいだに彼が体を入れてくると、ミューリーはとっさにその腕をつかんだが、いまだ震えの収まらない体に大きくなった一部をいきなり挿入されたのは、完全に予想外のことだった。こんなふうに内側から満たされたのは初めてだ。体をこわばらせながら、彼の耳元であえいだ。バランは動きを止め、じっと彼女を抱いている。

「大丈夫かい？」心臓がいくつか鼓動を打つのを待ってから、バランが訊いた。

ミューリーは息を吐き、驚いたようなまなざしを彼に向けた。「ええ」

バランは一瞬ためらってから尋ねた。「まだ痛いかい？」

「なにが？」彼がなにを言っているのかまったくわからず、ミューリーはきょとんとして訊き返した。初めてのときは痛みがあるはずだということを思い出すと、顔が熱くなった。

「あら――ええ、大丈夫」

バランはかすかな笑みを浮かべると、彼女から体を離した。そうはさせまいとミューリーは思わず両手で彼をつかみ、腰に両脚をからませた。だが彼女がなにか言う間もなく、バランは再び入ってきた。ミューリーは彼の肩に顔を埋めて、あえいだ。

「お願い、もう一度」バランが再び動きを止めると、ミューリーはささやくような声で言った。

バランは小さな声で笑い、ミューリーのお尻に手を当てた。体を密着させたままテーブルから彼女を持ちあげるとベッドに横たえ、その上から覆いかぶさる。

「気に入ったかい?」バランはもう一度深々と突き立てながら訊いた。

「ええ」ミューリーはベッドに足を立て、彼の動きに合わせて腰を突き出した。「教会はきっと罪だって言うでしょうけれど、でも、わたしはこうしているのがとても好き」

「わたしもだ」バランは彼女の唇に向かって言うと、腰を突き立てるのと同時に舌を彼女の口に差し入れた。沈黙は一瞬で、あえぎ声や、うめき声や、ため息や、うなり声と共に、天国の一部としか思えないところに向かってふたりで突き進んでいく。そして再びそこにたどり着くとミューリーはまた悲鳴をあげたが、今度はバランもいっしょだった。


ミューリーは新郎の腕のなかで目を覚ました。また体がうずいている。そんなはずはないのにと、半分夢のなかで考えた。ゆうべは二度、バランに起こされた。暗闇のなかで触れてきたかと思うと、唇が重ねられ、気づいたときには上に乗られていた。バランはとても精力的で、ベッドの下に置いていなくても蹄鉄と兎の足は効果があったに違いないとミューリーは考えた。きっと、同じ部屋にあるだけで効力を発揮するだろう。

胸をくすぐられるのを感じて思考が中断した。小さくため息をつきながら体を横向きにすると、バランの手が乳房の上にあることに気づいた。ゆうべは何度か、眠りながら彼女の胸に触れているバランに起こされた。だがいま彼は眠っているわけではない――もし眠っているとしたら、ずいぶんと興味深い夢を見ているようだ。その手は乳房を覆っているだけでなく、つかんだり、揉んだりしながら、すでに硬くなっている乳首を親指で撫でていた。

ミューリーは彼の名を呼びながら体の位置を変え、うしろ向きに腰を彼の体に押しつけた。そこにあるものが硬くなりつつあることを感じて、思わず頬が緩む。蹄鉄と兎の足は間違いなく効果を発揮している。ほっと息を吐きながら、うしろに手を伸ばして硬くなったものに指を巻きつけた。膝が当たったせいで赤くなって腫れていると思ったのは、怪我でもなんでもないことをすぐに悟り、そのあとはそういう状態になるたびにうれしくなった。またあんな状態になるように、からめた指を上下に動かしてみる。

バランは彼女の顎に手を添えると自分のほうに向かせ、情熱的なキスをしたが、突然体を離してベッドをおりた。いきなり突き放されたことに驚いたミューリーは体を起こし、彼が洗面器に近づいて、ゆうべの冷たい水で体を洗い始めるのをあっけに取られて眺めていた。

「あなた？　この続きは……？」ミューリーは自信なさげに切りだしたものの、どう言葉にしていいのかわからず、言いよどんで顔を赤らめた。

バランは体を洗うのに使った濡れた布を洗面器に放りこむと、こちらに戻ってきた。ベッドに両手をつき、体をかがめて彼女の唇にキスをする。触れるだけの軽いキスで、ミューリーが反応する間もなく終わっていた。彼はすぐに体を起こし、向きを変えて言った。「今朝は、中庭で剣の稽古をしようとレジナルドと約束している。宮廷に来てからというもの、まったくやっていないんだ」

「そう」ミューリーは落胆のため息をつくとベッドをおり、同じように洗面器の水で体を洗い始めた。「エミリーもわたしを待っているはずだわ。こうするのが一番いいのね」

バランはくすくす笑いながら、彼女のうしろに立った。両手で彼女を抱きすくめて首の横にキスをすると、太腿の裏に革の脚衣が当たった。

「きみにはとても満足しているよ」耳元でささやく。「妻の務めにとても熱心だ。気に入ったよ」

ミューリーは顔を赤らめながら、彼の腕をほどき、セシリーが用意してくれていた新しいドレスを手に取った。頭からかぶり、ドアのほうへと歩きながら、いくらかこわばった声で言う。「それを聞いて安心したわ。夫を喜ばせるのは、妻の務めですもの」

笑っているバランを無視して、ミューリーはドアを開けた。いままさにノックしようとしているセシリーがそこにいたので、安堵した。

「ちょうどよかったわ、セシリー」ミューリーは笑顔で言った。「紐を結んでほしいの」

「もちろんです、お嬢さま」セシリーが部屋に入ってくるあいだに、バランはコタルディを身につけた。

セシリーにドレスのうしろの紐を結んでもらっているあいだ、剣を帯び、靴を履く夫の姿をミューリーは黙って眺めていた。セシリーは紐を結び終えると、サーコートをミューリーの頭から着せた。いつのまにかバランが目の前に立っていたことに気づいて、ミューリーは驚いて目を丸くした。バランはそれを見て笑顔になり、セシリーがその場にいるにもかかわらず熱烈なキスをした。ドアへと歩き始めたところで、くるりときびすを返しベッドへと戻っていく。残されていた小さな短剣を手に取ると、ベルトに差しこんだ。驚いたように目を丸くして、足元を見おろしたのはそのときだった。

「妙だな。なくしたと思っていたのに」そう言いながら、床からなにかを拾いあげる。

ミューリーは好奇心にかられて彼の手元を見た。それが、バランの夢を見た翌朝、彼女の部屋に落ちていた十字架であることに気づいて、大きく目を見開いた。テーブルに置くようにセシリーに命じたはずだが、ゆうべなにかの拍子に床に落ちたらしい。どうして落ちたのかは、考えるまでもなかった。

「ふむ、服のどこかに引っかかっていたのだろう」バランはつぶやくように言うと、首に十字架をかけ、冷たくなったミューリーの唇にもう一度キスをしてから部屋を出ていった。

ミューリーは青い顔で震えながら、彼を見送った。

「あれは、お嬢さまが彼の夢を見たつぎの朝、部屋に落ちていた十字架ですよね？」セシリーが静かに訊いた。

「ええ」

つかの間の沈黙のあと、セシリーはさらに言った。「あの夜、彼が廊下をうろついているのを見たとお話ししましたよね」

「ええ」

「もしかして彼は――？」

「ええ！」ミューリーは叫ぶように応じると、ドアへと駆けだした。エミリーと話をしなければ。いまはそれしか考えられなかった。彼女はいつだって、どうすべきかを教えてくれる。いつだって、なにをすればいいのかを知っている。彼女ならきっと解決してくれる。

「落ち着いて」部屋に飛びこんできたミューリーがわけのわからないことをまくし立て始めると、エミリーは心配そうに声をかけた。「ゆっくり話してちょうだい。よくわからないの。バランがあなたの部屋で十字架を見つけたのね？」

「そうなの……いえ、違うの。でも、そうなの……」ミューリーはいらだったように言葉を切り、気持ちを落ち着けようと大きく深呼吸をしてから、再び口を開いた。「夢を見た翌朝、わたしの部屋で十字架を見つけたの。そのときはなんとも思わなかった。だれのものかわからなかったし、広間でだれかが落としたものがわたしのスカートに引っかかって、服を脱いだときにベッドの脇に落ちたんだろうと思った……それとも部屋を掃除しているときに、使用人が落としたのかもしれないって」

「そうね」エミリーは辛抱強く応じた。「わかるわ」

「バランが今朝服を着ているときに、床に落ちているその十字架を見つけたの」

「床に置いてあったの？」エミリーが驚いて訊いた。

「違うわ。テーブルの上よ。どういうわけか、床に落ちたのね」あのテーブルでバランがなにをしたのか、どうして十字架が落ちることになったのかを思い出し、ミューリーは顔を赤らめた。頭を振ってその記憶を追い払い、言葉を継いだ。「そうしたらバランは、なくしたはずなのにって言いながら、それを拾ったの。服に引っかかっていたに違いないと言って、十字架を首にかけたわ」

エミリーはうなずいた。「数年前、お父さまからもらって以来、彼はその十字架をずっとつけているのよ」

ミューリーはいらだたしげに顔をしかめた。「わからないの？ 彼がわたしにキスをした夢を見た翌朝……彼の十字架が……わたしの部屋にあったのよ」

「そういうことね」エミリーは椅子の背にもたれた。「あなたは、あれが夢などではなくて、彼が本当にあなたの部屋に来て、寝ているあなたにキスをしたと思っているのね」エミリーはぎょっとしたような顔で一度言葉を切り、それから大きな声で言った。「結婚前なのに！ 恥ずべきことだわ。それって――」

「夢じゃなかったのよ」ミューリーは論点を戻そうとして、苦々しげに言った。「彼の夢を見たわけじゃなかった。彼があそこにいたんだわ。どうして？」

エミリーは目をしばたたいた。「どうしてって？」

「だって、わたしたち一度も会ったことがなかったのよ。キスで起こされるまで、わたしは彼を見たこともなかった。それなのに、結婚する運命の人の夢を見ることになっていたあの夜、彼が現われて、わたしは彼こそがその人なんだと思いながら目を覚ましたんだわ！」

「それとこれとはまったく関係がないと思うわ」エミリーはそう言ったものの、顔には不安そうな表情が浮かんでいる。

「関係ない？　それならどうして彼はわたしの部屋に来て、キスをしたの？　見知らぬ他人に？」

「酔っていて、うっかり違う部屋に入ってしまったのかもしれないわ。そこで眠っているあなたを見てすっかり心を奪われ、キスをせずにはいられなかったのかもしれない」

「あの夜、バランが廊下をうろついているのを見たって、翌朝セシリーが言っていたの。そのときはなにも思わなかったけれど、でも……。廊下をうろついていたのなら、間違えてわたしの部屋に入ったとは考えにくい」

エミリーは顔をしかめた。「ミューリー、お願いだからあまり大騒ぎしないでちょうだい。これには、きっとなにか理由があるはずよ」

「たとえば、どんな？」ミューリーは疑わしげに尋ねた。

「それはわからないわ。バランに訊くまではわからない。尋ねてみることね」

ミューリーはしばらく黙っていたが、やがて小さくうなずいて立ちあがり、ドアのほうへと歩き始めた。「そうね、あの夜わたしの部屋にいたのかどうか、もしいたのならその訳を彼に訊いてみる」

「それがいいわ。そうすればきっとなにもかも解決するわよ」

「そうね」ミューリーはエミリーの部屋を出ると、そっとドアを閉めた。足を止め、あたりを見まわす。バランと話をする必要があったが、これは深刻な問題だし、慎重に話を進めなければいけない。彼とはすでに結婚してしまっていて、どちらかが死ぬまで関係を解消するとはできないのだ。うかつに尋ねることはできない。

細心の注意を払わなければいけないと、ミューリーは広間を歩きながら思った。夫と話をする前に少し外を歩いて、どう話を切りだせばいいのかを考えてみよう。それから教会に寄って、夫の答えが許容できるものであることを祈るのだ。彼が、領地を立て直すのに必要なお金のために、聖アグネス祭前夜の迷信を利用して彼女と結婚しようとするような卑怯な男でないことを。

「バラン、問題が起きた。ミューリーは知っているぞ!」

「なにをだ?」バランが訊いた。彼とレジナルドは自分の部屋に戻ろうとしているところだったが、オスグッドがあわてて駆け寄ってきたので足を止めた。

「きみがあの夜、彼女の部屋にいたことをだ。夢ではなかったということをだ」オスグッドはいかにも心配そうな口調だった。

「おやおや。どういうことだ?」レジナルドが興味を引かれて訊いた。

バランはそれを無視して言った。「それでも彼女はわたしと結婚したのだろう?」

「そうじゃない」オスグッドは憤然と否定した。「結婚するまで、彼女は知らなかったんだ。今朝、きみが十字架を拾いあげるのを見て気づいた。あれはきみの服に引っかかっていたのではなくて、彼女の部屋に入った夜、あそこで落としたんだ。翌朝彼女が見つけて、テーブルに置いておいた。

バランは顔をしかめ、片手で首にかけた十字架に触れた。「いや、争ったりはしなかった。彼を抱えあげたときに落としたのかもしれない」

「うむ、可能性はあるな」オスグッドがうなずいた。

「おいおい、説明してくれないか」レジナルドが断固とした口調で言った。「マルキュリナスと争った? ミューリーの部屋で?」

バランは苦々しい顔で、あの夜の出来事を手短に説明した。

バランが話し終えると、レジナルドはしかつめらしい顔でうなずき、オスグッドに尋ねた。

「あの夜バランが自分の部屋にいて、実際にキスをしたことをミューリーは知っていると言ったな?」

オスグッドはうなずいた。

レジナルドはため息をつきながら言った。「これは困ったことになりかねないぞ、バラン。きみが彼女をだまして結婚したのだと思ったら、ミューリーは憤慨するだろう。国王陛下だってそうだ」オスグッドに視線を戻して尋ねる。「彼女が知っていることがどうしてわかったんだ？　もう噂になっているのか？」

「そうじゃない。少なくとも、そうじゃないとぼくは思う。マルキュリナスたちがまたなにか仕掛けてきたりしないように、今朝、ぼくの騎士見習いにミューリーのあとをつけさせたんだ。彼曰《いわ》く、バランが部屋を出てからまもなく、ミューリーが飛び出してきたんだそうだ。彼は、きみの部屋に駆けこんだミューリーのあとをつけて、ドアごしに彼女の話を聞いた。そしてぼくに報告してくれたんだ」

オスグッドの騎士見習いが自分の部屋の外で盗み聞きしていたと聞いて、レジナルドは不快そうな顔をしたが、気分を害したのは彼だけではなかった。

「二度とその若者にわたしの妻のあとをつけさせたりしないでくれ」バランは怒りも露わに告げた。「彼女はわたしの妻だ。あとをつける必要があると思えば、わたしが手配する。そもそも、彼女のあとをつける必要などない」

「それは違う」オスグッドは反論した。「もしぼくがロビーに彼女のあとをつけさせていなければ、こういう事態になっていることもわからず、なにも対処できなかったじゃないか」

「たしかに一理ある」レジナルドは認め、いくらか機嫌を直した。

「そうだ」オスグッドはうなずくと、バランに向かって眉を吊りあげた。「問題は……これからどうするかということだ」

バランは苦々しい顔でしばらく考えてから答えた。「なにもしない」

「なにもしない？」オスグッドは大声をあげ、再び広間を歩きだしたバランのあとをあわてて追った。「バラン、ラウダとマルキュリナスがなにを企んでいたのか、彼女に話さなきゃだめだ。マルキュリナスを阻止しようと思っただけで、きみの姿を見せるつもりなど毛頭なかったことを彼女に理解してもらうんだ」

「残念だが、彼の言うとおりだ」レジナルドは心配そうな表情を浮かべた。「彼女に話すべきだ、バラン。いまごろ彼女は、あれこれと考えているに違いない」

バランは足を止め、うんざりしたような顔でふたりを見た。「彼女がわたしの言葉を信じると本当に思っているのか？」

オスグッドとレジナルドは顔を見合わせた。どちらもその答えはわかっているようだ。

「それなら、彼女に訊かれたら、なんと答えるつもりだ？」オスグッドが訊いた。

「いたことを認めるまでだ」バランはあっさり答えた。

レジナルドは顔をしかめたが、口を開いたのはオスグッドだった。「否定するわけにはいかないのか？　彼女の部屋に入ったのは、別のときだと釈明するのはどうだ？　彼女がいないときに、うっかり間違えて入ってしまったと言うんだ。そこが彼女の部屋だとは気づかなくて、そして——」

「妻に嘘をつくつもりはない」バランはきっぱりと宣言した。「嘘から始まる結婚は、結婚とは言えない」

「だが、なにか釈明しなければならないんだから——」

「彼女が信じないだろう釈明などしない」バランは毅然と言った。「嘘もつかない。彼女にはわたしを信じることを学んでもらわなくてはいけない。妻は夫を信じるべきだ。だがわたしをもっとよく知らなければ、それは無理だ」バランは再び歩き始めた。「いっしょに暮らすうちに、彼女はわたしという人間を知り、わたしが彼女やほかの人間にどう接しているかを見るだろう。そうなって、彼女がわたしを信頼していることがわかったら、あの夜について説明する」

オスグッドはため息をつくと、首を振りつつ、バランと並んで歩きだした。「前途多難な結婚生活になりそうだな」

「そのとおりだ」レジナルドが心配そうに言い添えた。「そういうことなら、できるだけ早く宮廷を出るのが一番いいのではないかと思う」立ち止まったバランにいぶかしげに見つめられ、彼は肩をすくめた。「結婚式を終えた直後からミューリーが傍《はた》から見てもわかるほどふさぎこんでいれば、当然、国王陛下も気づくだろう」

「あるいは、彼女が直々に陛下に訴えるかもしれない」オスグッドが口をはさんだ。

「どちらにしろ、陛下の怒りを招く恐れはおおいにある」レジナルドが指摘した。

バランは顔をしかめた。「こんなに早く出発することをどう説明すればいい？　あと一週間は滞在する予定になっているのに」

レジナルドは一方の足から別の足に体重を移し替えた。「エミリーのことが心配だと、わたしからミューリリーに言おう。疲れている様子なので、彼女とお腹の子供のためにもゆっくり体を休められる自宅に早く帰りたいと説明する」

「それは本当だろうが」バランは首をかしげた。「どうしてそれが、ミューリリーが早く出発する理由になるのだ？　彼女がわたしにだまされて結婚したかもしれないと思って動揺しているのなら、なおさらだ」

「ふたりは姉妹のように仲がいい。きみとミューリリーがいるあいだは自分もここにとどまるとエミリーが決めているように、ミューリリーは自分の結婚にまつわる問題よりも、エミリーの健康と幸せを優先するはずだ。早く出発したいが、道中でなにか起きたときのために、レイナードまでいっしょに来てほしいとわたしからミューリリーに頼もう」

「それでどちらの問題も解決するというわけか」バランは真面目な顔で言った。「きみが心配そうに彼女を眺めているのはわかっていた」

「そうなんだ。普段よりずっと疲れやすくなっている。それが普通で、大丈夫だと彼女は言うんだが……」

　バランはレジナルドの肩に手を置いてうなずいた。

「完璧だ」オスグッドが、暗い雰囲気を吹き払うように言った。「エミリーは体を休められる家に帰り、ミューリーはきみとの問題が片付くまで、宮廷と国王陛下から離れていられる」

「そうだな」バランはうなずいた。

「もちろんレイナードに着いたら、旅を続ける前に一日でも二日でも、いや一週間でもゆっくりしてくれればいい」レジナルドが言った。

「そうさせてもらうと思う。きっとミューリーが喜ぶだろう」バランはそう言ってから、眉間にしわを寄せた。「わたしたちが予定より早く発《た》つことで、陛下が気を悪くなさらないだろうか」

「それが問題だな」レジナルドが認めた。

　三人は黙りこみ、しばし考えこんだがやがてバランがため息と共に言った。「よくよく言葉を選ぶ必要がありそうだ」

「ああ」レジナルドとオスグッドはうなずいた。

「さあ、行こうか」バランは向きを変えた。「この件はじっくり考える必要があるが、エールを飲みながらのほうがいい考えが浮かびそうだ」

ミューリーは広間の反対側から、三人を見送った。バランを探していたのだが、角を曲がって広間に入ろうとしたちょうどそのとき、オスグッドがバランたちに呼びかける声を聞いた。とっさに足を止め、彼らから見えない場所に身を潜めて、すっかり話を聞いていたのだ。

壁にもたれて目を閉じた。頬が緩む。エミリーの言うとおりだった。想像していたこととは、まったく違っていた。

策略を立てていたのはマルキュリナスとラウダだったのだ……。あの男にキスをされて目覚めていたらと思うと、身震いした。だまされて結婚する羽目になっていたかもしれない。けれどバランが、マルキュリナスの企みから彼女を救ってくれた。わたしはなんて素晴らしい人と結婚したのかしら！

満面に笑みが広がった。もたれていた壁から体を起こし、充分に離れていることを確認してから、三人のあとを追うように歩き始める。もしもバランを問いただす機会があって、彼が事情を説明してくれていたなら、もちろん彼の言葉を信じていたと言いたいところだが、実際は彼の予想するとおりだとわかっていた。夫となった人のことをミューリーはほとんど知らない。彼を嘘つきだと決めつけていた可能性は大きい。けれど彼らの話をこっそり聞いたことで、バランへの信頼はぐんと高まった。あの夜の高潔な行いは無論のこと、彼は嘘をつくことを勧めたオスグッドの提案をきっぱりと拒否したのだ。わたしはいい人を夫に選んだ。バランを与えてくれた聖アグネスに感謝しなくては。

階段までやってきたところで、ミューリーは立ち止まり、唇を結んで考えた。早めに宮廷を発つことに異存はない。エミリーの体が心配だったし、なにより宮廷は好きではない。気がかりなのは、国王陛下が気を悪くするかもしれないということだけだ。対応を間違えれば、バランの要請は無礼だと受け止められる可能性がある。一方の彼女は、国王陛下の扱い方に関しては、充分な経験を積んでいる。そちらはわたしがうまくやろうとミューリーは心に決めた。

8

「混んでいるな」レジナルドは、あたりをうろうろしている貴族たちを見ながらつぶやいた。ロバートにはすでに名前を告げ、国王陛下に謁見したいと伝えてある。部屋の隅で順番が来るのを待っているところだ。「今日じゅうにお会いできるかどうかというところだな」

「そうだな」国王の部屋の外にある混み合った待合室を見まわして、バランは顔をしかめた。宮廷の噂の種にされる前に、今日じゅうにミューリーをここから連れ出したいと思っていたが、この調子では無理のようだ。

「あれはミューリーじゃないか？」

オスグッドが驚いたようにつぶやくのが聞こえてそちらに顔を向けると、まさしく彼女が国王の部屋から出てきたところだった。顔に笑みを浮かべ、足早に通り過ぎていく。まっすぐ前を見ていたので、三人には気づかなかった。

いったいなにをしていたのかを尋ねるつもりで、バランは眉間にしわを寄せながら一歩踏み出したが、ちょうどそのとき彼の名前が呼ばれた。

「ゲイナー卿?」二度目の声はさっきより近いところで聞こえた。

遠ざかる妻の背中から視線を逸らし、すぐ脇に立ったロバートに顔を向けた。「なんだ?」

「国王がお会いになられます」

「レイナード卿は?　いっしょにお会いしたいとお願いしたはずだが」難しい顔をしている友人を見ながら、バランは言った。

「あなただけをお連れするように言われました」ロバートはあっさりと答えた。「こちらへどうぞ」

一瞬ためらったのち、バランはうなずいて彼のあとを追った。

部屋に入ると同時に、バランは国王の表情をうかがった。その顔に怒りやいらだちは浮かんでいないが、いい兆候だとは言い切れない。目的の達成に必要とあらば、国王が表情を消せることはよくわかっていた。夫にだまされたとミューリーが訴えに来たのだとすれば、国王は感情を表に出すことなく、バランの化けの皮をはがそうとするだろう。

「おお、バランか」エドワードは笑顔で彼を出迎えた。「よく来た。ミューリーのことでおまえと話がしたかったのだ」

「わたしも同じ理由で陛下にお目通りを願ったのです」不安のあまり、バランの表情は険しかった。

「そうなのか?」エドワードが問いかけるようなまなざしを向けると、ロバートはうなずいて同意した。

「ゲイナー卿を連れてくるようにと陛下が命じられる少し前に彼はここに来ていて、陛下とお会いしたいと申しておりました」

「そうか。だからこれほど早く来ることができたのだな。ふむ、わたしは国王だから、まずはわたしから話そう。おまえの用件はそのあとで聞く」

バランは軽くお辞儀をした。「おおせのとおりに」

エドワードはうなずいて、切りだした。「ミューリーがレディ・レイナードの体を気遣っている。ふたりは以前からの友人で、ミューリーはレディ・レイナードを大層慕っている。レディ・レイナードもまたしかり。だが残念なことに、そのせいで彼女は体調を崩しかけているようなのだ。彼女はいま身ごもっていて、本来なら家で体を休めていなくてはならない時期だ。だがミューリーのそばにいるために、できるだけ長くここにいようと考えているらしい。ミューリーにもそれはわかっていて、もしあの子が宮廷を発てば、エミリーもここを出て家に帰る気になるのではないかと言うのだ」

「そうですか」ミューリーは国王に告げ口をしに来たわけではなく、彼がするつもりだったことを提案しに来たのだということが、ようやくわかってきた。彼女はいったいなにをもくろんでいるのだろう？　「今朝、レイナード卿から同じような話を聞いたばかりです。実はその件についてお話しするつもりでした」

国王は笑顔になった。「ふむ、意見の一致を見たわけだ。そういうわけでわたしは、予定していた祝典は見送り、おまえたちが早めにここを発つことに同意した。それも今日じゅうに」国王は言葉を切り、片方の眉を吊りあげた。「なにか問題はあるか？」

「いいえ、ありません、陛下」

「そうだろうと思った。おまえが宮廷を嫌っていることはよくわかっている。それに、冬に備えてゲイナーですするべきことが山ほどあるだろう」

「そのとおりです」

エドワードはうなずいた。「これまで言う機会がなかったが、おまえの父親の死にはおおいに心を痛めている。彼はいい男だった」

「はい。ありがとうございます」バランは静かに応じた。

エドワードは再びうなずいた。「準備ができ次第、出発するといい。わたしに挨拶をする必要はない。ミューリーはいまごろ、彼女の……いやおまえたちの部屋で使用人に荷造りをさせているはずだ」

「ありがとうございます、陛下」

エドワードはわずかに顎を引いて、バランの言葉に応えた。「さがっていい」

バランは挨拶の言葉を口にしながらお辞儀をしつつあとずさりし、出口へと向かいかけたが、エドワードに呼び止められた。「聞いてくれ、バラン」側近にちらりと目を向けてから、エドワードは言った。「おまえに言う必要はないとベッカーは考えているようだが、ミューリーはみなが考えているほど弱い人間ではない。泣いたりわめいたりしていたのは……」かすかな笑みがその顔に浮かんだ。「ずいぶんと下手な演技だった」

バランの口があんぐりと開いた。しばし呆然と国王を見つめたあと、ようやく尋ねた。

「彼女がずっと演技をしていたことをご存じだったのですか？」

「もちろんだ」

バランはゆっくりとうなずいた。「でもそれを問いただすことはなさらなかった」

エドワードは肩をすくめた。「あれはあれで愉快だった。なにより、ああすることでほかの娘たちからあれ以上いじめられることもなくなったのだし、わたしが口出しして、娘たちをますますいらだたせたりせずにすんだ」

バランがその言葉の意味を考えていると、エドワードはさらに言った。「ミューリーがここに来たとき、娘たちはひどく彼女をいじめたのだ。それはそれはひどかった。普通の人間ならひねくれていたところだが、ミューリーはうまく切り抜けた。最初の頃のように正面から立ち向かおうとすれば、娘たちからとどめを刺されていただろうが、うっとうしくなるくらい大声で泣くといいとエミリーが助言した。それが功を奏したのだ」

「そうするように助言したのがエミリーだということもご存じだったんですか？」バランは驚いて訊いた。

「わたしの妻は、みなに思わせているほどまわりに無関心ではないのだ」エドワードはしかつめらしく答えた。「ミューリーのことも、そう見える以上に大切に思っている。だが事態をいっそう悪くする可能性があったので、それを表に出すわけにはいかなかった。妻がその場にいるときには娘たちもおとなしくしていたようだが、いつもミューリーといっしょにいるわけにはいかなかったし、妻のいないところでどれほどひどいことをされようと、ミューリーにもプライドがあったからわたしたちに言いつけることはしなかった」バランが彼の言葉を充分に理解するまで待ったあと、エドワードは笑顔になって言い添えた。「それに、使用人にスパイじみたことをさせているのはオスグッドだけではない。宮廷の出来事で、わたしの知らないことなどないのだ」不安そうなバランの表情を見て、エドワードはくすくす笑った。「ミューリーを大切にしてやってくれ。彼女が天の恵みであることが、おまえにもじきにわかるだろう」

「すでにわかっていると思います」バランは静かに応えた。

「それならよかった。もうさがっていい」

バランは向きを変え、今度は呼び止められることなく部屋を出た。驚きに首を振りながら、オスグッドとレジナルドのところに向かった。

「どうだった？」待合室に戻ったバランに、ふたりが尋ねた。

「すぐに発つことになった」バランは、ふたりを連れて部屋を出ながら答えた。顔をしかめて言い添える。「荷造りが終わって準備ができたら、すぐに」

「陛下を説得するのは難しかったか？」城のなかを進みながら、オスグッドが好奇心もあらわに尋ねた。

「いいや。ミューリーがすでに陛下に頼んでいた」

「なんだって？」オスグッドは驚いて彼を見つめた。

「陛下に会いに行ったのはそのためだったようだ。エミリーのことを心配していて、わたしたちがここを発てば、彼女もそうするだろうと思ったらしい。予定より早く出発したいと陛下に頼み、その許しを得ていた」

国王から聞かされたことすべてをふたりに話すつもりはなかった。彼が話すべきことではないという気がした。泣いたりわめいたりしたのが演技だったことを国王陛下も王妃殿下も見破っていたと、いつの日かミューリーには話す日が来るかもしれないが、それは他人には関係のないことだ。

「ふむ」レジナルドはゆっくりと言った。「ミューリーはエミリーを慕っているが、宮廷の人間は好きではないから、驚くことではないのだろうが……」バランに目を向ける。「それは国王陛下ではなく、きみに話をすべきことではないのか？」

「そのとおりだ」オスグッドが同意した。「それに、あれが夢ではなくきみが実際に部屋にいたことを知って、彼女は怒っているはずじゃなかったのか？」

バランは面白そうに首を振った。「おまえはいつだって自分から揉めごとを起こそうとするんだな、オスグッド。せっかくの幸運にあら探しをするのはやめるんだ。計画どおりにことが運んだわけだから、よかったじゃないか。思ったより早くゲイナーに帰ることができて、わたしは喜んでいる。きみもだろう、レジナルド？　エミリーを家に連れて帰れるんだ」

「ああ」レジナルドは笑顔になった。「彼女に伝えなければ」

「ぼくも見習いたちに荷造りをさせないと」オスグッドが言った。

「そうだな。ミューリーの仕度にどれくらいの時間がかかるのかを、わたしも確かめておかなくてはいけない」

オスグッドはうなずいて、その場をあとにした。バランはレジナルドといっしょに階段に向かったが、今日じゅうに出発するのは無理かもしれないと気づいて顔をしかめた。彼とオスグッド、レイナード夫妻は宮廷を訪れただけだから、持ってきたものを持って帰るだけでいい。だがミューリーはこの城で十年暮らしたのだ。荷造りしなければならないものが、たくさんあるだろう。

レイナード夫妻の部屋の前までやってきたところでふたりは別れ、バランはそのままミューリーとひと晩を過ごした部屋に向かおうとした。だがレジナルドがドアを開けると、数人の女性の声が聞こえてきて、バランは足を止めた。そのなかにミューリーの声が混じっていたからだ。

レジナルドのところに戻り、バランは部屋をのぞきこんだ。ミューリーがエミリーとメイドの荷造りを手伝っている。

「もう荷造りを始めているのか」レジナルドが声をかけた。女性三人は一斉に振り向いた。

「そうなの」エミリーはにこやかな笑みを夫に向けた。「ミューリーは早くゲイナーに行って新しい家を見たくてしかたがないらしいの。早めに出発できるように、陛下を説き伏せたのよ。あなたも早く帰りたくてじりじりしていたでしょう？　だから……」エミリーは一度言葉を切り、唇を嚙んだ。「そうしようと決めたわけじゃないの。ただうれしくなってしまって。もしあなたがまだ帰りたくないのなら――」

「いや、いいんだ」レジナルドは部屋に入り、妻の体に腕をまわした。「帰れるのはうれしいよ」

バランは、彼が妻の額にキスをするのを眺め、やがて自分の妻に視線を移した。ミューリーは笑顔でふたりを見つめている。バランが帰りたがらないかもしれないとはまったく考えていないようだ。たしかに彼は帰りたいと思っているが、ミューリーにそれがわかるはずもない。幸運にけちをつけるなとオスグッドには言ったものの、ミューリーが彼の意見をまったく気にかけず、自分の思うとおりにしようとするのは、いいことだとは思えなかった。

だがいまはその話を持ち出すときではない。彼は実際、早く発ちたいと思っていた。今後また彼女がこんなふうにでしゃばるようなことがあれば、そのとき話をすればいい。いまは、不愉快ではあったが成り行きに任せることにした。

「荷造りをするのにどれくらいかかる？」バランはミューリーに尋ねた。

「それほどかからないわ。いまも使用人たちがしてくれているの」ミューリーはそう答えてから、顔をゆがめて言葉を継いだ。「わたしたちが発つことを聞いて、王妃殿下がご自分の使用人を手伝いによこしてくださったの。わたしはなにもしなくていいって言われたので、エミリーを手伝いに来たのよ」

ミューリーは笑顔で言ったが、その目に傷ついたような表情が浮かんでいることにバランは気づいた。王妃殿下が使用人をよこしたのは、できるだけ早く荷造りを終わらせて、さっさと彼女を追い出したいからだと思っているのだろう。この件については、早めに彼女に本当のことを伝えようとバランは心を決めた。フィリパ王妃がミューリーに冷たく当たった理由は理解できたし、そのおかげで彼女が必要以上にいじめられずにすんだことも事実だが、結果としてミューリーは愛されていないと感じ、自分を過小評価している。妻にそんなふうに感じてほしくはなかった。

「あれだけの人が手伝ってくれれば、一時間のうちには終わるんじゃないかしら」

「一時間？」バランは思わずレジナルドと顔を見合わせ、彼も自分と同じくらい驚いていることに気づいた。

「みなを集めておいたほうがよさそうだ」レジナルドが言った。

バランはうなずいて、部屋を出た。「わたしはオスグッドと見習いたちに伝えてこよう」

「わたしたちが勝手に話を進めたことに、文句を言われなかったのが意外だわ」男性たちが出ていくと、エミリーが言った。

ミューリリーは肩をすくめた。「あの人たちも帰りたがっていたんですもの。わたしたちはそうなるように仕向けただけよ」

「そうね。でも帰りたがっていることを、わたしたちは知らないことになっているのよ。あの人たちの意見を無視して、わたしたちが独断で計画を進めたと思っているに違いないわ」

「まあ」そのとおりだと気づいて、ミューリリーは顔をしかめた。バランたちが計画を立てていることがわかったからその手助けをしただけなのに、彼らは彼女が知っていることを知らない。いらだちにため息をつきながら、アンダーチュニックを手に取って畳み始めた。「結婚するって、思っていたよりずっと複雑なのね。なにもかもが問題になるし、なにをするにも夫のことを考えなければいけないんだわ」

「そうね」エミリーはつぶやいたが、すぐに笑顔になった。「でも、その見返りもあるわよ」目を輝かせて言った彼女にミューリリーは笑みで応じ、親友を抱きしめてから作業に戻った。

三人で働いたおかげで、一時間もしないうちに荷造りは終わった。あとは使用人に収納箱を運ばせなくてはならないが、それはエミリーに任せ、ミューリリーは自分の荷物がどうなっているかを確かめるため部屋に戻った。すると驚いたことに王妃がそこにいて、直々に使用人に指示をくだしていた。

「ミューリー」フィリパが微笑みかけた。「ほぼ終わりましたよ。とりあえず、数週間分の服はこれで大丈夫。残りは、あとから送ります。あなたが注文した品々が届いたらすぐに、いっしょに送りますよ。そのときは、護衛の兵士をつけてくれるとエドワードが言っています」

「あ……ありがとうございます、王妃殿下」彼女をここから追い出せることがあまりにうれしくて、こんなに親切にしてくれるのだろうかと思いながら、ミューリーは小さな声でお礼を言った。

「ミューリー」

「はい」ミューリーはおそるおそる答えた。使用人たちが荷造りを終えたふたつの収納箱を運び出していき、部屋には彼女と王妃のふたりだけだった。

フィリパはドアを閉めると、ミューリーに向き直った。「あなたが行ってしまう前に、わたくしがどれほどあなたを誇らしく思っているかを伝えておきたかったのです」

ミューリーは驚きに目を丸くした。「わたしを――誇らしく?」

フィリパはうなずいた。「そうです。宮廷にいる少女たちがあなたにつらく当たっていたことは知っていました。けれどあなたは一度たりとも、わたくしに訴えてはこなかった。自分なりに対処していましたね。ほかの少女たちはこんなことをされた、あんな仕打ちをされたとしばしば泣きながらわたくしに言いつけに来たものですが、あなたは一度も来なかった。問題があるときは真正面から向き合って、自分なりの答えを見つけてきたのです」フィリパはミューリーに近づき、肩に手を載せた。「宮廷で暮らした娘は大勢いましたが、あなたにはわたくしが手を貸さなくても大丈夫、あなたが自分で対処できない問題などないとわたくしにはわかっていました。今後の人生でどんなことがあっても、あなたなら切り抜けていけます。わたくしはそんなあなたを誇りに思っていますよ」

「王妃殿下……」ミューリーは息を呑み、こみあげてきた涙を見せまいとして何度もまばたきをした。ここで泣きだして、恥をかきたくはない。

フィリパはミューリーの表情を見て微笑んだかと思うと、彼女の頰にキスをした。「幸せになるのですよ」

ミューリーはキスをされた頰に手を当てて、部屋を出ていく王妃を声もなく見送った。王妃の優しい言葉が心にしみた。この十年という年月が、いまの言葉でまったく違うものになったように感じられた。

「ミューリー？」

振り返るとバランが戸口に立ち、もの問いたげなまなざしを彼女に向けていた。

「大丈夫かい？」心配そうに尋ねる。「泣いていたのか？」

「いいえ」ミューリーはあわてて答え、笑顔でバランに歩み寄った。「大丈夫よ」

バランは黙って彼女を見つめていたが、やがて彼女の手を取って広間へと連れ出した。

「馬の用意はできているし、荷物も積んだ。オスグッドが待っている。レジナルドとエミリーには厩舎の脇で会うことになっている」

「はい、あなた」

ふたりは足早に広間を歩いた。十年間、彼女の家だったこの城の様々な装飾品が視界に入ってくる。ここを出ていくのはうれしかったけれど、どこかで寂しさも感じていた。それがなぜなのかは自分でもわからない。ここでは惨めな思いをした記憶しかないのに。それでも……。

ここを出ていくことは子供時代の終焉《しゅうえん》と、新たな人生の始まりを意味しているからかもしれない。厩に向かいながら、ミューリーはそんなふうに考えていた。

「準備はできている」オスグッドが、荷馬車と武装して馬にまたがった少数の男たちといっしょにふたりを待っていた。

彼女のものだけでなく、エミリーの収納箱も荷馬車に積まれていることにミューリーは気づいた。小さな空間ができるように配置され、そこには毛皮が数枚敷かれている。ミューリーは興味深そうにそれを眺めたあと、あたりを見まわした。「エミリーとレジナルドはまだなのね」

「すぐに来るだろう。だがわたしは——」バランは唐突に言葉を切り、顔を横に向けた。いまにもくしゃみが出そうなのか、鼻に手を当て、繰り返し小さく息を吸いこんでいる。ミューリーはあわてて彼に近づくと、左の頬を引っぱたいたので、バランは右に顔を向けてくしゃみをする格好になった。

バランは困惑したようにミューリーに向き直った。「なにを——？」

「旅立つ前に左を向いてくしゃみをするのは縁起が悪いの。旅に出るつもりなら、右を向いてくしゃみをしなくてはいけないのよ」

「なるほど」バランの肩から力が抜け、真面目な顔で答えた。だがつぎの質問を口にしたとき、その口調はどこか冷ややかだった。「くしゃみについて、ほかに知っておくべきことはあるのかい？」

「お墓の近くでは決してくしゃみをしてはいけないわ。それに——」

「ここにいたのね！」エミリーの朗らかな声が響いた。ミューリーは説明を中断し、夫に連れられてやってきたエミリーに微笑みかけた。「長く待たせたのでなければいいんだけれど。レジナルドが国王陛下にご挨拶をするべきだって言うものだから。そうでなければ、もっと早くに来られたのよ。でも、幸いなことにそれほど待たずにお会いすることができたわ」

「それは運がよかったわね」ミューリーはそう応じたものの、国王はレイナード卿が出発の許しを得るために会いに来たことを知って、早く出発できるようにすぐに会ってくれたのだろうと考えた。

「さあ、行こう」バランはミューリーの腕を取り、馬のところに連れていった。

「エミリーは荷馬車に乗るわけじゃないわよね？」ミューリーは驚いて尋ねた。レジナルドがエミリーを荷馬車のうしろに乗せている。

「荷馬車に乗る」バランは、ミューリーのウエストをつかんで馬に乗せながら答えた。

「でも――」バランが途中で手を止め、深々とキスをしてくると、ミューリーは驚いてそのあとの言葉を呑みこんだ。

「ミューリー」顔を離したあと、バランが言った。

「はい」ミューリーはゆっくりと目を開けながら、ため息と共に答えた。

「わたしは右を向いてくしゃみをしようとしていた。だがきみは、きみから見て右にわたしの顔を向けたんだ。それはわたしにとっての左だ」バランはぽかんとしているミューリーに笑いかけると、彼女を鞍《くら》に座らせ、自分の馬のほうに歩きだした。

バランの言葉どおりだということに気づき、ミューリーは呆然として彼のうしろ姿を見つめた。向かい合っている彼の顔を、彼女から見て右に向けさせた。それはつまり、彼にとっての左に向けさせてしまったということだ。ああ、どうしよう、この旅はちっとも幸先《さいさき》がよくないわ！

その後一行は午後じゅう移動を続け、バランとレジナルドが野営の準備をしようと言いだしたのは、日が落ちてからのことだった。宮廷を出た時間が遅かったので、それを埋め合わせるために遅くまで移動したのだとわかっていたからミューリーはなにも言わなかったが、馬からおりたときにはほっとした。

さらに、男性たちが野営の準備をしているあいだ、川岸に連れていくからそこで体を洗うといいとバランが言ってくれたときには、彼の気遣いがありがたかった。

彼に手を引かれて、野営地として選んだ空地のまわりの木立に足を踏み入れながら、わたしはいい夫を選んだとミューリーは考えていた。すっかり満足感に浸っていたので、あたりに生えている植物や木に意識が向いたのは、かなり歩いてからのことだった。ふと視線を足元に落とし、そこに生えるセイヨウオトギリソウに気づいたのは、まったくの偶然だった。

「ああ、だめ！　気をつけて！」ミューリーは叫びながらバランの腕をつかみ、立ち止まらせようとしたが間にあわず、いらだたしげにため息をついた。「手遅れね」

「なにが手遅れなんだ？」バランはうろたえたように尋ねた。ミューリーは身をかがめ、彼の足を移動させると、踏みしだかれていた植物を元どおりにしようとした。

「セイヨウオトギリソウを踏んではいけないのよ。天馬がそこから現われて、あなたを連れ去ってしまうの」

バランはあっけに取られて妻を眺めていたが、やがて気づいた。彼女が信じているというばかばかしい迷信のひとつだ。バランは小さく笑いながら、ミューリーの腕をつかんで立たせた。「その心配はしなくていいと思う」

ミューリーはとまどったように彼を見た。「どうして？」

「わたしがまだここにいるからだ。天馬は現われなかったし、わたしを連れ去ってもいかなかった」

「そうね」バランの親指に頰を撫でられ、ミューリーはため息をつきながら彼にもたれかかった。「あなた？」

「なんだ？」彼が触れただけで、あたかも喉を撫でられた猫のようになったミューリーに驚きながらバランは言った。

「あなたのキスが好き」

バランの頰が緩んだ。「本当に？」

「ええ」

「いま、キスしてほしいかい？」そう尋ねながら、バランは自分の体がすでに反応していることに気づいていた。キスを想像しただけで、体の一部が目を覚まそうとしている。

「ええ、お願い」ミューリーは頭をのけぞらせてささやいた。

バランは笑みを浮かべ、頰を撫でていた手を止めて彼女の髪に指をからめた。顔を固定させ、ゆっくりと唇を近づけていく。

小さく口を開けてミューリーが満足げなため息をつくと、バランはその隙を逃さず舌を差し入れた。彼女が首に腕をからませて体を密着させてくると、喉の奥からうめき声が漏れた。だが彼女はバランより背が低かったので、キスをするにはかなり体をかがめなくてはならないし、体を密着させるにも限界があった。バランは髪をつかんでいた手を離すと背中にまわし、服の上からお尻をつかんで持ちあげた。しっかりと彼女を抱き寄せる。

ミューリーは彼の口のなかであえぎ、肩に爪を食いこませた。コタルディの下で彼の一部がたくましさを増していく。耐えきれなくなったバランは彼女を再び地面におろすと、背中の紐をほどき始めた。襟が緩み、肩がむきだしになった。紐から手を離し、布地を下へとずらしていく。乳房があらわになると、すぐに片方を手で包んだ。

うめき声をあげながらミューリーは背中をのけぞらせ、両手で彼の腕をつかんだ。無言で引っ張っているのは、いじめるのはやめてほしいと言っているのか、あるいはもっとしてほしいと言っているのか、どちらだろう。バランは唇を合わせたままにやりとすると、唐突にキスをやめ、顔を下にずらした。手を当てていた側の乳首を口に含む。

妻の反応は満足のいくものだった。歓びに声をあげ、両手を彼の髪にからめて引っ張ったり、頭を押しやったりを繰り返している。やめてほしいのか、続けてほしいのか、自分でもわかっていないかのようだ。そこでバランは彼女を無視して、自分のやりたいことをした。片手で柔らかなふくらみを揉みながら、口のなかの甘いつぼみをなめ、吸い、軽く歯を立てた。だがすぐにそれだけでは物足りなくなった。体を起こし、再び唇を重ねる。

ミューリーは熱烈なキスを返してきた。バランのコタルディのざらざらした生地に乳房がこすれ、しきりにうめき声を漏らしている。彼女がためらいがちに片手を伸ばし、服ごしでも硬くなっていることがはっきりとわかる彼の一部に触れると、バランは思わず声をあげた。無意識のうちにその手に腰をこすりつける。

バランはいつのまにか閉じていた目を開き、ミューリーの一メートルほどうしろに木があることを見て取ると、唇を重ねたままそちらへ彼女をいざなった。彼女の背中を木に押し当て、手を差し入れることができるくらいまでスカートをたぐっていく。彼の指が太腿の外側をあがっていき、やがて内側へと滑りこむと、ミューリーは息を呑み、ため息をつき、そしてあえいだ。

その手が太腿のあいだに忍びこむと、一瞬ミューリーの脚に力がこもったものの、すぐに緩んで彼を受け入れた。そこが温かく濡れていることを知って、バランは満足そうな声をあげたが、彼女の耳にはもうなんの音も入ってこなかった。乱暴なほど強くバランの舌を吸い、その手は服の上から痛いくらい強く彼をつかんでいる。

布地に隔てられていることが我慢できなくなったのか、ミューリーは一度手を離すと、服の内側に滑りこませた。しっかりと彼を握り、自分のほうへと引き寄せる。彼女の望みは明らかだった。入れてほしがっている。

バランは彼女の無言の欲求を無視し、ひくひくと震える秘所に指を移動させ、内側へと差し入れた。ミューリーは重ねていた唇を離すと、声をあげながら頭をのけぞらせた。全身がびくんと震え、彼のものに添えていた手にも力がこもる。あえぐ声が大きくなる。

彼女をいたぶるのをやめ、バランは脚のあいだにあった手を背中へと移動させた。そのまま抱きあげると、ミューリーは両脚を彼の腰に巻きつけ、コタルディをつかんでさらに体を密着させた。

ミューリーの湿った中心部に腰を押しつけながら、バランはうめいた。木に彼女をもたれさせ、体勢を少し入れ替えてから彼女のなかに入っていく。温かな彼女のぬくもりにすっぽりと包まれてバランの唇からため息が漏れる。バランは再び唇を重ねると一度体を引き、再びゆっくりと腰を突き立てた。

ミューリーは舌と舌をからめながら、体をのけぞらせ、身をよじらせ、彼を駆り立てた。バランは限界が近づいていることを悟ったが、ミューリーより先に達したくはなかったから、彼女を抱えあげると木から離れ、川岸の大きな丸石まで急いで移動した。一歩進むごとに自制心が吹き飛びそうになる。

その丸石は平らではなく角度がついていたので、バランはミューリーの頭のほうが高くなるように彼女を横たえた。これで彼女を抱えている必要がなくなったから、自由に手を使える。両手で白い乳房をつかみ、ひとしきり揉んでからその手を腹部へとずらしていき、さらにたくしあげたスカートのその先へとおりていく。片手で彼女の中心部を探り当てて愛撫を始め、もう一方はさらに下へとおりて足首をつかんで持ちあげた。

バランがその足首を自分の胸に当て、それで体を支えるようにしてさらに激しく突き立てると、ミューリーはぱっと目を開き、驚いたように彼を見つめた。だがその目はすぐに閉じられ、顔をこわばらせたかと思うと、彼女は不意に頭を片側にねじりながら歓びの悲鳴をあげた。

バランも自分を解放した。愛撫していた手を止め、両手で彼女の脚をつかむと、最後に深々と突き立てる。彼も頭をのけぞらせながら、勝利の雄叫《おたけ》びをあげた。

9

「大丈夫？」戻ってきたミューリーにエミリーが訊いた。男たちがおこした火の脇に座り、そのぬくもりを楽しんでいる。

バランと過ごしたひとときの名残を洗い流すために川で体を洗ったせいで、ミューリーは震えていたから、火があるのはありがたかった。早く乾くように、髪をとかし始める。

「ええ、もちろん大丈夫よ」ミューリーは驚いて答えた。「どうしてそんなことを訊くの？」

「あら、べつに理由はないわ」エミリーは応じたが、すぐにいたずらっぽく目を輝かせながら言い添えた。「木立から叫び声や悲鳴が聞こえてきたので、男の人たちが心配していたの。でも大丈夫だから助けに行かなくてもいいって言って、レジナルドが引き留めたのよ」

ミューリーは恥ずかしさに顔を赤らめながらエミリーを見つめていたが、やがて鼻にしわを寄せて言い訳をした。「蛇がいたのよ」

「そうでしょうとも」エミリーが意味ありげに応じ、ミューリーの顔はますます赤くなった。

「そんなつもりじゃ――」ミューリーは言いかけたが、エミリーがどっと笑いだしたのでそれ以上の言い訳をあきらめ、いっしょになって笑った。

「結婚生活の大事な部分がうまくいっているようでよかったわ」笑いが収まったところで、エミリーが言った。「夫婦はベッドのなかで……その……意見の一致を見ないと、いっしょに生活していくのは難しいでしょうから」

「そうね」ミューリーは応じ、レジナルドと話をしている夫を眺めた。笑い合っているところを見ると、男たちがふたりを助けに行こうとした話をしているのだろう。バランは自分を見ているミューリーに気づいて笑いかけた。ミューリーはうなずいた。「脚に力が入らなくなって、全身が震えるの」

「まあ」エミリーはため息をつき、レジナルドを見つめた。「わたしもそうだったわ」

「だった？」ミューリーが聞きとがめた。

「子供ができたとわかってから、彼はわたしに触れようとしないの」エミリーは悲しそうに答えた。

「まあ」ミューリーは唇を噛み、問題の人物に視線を戻した。「あなたの体に障りがあってはいけないと思っているのよ」

「そうかもしれないし、どんどんお腹が大きくなっていくわたしに魅力を感じなくなっているのかもしれない」エミリーは無理に明るい声で言った。

「エミリー、絶対にそんなことはないわ。レジナルドはあなたに夢中だって、だれだって知っているもの」

「それならどうしてわたしに触れようとしないの？」

「しょっちゅう抱きしめたり、キスしたりしているじゃないの」ミューリーが指摘した。

「それとこれとは別よ、ミューリー。あなただってわかるでしょう？　あれは優しさの表われよ。わたしが欲しいのは……」エミリーの視線が再びレジナルドに向けられた。欲求が瞳のなかに見て取れた。

「求められていると感じたいのね。大切にされているというだけではなくて」ミューリーにもよくわかった。結婚してまだ二日とひと晩しかたっていないけれど、それでもバランが突然彼女を抱いてくれなくなったら、さぞ寂しいだろうと思った。

エミリーはため息をつくと、手を振って言った。「いいのよ。こんな体でいるのも、惨めな思いをするのもいまだけだもの。赤ちゃんが生まれたら、なにもかも元どおりになるわ……早くその日が来るといいのだけれど」

「あんまり早いのは困るわ」ミューリーは半分、笑いながら言った。「生まれる前にレイナード城に着くようにしないと。手を貸してくれる人も薬草も薬もないこんな野営地で、あなたのお産の手伝いをするのはごめんだわ」

「そうね、そこまで早くはないわ」エミリーが同意した。「まだ二カ月ほど先よ」

ミューリーはうなずいた。

「きみたち」レジナルドがバランと共に近づいてきた。「バランとオスグッドはテントを用意してこなかったんだ。だがわれわれは持ってきているから、きみにわたしの場所を進呈するよ、ミューリリー。わたしはほかの男性陣といっしょにたき火のそばで寝るから、きみとエミリーは今夜はテントでゆっくりするといい」

「まあ」ミューリリーの視線がバランに向けられた。たき火の脇で彼の腕に包まれて眠りたいと思っていたのだ。ゆうべ、彼の腕のなかで目を覚ましたのはとてもいい気分だった。目覚めるたびに、大切にされているという気がした。だがバランは同じようには感じていなかったようだ。

「それはいい考えね」エミリーがつぶやくように言った。

ミューリリーは無理に笑顔を作ってうなずいた。「ご親切にありがとう、レジナルド」いい考えだと言ったにもかかわらず、レジナルドたちがいなくなると、エミリーは不服そうな顔になった。「もうわたしといっしょに寝ようとも思わなくなったらしいわ」

「そうね、バランもわたしといっしょに寝たくはないみたい」

空地を歩いていくレジナルドとバランを眺めながら、ふたりは揃ってため息をついた。

夫が傍らにいなかったにもかかわらず、あるいはいなかったからこそ、ミューリリーは翌朝、遅くまで眠っていた。目が覚めたとき、テントは空だった。エミリーはすでに起き出したようだ。セシリーもすでに来ていたらしく、ミューリーが眠った藁布団の足元の毛皮の上に、新しい服が用意されていた。アンダーチュニックを手に取って頭からかぶり、立ちあがって服を身につけ、手ぐしで髪を整えてからテントを出た。

テントの外はすでに活動を開始していた。彼女が起きたのが最後だったようで、男たちは忙しそうにあちらこちらへと移動しながら、荷造りをしたり、後片付けをしたりしている。

「ミューリー」

ミューリーは振り返り、恥ずかしそうにバランに微笑みかけた。

「よく眠れたかい？」バランが訊いた。

ミューリーはうなずきながら、眉を吊りあげた。バランは顔色が冴えないうえ、やつれたように見える。その険しい表情から見ても、あまり眠れなかったことは明らかだ。それでもミューリーは礼儀正しく尋ねた。「あなたは？」

「ゆうべは雨だった」というのが彼の答えだった。

「まあ」ミューリーは唇を嚙んだが、バランが彼女の肘に手を添えて木立へいざなおうとしたのではっとした。

「結婚式の夜、きみはあまり眠っていないから、今朝は起こさなかった。だがそのせいで、出発前にちゃんと沐浴《もくよく》をする時間がなくなってしまった」バランが告げ、ふたりは川を目指して歩いた。「起こしにいこうとしたちょうどそのとき、きみがテントから出てきたんだ。

テントと毛皮を荷馬車に積みこんだら、すぐに出発する」

「はい」ミューリーは、バランの言葉が大げさでもなんでもないことにすぐに気づいた。バランは、ミューリーが用を足すのを待ってから川岸まで連れていき、彼女が顔と手を洗い終えると、急いで野営地まで戻った。

手早くしたつもりだったが、テントとその備品はすでに片付けられていて、全員が馬にまたがっていた――ひとりだけ残っていたのがレジナルドで、ちょうどエミリーを荷馬車に乗せようとしているところだった。そんなふたりをゆっくり見ている暇もなく、バランは不意にミューリーのウエストをつかんで持ちあげた。驚いてあたりを見まわしたミューリーは、すぐそこに自分の馬がいることに気づいた。馬の背におろされると、ミューリーはあわてて鞍頭につかまった。

「わたし――」ミューリーは困惑したように口を開いたが、バランが袋を差しだしたので言葉を切った。

「チーズとパンとリンゴだ――移動しながら食べるといい」

「ありがとう」ミューリーが袋を受け取ると、バランは自分の馬に向かった。ミューリーの頭はまだはっきり目覚めておらず、今朝起きてからの展開の速さに圧倒されていたが、なにか動くものが目に入ってそちらに目を向けると、荷馬車に乗ったエミリーが笑顔で手を振っているのが見えた。いくらかほっとして、ミューリーも笑みを浮かべて手を振り返した。

甲高い馬のいななきと鼻息が聞こえ、ミューリーはとっさにバランと彼の馬のほうを見た。バランは馬にまたがったところだったが、ライトニングという名の牡馬《ぼば》はなぜかそれが気に入らなかったらしい。うしろ脚で立ち、鼻を鳴らしながら、前脚で宙をかいている。痛みに悲鳴をあげているように聞こえた。夫の身を危惧したミューリーが目を見開いたときには、馬は宙をかいていた前脚をおろし、木立に向かって突進していた。

ミューリーは考えることすらしなかった。片足を鞍の向こう側に移動させて馬の背にまたがると、かかとで腹を蹴り、夫のあとを追っていく。叫び声が聞こえ、木立へと走りながら振り向くと、レジナルドが数人の男たちといっしょに彼女のあとをついてきているのがわかった。再び前方に視線を戻し、バランに追いつくことに意識を集中させる。

ミューリーが乗っているのはいい馬だった。十六歳の誕生日に国王から贈られた牝馬《ひんば》だ。だがライトニングは軍馬で、甲冑《かっちゅう》と武器を身につけた重い戦士を乗せて、速く走ることに慣れている。今日のバランは甲冑もつけておらず、重い盾も武器も持っていなかった。その軽さと、なんらかの理由でパニックを起こしているせいで、ライトニングは風のように疾走していた。ミューリーが追いつけるはずもなかったし、ましてやバランを助けるなどとても無理だ。

だが幸いなことに、レジナルドの軍馬にはそれが可能だった。彼が自分を追い越し、バランに近づいていくのを見てミューリーはほっとして息を吐いた。不安に満ちたまなざしで、彼がかろうじてバランと並ぶのを眺める。木立のなかでは危険な行為だ。するとバランは、ライトニングの背中からレジナルドの馬に飛び移った。レジナルドに覆いかぶさるような形になってバランスを崩しかけるのを見て、ふたりとも落馬するのではないかとミューリーはおののいたが、それもつかの間のことだった。まもなくふたりは体勢を整え、レジナルドは馬の速度を落として、やがて止まった。ライトニングは、バランが鞍からおりたとたんにおとなしくなった。

ミューリーはふたりに近づいて馬を止め、怪我はないかと心配そうに夫の体を見まわした。無事であることを確かめると、心配は怒りに変わった。

「だからセイヨウオトギリソウを踏んではいけないって言ったのよ」ミューリーは腹立たしげに言った。

「なんだって?」バランは地面におり立ち、困惑したように訊き返した。

「昨日、あなたが踏んだセイヨウオトギリソウのことよ」レジナルドも馬をおり、おとなしくなったバランの馬を捕まえに行くのを眺めながら、ミューリーは馬にまたがったまま声をあげた。「忘れたの? セイヨウオトギリソウを踏んではいけないって言ったでしょう? 天馬が現われて、あなたを連れ去ってしまうって。今後は足元には充分な注意を払ってちょうだい。死んでいたかもしれないのよ」

「ミューリー」バランは辛抱強く言った。「セイヨウオトギリソウを踏んだのは昨日だ。今日じゃない。それにわたしを振り落とそうとしたのは天馬じゃなくて、わたしの馬だ」

「そうね。でも言い伝えは、天馬がいつ、どうやって現われるかには触れていない。ひょっとしたらあなたの馬に取りついて、あなたを振り落とそうとしたのかもしれない。もしレジナルドが追いついていなかったら……」ミューリーはぞっとして首を振り、懇願した。「お願いだから、歩くときにはもっと気をつけてほしいの」

「ライトニングは天馬に取りつかれてなどいない」バランは腹立たしげに告げると、彼女に背を向け、汗ばんでいる馬から鞍をはずしているレジナルドに歩み寄った。

「そうだな、取りつかれてはいないよ」レジナルドは苦々しげに言った。彼がなにかを手にしていることにミューリーは気づいたが、彼の言葉を聞くまでそれがなにかはわからなかった。「何者かが、きみの鞍の下にアザミを入れたんだ。きみが座ると、馬の背に棘《とげ》が刺さって暴れるという寸法だ」

ミューリーは目を丸くして馬からおりると、確かめようとしてそちらに近づいた。レジナルドが持っているのは間違いなくアザミで、それもとりわけ大きくて棘が多い。眉間にしわを寄せて訊いた。「天馬の仕業じゃないってわたしたちに思わせるために、天馬がこれを残していったなんていうことはないわよね？」

「ミューリー！」バランが叱りつけた。

「なに？」ミューリーが訊き返す。

「きみは……とにかく馬に乗るんだ」バランはため息まじりに言った。

「しばらくきみの馬には乗らないほうがいい」レジナルドがバランに助言するのを聞きながら、ミューリーはわざとらしく向きを変えると、足音も荒く自分の馬に歩み寄った。彼を助けようとしただけなのに。それに、昨日彼がセイヨウオトギリソウを踏んで、今朝になって馬に連れ去られそうになったのが、偶然であるはずがない。どうしてわからないのかしら？

ミューリーは小声で文句を言いながら、自分の馬を小さな丸石まで連れていった――ゆうべその上で愛を交わした丸石よりもずっと小さい。そのときの記憶が蘇りかけたが、首を振ってそれを追い払うと丸石にのぼった。あぶみに片足をかけ、手綱を握ったところで、バランが言っているのが聞こえた。

「そうだな、そうしよう」ミューリーが体勢を整え、鞍にまたがった。

「今日は、だれも乗せないほうがいいだろう」

ミューリーが来た道を引き返そうとしたところで、バランが彼女を呼んだ。「ミューリー！　待ってくれ」

「なにかしら？」いらだたしげに振り返りながら、冷ややかに尋ねる。

「きみの馬に乗っていく」

「あらそう」応じたものの、ミューリーはバランが彼の馬を連れて近づいてきてもその場を動こうとはしなかった。

「ライトニングはわたしが連れていこう」レジナルドが提案した。「きみは手綱とミューリーを支えるので手いっぱいだろう」

「ありがとう」バランが礼を言い、ミューリーの馬の傍らで足を止めたが、彼女は夫をにらみつけた。

「この子はわたしの馬よ。あなたがわたしにつかまっていればいいの」きっぱりと宣言する。自分の馬を彼に任せるつもりはなかった。

バランはなにも言わず、黙って彼女のうしろに乗った。背中に当たる彼の胸は、まるで壁のように硬い。バランは手綱を取ると、馬の向きを変えた。

「方向が違っている」ミューリーの耳元で言うと、彼女の手を取って再び手綱を握らせた。

「あとはきみに任せる」

ミューリーは険しい表情になったが、物悲しげななにかの鳴き声を耳にするとさっと顔をあげた。

「シャクシギだわ」ぞっとしたようにつぶやく。

「なんだって?」バランは身を乗り出して、彼女の顔をのぞきこんだ。

「シャクシギが鳴いているの」低い声でミューリーが答えた。「とても悪い兆しなのよ。死の予言なの――それとも、夜に聞こえたときだけだったかしら?」

「ミューリー、いいから野営地に戻るんだ。いまはきみのばかげた迷信につきあっている暇はない」バランの口調は素っ気なかった。必要以上に素っ気ないと、ミューリーは馬を歩かせながら考えていた。ひどく腹が立っていた。彼女を怒鳴りつけたかと思ったら、今度はあのつっけんどんな口調。そのうえ彼女のことを間抜けかなにかのように——。

突然、バランの手が上にあがってきて服の上から乳房を包んだので、ミューリーは驚いて自分の胸元を見おろした。

「なにをしているの？」甲高い声で言いながら、レジナルドに気づかれないように胸を手で隠した。

「落ちないようにつかまっているんだ」バランは彼女の首に鼻をすり寄せた。

やめてと言おうとしてミューリーは息を吸いこんだが、彼が硬くなった乳首を探り当ててもてあそび始めると、声も出せずに息を吐き出した。

「あなた」ミューリーは息を荒らげながらとがめるように言ったものの、彼の唇が動きやすいように首を片側に倒していた——彼女の意思ではなく、体が勝手に動いていた。

「なんだい？」バランが彼女の喉に軽く歯を立てた。

わたしはなにを言うつもりだったのだろうとミューリーが考えていると、バランは片手を乳房から離して脚のあいだへと移動させ、布地ごしに彼女の秘所に触れた。ミューリーはうめきながら彼にもたれかかろうとしたが、レジナルドが近づいてくるのが見えて、あわてて背筋を伸ばした。幸いなことに、バランもすぐに手を移動させたので、レジナルドはなにも気づかなかったようだ。

「今日一日は、きみの馬には乗らないほうがいいと思う」レジナルドは不本意そうに繰り返した。「出発は明日に延ばすことにしよう」

「いや、ミューリーがエミリーといっしょに荷馬車に乗ればいい。わたしが彼女の馬に乗る」

ミューリーは再びいらだちを覚えた。同じことを――バランに彼女の馬に乗ってもらい、彼女はエミリーと荷馬車に乗る――提案しようと思っていたのだが、その暇がなかったのだ。するとバランが、あたかも決まったことのようにそうすると宣言した。ひとこと、彼女の意見を訊いてくれれば、気持ちよくうなずけたものを。彼はすべてにおいて偉そうに命令するのが好きらしい。

「大丈夫だ。到着が遅れるようなことはない」バランは友人を安心させるように告げた。「明日には着けるはずだ」

レジナルドの顔に浮かんだ安堵の表情を見て、ミューリーは気持ちを落ち着かせようとした。もちろん彼はエミリーのことを心配していて、一刻も早く帰りたいと思っている。そしてバランもそれを理解していて、早く目的地に着くためにあの決断をくだしたのだ。だからわたしは腹を立てたりするべきじゃないんだわ。彼が高圧的で、偉そうで、頭ごなしに――。

不意に鞍から持ちあげられたので、ミューリーの思考が中断した。横柄な夫の態度を描写する言葉をあれこれと考えていたせいで、野営地に戻っていたことに気づかなかったのだ。

バランが彼女を地面におろした。

「荷馬車に乗って、なにも心配はないとエミリーに言うんだ。彼女は不安そうだ」バランはそう命じると、ミューリーを荷馬車のほうに向かせ、軽くお尻を叩いた。ミューリーは苦々しげな顔で言われたとおりにした。


バランは、彼女が口のなかで文句を言いながら荷馬車に歩いていくのを笑顔で見守っていたが、やがて視線をはずしてオスグッドに向かってうなずいた。

「なにがあったんだ?」オスグッドは彼の脇を通り過ぎ、ライトニングの様子を確かめながら心配そうに尋ねた。「どうしてあんなふうに駆けだしたんだろう? いままでこんなことは一度もなかった」

「鞍の下にアザミが入っていたんだ」馬からおりてこちらにやってきたレジナルドが説明した。

「アザミだって? なんだってそんなところに?」オスグッドが訊いた。

「うむ、たまたま鞍の下にはさまった可能性はある」レジナルドは疑わしげに答えた。「だが鞍に重さがかからないかぎり、馬は痛がらないようになっていた」

「つまり、何者かが入れたということだ」オスグッドは眉間にしわを寄せ、バランを見た。

「きみは死んでいたかもしれない」

「ああ」バランはレジナルドが持っていたライトニングの鞍を受け取ると、部下に渡して荷馬車に乗せるように命じた。

「いまの騒ぎで体に障りがなかったかどうか、エミリーに確かめてくる」レジナルドが言った。

「助けてくれてありがとう、レジナルド」いまさらではあったが、バランは心から礼を言った。レジナルドが素早く行動を起こしていなければ、命を落としていた可能性はおおいにあった。

「まさかとは思うがミューリーが……」オスグッドが思わせぶりにそのあとの言葉を呑みこんだので、バランは振り返った。オスグッドは不安げな表情だった。

「なんだ?」わけがわからず、バランは尋ねた。

「いや、ちょっと考えたんだが……きみが自分の寝室にいたことを彼女は問いたださなかった。きみが彼女をだまして結婚したと考えているのなら怒っているはずなのに、早く宮廷を出発したいようだった」

「ふむ。それで……?」オスグッドがなにを言わんとしているのか、バランにはさっぱりわからなかった。

「うむ、ひょっとしたら彼女は、あの夜のことをきみに問いただすつもりはないのかもしれない。ひょっとしたら彼女はものすごく怒っていて、それで……その……結婚を終わらせようと思ったのかもしれない」

バランは、頭がどうかしたのではないかといった顔で彼を見た。「結婚を終わらせることはできないんだぞ、オスグッド。床入りは終わっている。結婚は成立している。彼女はわたしから離れられない」

「死がふたりを分かつまでは」オスグッドは意味ありげに言った。

「彼女がわたしを殺そうとしたと言いたいのか？」バランは驚いて訊き返したが、すぐに首を振った。「ばかなことを言うな」きびすを返し、足音も荒く妻の馬に近づいてまたがったものの、一度植えつけられた疑惑は簡単には消えなかった。それからの数時間、彼の頭のなかにはいくつもの疑問が渦巻いていた。彼が寝室にいたことをどうして彼女は問いただされいのだろう？　どうしてあれほど急いで宮廷を発とうとしたのだろう？

妻であればまず夫に相談するべきなのに、彼女は彼が拒否したくてもできないように、直接、国王に訴えに行った。旅の途中でなにか事故があっても目撃される恐れは少ないし、彼女に疑念の目が向けられることもない。宮廷の人間はだれひとりとして、彼女がバランに腹を立てている理由を知らないのだ。

「バランは一日じゅう、あなたを妙な目で見ていたわね。あなたたち、喧嘩でもしたの？」たき火の脇でくつろぎながら、エミリーが訊いた。

ミューリーは不機嫌そうなまなざしで肩越しに夫を見た。彼は野営地の反対側で部下のひとりと話をしながら、なにかを考えこんでいるように目を細め、彼女を眺めている。ミューリーはもう怒ってはいなかったが、彼がまだ腹を立てているのなら、彼女も対抗するまでだ。つまるところ、一日じゅう荷馬車に揺られていたのは、バランではなく彼女なのだから。とにかく乗り心地が悪かった。馬と同じくらいがたがたと揺れるのに、どうして女は荷馬車に乗るほうが楽だと男性が考えるのか、まったく理解できない。全身をあちこちにぶつけて痣《あざ》だらけだ。そのうえ、胃の具合も変だった。いい日だったとはとても言えない。

ため息をつくと上の空でお腹をさすり、ミューリーは揺れる炎をぼんやりと見つめていたが、エミリーに質問されていたことをふと思い出した。「いいえ、そういうわけじゃないの。今朝、天馬が彼を連れ去ろうとしていたとわたしが考えていることが、あの人は気に入らないのよ」

「なんですって?」エミリーがぎょっとして訊いた。

ミューリーはバランがセイヨウオトギリソウを踏んだこと、彼が天馬に連れ去られてしまうのではないかと思っていることを手短に説明した。さらに、彼の馬は天馬に取りつかれていたのかもしれないと付け加えた。

エミリーは笑って言った。「まったくあなたったら。その迷信深いところさえなければ、完璧な女性なのに」

ミューリーは顔をしかめた。「ごめんなさい。わたし――」

「いいのよ、謝らないで」エミリーがあわてて言った。「完璧だったら、それだけであなたを嫌いになってしまうわ」

「まあ」どう応じていいかわからず、ミューリーはそうつぶやくしかなかった。ふたりはまた黙りこみ、気がつけば彼女の視線は再びバランを追っていた。今夜もまた移動を終えたあとで、彼が沐浴に連れ出してくれればいいと思っていたのだ。それからキスをして、そして……。けれどそうしてはくれなかった。レジナルドが彼女たちを川岸まで連れていき、ふたりが体を洗っているあいだ背を向けていた。バランはなにかほかに用事があるらしかった。

いつしかまたバランをにらみつけていることに気づいて、ミューリーは顔を背けようとしたが、彼の顔色が目に留まった。たき火のせいだろうか、青く見える。

「ミューリー、あなた大丈夫なの？」エミリーが訊いた。「さっきからお腹をさすっているし、顔色が悪いわ。この暗さではよくわからないけれど」

「そうなの」ミューリーは渋々認めた。「お腹の具合が変なの。荷馬車に揺られたのがよくなかったみたい。あなたはよく平気ね」

「ほかにどうしようもなかったんですもの。荷馬車に乗るのならということで、レジナルドが宮廷に行くことを許してくれたの。どうしてもあなたに会いたかったのよ」

「まあ」ミューリーの目に涙が浮かんだ。「あなたは本当にわたしを大事に思ってくれているのね。ありがとう、エミリー」

「ミューリー?」エミリーの声が突如として緊迫感を帯びた。「大丈夫? あなた――」

「あら? あなたの顔がふたつに見える……」ミューリーは顔をしかめて言ったかと思うと、そのまま前向きに倒れこんだ。

10

「具合はどうだ？」

　小さな雑木林のなかでぐったりと横たわっていたバランは、オスグッドの問いかけに目を開いた。答える代わりにうめき、体を横向きにして再びえずき始めた。夜通し、ただひたすら吐いていた気がする。すでに食べたものはすべて吐いてしまっていて、いまは吐き気ばかりでなにも出てはこない。

「いい知らせがある。おそらくミューリーはきみを殺そうとはしていない」オスグッドは朗らかに告げた。「彼女も具合が悪い」

「なんだって？」バランは声を荒らげたが、すぐにまた吐き気を催した。

「彼女も腹をこわしているんだ。きみの食事を作っていたとき、あんまりいいにおいがするもんで、彼女が半分食べたらしい。自分で毒を入れていれば、そんなことはしないだろう。つまり、なにかの拍子に毒が入ってしまったか、もしくはミューリーが焼いている肉をそのままにしてエミリーとレジナルドといっしょに川へ行っているあいだに、だれかが毒を入れたかのどちらかということだ」

バランはうめきながら仰向けになった。「彼女が持ってきた肉は小さかった」

「たしかに」オスグッドは真面目な顔でうなずいた。「もしミューリーが半分食べずにきみが全部食べていたら、いまごろきみは死んでいただろうとエミリーは言っている」

「ミューリーはどうだ？」

「きみより重症だ」バランが目を見開くと、オスグッドはさらに言った。「彼女は肉を半分食べた。毒も半分ということだ。だが彼女はきみより体が小さい。毒の効き目も強かったわけだ。吐くだけではなく、幻覚もあるらしい」

バランはかろうじて体を起こすと、なんとか立ちあがろうとした。

「エミリーがついている」オスグッドが言った。「きみが行く必要は――」バランが言いだしたら聞かないことはわかっていたから、オスグッドはあきらめて彼に手を貸した。

野営地までの数フィートが今のバランにはとてつもなく遠く感じられた。足の下で世界がぐらぐらと揺れているようだったし、視覚もおかしくなっていてあたりのものが近づいたり、遠ざかったりして見えた。テントにたどり着いたときはほっとした。火のそばにいたレジナルドがすぐにやってきて、フラップ（テントの入り口を覆う帆布）を開けた。オスグッドの手を借りてテントのなかに入り、ミューリーが寝ている藁布団のところまで連れていってもらう。オスグッドが手を離すと、バランは妻の傍らに座りこんだ。

「まあバラン――顔色がよくなったわね」藁布団の向こう側でミューリーの顔に濡れた布を押し当てながら、エミリーが言った。だが彼女の顔を見ればその言葉が嘘であることも、心配していることもすぐにわかった。

「よくなった」バランは答え、さらに乾いた口調で言い添えた。「テントの入り口からここまで、吐かずに来ることができた」

「まあ」エミリーはそう応じたあと、彼とオスグッドをにらみつけた。「あなたとオスグッドがなにを考えていたのか、レジナルドが話してくれたわ。ミューリーはあなたを殺そうとなんてしていません」

そうするだけの気力があれば口の軽い従兄弟と友人をにらんでいたところだが、いまはとても無理だった。

「あの夜、あなたが寝室にいたこと、そしてあれが夢ではなかったことについて、ミューリーはあなたを問いただすつもりでいたの。でもあなたが広間でレジナルドとオスグッドに話をしているのを、たまたま耳にしたのよ。彼女は、どういう状況だったのかをあなたがレジナルドに説明しているのを聞いた。レジナルドがわたしの体を心配していること、あなたが宮廷を予定より早く発ちたいと国王に頼むつもりだということも。あなたが頼んでも国王が許してくださらないかもしれないと考えて、彼女が自分で頼みに行ったの」エミリーは言葉を切り、バランに険しいまなざしを向けた。「ミューリーはあなたの鞍の下にアザミを置いたりしていないし、もちろんあなたの食べ物に毒を入れて、半分自分で食べたりもしていないわ」

オスグッドがなにか言うのが聞こえたが、バランはエミリーの顔に意識を集中させた。彼女の声には憤りが混じっていたから、彼をにらむその顔に同じ感情が浮かんでいるのを見ても驚きはしなかった。

「わかった」バランが口にできたのはそれだけだった。そして彼は意識を失って妻の横に倒れこんだ。


ミューリーは目を開けると伸びをしようとしたが、腰にだれかの腕がからまっていることに気づいて動きを止めた。そろそろと顔をそちらに向けると、肩の向こうに夫の顔が見えた。驚いてまじまじと彼を見つめる。彼女のテントでなにをしているのだろうという疑問が浮かんだのもつかのま、すぐにそこがテントのなかではないことに気づいた。困惑の面持ちでひとしきり部屋を見まわしたのち、夫の腕から逃れ、よろめきながら立ちあがった。

脚は彼女を満足に支えられる状態ではなく、いまにもくずおれてしまいそうだったが、どうしてもトイレに行きたかった。脚が耐えてくれるかどうかを考えている暇はない。ベッド脇のイグサの上に丸められた服が置かれていた。彼女が着ていたものを脱がせたのだろう。ミューリーはそれを拾いあげ、軽く振ってから身につけた。壁に手を当てて体を支えながら、そろそろとドアに近づいていく。

「ミューリー！　なにをしているの？」

広間に入ったところで、エミリーの険しい声が聞こえた。彼女の姿を見て、ミューリーの顔に安堵の笑みが浮かんだ。ここはいったいどこなのだろう？

「ここはどこ？」ミューリーは、近づいてきたエミリーに尋ねた。

「レイナード城よ」エミリーは彼女の腕を取って、体を支えた。「ベッドに戻らなくてはだめよ。あなたはとても具合が悪かったの」

「トイレに行きたいの」ミューリーは言った。

「あら」エミリーはためらったが、やがてため息をつくとミューリーの腰に手をまわした。

「わかったわ。行きましょう」

「ありがとう」

ミューリーは城のなかを見まわした。これまで彼女はウィンザー城を離れることを許されておらず、ふたりが会うためには、エミリーのほうから彼女を訪ねてこなくてはならなかったのだ。「あなたの家は素敵ね、エミリー」広間を移動しながらミューリーが言った。

エミリーはくすくす笑った。「ええ。でもまだ、あなたのための部屋と広間しか見ていないでしょ。ここを発つ前にもっといろいろと見てもらわないと」

「ここに着いたときのことを覚えていないの」ミューリーが打ち明けた。「思い出せるのは、一日じゅう荷馬車に乗ったあと、野営地に着いたときのことだけよ」

「気分が悪かったことは覚えている？」

「ええ」ミューリーは鼻にしわを寄せた。「胃が荷馬車の揺れに耐えられなかったのね」

「荷馬車のせいじゃないの」エミリーが静かに告げた。「あなたは毒を盛られたのよ」

「なんですって？」ミューリーは思わず足を止め、ぞっとしたようにエミリーを見た。

「あなたが狙われたわけじゃないわ」エミリーはあわてて説明した。「標的はバランだったとわたしたちは考えているの。でもあなたは、彼のために焼いていた肉を半分食べたでしょう？」

「あの肉に毒が？」ミューリーはとまどった。「でもわたしが自分で味付けをして、焼いたのよ」

「そうね。でもあなたは肉を焼いているあいだに、川に体を洗いに行ったわ。覚えている？」

「そうだったわ」ミューリーは答えたが、さらに別のことを思い出した。「シャクシギの鳴き声を聞くのは死の予言だってバランに言ったんだわ。もしわたしがあの肉を半分食べていなかったら、そのとおりになっていたのね」

「それは……」エミリーは唇を噛んで、笑いたくなるのをこらえた。「とにかく、わたしたちが川にいるあいだに、毒が盛られたんだと思うの。あなたが半分食べたことが、バランの命を救ったのよ」

「わたしは半分以上食べたわ」ミューリーは顔をしかめて打ち明けた。「そんなつもりはなかったんだけれど、あんまりおいしかったものだから、ついついつまんでしまったの」

「そうだったの。そのおかげでバランは助かったけれど、あなたは命を落としかけたのよ。危ないところだったわ」

「まあ」ミューリーはため息をついた。「でもそれでよかったわ。バランを失うより、自分の具合が悪くなるほうがずっといいもの」

エミリーは弱々しく笑った。「バランはとても心配していたのよ。あの夜は彼も具合が悪かったのに、体を引きずるようにしてあなたに会いに来たの。あなたのところに着いた直後に、彼も意識を失ったのよ」

「まあ!」ミューリーは息を呑んだ。

「その翌朝、バランはあなたを自分の馬に乗せて、抱きかかえるようにしてここまで連れてきたの。あなたが快復するまで待とうってレジナルドとわたしは言ったのだけれど、彼はあなたを屋根のあるところに連れていきたがったの。それにここまで来れば、わたしのメイドのマリアンに看病してもらえるから」

「マリアン」その名前を聞いたミューリーは思わず笑顔になった。子供の頃からエミリーの面倒を見ている女性で、薬や病気にはとてもくわしい。エミリーといっしょに宮廷を訪れたときには、ミューリーにも親切にしてくれた。旅をするには年を取りすぎたと言ってエミリーに同行しなくなったときには、残念に思ったものだ。エミリーがレジナルドと結婚する前年のことだった。その後レイナード城に移ったが、それ以来どこにも出かけていないという。「元気にしているの?」

「年を取ったわ」エミリーはため息をついた。「肌がしわくちゃになって、どんどん弱っていくのを見ていると怖くなるの。じきに彼女がいなくなってしまうんじゃないかと思って」

「そんなことはないわ」ミューリーがきっぱりと言った。「彼女は強い人よ。あなたの子供を世話するまで長生きするわよ。ひょっとしたらその子供の子まで見るかもしれない」

「そうであることを祈るわ」

トイレに着いたのでふたりは口をつぐんだ。ミューリーが用を足しているあいだ、エミリーは外で待っていて、それからふたりは広間を戻ったが、階段近くまでやってきたところでミューリーが言った。「お腹が空いたわ」

「いい兆しね。あなたをベッドまで連れていったら、なにか食べるものを持っていくわ」

「ベッドには戻りたくないの」ミューリーは宣言した。「起きて、あなたといっしょにいたいわ」

「また今度にしましょう」

「いまあなたといたいのよ」

「それなら、わたしがベッドのそばにいるわ」エミリーが辛抱強く言った。

「わたしたちの部屋でバランが寝ているの。いまあそこに戻るわけにはいかないわ。下に行きましょうよ。そうすれば、あなたのお城をもっとよく見ることもできるし」

エミリーの唇がぴくぴく震えるのを見て、ミューリーは目を細くした。

「なにかしら？」

「病気のときだけ、あなたが本当に評判どおりのわがまま娘になることを忘れていたわ」エミリーが面白そうに言った。「いつだって、扱いづらい病人だったわね」

ミューリーは苦々しい顔をしたが、否定はしなかった。病気になってベッドに縛りつけられるのは耐えられない。ほかの娘たちがそれを彼女の弱さだと見なして、普段よりも辛辣な言葉を投げつけてくることがわかっていたからかもしれない。

「わかったわ」エミリーは階段のところまでミューリーを連れていくと、夫に呼びかけた。

「レジナルド！　ミューリーを下に連れていくのを手伝ってちょうだい」

レジナルドは広間の架台式テーブルについていたが、妻に呼ばれて立ちあがり、あっという間に階段を駆けあがってきた。「起きていてもいいのかい？」ふたりの前で足を止めると、心配そうに妻に尋ねた。

「ええ、いいのよ」ミューリーが冷ややかに応じた。わたしのことなのに、わたしを無視してエミリーに訊くなんて！　まるで、自分のことが決められないくらい具合が悪いとでも言うみたいに。

レジナルドは片方の眉を吊りあげ、おかしそうに唇をゆがめると肩をすくめ、ミューリーを抱きあげて階段をおり始めた。「いいだろう。だがバランが目を覚ましたら、きみが彼に釈明してくれ。さぞ怒るだろうな。もしもエミリーが、あれほどの重病のあとこんなにすぐに起き出していたら、わたしも怒るだろうからね」

ミューリーは鼻で笑った。「それなら、エミリーが病気になるたびに、あなたはいらいらすることになるわ。だってわたしの記憶が正しければ、エミリーもわたしと同じくらい我慢のできない病人ですもの」

レジナルドがくすくす笑うと、彼の胸の振動がミューリーの横腹に伝わってきた。「あなたがわたしの親友を愛してくれて、いい夫でいてくれることを本当に感謝しているってもう言ったかしら?」

「彼女と結婚して遠くにさらっていくわたしを八つ裂きにするように国王に進言しないでいてくれて、本当に感謝しているときみにもう言ったかな?」

ミューリーは顔をしかめ、彼の肩越しにエミリーを見た。「そんなことまで話したの?」気まずそうに尋ねる。大切な友人が北の地の領主と結婚することを聞かされたとき、ミューリーはひどく落ち込んだ。エミリーの両親の城はウィンザーの近くにあったから、その頃は頻繁に会うことができたのだ。エミリーが結婚して遠くに行ってしまうことをふたりとも歓迎していなかったから、この結婚をやめさせてほしいと国王に頼もうかとミューリーは本気で考えていた。だがレジナルドが宮廷にやってくると、ふたりはすぐに愛し合うようになったので、考え直したのだった。

エミリーが意に介さない様子で笑うのを見てミューリーは首を振り、レジナルドに言った。

「あなたたちがこれほどお似合いでなかったら、陛下に進言していたわ」

「それなら、きみがずっと妻のいい友人でいてくれたことに感謝しなくてはいけないな、ミューリー・ソマーデール」レジナルドが真面目な顔で応じた。

「彼女はレディ・ゲイナーだ！　いったいわたしの妻をどこに連れていくつもりだ？」

三人は階段の下で立ち止まり、レジナルドはミューリーを抱きかかえたまま振り返って声の主を見た。

ミューリーは唇を噛んだ。バランはコタルディを着ているだけで、ズボンをはいていない。髪はあらゆる方向にはねていて、ひどく怒っているように見えた。気がつけばミューリーは勢いよくまくし立てていた。

「あら、おはよう。わたしは自分で起きたの。用を足したくなったのよ。幸い広間でエミリーに会ったから、トイレまで連れていってもらったの。彼女がベッドにわたしを連れ戻そうとしたんだけれど、とてもお腹が空いていると言ったら、ここまで運んでくれるようにレジナルドに頼んでくれたの。これからテーブルについて食事をしようと思うの。だってわたしはとても具合が悪かったから、力をつけなきゃいけないんですもの。寝ているあなたを起こしたくなかったの」うろたえたように一気に説明すると、ミューリーは言葉を切って息を継ぎ、それから尋ねた。「よく眠れた?」

エミリーがいきなり笑いだしたので、三人は一斉に彼女を見た。エミリーは顔の前で手を広げ、首を振った。「ごめんなさい。気にしないで。お腹に子供がいると、笑いが止まらなくなるのかもしれないわ」

「それとも、わたしの夫がズボンもはかずに、広間にいる人全員に下半身を見せているからかもしれないわね」ミューリーはそう言うとバランの下半身をちらりと見たが、コタルディまで視線はあげないようにした。「あなた……ちゃんと服を着たほうがいいんじゃないかしら」

バランは下半身を隠そうともしなければ、恥ずかしそうな素振りも見せなかった。ただ眉間のしわをいっそう深くしただけで、くるりと向きを変えて部屋に戻っていった。

レジナルドはミューリーを抱いたまま、テーブルへと進んだ。エミリーがくすくす笑いながらうしろをついてくる。ミューリーは顔をしかめて言った。「これで、わたしの夫がどれほど立派なものを持っているかが、周知の事実になったわけね。素敵じゃないこと?」

「もう発つと言うの?」ミューリーはがっかりして夫を見つめた。きちんと服を着て大広間に戻ってきたバランは険しい目つきで彼女をにらんでいたが、レイナード城での滞在を早めに切りあげて、着いた翌日に出発しようと言い出すほど気分を害しているとは思わなかった。

「ゲイナー城に戻って冬の準備をしなくてはいけない」バランは言った。

「それはわかっているけれど、一週間——少なくとも二、三日は滞在するとあなたは言ったわ。レジナルドにそう言っているのを聞いたの」ミューリーは非難がましく言った。

「たしかに。だがわたしたちはすでに一週間滞在している」

「なんですって?」ミューリーは信じられずにバランをまじまじと見つめたが、彼女に嘘はつかないと宮廷で彼がオスグッドに言っていたことを思い出した。それにしても……確かめるように、ミューリーはエミリーを見た。

エミリーは重々しくうなずいた。「あなたはとても具合が悪かったのよ、ミューリー。毒の影響を、バランよりもずっと大きく受けたの。丸一週間というもの、意識が朦朧としていたのよ」

それほど長いあいだ意識がなかったことを知らされて、ミューリーは呆然として座りこんだ。ここに着いてからのことはまったく記憶になかったが、一週間のあいだに何度かは目を覚ましていたらしい。

「もっとエミリーといっしょにいられないのは気の毒だと思う」バランが言った。「だがこれ以上時間を無駄にはできない。今日一日はゆっくりしてもらっていいが、明日の朝には出発しなければならない。レジナルドが荷馬車を貸してくれるそうだから、そこで体を休められるはずだ」

「休める？　あんなとんでもない乗り物のなかで？」ミューリーは首を振った。「お断りよ。馬で行くわ。荷馬車には乗らないから」

「もうすぐだ」

ミューリーは荷馬車のうしろでがたがたと揺られながら、夫をにらみつけた。彼女はこんなに惨めな気分なのに、バランときたら意気揚々としている。彼の顔から笑みを引っぺがしてやりたかった。長くつらい道中だった。唯一のいい点といえば、それが一日ですんだことだ。一行――オスグッドとバラン、荷馬車に乗ったミューリーとセシリー――は夜明けと共に出発した。荷馬車の御者は、ゲイナーでひと晩休んだあと、翌朝にはふたりの兵士と共に戻ることになっている。

バランとオスグッドは宮廷に向かう際、武装した部下たちを同行させていなかった。使用人の多くが逃げ出したり、死んでしまったりしたため、戦場から連れ帰ってきた部下たちは、ゲイナー城を維持するために必要だったからだ。城で必要とされているときに、彼らを連れ出したくはなかった。なにより、花嫁を見つけるために宮廷へ向かったときには、これほど早く目的を達成できるとは思っていなかったのだ。

護衛の人間がいなかったから、バランはとにかく急ぐことにこだわった。食事のときすら休憩を取ろうとはせず、鞍の上で——ミューリーの場合は荷馬車のなかで——すませた。だが休憩するのは食べるためだけではない。ミューリーはこの二時間ばかり、ぱんぱんになった膀胱《ぼうこう》に苦しんでいた。がたがたと揺られているときに耐えるのはたやすいことではない。城に着く前に限界を超えてしまうのではないかという、いやな予感がし始めていた。

バランに腹を立てていたから頼むのは避けたかったが、背に腹は代えられない。ミューリーはため息をつきながらバランに声をかけ、荷馬車の脇まで来てほしいと身振りで示した。バランはすぐにオスグッドから離れてこちらにやってくると、荷馬車と並んで馬を歩かせながらもの問いたげに眉を吊りあげた。

「木立に行きたいの」ミューリーは告げた。

「なんだって？」バランは信じられないといった面持ちで訊き返した。

「木立に行きたいの」ミューリーは軽く歯を食いしばって繰り返した。

「どうしてだ？」バランは眉間にしわを寄せた。

「それは……木立に……行きたいから」ミューリーは真っ赤な顔で、しどろもどろになりながら言った。彼がわかってくれないことが信じられない。そもそも、彼だって用を足す必要があるはずなのに！

「彼女は用を足したいんだと思う」バランの傍らにやってきたオスグッドが助け舟を出した。

「そうか！」バランは納得したように目を見開いたが、やがていらだち混じりに言った。「それなら、どうしてそう言わないんだ？」

「言ったわ」

バランは御者のところまで馬を進めると、止まるように命じたが、ミューリーはそれまで待ちきれずに荷馬車を飛びおりた。バランを待とうともせず、こわばった脚を無理やり動かし、小道をたどって木立へと入っていく。付き添う者もなくひとりで歩いていることにバランが腹を立てるかもしれないが、どうでもいいことだった。いまはとにかく急がなければならない。それに、荷馬車に乗らされたことにミューリーは怒っていた。バランがわたしを叱りたいなら、叱ればいい。

ミューリーは手早く用を足すと、心底ほっとして、馬と荷馬車のほうへと戻り始めた。あの不快な乗り物に乗るのがいやでたまらなかったから、その足取りは来たときよりもずっと重い。妙なことに、道のりもずっと長く感じられた。

「ミューリー！」バランの声が響いた。

ミューリーは顔をしかめ、足を止めて来た道を振り返った。どうして彼がわたしのうしろにいるのかしら？

「ミューリー！」同じ方向からオスグッドの声も聞こえ、ふたりの声に心配そうな響きが混じっているのはなぜだろうと考えながら、ミューリーは向きを変えてそちらに向かって歩き始めた。

「ここよ！」ミューリーは大声で返事をすると、いくらか歩調を速めた。さほども行かないうちに、安堵の表情を浮かべたバランとオスグッドが木のあいだから姿を現わした。

「迷ったのか？」バランがミューリーの様子を確かめながら近づいてきた。

「もちろん迷ったりしていないわ。戻ろうとしていたところよ」

「ずいぶん遠くまで行って帰ってこないものだから、心配したんだ」オスグッドが説明した。

バランはミューリーを促して歩き始めた。

荷馬車とは反対方向に小道を進んでいたことに気づいて、ミューリーは唇を噛んだ。どうして逆方向に向かったりしたのかしら？　だが近くでカッコーが鳴く声が聞こえると、そんな疑問はどこかへ飛んでいってしまった。いきなり地面に倒れこんだかと思うと、ごろごろと転がり始める。

「ミューリー！」バランはすぐに彼女の脇に膝をつき、転がるのをやめさせた。「大丈夫かい？」

「もちろんよ」ミューリーは体を起こした。「でもあなたは、止めるべきじゃなかったわ」

「なにをしていたんだ？」バランは困惑していた。

ミューリーは顔をしかめた。「カッコーの声が聞こえなかった？　もちろん、聞こえていないわよね。そうでなければ、あなたも地面を転がっていたはずですもの」

つかの間沈黙が広がったが、やがてオスグッドが咳払いをして言った。「どうしてバランも地面を転がるんだい？」

「カッコーの鳴き声が聞こえたときにそうすると、幸運がやってくるのよ。服をだめにしてしまうから、普段はそんなことしないのだけれど、いまはだれかがバランの命を狙っているから、幸運を手に入れるチャンスは逃さないほうがいいと思うの。わたしはいま彼に腹を立てているけれど、それはいまだけのことで、きっといずれは許すわ。それまでに彼に死んでもらいたくはないもの」

「なるほど」オスグッドはつぶやき、不安そうなまなざしを黙ったままのバランに向けた。

夫の無表情な顔を見てミューリーは眉間にしわを寄せたが、やがて肩をすくめると再び歩き始めた。

背後でバランがつぶやくのが聞こえた。「わたしは頭のいかれた女と結婚したようだ」

「うむ。だが少なくとも彼女はきみを殺そうとはしていない」オスグッドは面白そうに応じた。

ミューリーはふたりを振り返った。「笑いたければ笑えばいいわ。でも、今回の出発前に、あなたは左を向いてくしゃみをしたんじゃなかったかしら？　そうしたら、わたしたちは不運に見舞われたわよね？　セイヨウオトギリソウを踏んだら、天馬に連れていかれそうにならなかった？　あなたが毒を盛られる前、シャクシギの鳴き声を聞いたんじゃなかったかしら？」ミューリーは苦々しげにうなずいた。「笑いたければ笑ってちょうだい。でもそれぞれの出来事の前には悪い前兆があったのよ。覚えておいてね。わたしのばかげた迷信にいつか感謝する日が来るわ」

ミューリーはきびすを返すと、つかつかと荷馬車に歩み寄って乗りこんだ。バランたちは再び馬にまたがった。ミューリーが腰をおろすとほぼ同時にバランが近づいてきて、こちらに身を乗り出したかと思うと、彼女のウエストに手をまわして持ちあげ、自分の前に座らせた。

「わたしの幸運を手に入れるために――服を台無しにするかもしれないのに――地面を転がってくれてありがとう」ミューリーが体をこわばらせていると、バランが耳元でささやいた。

ミューリーはそれを聞いて小さくため息をつき、安心して彼の腕に体を預けた。こうしているほうが、荷馬車よりずっといい。

「どういたしまして。それから、あの乗り心地の悪い荷馬車からおろしてくれてありがとう」

「雷みたいに恐ろしい顔をしているきみを連れて城に戻るわけにはいかないからね。わずかに残った使用人まで怯《おび》えて逃げ出してしまう」バランはそう言うと、彼女の表情が再び険しくなるのを見て笑った。「ほら、その顔だ」

ミューリーは体を硬くし、バランを無視しようとしたが、彼は前かがみになって耳に鼻をこすりつけてきた。「それに、こんなこともできる」

彼の舌が耳のまわりをくすぐり始めると、ミューリーの唇から息が漏れた。とたんに彼女の体の別の部分が驚くべき反応を示し始める。体から力が抜けてバランにもたれかかり、彼の舌が動きやすいようにいつしか首を傾けていた。

バランはミューリーの反応のよさにくすくす笑いながら、彼女の顎に手を添えてキスができるくらいまで自分のほうを向かせた。わがもののように、舌が彼女の口のなかへと侵入していく。

叫び声が聞こえて、ふたりの顔が離れた。一行は、この一時間ほど進んでいた森を抜けたところだった。ミューリーは前方に顔を向け、初めて新たな自分の家となる城を目にした。田畑の大部分は作物をつけたまま、立ち枯れている。その少し先に見える村には、奇妙なくらい動きがなかった。丘の上に立つ城は大きく、驚くほど美しかった。

「ペストで多くの村人を失った」バランは田畑に視線を向けながら、静かに言った。「部下の兵士たちに作物の刈り入れをやらせたが、数が足りないうえに、彼らは農民ほど慣れていないので手早くできない。作物のほとんどはそのままになっている」

「それなら来年はきっと豊作ね」ミューリーが言った。「その分が土の栄養になるもの」

バランが自分に向けたまなざしに気づいたものの、ミューリーは小道を急ぎ足で近づいてくる男性に気を取られていた。彼は兵士ではなく、栄養が足りないのか痩せている。白髪交じりの頭を見れば、きびきびした身のこなしのわりに年を重ねていることがわかったし、顔は歳月と風雨にさらされてしみだらけだ。生き残った村人のひとりだろうとミューリーは思った。

彼がふたりの前で立ち止まると、バランも馬を止まらせた。ほかにはだれも見当たらなかったから、さっき叫んだのは彼に違いない。

「旦那さま、戻られたのですね」男は満面に笑みを浮かべて言った。「美しい花嫁と共に戻っていらっしゃると聞いていました」ミューリーに物怖じせずに笑いかける。「ゲイナーにお迎えできて光栄です、奥さま」

「ありがとう」ミューリーは笑みを返した。

「ミューリー」バランが言った。「馬番頭のハビーだ」

ミューリーが挨拶をしたところで、バランが尋ねた。「こんなところでなにをしているんだ？」

「馬たちにやれるものがないかと思いまして」ハビーは肩をすくめた。「ですが、どれも食べられたものじゃありませんね」

ミューリーは彼の悲しげなまなざしをたどって田畑を眺め、眉間にしわを寄せた。「状況はそんなに悪いの、バラン？」

「ああ」バランはため息と共に答えた。「荷馬車に乗るといい、ハビー。城までいっしょに戻ろう」

ハビーはうなずくと、荷馬車に近づいた。彼が、うしろに座っているセシリーに声をかけてから、御者の隣のベンチに腰かけるのを待って、一行は再び進み始めた。

ミューリーは目に入るものすべてを入念に観察した。作物はよく育っている。唯一の問題は、夫が言っていたとおり刈り入れのようで、それは大事な点だった。けれどこの土地が肥沃だということは確かだから、来年もきっと同じくらい豊作になるだろう。ゲイナーはきっと立ち直る。

村を見ると気持ちが沈んだ。小道からでも、そこの住人が幽霊だけであることが見て取れる。人影どころか、動物の姿すらなかった。住む者もいない藁ぶき屋根の小さな小屋のドアや鎧戸《よろいど》が、風にあおられて閉じたり、開いたりしていた。かつてはハーブやスパイスが植えられていたに違いない建物のまわりの小さな庭には、雑草が生い茂っていた。

村を通り過ぎたときにはほっとしたものの、ミューリーは道の両側に大きな土の山がいくつも作られていることに気づいた。バランに訊かずとも、そこに亡くなった人たちが埋葬されていることはすぐにわかった。あまりに大勢の人が短期間に亡くなったため、合同墓地に葬るしかなかったのだ。人々のあいだに恐怖心が蔓延したことも、これほど大きな被害をもたらした原因のひとつだったのだろう。ウィンザー城のあるバークシャーを含め、ペストはイギリス全土を襲った。病に対する恐怖はあまりに大きく、普通であれば考えられないような恐ろしい行動を起こす人々もいた。

ミューリーのウエストにまわされたバランの腕に力がこもり、彼女を現実に引き戻した。ミューリーは彼のために無理に笑顔を作った。やがて彼らは跳ねあげ橋を渡り、城の中庭へと足を踏み入れた。

ここにもペストの足跡は残っていたが、それは人手が足りないために放置されているせいだ。少なくともここには人間の姿があった。ほとんどが男性で、兵士であることはすぐにわかった。城壁に沿って歩いたり、自分の持ち場についたりしている者のほとんどが、タバード（中世の騎士が鎧の上に着た一種の陣羽織）と甲冑を身につけている。労働向きの実用的な服――粗い目の布地でできたチュニックと色あせたズボン――を着ている者たちも、軍服姿の男たちと同じくらい大柄でたくましい体つきだった。

興味深く彼らを眺めるうちに、だれもが安堵の笑みと明らかに歓迎している顔つきで自分たちを見つめていることに、ミューリーはいやでも気づいた。ゲイナーはペストで大きな痛手を受けたとはエミリーから聞いていたが、彼らの顔を見れば、状況がどれほど悲惨であり、どれほどの期待を彼女に寄せているのかがよくわかった。決して彼らを失望させまいとミューリーはその場で心を決めた。ここにいる人たちのために、彼らの領主である夫の身を守るために、できるかぎりのことをしよう。

バランに腹を立てながらも、どうすれば彼の身を守れるだろうとミューリーはあの乗り心地の悪い荷馬車に揺られながら考えていた。落馬して首の骨を折ることを期待して、だれかが彼の鞍の下にアザミを忍ばせた。それが失敗したことがわかると、今度は彼に毒を盛った。彼女が料理の最中につまみ食いをしたおかげで、彼は助かったのだ。正確に言えば、つまみ食い以上に食べたわけだけれど。

ともあれ、何者かが彼女の夫の死を望んでいるのは事実だ。それがだれなのか、そしてその理由を突き止め、なんとしても阻止するつもりだった。彼を守るためにしなければならないことのリストは、すでに作り始めている。あとは犯人を捕まえるための計画を考えるだけだった。

11

「さあ、着いた」

鞍からおりたバランがミューリーを抱きあげて地面におろした。そこは主塔へとあがる階段の前で、徐々に人々が集まってきている。大部分が男性だったが、開いた主塔の扉からは女性たちが興奮した面持ちでこちらを眺めていた。数人の女性が足早に階段をおりてきていて、小柄な少年ふたりと男性ふたりがそのあとを追ってくる。男性のひとりは長身で痩躯《そうく》、もうひとりは背が低くて小太りだった。

「あの人たちは？」彼らが階段をおりてくるのを待ちながら、ミューリーはバランに尋ねた。

「料理人と家令だ」バランが答えた。

ミューリーはうなずいた。男性ふたりは、ゲイナーで暮らす大方の人間と同じ目の粗いどっしりした茶色い生地のチュニックを着ていたが、どちらが料理人でどちらが家令かを見分けるのは簡単だった。歓迎するような笑みを浮かべた小太りの男の仕事場が厨房《ちゆうぼう》で、しかめっ面をした長身で痩せた男が家令だろう。

だがそれが逆だったことをバランに知らされて、ミューリーは驚きに目をしばたたいた。

「ミューリー、彼が料理人のクレメントだ」バランは長身の男を示しながら言った。

ミューリーは目を丸くした。これまでの経験からすると、料理人はみな小柄で小太りか、あるいは背が高くて小太りか、もしくは丸々と太っているかのいずれかだったからだ。痩せている料理人を見たことがなかった。作ったものの味見をするからそうなるのだろうと、ミューリーは思っていた。だがいま目の前にいる男性は長身で痩せている。それは彼の料理がひどくまずいか、それとも……彼の名前を改めて繰り返し、ミューリーは再び目をしばたたいた。クレメント？　どこかで聞いた気がする。彼の態度に、彼女を歓迎している素振りはまったく見られなかった。

礼儀正しく会釈をしながら、前途は明るくなさそうだとミューリーは思った。口を開くのが恐ろしくさえ感じられた。彼には親しげなところがまったくない。

「それから彼がティボー。ここの家令だ」

小柄な男性に視線を移したミューリーは、うれしそうな彼の顔を見てほっとした。

「奥さま！　奥さまをお迎えすることができてわたしたちがどれほど喜んでいるか、どれほど歓迎しているか、とても言葉にはできません。奥さまはわたしたちに希望を運んできてくださいました。奥さまがここで幸せになってくださることを、心からお祈りしています」彼は仰々しく言うと、ミューリーの手を取ってその甲にキスをした。

「こちらはガッティ」バランは一番年長の女性を紹介した。「妹の乳母だ」

「はじめまして」彼女が言った。

「彼女たちはガッティの娘のエストレルダとリヴィス。ここのメイドだ」

「はじめまして」黒髪のふたりの少女は声を揃えて言うと、かわいらしく膝を曲げてお辞儀をした。

「彼はガッティの息子フレデリック」少年はお辞儀をすると、大きな目をした妖精のような顔に恥ずかしそうな笑みを浮かべた。

「そしてこの子が……」バランはガッティのうしろに隠れようとした少年の襟首をつかんで言った。彼を引っ張り出して告げる。「わたしの妹のジュリアナだ」

ミューリーは目を丸くしてその子供を見つめた。ざくざくと短く切られた髪は不揃いで、顔も服も汚れている。着ているものは、ここにいるほかの人たちと同じ目の粗い布で作られていた。どこをとっても少女らしいところはない。

ミューリーは息を吸うと、笑みを浮かべて手を差しだした。「はじめまして、ジュリアナ」

少女は罠《わな》にかかった動物のような反応を見せた。兄とほかの者たちにまわりを囲まれ、目の前にはミューリーがいて逃げ場はない。右に左にとその視線を泳がせたあと、恐怖にかられたようなまなざしをミューリーに向けた。「あんたってばかそうで不細工ね。わたしのことをどう思っているか知らないけど、わたしはあんたなんて大嫌い！」少女はミューリーの足を踏みつけると、くるりときびすを返し、その小さな体に可能なかぎりの速さで走り去った。

「ジュリアナ!」バランは妹を怒鳴りつけると、ミューリーを抱きあげた。遠ざかっていく妹を険しい目つきでにらみながら、ミューリーを抱いたまま階段を駆けあがっていく。気遣わしげに尋ねた。「大丈夫か? どこか痛いところは?」

「大丈夫よ」バランの腕のなかで激しく上下に揺すられながら、ミューリーは答えた。「抱いていってもらわなくても平気よ。爪先を踏まれただけだもの」

「そうだな。戻ってきたら、お仕置きにあの子のお尻を引っぱたいてやる」

「それはだめよ」ミューリーはきっぱりと告げ、主塔に入ったところで足をばたつかせながら言った。「おろしてちょうだい」

「テーブルに着いてからだ。きみの足の様子を確かめたい」

ミューリーは息を吸って、いらだちを抑えこんだ。足は大丈夫だ。少し痛むけれど問題はない。ジュリアナは思いっきり踏んづけたわけではなかったし、大騒ぎするのもいやだった。

バランの足取りは速かったので、ふたりはあっという間にテーブルに着いた。彼はミューリーを上座の椅子に座らせると、彼女の前に膝をつき、スカートを持ちあげて靴を脱がせた。

「バラン、お願い。大丈夫だから」ミューリーは繰り返したが、そこにいるのがふたりだけではないことに気づくと、さっと姿勢を正した。オスグッド、セシリー、ハビー、使用人、兵士、レイナードから来た御者までがふたりを取り囲み、身を乗り出すようにして心配そうに彼女の爪先を見つめている。その場にいないのは、この騒ぎの原因を作った少女だけだった。いまごろ中庭のどこかで、兄の懲罰を恐れてひとりで泣いているに違いない。

少女についてはあとで考えることにしたものの、これほど大勢の人の目が自分の足首と足に向けられていることに気づいて、ミューリーの頬が熱くなった。身をかがめ、バランに向かってささやく。「あなたは、わたしの足首と足をみんなの目にさらしているのよ」

「なんだって？」バランは上の空で訊いた。

「奥さまの足首と足を人目にさらしているとおっしゃっています」ハビーが助け舟を出した。

バランは驚いてあたりを見まわしたかと思うと、いきなりめくれたスカートを戻して立ちあがった。全員がさっと姿勢を正す。「折れてはいないようだ」

「そう言ったじゃないの」ミューリーは顔をしかめた。

「ええ、そうおっしゃっていました」役に立ちたくてしかたのないティボーが言った。「階段の前で」

「そうか……」バランはわずかに眉間にしわを寄せると、そこにいる人々を見まわした。

「きみのことはガッティに任せよう。彼女に城を案内してもらって、いろいろと説明してもらうといい。わたしは、留守のあいだなにがあったかを聞いて、問題がないかどうかを確かめなければいけない」

「わかったわ、あなた」ミューリーはかろうじて笑みを作った。

「わたしがいないあいだにジュリアナが戻ってきたら、わたしのところによこしてくれ。よく言い聞かせる」バランは向きを変えつつ言った。

ミューリーは唇を噛みしめた。「あなた」

「なんだ？」バランが振り返った。

まわりを大勢の人に囲まれていること、そして彼らにいい印象を与えるにはどうすべきかを強烈に意識しながら、ミューリーはなんとか笑みを浮かべたまま言った。「ジュリアナと話をするのはわたしのほうがいいんじゃないかしら」

「だめだ」

笑みがしかめっ面に変わりかけたが、無理やり笑顔に戻した。「わたしが話すほうがいいと思うの。賛成してくれるわね」

「だめだ」バランは繰り返した。

「怪我をしたのはわたしなの。それに、わたしはもう彼女の姉であり保護者でもある。わたしがあの子と話をするべきよ」

「だめだ」

「岩に向かって話をしているみたい」ミューリーはつぶやいた。「石壁みたいに頑固な人だって、エミリーが教えておいてくれればよかったのに」

なってきた」

「わたしたちにも聞こえていますよ」ガッティが面白そうに目を輝かせながら声をあげた。

ミューリリーはふたりをにらみつけると、唐突に告げた。「もううんざりだわ。泣きたく

「ミューリリー、聞こえているぞ」バランが冷ややかに言った。

に任せてくれ」

オスグッドはぞっとして目を見開き、バランに懇願した。「バラン、頼むよ、ミューリリー

りません」

「わたくしも同感です」ティボーが加担する。「奥さまに悲しい思いはしていただきたくあ

「奥さまはジュリアナを傷つけたりはしませんよ」ハビーが付け足した。

バランは彼らの言葉には一切耳を貸さず、戻ってきてミューリリーの前に立つとじっと彼女を見つめた。身動きひとつせず、長いあいだ無言でただ彼女を見つめていたが、やがて言った。「あの子をどうするつもりだ?」

「傷つけたりはしません」ミューリリーはいらだちを感じつつ、請け合った。「話をするだけよ。彼女はいまとても落ち込んでいるはず。わたしと同じように両親を亡くした彼女は、姉となったわたしに嫌われたらどうしようと怯えているのよ。あんな態度を取ったのは怖くてたまらなかったから。わたしはただ彼女を慰めて……話がしたいの」ミューリリーは力なく締めくくった。

バランは長いあいだ口をつぐんでいたが、やがてミューリーの唇に軽いキスをした。少なくとも初めは軽いキスだったが、ミューリーが思わず口を開くと、一瞬のこととはいえ、バランもそれに抵抗できなくなったようだ。「きみは優しすぎる」

顔を離したバランに言われ、ミューリーは彼をにらんだ。

「今回はきみに任せよう」彼女の表情に気づかないふりをして、バランは言った。「だが、今度同じようなことをしたら、そのときはわたしが対応するとあの子に言っておくんだ。きみよりもっと厳しくすると」

ミューリーはにこやかに応じた。「ありがとう、あなた」

バランはうなずくときびすを返しかけたが、振り返って言った。「ああ、そうだ、ミューリー」

「なにかしら？」

「きみは泣き真似がとても下手だ。国王陛下もそうおっしゃっていたよ」

バランはミューリーの仰天した表情に満足したらしく、彼女に背を向けると扉のほうへと歩きだした。

「わたしはバランを手伝うことにしよう」オスグッドは笑顔で言うと、彼のあとを追った。

バランは主塔の正面扉までやってくると足を止め、険しい顔で振り返った。「アンセルム、収支を確認したい」

「あ、はい、旦那さま」ひとりの兵士が仲間たちから離れ、向きを変えて主塔を出ていくバランのあとをあわてて追った。扉を出たところで彼も立ち止まり、顔をしかめて言った。

「外壁の警備がいないんじゃないか?」

ミューリーたちを追ってぞろぞろと主塔までやってきた兵士たちは、なにごとかをつぶやきながら、アンセルムのあとについて出ていった。

ミューリーは期待をこめたまなざしで残った人々を見まわしたが、だれもその場を動こうとはしない。なにをやりかけていたにしろ、急いで戻る必要がある者はいないらしかった。彼女がなにか面白いことを言ったり、曲芸をしたりするのを待つかのように、にこにこしながらこちらを見つめている。

「あなたは王さまの名づけ子なんだってね」フレデリックが不意に沈黙を破って言ったが、すぐに母親に口をふさがれた。

「声をかけてもらうまで、自分から話しかけたりしちゃいけないの」

「いいのよ」ミューリーは急いでとりなし、少年に微笑みかけた。「そのとおりよ。どうして知っているの?」

「オルダス卿たちが家に帰る途中でここに寄って、教えてくれたんだ」少年は自慢げに胸を張った。「旦那さまは、王さまの名づけ子で〝わがまま娘《ザ・ブラッド》〟っていうあだ名の泣き虫の駄々っ子と結婚したって言っていた。もう着いていなきゃいけないのに、こんなに遅れているなんてなにかあったんじゃないかって心配していたよ」

ミューリーはマルキュリナスの不愉快な言葉をかろうじて聞き流し、彼と結婚しなかったのは本当に幸運だったと改めて思った。

「すみません、奥さま」ガッティは息子の耳をつかむと、ぐいっとうしろに引っ張った。「オルダス卿が言ったことなどお耳に入れたりしてはいけませんでしたのに」

「いいのよ」ミューリーは椅子に深々と腰かけて考えこんだ。なにかあったのかもしれないとマルキュリナスが考えていた？　ラウダとマルキュリナスはまだ王宮にいるとばかり思っていたのに。ミューリーはまわりの人々を眺めて訊いた。「あの人たちはいつ来たの？」

「一週間ほど前です」クレメントが答えた。

「わたしたちのすぐあとで出発したということね。そうでなければ、一週間前にここには着けない。わたしたちは、レイナード城に一週間滞在していたの」

「ただレイナード城を訪問しただけだったんですか？　なにか理由があって遅くなったわけではないんですね？」ガッティはほっとした口調で言った。「一日たつごとに、心配が募ってきていたものですから」

「実を言うと」セシリーが口をはさむと、全員の視線が彼女に向けられた。「宮廷からの道中で、ゲイナー卿は二度、お嬢さまは一度、命を落とされるところだったんです。お嬢さまがいなければ、ゲイナー卿はきっと死んでいたと思います。何者かがゲイナー卿の肉に毒を盛ったんです。でもお嬢さまが半分食べたおかげで、命が助かったんです。そのせいでお嬢さまのほうが危うく死ぬところでしたけれど。レイナード城にいた一週間、お嬢さまはずっと意識がなくて朦朧としていたんです」

　全員にまじまじと見つめられて、ミューリーは顔を赤くした。バランの命を助けた具体的な方法については触れず、彼らの想像に任せてくれればよかったのに。つまみ食いをしたという事実はあまり聞こえのいいものではない。

　妙な沈黙が広がっていることに気づいてミューリーがまわりを見ると、全員がセシリーをじっと見つめていた。

「まあ、なんてこと！」ミューリーは立ちあがり、申し訳なさそうな顔でメイドの隣に移動した。「ごめんなさい、セシリー。あなたを紹介しなくてはいけなかったわ。みなさん、こちらはわたしのメイドのセシリーよ。十年前、わたしといっしょに宮廷に来て、それからずっと世話をしてくれているの」

　挨拶の声があちらこちらであがり、やがてティボーが落ち着きなく手を揉みしだきながら前に出た。「本当ですか、奥さま？　何者かが奥さまと旦那さまを殺そうとしたのですか？」

　ミューリーはためらった。バランは旅の途中でなにがあったかを、使用人たちに話すつもりはないように見えたからだ。彼女から話すべきだろうか。それとも彼に任せるべき？　だがセシリーがすでに暴露してしまったようなものだし、なにがあったのかを使用人たちに知らせておくのは賢明かもしれない。そうすれば、ミューリーが犯人を見つけるまでバランの身に危険が及ばないように、彼らも注意していてくれるだろう。

ミューリーは心を決めると椅子の背にもたれ、そこにいる人々の顔を眺めた。ほかの使用人たちがよりよい働き口を求めて出ていったあともここに残った、バランに忠実な者たちだ。なにが起きているのかを知っておく権利がある。

「ええ、宮廷からレイナード城に向かうあいだに、だれかが二度、夫を殺そうとしたの」ミューリーは告げ、ざわめきが収まるのを待ってから言葉を継いだ。「だれかが彼の馬の鞍の下にアザミを置いたのよ。彼が体重をかけると、馬が痛みに驚いてうしろ脚で立ちあがって、彼を振り落とすように。幸い、レイナード卿がすぐに追いかけてくれて、パニックを起こした馬に追いついたから、バランはレイナード卿の馬に飛び移ることができたの」

「なんということだ。旦那さまは死んでいたかもしれない!」ティボーがおののきながら言った。

「まさにそれが問題だ」クレメントが指摘した。

「二度目が毒だったんですか?」ガッティが訊いた。

「そうなの」ミューリーは眉間にしわを寄せた。「ふた晩目の夜は、わたしが夫の食事を用意したの。捕まえた兎の皮をはいで、処理をして、火であぶったのよ」

「料理をしたのが奥さまだったなら、犯人はどうやって毒を盛ることができたんです?」クレメントが眉を吊りあげた。

ミューリーは険しいまなざしを彼に向けた。「レイナード卿が、体を洗うためにエミリーとわたしを川まで連れていってくれているあいだ、肉をそのままにしてあったの。戻ってきたときにはほぼ焼きあがっていて、とてもいいにおいがしたものだから、わたしも少しつまんだのよ。食べ終わってしばらくしたら、わたしたちはどちらも具合が悪くなったの」

「奥さまがその場を離れていたあいだ、だれかが肉に近づくのを見た者はいないんですか？」残っていた兵士のひとりが訊いた。

「エミリー――レディ・レイナードによれば」彼女のことを知らない者のために説明した。「彼女の夫がその夜、同じことをみんなに訊いたそうよ。でもだれもなにも見てはいなかった」

兵士はなにごとかを考えながらうなずき、さらに訊いた。「ゲイナー卿の馬が暴れた日の出発前、馬に近づいた人間を見た者もいないんですね？」

「ええ」ミューリーは答えたが、バランはそのことを確かめたのだろうかと考えた。彼女自身は、たったいままで考えてもみなかったし、彼がそれらしいことを言っていた記憶もない。野営地に戻ったあと、彼は自分の馬を荷馬車のうしろにつなぎ、ミューリーの馬に乗って出発したのだ。もちろん、あとで調べたのかもしれないが、早くレイナード城に着きたいと思うあまり、するべきことを忘れてしまった可能性はある。

「確信はないんですね」兵士が指摘した。

ミューリーは肩をすくめ、言い訳がましく答えた。「夫に訊こうなんて思ってもみなかったわ。それに、彼が調べたのかどうかもわからない」

「調べたはずです」兵士が断言した。「ゲイナー卿がなにも言わず、だれかを詰問もしていないのなら、目撃された人間はいないということです」

ミューリーはうなずき、まわりの人々の顔を見た。「バランから目を離さないようにしなくてはいけないわ」

全員がうなずいた。

「レイナード城からここに来るまでのあいだ、どうすれば彼の身を守れるかを考えていたの。いくつか考えがあるわ」

「手伝います」ガッティが真面目な顔で言い、ほかの者たちもうなずいた。

「どんな考えです？」ティボーが待ちきれないように尋ねた。「今夜、わたしたちができることはありますか？」

「今夜はないわ。ただ彼から目を離さないようにしてほしいの」ミューリーは主塔の扉を眺めながら、ため息と共に言った。ここに到着したのは午後も遅くなってからだったが、太陽はようやく沈みかけたところだ。着いたときはまだ明るかった空も、灰色に染まり始めていた。だがこの時期はまだ昼のほうが夜より長く、しばらくはこの明るさが続く。「でも明日になったら探したいものがあるから、どこで見つけられるかを教えてもらわなくてはならないわ」

「もちろんです」ティボーが答えた。

ミューリリーはうなずいた。「そのことは明日の朝、話しましょう。長い旅だったの。夫とオスグッドは、話が終わったらきっとなにか食べたいんじゃないかしら。それから、アンセルム……だったかしら……彼も」

「そうです」ガッティが答えた。

「食事ですか？」クレメントは、苦々しげにつぶやいてからうなずいた。「わかりました。魚のシチューか、魚肉団子か、魚のローストなら用意できます」

ミューリリーは唇を嚙んだ。「魚以外のものはないのかしら」

「魚以外はなにもありません」クレメントが告げた。

「なにも？」ミューリリーは落胆した。

「そうです。昼も夜もわたしたちの空腹を満たしているのは魚です」

ミューリリーは信じられないというように首を振った。「なにかほかにあるはずでしょう？　卵を産む鶏は？　牛肉や豚肉は？」

「ありません」

「でも……人手が足りなくて作物の収穫ができないために田畑が休閑状態になっていること

は知っているけれど、ペストが動物にまで影響を与えたわけじゃないでしょう？」

「休閑状態というのは、作物を刈り入れたあと、土地を休ませていることを言います」クレメントは素っ気なく指摘した。「いまは人手がなくて、それすらもできません。作物は放っておかれて、腐るがままになっています」

「奥さま」ガッティは料理人をにらみつけると、静かに口を開いた。「わたしから説明させてください」

ミューリーがうなずくと、ガッティは言葉を継いだ。「使用人の半分はペストで命を落としました。生き残った者の多くは、うつるのを恐れて逃げ出しました。残ったのはほんのわずかで、やっとのことで生きている有様でした。面倒を見る者がいないので、家畜のほとんどは逃げ出すか、飢えて死んでしまいました。そんなとき、田畑を耕す者には多額の賃金か、立派な小屋や充分な食事といった報酬を与えるという領主の話が聞こえてくるようになりました。すると残っていた人間のほとんどが出ていってしまったのです。残念なことに、彼らの多くは家畜まで連れていきました……賃金の代わりだと言って」ガッティは苦々しげに言った。「いまここにいるのは、旦那さまに忠実で、ゲイナーに残ることを選んだ者だけです。自分たちで耕せるだけの田畑と果樹園……そして新しい大きな池の魚で、かろうじて命をつないでいるんです」

ミューリーは椅子にぐったりともたれ、まわりにいる人々を順に眺めた。全員が、安い茶色の生地でできた目の粗い服を着ている。目が落ちくぼんで見えるのは――小太りのティボーも含めて――ここ最近、急激に痩せてしまったからだろう。打ちひしがれた者のように、がっくりと肩を落としていて、士気がさがっているのがわかる。だがこの一年――朝も昼も夜も――魚しか食べるものがなかったのなら、無理もないだろうとミューリーは思った。

ゲイナーの暮らしが厳しいものであることはわかっているつもりだったが、どれほど悲惨であるかを知ってミューリーは心が押しつぶされそうになった。だが厳しいのはどこも同じだ。ペストはロンドンにも多大な被害を与えた。人口のほぼ半分が命を落としたのだ。街は大混乱に陥った。貴族の多くは安全な地を求めて郊外に逃れたが、ロンドンに住む人間のほとんどはそこにとどまるほかなかった。この世の終わりと思ったのか、人間らしさをかなぐり捨てて動物のように生きる者たちも大勢いた。彼らは、住人が亡くなったか、あるいは郊外へ逃げ出して住む者がいなくなった家を転々としながら、そこにある飲み物や食べ物で命をつないだ。とがめる者もなく、やりたい放題だった。ほかの人々は自宅に閉じこもり、外でなにが起きようと見ないふりをして巻きこまれまいとした。ペストに対する恐怖はあまりに大きく、咳をし始めたり、顔が赤らんできたりするやいなや、兄は弟を見捨て、息子は親を見捨て、母親ですら子供を見捨てた。

もちろん、ミューリーはそういった話を人づてに聞いたにすぎない。国王と関わりのあるほかの人間同様、彼女も熱に浮かされたかのように延々とばか騒ぎが繰り広げられるウィンザー城に閉じこめられていたからだ。当時の城内の様子を見た者は、宮廷の人間はだれひとりとして、外の世界でなにが起きているかを知らないのだと思ったかもしれない。だが、実際は、だれもがそのことを話題にしていた。一方で、国王のお気に入りの次女ジョーンは、ペドロ一世と結婚するためにカスティリャに向かう道中、フランスのバイヨンヌでこの病によって十四歳で命を落としていた。

「わかりました」ミューリーは言った。「魚のローストはおいしそうね。よろしくお願いするわ。アンセルムとの話が終わって夫が戻ってきたら、家畜を買う話をしておきます」

クレメントはぎこちなくうなずくと、厨房だろうとミューリーが見当をつけた扉のほうへと歩いていった。

再び沈黙が広がったが、やがてガッティが肩をそびやかすようにして歩み出た。「お城を案内するように旦那さまから言われています。どこから始めましょうか?」

ミューリーは手を振って言った。「どこでもあなたがいいと思ったところから始めてちょうだい。このお城のことは、あなたのほうがよく知っているんですもの」

ガッティはうなずくと、道を空けるようにとほかの者たちに身振りで示し、彼らが両側に寄ったところで告げた。「大広間です」

ミューリーはかすかな笑みを浮かべながら立ちあがり、部屋の反対側にある暖炉のまわりに並べられている椅子に近づいた。財政状況のいいときに作られたものらしく、椅子はどれも上等だった。精巧な作りの駒が並べられたチェス盤もその頃のものだろう。そういったことを見て取ったミューリリーは、つぎに広間全体を見まわした。広い部屋で壁にはタペストリーが飾られている。遠くから見るとはっきりしない色合いのありふれたもののようだったが、近づくにつれ、そうでないことがわかった。ただほこりとすすにまみれているだけだ。残されたごくわずかな使用人では、タペストリーのほこりをはたいたり、汚れを落としたりといったことまで、とても手がまわらないのだろう。

「わたしたちはできるかぎりのことを──」ガッティは言い訳するように切りだしたが、ミューリリーはそれを遮り、静かに言った。

「充分な人手が戻ってくれれば、ここはまた美しくなるわ」

じっとミューリリーを見つめるうちに、ガッティの肩から力が抜けた。「厨房をご覧になりますか？」

ミューリリーはうなずいた。

厨房は広大な城にふさわしく、数百人分の食事を用意できる広さがあったが、いまはそのごく一部が使われているだけだった。ほんのわずかな人間のための魚のシチューを作るには、それほどのスペースはいらないのだろう。最近ここを使っているのはクレメントひとりに違いない。だが、ここが忙しく、活気にあふれていたときのことを想像するのは難しくなかった。その光景を取り戻してみせるとミューリリーは心に誓った。

「娘たちが給仕をしますし、厨房でもしばしばクレメントを手伝っています」ガッティが静かな口調で告げた。「ペストが流行する前は、あの子たちはハウスメイドだったのですが」

「いずれまたハウスメイドに戻ってもらうわ」ミューリーは約束し、厨房を出ようとした。

「食料品庫を見なくてもいいのですか？」彼女のあとを追いながら、ガッティが尋ねた。

「それは明日にしましょう」ミューリーは空の棚を見たくなかったので、そう応じた。ここにいる人々が耐えてきた苦境を目の当たりにしてひどく気持ちが落ち込んでいたので、早く終わらせてしまいたかった。

　上の階へと移動し、ガッティがつぎつぎと部屋を案内するあいだも、ミューリーは無言だった。ジュリアナの寝室は狭くてみすぼらしく、とても快適とは言えないものだった。ベッドと収納箱があるだけで、床に敷いたイグサは汚れたままだ。窓には、壊れかけの鎧戸から吹きこむ隙間風を防ぐためのタペストリーすらかけられてない。冬の寒さがどれほどのものなのか、ミューリーには想像することしかできなかった。

「これは……どうして？」ミューリーはガッティを振り返った。

　内心の怒りを表わすように、ガッティの口元はこわばっていた。「レディ・ゲイナーはジュリアナの出産時に亡くなられたんです。ゲイナー卿は深く奥さまを愛していらしたので、奥さまが亡くなったのはジュリアナのせいだと言って、決してあの子を許そうとしませんでした。奥さまが亡くなるとすぐにジュリアナをわたしのところに連れてきて、そのあとはことをしたのですが、ゲイナー卿のジュリアナに対する扱いはそれはひどいもので、あの子のことなどまったく気にかけていませんでしたから……」ガッティは力なく肩をすくめた。

「でもバランは？」

ガッティの表情が和らいだ。「旦那さまはジュリアナをとてもかわいがっていますけれど、戦場に出ていらっしゃることがほとんどでしたから。ジュリアナが生まれたときには、お父さまを説得しようとなさいましたが、どうすることもできませんでした。戻っていらしてからは、旦那さまもなんとかしようとしたのですけれど、ジュリアナはあまりに長いあいだあんな仕打ちをされていたので――」

「自分には優しくされる価値があるとは思えなくなっているのね」ミューリーはため息と共に、そのあとを引き取って言った。ジュリアナは、最近両親を失った少女というだけではないようだ。母の死によって父も失い、生まれたときから孤児だったも同然だ。父親は愛さないことで、ずっと娘を虐げてきたのだ。

「はい」ガッティはためらってから言い添えた。「さっきあの子がしたことを、あまり怒らないでやってほしいんです。あの子は――」

「心配しなくて大丈夫。わたしは十歳のときに孤児になって、宮廷で育てられたの。子供が愛情を感じられる場所ではなかったわ。ジュリアナとわたしには共通点がたくさんあると思うの」

ガッティの肩から力が抜け、顔にはうっすらと笑みが浮かんだ。「ありがとうございます」

「お礼を言う必要はないわ」ミューリーはそう応じ、しばしためらったあと再び口を開いた。「オルダス卿たちやほかの人からわたしのことでどんな話を聞いたとしても、耳を貸さないでいてくれるとうれしいわ。わたし自身を見て判断してほしいの」

「わたしは噂話で人を判断したりはしません」ガッティはにっこりしながら言い添えた。「わたしたちはみな、あなたが噂どおりのわがまま娘のはずがないと思っていました。そうでなければ、旦那さまが結婚なさったはずがありませんから」

ミューリーはわずかに眉を吊りあげた。「厳しい冬からあなたたちを守るためであっても？」

「そうです。わたしたちが生きていけるように、狩りやそのほかしなければならないことをしながら、だれかふさわしい人が現われるのを待っていたでしょう。領主の結婚は、自分たちだけでなく城やそこに住む人たちに大きな影響を与えることを旦那さまはご存じです。夫婦のあいだでいさかいがあると、使用人たちがどちらかの側につくことになって、派閥を作ってしまうんです」

ミューリーは彼女の言葉に驚きながら尋ねた。「狩りをするってことは……魚以外にも食べるものはあるのね？」

「ええ、でもめったにありません。するべきことが多すぎて、数週間に一度くらいしか狩りに行けないんです。だから旦那さまとオスグッドが宮廷に向かわれてからは、魚しかありませんでした。男手が減ったせいで、とても狩りにまで手がまわらなかったんです」

「そうだったの」ミューリーはジュリアナの部屋をもう一度見まわしてから、ドアに向かった。明日の朝、大広間の手入れを終えたらすぐに、ここをもう少し居心地よくしようと決めた。

「あとは、主寝室で上の階は終わりです」ガッティはドアを閉めながら告げた。

ミューリーはうなずき、彼女のあとについて廊下を進んだ。ガッティが最後の部屋のドアを開けると、恐怖のあまり息を呑んだ。

「これって……これって……」この部屋の有様を表現する言葉が見つからず、ミューリーは首を振るばかりだった。床のイグサは——城のほかの部屋同様——ここしばらく、おそらくはペストの流行以前から交換されておらず、じっとりと湿って悪臭を漂わせている。ほかの部屋も長いあいだ手入れされていなかったが、ここがそれ以前からほったらかしにされていることは明らかだ。天井には蜘蛛《くも》の巣が張っている。唯一の家具と呼べるどっしりした大きなベッドも、天蓋からさがっているカーテンはぼろぼろで、壊れた鎧戸から吹きこむ風を遮る役目はまったく果たしていない。暖炉は空だった。

「以前の旦那さまは、この部屋をレディ・ゲイナーが十年前に亡くなったときのままにしておくようにとおっしゃって、掃除をさせてくださらなかったんです」ガッティが静かに説明した。

「でも……」ミューリーは首を振った。

「旦那さまが留守のときに、なんとかイグサだけは交換して、なにも変わっていないふりをしていたんです」

「そう。でもバランはどうして――」

「バラン卿はフランスから戻ってきたあと、兵士たちといっしょに駐屯地で寝起きされていましたから」

「そうなの」ミューリーの声は弱々しかった。彼女が駐屯地で夜を過ごすわけにはいかないが、ここで眠るのはとても無理だ。だがほかの措置を講じるには、時間が遅すぎた。

ミューリーの絶望したような顔を見て気の毒になったらしく、ガッティが言った。「清潔なシーツと毛皮があれば、ひと晩だけならなんとか過ごせるんじゃないでしょうか。明日になったら、もう少し居心地よくなるようにしましょう」

「そうね」

「本当にすみません」ガッティはため息をついた。「こんな形でお迎えすることになってしまって。でもこれだけの使用人しかいないと、朝から夜まで駆けずりまわらなくてはならなくて、どうしても時間が――」

「わかっているわ、いいのよ」ミューリーはガッティを遮り、背筋を伸ばした。「大丈夫。セシリーをよこしてちょうだい。だれかにわたしの荷物を運んでもらえれば、あとはわたしたちでどうにかするわ」

「お手伝いします」

ミューリーは首を振った。「あなたの手をこれ以上わずらわせたくないの。いつものあなたの仕事に戻ってちょうだい。あとはわたしたちでするから」

ガッティはうなずくと部屋を出ていった。ミューリーはゆっくりと向きを変えると部屋を隅々まで見渡し、なにから手をつけようかと考えた。

天蓋のカーテンが一番ひどい。汚れているだけでなく、ぼろぼろだ。まずはそこから始めようと決めた。スカートをたくしあげ、ベッドの脇まで歩いていくと、両手でカーテンをつかんでぐいっと引いた。だがつぎの瞬間には、かび臭い古い布地からたちのぼった灰褐色のほこりの雲に包まれて、体をふたつ折りにして咳《せ》きこんでいた。

ようやく息が整ったところで、顔の前で手を振って残ったほこりを追い払い、カーテンを見あげた。劣化した布地がつかんだ部分から破れたことを知って、がっくりと肩を落とした。

気を取り直して、ベッドによじのぼった。できるかぎり上でカーテンをつかみたくて、支柱にしがみつくようにして爪先立ちになりながら手を伸ばす。

「まあ！　お嬢さま！　なにをなさっているんです？　おりてください！　危ないじゃあり

ませんか！」

驚いて声のしたほうに視線を向けると、セシリーがそこにいた。彼女はひどく取り乱した様子でミューリリーに駆け寄った。

「このカーテンをはずしたいのよ。これをはずして、清潔なシーツでベッドを作れば、今夜はなんとか寝られると思うの」ミューリリーは再び手を伸ばし、カーテンを引っ張った。「イグサも変えられればいいんでしょうけれど、この時間じゃ無理だわ。明日まで待ってもらわなきゃいけないわね」

「お嬢さま、この部屋は……」

セシリーに目を向けると、彼女はぞっとしたような顔で部屋を見まわしていた。ミューリーはため息をつきながら、再びカーテンを引いた。

「本当にひどいわね。でも――きゃあ！」カーテンが突然はずれ、ミューリリーはバランスを失ってうしろ向きにベッドに倒れこんだ。ほこりの雲がすっぽりと彼女を包んだかと思うと、今度はベッド本体がミューリリーを載せたまま不意に崩れた。

12

「お嬢さま！」セシリーは崩壊したベッドの上を四つん這いになって彼女に近づいた。「大丈夫ですか？　怪我はありませんか？」

「ええ、大丈夫」ミューリーは体を起こすとあたりを見まわし、かろうじて笑みを作ったものの、すぐに浮かない顔になってため息をついた。この角度から見ても、立っていたときと変わらず、部屋はひどい状態だ。

「交換する清潔なシーツなんてきっとありませんよ」セシリーは壊れたベッドを眺め、鼻にしわを寄せた。「しなければならないことがたくさんあるんですから、洗濯がそのリストの一番上にあるとは思いませんね」

考えてもみないことだったのでミューリーは顔をしかめ、セシリーが開けっ放しにしていたドアに視線を向けた。使用人が彼女の収納箱を運んできたのだ。

「おやまあ」先頭の男性が、壊れたベッドの上のふたりに気づいて突然足を止めると、残りの男たちも必然的に立ち止まった。男性四人はしばしその場に立ちつくしていたが、やがてひとりが言った。「直します」

「けっこうよ」セシリーが口を開いた。「シーツがない――」

「いいえ、お願い」ミューリーは急いで立ちあがり、セシリーもあとに続いた。

「でもお嬢さま――」

「収納箱のどれかにシーツが入っているかもしれないわ」ミューリーは期待をこめて言った。

「は？　そんなことが――」

「宮廷の人たちはみなゲイナーがひどい状態であることを知っていたわ」ミューリーが指摘した。男たちが運んできた最初の収納箱に駆け寄ると、勢いよく蓋を開けて、中身を調べていく。「万一のことを考えて、王妃殿下がシーツを入れてくださっているかもしれない。フィリパ王妃は細かいことにとてもよく気がつく方ですもの」

「でも……」セシリーは言いかけたが、ミューリーが不意に喜びの声をあげて、真っ白なシーツを引っ張り出したので、そのあとの言葉を呑みこんだ。

「ああ、王妃殿下は本当に素晴らしい人だわ！」ミューリーはうれしそうに言った。「こんなことにまで気をまわしてくださるなんて、手紙を書いてお礼を言わなくてはいけないわね」

　セシリーは首を振りながらベッドをおりた。男たちが近づいて、しげしげとベッドを眺める。「この様子じゃ、今晩ここで寝るのは無理かもしれません。どこかほかに――」

「ええ、そうね」ミューリーが冷ややかに言った。「夫とわたしは今夜、兵士たちの駐屯地でいっしょに寝るわ」

その言葉に四人の男たちは動きを止め、振り返ってミューリーを呆然と眺めた。

「さぞ歓迎されることと思います、奥さま」ベッドを直すと言った男が口を開いた。

片方の眉を吊りあげ、ミューリーはセシリーを振り返った。

「箒を取ってきて、イグサを外に出してしまいます。明日にならないと新しいものには取り換えられませんが、とりあえずそれでにおいはましになるでしょうから」セシリーはあきらめたように言い、足早に部屋を出ていった。

ミューリーはシーツが汚れないように収納箱に戻し、立ちあがって部屋の様子を改めて確かめた。男たちがベッドの枠を持ちあげようとしていることに気づき、急いで歩み寄った。

「待って！　枠を組み立てる前にカーテンをはずしたいの」

「われわれがやります」ひとりが言い、手近のカーテンをはずし始めた。ほかの男たちもすぐに続き、破れた布が床の上で山になっていく。わたしがやるよりもずっと手早いとミューリーは思い、彼らに感謝した。彼女がしなければならないことはほかにもたくさんある。

彼らをその場に残し、ミューリーは部屋を出て階段に向かった。箒を持って戻ってくるセシリーと行き合った。

「荷馬車の毛皮と枕はどうしたかしら？」ミューリーが尋ねた。荷馬車に乗せてあった毛皮と枕を、エミリーがそのままにしておいてくれたのだ。当分使うことはないと言って、レイナードからゲイナーに向かうときに貸してくれたのだった。明日、荷馬車の御者が持って帰るにしても、今夜使うことはできる。

「まだ荷馬車のなかだと思います」セシリーが答えた。

ミューリーはうなずいた。「わたしが取ってくるわ。あなたはイグサを掃き始めていて」

大広間に人気《ひとけ》はなかった。使用人も兵士も、領主の到着で中断させられたそれぞれの仕事に戻ったのだろう。だれともすれ違うことはなかったが、中庭を半分ほど進んだところで、ふたりの男性が駆け寄ってきた。

「旦那さまをお探しですか、奥さま？」ひとりが尋ね、それから言い添えた。「エロールです」

「こんばんは、エロール」ミューリーは笑顔で応じた。「いいえ、夫を探しているわけではないの」

「それなら、なにを探しているんですか？」もうひとりが訊いた。「お手伝いします。あ、おれはゴダートです」

「こんばんは、ゴダート。わたしが乗ってきた荷馬車を探しているの。きっと厩の近くにあると思うのだけれど」

「はい」ふたりが揃って答えた。

「荷馬車になにか必要なものでも？　おれたちが取ってきますよ」エロールが言った。

「いいえ、けっこうよ。面倒をかけたくないし、あなたたちの仕事の邪魔もしたくないわ。自分で取ってくるから大丈夫」

「面倒じゃないですよ」ゴダートが請け合った。

「そうです、全然面倒じゃないです」エロールが繰り返した。

ミューリーは黙って微笑み、首を振った。ふたりがなにかしたいと思ってくれているのは伝わってきたが、それはここには女性が圧倒的に少ないことと関係があるのだろうという気がした。彼女が知るかぎり、独身の女性はガッティのふたりの娘だけだ。彼女たちはさぞかし人気者だろう。

厩までやってくると、ミューリーは足早になかに入った。だが目的のものを見つけるより先に目に入ったのは、ガッティの息子フレデリックと並んで馬房の杭《くい》に腰かけ、バランの牡馬にブラシをかけているハビーを眺めているバランの妹の姿だった。ハビーと話をするのに夢中で、ミューリーたちが入ってきたことに気づいていない。ようやくその姿が目に入り、杭からおりて逃げ出そうとしたときには時すでに遅く、近づいてきたミューリーに腕をつかまれていた。

「奥さま！」ハビーが驚いて声をあげた。ミューリーから、彼女が捕まえているジュリアナに、そして再びミューリーに視線を戻したあとで、自信なさげに尋ねる。「なにかご用でしょうか？」

「ええ」ミューリーは暴れるジュリアナを無視し、にこやかな笑みを浮かべた。少女の腕をつかむ手はゆるがない。「わたしたちが乗ってきた荷馬車に毛皮と枕があるはずなの。それを取りに来たのだけれど、この人たちに荷馬車の場所を教えてあげてくれないかしら。わたしの代わりに、寝室まで運んでもらうわ。わたしは新しくできた妹と話があるから」

「ああ……ええ……はい。もちろんです、奥さま」ハビーはしどろもどろになりながら応じ、心配そうなまなざしをジュリアナに向けた。

「お願いね」ミューリーは笑顔で言うと、ジュリアナを連れて厩を出ていこうとした。

「あんたとなんかいっしょに行かないから」少女はミューリーを蹴とばそうとしたが、引きずられまいとして足を踏ん張っていたので、なかなかうまくいかなかった。

「もちろんいっしょに来るのよ。新しいお姉さんのことをよく知りたいでしょう？」

「あんたはわたしのお姉さんなんかじゃないもん」

「わたしはあなたのお兄さんと結婚したの。だからあなたのお姉さんになったのよ」

「奥さま、言われたものを持ってきました」急いで彼女を追ってきたゴダートが、息を切らしながら言った。

三人の男たちがぜいぜい言いながらあとをついてきていることにミューリーは気づいた。ジュリアナのことを心配するあまり、ミューリーが頼んだものを急いで取ってきたあと、あわてて彼女たちを追ってきたらしい。無理もないとミューリーは思った。彼らはミューリーのことを知らない。彼女がさっき足を踏まれた報復として、ジュリアナを叩いたり、なにか恐ろしい罰を与えたりするかもしれないと考えているのだろう。彼女がそんなことをするはずもないと、いずれ彼らもわかる日が来るはずだ。

「ありがとう」ミューリーはお礼を言ったが、足取りを緩めることはなかった。蹴られるのはごめんだ。

「わたしたちがジュリアナを旦那さまのところに連れていきましょうか？」エロールが息を切らしながら言った。

「いいえ、けっこうよ。あなたはあの場にいたのだから、この子のことはわたしに任せると夫が言ったのを聞いていたはずね？」

「はい」ハビーは認めた。「ですが――」

「心配いらないわ」ミューリーはきっぱり告げると、安心させるように微笑んだ。わたしが対処する。どうやってかはわからないけれど、ちゃんと対処してみせる。

一行はすでに主塔までやってきていて、ミューリーは中庭を歩いていた速度のまま階段をのぼった。少女がついてこられないほどの速さではないが、足元に注意が必要な程度ではあった。男たちも彼女について大広間を抜け、階段をあがり、寝室までやってきた。ミューリーのベッドを直していた男たちが、カーテンの残骸を手にちょうど部屋から出てきたところだった。

ミューリーは彼らにお礼を言うと、ジュリアナを連れて部屋に入った。

そこで足を止めることなく、ジュリアナを引きずるようにして部屋のなかをぐるぐると歩き続ける。立ち止まったら、ジュリアナがまた蹴ってくるのではないかと思っていた。そのことがバランの耳に入ったら、今度こそ彼が自分で対処しようとするだろう。バランがジュリアナに体罰を加えるかもしれないと思っていたわけではない。それがどんなものであれ罰が与えられることそのものがいやだった。ミューリーにはジュリアナの気持ちがとてもよくわかったから、ただ彼女を抱きしめて、あなたは愛されていて、大事にされていて、なにも心配することはないのだと言ってやりたかった。けれどまずは、彼女が鎧のようにまとっているかたくなで拒絶的な態度をどうにかしなければならない。

どうすればいいだろうと考えながら、ミューリーは元どおりになったベッドを眺めた。まわりにぶらさがっていたぼろぼろの布地がなくなり、汚れたシーツもはがされていたので、さっきよりはずっとましになっている。使用人の男性たちがほこりもはたいていってくれたようだ。ミューリーはほっとして、イグサを片付けているセシリーの作業の進捗《しんちょく》具合を確かめた。床の一部はきれいになっているが、まだせっせと箒を動かしている。

ミューリーはジュリアナが疲れてきていることに気づいて歩調を緩め、男たちを振り返った。「手を貸してくれてどうもありがとう。持ってきたものはそこの収納箱の上に置いてくれれば、あとはジュリアナとわたしでベッドを作るわ」

少女の足取りはふらつき始めていたが、ミューリーの言葉にお尻を叩かれたかのように、とげとげしく言った。「そんなことしないから」

「するのよ」ミューリーは部屋をもう一周しながら、穏やかに宣言した。

「やらないったら」ジュリアナは再び手を振りほどこうとしたが、ミューリーはしっかりつかんだまま放さなかった。

「ゴダート？」三周目に入ったところで、ミューリーが呼びかけた。「あなたはバランの兵士なんでしょう？」

「はい」ゴダートは答えた。「外壁と城の警備と、城のなかで必要な作業を交代で行っています。今週はおれが作業をする番です」

「申し訳ないけれど、今日は警備をしてもらうわ。ドアの前に立って、ジュリアナがここから出ないようにしてほしいの。わたしがいいと言うまで、この子を部屋から出さないでちょうだい。わたしが頼んだことをこの子がしないかぎり、部屋から出さないわ」

ゴダートがうなずくのを待って、ミューリーはジュリアナの腕を放した。ジュリアナは、ミューリーを蹴とばそうか、それとも逃げ出そうかと、つかの間迷っているようだったが、逃げ出すことに決めたらしくドアに向かって突進した。だが即座にゴダートがその前に立ちふさがった。ジュリアナはためらうことなく、まるで牡牛のように突っ込んでいくと、彼の脚を蹴り、小さなこぶしで殴りつけた。

ミューリーは顔をしかめ、申し訳なさそうなまなざしをゴダートに向けたが、彼は笑顔で首を振っただけだった。ブーツと革のズボンのおかげで、まったく痛みはないようだ。彼はただじっとそこに立ったまま、少女が疲れるのを待っている。中庭を小走りに横断し、階段を駆けあがり、部屋を何周かまわったあとだったから、ジュリアナが叩くのをやめるまでさほど時間はかからなかった。いくらやっても無駄なことを悟ると、今度はゴダートの脇をすり抜けてドアの取っ手に手を伸ばそうとした。ゴダートはそれを阻止しようとはせず、ドアが開かないようにもたれかかって体重をかけた。開くはずもないドアを何度かがたがたと引っ張ったあとで、ジュリアナは振り返って部屋のなかを見まわした。

「挨拶代わりにわたしの足を踏んづけたことについて、あなたのお兄さんはわたしにその対応を任せてくれたの」ミューリーの言葉を聞いて、ジュリアナは彼女を見た。「わたしはあなたと仲良くなって、本当の姉妹のようになりたいの。でもわたしの対応がうまくいっていないと思ったら、彼は自分であなたに罰を与えるでしょう。わたしよりもずっと厳しい態度を取るでしょうね。そうしたらあなたはきっとそれをわたしのせいにして、わたしと親しくなろうとはしてくれなくなる。セシリーとわたしを手伝ってこの部屋をきれいにしてくれれば、それで充分な罰になるとあなたのお兄さんは考えるはずよ」ミューリーは静かに言い足した。「そのあいだにわたしたちは話ができるし、あなたにわたしのことをよく知ってもらえる。そうすれば、あなたも仲良くしていいかどうかを決められるでしょう？」

少女は顔をしかめた。「わたしは仲良くなんてなりたくない。それにあんただってわたしのことを知ったら、仲良くなりたいとは思わないよ」

「あら、それは大きな間違いよ」ミューリーはシーツを置いてあった場所に移動した。「わたしはもうあなたのことが好きになっているもの」ちらりと視線を投げると、少女の顔には疑り深そうな表情が浮かんでいた。

「どうして？」ジュリアナはうさん臭そうに訊いた。

「あなたと同じ年頃だったときの自分を思い出すからよ」

少女が見開いた目を見れば、信じていないことがよくわかった。

彼女がなにか言うより先に、ミューリーが告げた。「わたしは十歳のときに孤児になったの」

ジュリアナの動きが止まったので、ミューリーはさらに言った。「わたしの母は天然痘にかかったの」

「天然痘？」ジュリアナが自信なさげに訊き返した。

「そうよ」ミューリーはシーツをベッドに運んだ。「使用人たちはうつるのを恐れて、母を放置したの。それに気づいた父が自分で母を看病したわ。食事をさせて、発疹《ほっしん》の手当てをして、熱をさげるために水風呂に入れた。寝る間も惜しんで、昼も夜もずっと看病したの。母が亡くなる頃には父はすっかり弱ってしまっていて、母からうつった病気と戦う力は残っていなかった。ほどなくして亡くなったわ」

「わたしのお父さんもお母さんの看病をしたよ」ジュリアナは、ミューリーが渡したシーツの端を無意識のうちに受け取りながら早口で言った。「でもお母さんの病気はお産のせいだったから、それって男の人はかからないんだと思う」

「そうね」

「でもあんたは宮廷に引き取られた」ジュリアナは目を細めて言った。「王さまはあんたを甘やかしたって聞いているよ」

「そうね。わたしが名づけ親である国王陛下のもとに引き取られたのは事実だし、陛下がわたしを甘やかしたと言われているのも本当よ。でもね、陛下はそれはそれは忙しかったから、わたしといっしょに過ごす時間はほとんどなかったの」事実だった。宮廷にいるときのエドワードは彼女や自分の子供たちを甘やかしたが、同じ時間を過ごす機会はめったになかった。たいてい彼はスコットランドやフランスで戦争をしていたから、彼女が宮廷で暮らすようになってからの最初の五年間で国王の姿を見かけたのは、片手で数えられるほどだった。

「王妃殿下はどうだったんです?」ハビーに尋ねられ、彼らがまだ部屋にいたことをミューリーは思い出した。答えにどういう反応を示すのか推し量っているように、彼の視線はジュリアナに向けられていた。

「王妃殿下もとても忙しい人だったわ」ミューリーは静かに答えた。「それに王妃殿下にも面倒を見なければならない自分の子供がいたの。王妃としての仕事もあったから、ほかの子供に目を向けている時間はなかったのよ。だから唯一の友だちのエミリーを除けば、わたしはたいていひとりぼっちだったわ」

ジュリアナがなにも言おうとしなかったので、ミューリーは言葉を継いだ。「ガッティはとてもいい人みたいね」

「うん……でもガッティにも自分の子供がいるし、ここにいる人たちはみんな忙しいの。フレデリックは友だちだけど」ミューリーが藁を詰めたマットレスの下にシーツの端をたくしこむと、ジュリアナは同じようにしながら静かに答えた。

「フレデリックとはなにをして遊ぶの？」ミューリーはベッドの足元のほうに移動しながら訊いた。ジュリアナが話し始めたところで、ミューリーは男たちに向かって無言でうなずいた。彼らはしばしためらったものの、うなずき返すと、気が進まない様子で部屋を出ていった。セシリーもまた箒にもたれながらふたりの話を聞いていたが、首を振ると、イグサを掃く作業に戻った。

ミューリーは新しくできた妹に視線を戻した。フレデリックといっしょにしたいたずらを白状しているジュリアナを笑顔で見つめる。怒りの鎧の下の彼女が聡明で、心の優しい少女であることはわかっていた。彼女に同情することは簡単だったが、そうするつもりはなかった。両親が死んだあと、ミューリー自身は一度もそんなふうに感じたことはなかったが、愛され、大切にされているとジュリアナが必ず感じられるようにしようと心に誓った。

「なにか食べるものを用意するように、ミューリーが料理人に命じてくれているといいんだが。ぼくは腹ぺこだ」バランと並んで主塔へと続く階段をあがりながら、オスグッドが言った。

「命じているさ。彼女も空腹だろうからね」バランは髪をかきあげながら答えた。彼もまた空腹だったし、疲れてもいた。不安にかられながら過ごした一週間がこたえている。熱を帯びた体で毒と戦う苦しそうな妻を見守りながら、眠れぬ夜を幾夜も過ごしたのだ。彼女が両親を求めて泣いたときには慰め、夢のなかで悪魔に追われ、恐怖に悲鳴をあげたときにはなだめ、意識が戻ったときにはなにひとつ覚えていないようだったが、彼女が好きなことや嫌いなことについて、あれこれと語らったりもした。

そのあいだに、妻が思っていたとおり心優しく、考えていた以上に聡明な女性であることを知り、彼女はいつしかバランの心のなかで大きな存在になっていた。彼女とならうまくやっていけるだろうと思った。そうでなければ結婚していなかっただろう。だがいま彼は、〝うまくやっていく〟以上のことを求めていた。彼女に愛されたかった。それは、自分も同じくらい彼女を愛したいという意味ではない。それは女々しい感情だったし、そんな面倒臭いものに囚われたくはなかった。だがそれでも彼女には自分を愛してほしかった。けれど、そのためにどうすればいいのかがわからなかった。

「もし用意してくれているとしても」オスグッドの素っ気ない口調に、バランは我に返った。

「なにか魚を使った料理だろうな」

そのとおりだとわかっていたから、バランは乾いた声で笑った。彼が留守のあいだ、男たちがまったく狩りに行けなかったことを、すでにアンセルムから聞いている。行けるとも思っていなかった。

ふたりが入っていったとき、大広間はがらんとして静まり返っていた。いまとは対照的だった日のことをバランは覚えていた。お喋りや笑い声で壁がさざめいているように思えた日。けれどペストのせいですべてが変わってしまった。幸せだった日のゲイナーをもう一度見たいとバランは心から願っていたし、ミューリーがいてくれればそれが遠い未来のことではないと思えた。

ふたりは食べるものがあることを祈りながら厨房に通じるドアに向かって歩いていたが、そこが開いてクレメントが顔を出したので足を止めた。

「ああ、戻っていらしたんですね」クレメントはふたりに気づいて言った。「お腹を空かしているはずだと奥さまが言っていたので、魚を焼いておきました」

「妻はどこだ?」バランは尋ねたが、クレメントが厨房に姿を消してしまったので顔をしかめた。ドアのほうにさらに一歩踏み出したところで、再びドアが開き、それぞれに魚が山盛りになった三枚のトレンチャーを手にしたクレメントが出てきたので、足を止めた。

「奥さまは、寝室の準備をなさっています」クレメントは答えながら、トレンチャーをふたりに突きつけた。「冷める前に、食事の準備ができていると奥さまに伝えてください。わたしは厨房の後片付けをします」

バランがトレンチャーを受け取ったつぎの瞬間には、クレメントはその場からいなくなっていた。

「彼は日に日に無愛想になっていくな」オスグッドがトレンチャーを一枚受け取りながら言った。

バランは肩をすくめた。「わずかな食料でできるかぎりのことをしているのに、みんなが文句ばかり言っているからだろう」

「そうか」オスグッドはトレンチャーの上の魚に向かって顔をしかめると、架台式テーブルに移動しようとしたが、足を止めて訊いた。「きみはミューリーのところに行くつもりかい？」

「ああ。いっしょに来るか？」

オスグッドはにやりとした。「邪魔はしないよ。奥さんと楽しむといい――奥さんといっしょに食事を楽しめっていう意味だからな」目をきらめかせながら、言い直した。

バランはくすくす笑って彼に背を向け、二枚のトレンチャーを持ったまま階段に向かった。二十五年ほど前に主塔に二階を増築したときから、両親の寝室は上の階にある。幼かったバランに当時の寝室の記憶はなかったし、父親が死んで、混乱の最中にあるゲイナーに戻ってきたときにも、その部屋を使うことはなかった。悲惨な状態の部屋をひと目見ただけで、いっしょに戦場に赴いた兵士たちといっしょに駐屯地で眠るほうを選んだのだ。

妻がこんな短時間のうちにあの部屋を使えるようにできるとはとても思えなかったが、開いたままのドアの前に立つと、彼は予想外の光景に目を丸くした。寝室の床を覆っていた汚れたイグサは片付けられ、床はきれいに掃いてある。新しいイグサを敷くまでの代用品としてだろうが、ベッドの脇と暖炉の前には毛皮が敷かれていた。壊れた鎧戸にも毛皮がかけられている。ベッドを囲んでいた悪臭漂うかびの生えたカーテンははずされて、清潔なシーツと毛皮でベッドが整えられていた。

暖炉には火がおこされていた。火が必要な時期ではないが、薪といっしょに燃やされているなにかの甘い香りが部屋を満たしていて、最後にここに来たときに鼻をついた、あの不快なにおいを消していた。

バランは、妻の努力のあとを眺め、それから部屋のなかにいるふたりの女性に目を向けた。ミューリーとジュリアナ。少女は彼女にはいくらか大きい淡い黄色のドレスを着て、暖炉の前に立っていた。

「あなたはレディ・グレイヴィルの娘さんと同じくらいの体格だろうってオスグッドから聞いたので、彼女で採寸させてもらったのよ」ミューリーはドレスのたるみをつまみながら言った。「あなたより少し大柄だったみたいね。でもあなたはすぐに大きくなるし、いまはとりあえず少し縫っておけばいいわ」

ジュリアナは無言のまま、目を大きく見開いてドレスを触っている。

「明日は、髪もどうにかしましょうね」ミューリーは穏やかに言った。

「自分で切ったの」ジュリアナは照れくさそうに頭に手をやった。

「上手に切れているわ」ミューリーはとっさに応じた。「でも自分の髪を切るのって難しいわよね」

ジュリアナはうなずいて打ち明けた。「男の子みたいに見えれば、お父さんがもう少しわたしを好きになってくれるかと思ったの」

妹の言葉を聞いてバランは、胸をかきむしられる思いがした。妹をかまおうとしなかった亡き父親を心のなかで罵る。悲嘆に暮れる父親は、自分の態度がジュリアナをどれほど苦しめているかを気にかけようとはしなかった。バランは何度か父を説得しようとしたが、いつにも増して強情な父親は手を振ってそれをいなし、ジュリアナについて話すことを拒んだ。

「まあ」ミューリーが息を呑んでいるのを見て、彼女が心を痛めているのがバランにはよくわかった。彼女は頭を垂れてしばらく無言でいたが、やがて背筋を伸ばすとジュリアナの肩に手を置いて言った。「お父さまは心の奥ではあなたのことを大事に思っていたのよ。でも男の人は自分の感情を表に出せないことが時々あるの」

「ううん」ジュリアナは首を振った。「怒っているのはよくわかったよ」

「そうね。男の人は怒りという感情を表現するのは上手ね」ミューリーは冷ややかな口調で同意した。「なかなか表に出せないのは、もっと細やかな感情なの」

「わたしがお母さんを死なせちゃったから、お父さんはわたしを憎んでいたの」そう言ったジュリアナの目に不意に恐怖が浮かんだ。その事実を――少なくともジュリアナが事実だと思っていることを――知られたら、ミューリーに嫌われてしまうかもしれないと彼女が考えているのがわかった。バランは堅焼きのパンを砕いてしまいそうなくらい強く、トレンチャーを握りしめた。

「あなたはお母さまを死なせてなどいないわ、ジュリアナ」ミューリーがきっぱりと告げた。「お母さまはあなたを産んだあと、熱を出して具合が悪くなったの。あなたのせいじゃない。時々あることなのよ。だれにも理由はわからないし、どうすることもできないの。わたしもそうなるかもしれない。でもそれはわたしの子供のせいではないわ」バランはその恐ろしい言葉に目を見開いた。「そのときは、子供を責めるのではなくて、わたしの代わりに愛して、かわいがってあげてほしいの」

「わかった」ジュリアナは真面目な顔で約束した。

「よかった」ミューリーは彼女に微笑みかけると、一歩あとずさった。

「このドレスはとてもよく似合うわ。でも裾あげをするまでは、脱いでいたほうがいいわね。階段でつまずいて転んだりしてほしくないもの」

ジュリアナはうなずき、おとなしくドレスを脱いだ。

「ドレスを着たままフレデリックと遊んでもいいかしら?」ジュリアナはズボンとコタルディを身につけながら、心配そうに尋ねた。

「そうね……」ミューリーは顔をしかめて答えた。「昼間、コタルディを着て彼と遊んで、夕食のときには着替えるようにしたらどうかしら」

「そうだね!」ジュリアナの顔が輝いた。「昼間はフレデリックみたいな男の子で、夜はあなたみたいな女の子になるんだ!」

ミューリーは丁寧にドレスを畳みながら笑って応えた。「ええ、そうね」

着替えを終えたジュリアナは言った。「ありがとう、ミューリー。すごくきれいなドレスだね。こんなきれいな服、初めて」

ミューリーは笑顔で肩をすくめた。「新しい妹にプレゼントをするのは楽しいだろうって思ったのよ。あなたの家族の一員になれてうれしいと思っていることをわかってもらいたかったの」

「わたしたちは姉妹なんでしょう?」少女はうれしそうに言った。「あなたがお姉さんになってくれてよかったと思ってる。バランと結婚してくれてうれしい」ジュリアナはぎゅっとミューリーを抱きしめると、くるりと向きを変えて走りだそうとしたが、兄がそこにいることに気づいて驚いて足を止めた。

「バラン、ミューリーはいい人だね」彼の脇をすり抜けながら言う。「ガッティにドレスのことを話さなくちゃ」

バランは、フランスから戻ってきて以来、初めて見る軽い足取りで廊下を駆けていく妹を眺めた。その姿が階段の下に見えなくなると、トレンチャーを片手に持ち替え、空いたほうの手でドアを閉めてから妻に向き直った。驚いたことに、ミューリーは不安そうな顔で彼を見つめている。彼女の言葉を聞いて、ようやく合点がいった。

「ちゃんと罰は与えたわ。わたしといっしょにベッドを整えて、毛皮を吊るして、暖炉で燃やすハーブを探したの」ミューリーは早口で説明した。「あのドレスは、一生懸命働いてくれたご褒美なの」

バランは小さく微笑み、彼女に近づいた。「あの子に会う前からドレスを用意していたんだろう？　褒美を与えるようなことがあるかどうかもわからないうちから」

「ええ、まあ。きっと気に入ってくれると思って」

バランは妻の前で立ち止まり、手を伸ばそうとしたが、トレンチャーを持っていることに気づいて動きを止めた。眉間にしわを寄せて焼き魚を眺め、それからミューリーに視線を移す。「食事を持ってきた」

「いまはお腹は空いていないわ。わたし——」バランが横にあった毛皮の上にトレンチャーを置いたかと思うと、いきなり抱きすくめてきたので、ミューリーは驚いて息を呑んだ。熱烈に唇を重ねてくる。

妹に対するミューリーの温かな気持ちに、バランは心を打たれていた。自分たちの子供も、こんなふうに導き、慰め、育てるのだろうと想像できた。自分でも理解しがたいほどの熱い思いがあふれてきて、胸が痛くなるほどだった。彼女を食べてしまいたいと思った。決して離れることがないように、自分の一部になるくらい強く抱きしめたかった。

だがそう言葉にすれば彼女を怯えさせるかもしれないとわかっていたから、バランは彼が知っている唯一の方法で自分の思いを表現した。唇を重ねながら、両手で彼女の体を撫で、服を着たままできるかぎり体を密着させる。だがそれで我慢できるはずもなかった。両手で彼女を抱きあげ、ベッドへと運んでいく。一瞬たりとも離れたくなかったので、その格好のままベッドに倒れこんだ。だがつぎの瞬間、重ねた唇を離し、バランは驚きに声をあげていた。ベッドが壊れたのだ。

バランは目を丸くして曲がったベッド枠を眺め、それから妻を見た。ミューリーは彼の下で、声を出さずに笑っていた。

目と目が合うと、ミューリーは真面目な顔でつぶやいた。「新しいベッドがいると思うわ、あなた」

「そうだな」バランはうなるような声で応じたが、再び唇を重ねると、彼女のドレスを脱がせ始めた。新しいベッドのことは明日考えればいい。いまはほかにするべきことがあった。

13

目を覚ましたミューリーは、ベッドの隣が空であることに気づいた。体を起こし、部屋を見まわす。夫はすでに起き出して、活動を始めているらしい……眠っている彼女をひとり残して。

苦々しい顔でシーツと毛皮をはぐと、壊れたベッドからおりた。家畜を買い足し、使用人を増やすことをバランに相談しようと思っていたのに、ゆうべはとてもそんなことは考えられなかったし、起きてみれば夫は、彼女が眠っているあいだにいなくなっている。一日の始まりとしては、幸先がいいとは言えなかった。

心のなかで文句を言いながら服を入れた収納箱に近づき、今日の気分に合うものが見つかるまでドレスとサーコートをつぎつぎと取り出していく。ミューリーはかなりの衣装持ちだった。ファッションが宗教のように崇められていた宮廷で暮らしたおかげだ。それはまるで、つらい日々を忘れるためには様々な衣装や色に囲まれていることが不可欠だとだれもが考えていたかのようで、ペストの流行のあとではますますそれに拍車がかかっていた。

今日は掃除に明け暮れるだろうと考え、深紅のドレスと黒のサーコートを選んだ。服を着終えたところで、ドアが開いてセシリーが顔をのぞかせた。

「あら、もう起きていらしたんですね」セシリーは笑顔で言ったが、ミューリーがすでに着替えているのを見て眉を吊りあげた。「体を洗わなくてもいいんですか？　いつも朝に洗っているじゃありませんか」

どうせ掃除で汚れてしまうのだから今朝はその必要はない、体を洗うのは夜にすると言おうとしてミューリーは口を開いたが、セシリーはいつものように水を入れた洗面器を手に部屋に入ってきた。

「まあ、なくてもよかったのに！」ミューリーは着たばかりのドレスを脱ぐと、洗面器に歩み寄った。「バランはどこかしら？」

「何時間も前にオスグッドといっしょに出ていきました」セシリーが答えた。「どこに行ったのかは知りません。ただ、お嬢さまはまだ毒から完全に快復していないのだから、好きなだけ寝させておくようにとだけ言い残して、出かけました」

「そう」ミューリーはリネンの布地で手早く体を洗いながら、眉間にしわを寄せた。朝食はきっと魚だろう。昼食も夕食も。あまり食欲の湧くメニューではないと考えたところで、自分を叱りつけた。文句を言える立場ではない。ここの人たちはもう何カ月も魚ばかり食べてきたというのに、彼女はまだ一度も口にすらしていない。ゆうべバランが運んできた魚に、ふたりは手をつけていなかった。

「もうみんな起き出して、仕事を始めているのでしょう?」ミューリーが尋ねた。

「はい。ですがジュリアナは、早くドレスの裾あげをしてほしくて、うろうろしながらお嬢さまが起きるのを待っていますよ」セシリーは面白そうに言った。「あの子の心をつかみましたね」

「かわいい子ですもの」ミューリーの顔がほころんだ。

「ええ。あの子がお嬢さまを蹴んづけたときから、そう思っていました」

ミューリーはくすりと笑っただけで沐浴を終えると、再び赤いドレスを身につけた。黒のサーコートを着ながら、セシリーに尋ねる。「レイナード卿の御者はまだいるわよね?」

「いいえ、ゲイナー卿を追いかけるように帰っていきました」

ミューリーは舌を鳴らした。「エミリーの毛皮と枕を置いていってしまったのね」

「レイナード城にはたくさんあるから、しばらく返してもらわなくても大丈夫だと言っていました」セシリーはミューリーがゆうべ着ていた服を拾いあげ、その有様を見て舌打ちをした。ミューリーは顔を赤らめたが、言い訳しようとはしなかった。ゆうべのバランはいささか性急だったのだ。

「それで、今日はどんな汚れ仕事をするんですか?」セシリーは背筋を伸ばし、ドレスを畳みながら訊いた。「大広間の床を掃いて、磨きますか? それとも薪を割りますか?」

「宮廷で長く暮らすあいだに、すっかりなまけ癖がついてしまったみたいね」ミューリーはおかしそうに言った。「ソマーデールでの暮らしを忘れてしまったの？　淑女のような仕事ばかりではなかったはずよ」

「いえ、忘れていません」セシリーは静かに答え、ドレスを片付けた。

「ソマーデールではペストはどうだったのかしら」ミューリーは不意に心配になった。ペストの流行以来、宮廷やロンドンでの暮らしに気を取られるあまり、子供時代を過ごした故郷のことをすっかり忘れていたのだ。だがあまりに遠い昔だったから、そこにいた人々のことはぼんやりとしか覚えていなかった。

「ほかと同じような感じです」セシリーが答えた。「村人や使用人の三分の一から半分が病で亡くなっています。家令のウィリアムも」

「家令のウィリアム」ミューリーはつぶやいた。

その男のぼんやりしたイメージと、彼の言葉にくすくす笑っているセシリーの記憶が蘇ってきた。メイドはみな彼のことをハンサムだと考えていて、彼がいるとだれもがうれしそうにしていたことも思い出した。「国王陛下はウィリアムの代わりを見つけたのかしら。それともそれは、バランの仕事になるのかしら」

「わかりません。近くの城のメイドのひとりから、ソマーデールの様子を又聞きしただけですから。そこの奥さまが宮廷を訪れたときに、話を聞いたんです」

「そのことはバランに話さなくてはいけないわね」ミューリーはそう言ってドアに向かった。

「わたしは今日、なにをすればいいでしょう？」セシリーが彼女のあとを追いながら尋ねた。

ミューリーはドアの前で立ち止まり、考えを巡らせた。やるべきことは山ほどある。どこから手をつければいいだろう？ もう一度、城のなかを見てまわる必要があった。今度はもっと時間をかけて調べ、まず手をつけなければならないことを見定めるのだ。だがセシリーを連れていく必要はない。

ミューリーは、木の床にこびりついて取れなくなった汚れを無意識に足の爪先でこすっていたことに気づき、寝室を見まわしてうなずいた。「ここに敷くイグサを集めてきてくれないかしら？」ドアを開けながら言う。「ひとりでは無理なら、ガッティの娘のどちらかを連れていくといいわ」

「わかりました」セシリーは応じ、ふたりは部屋を出た。

イグサを集めに行くセシリーと別れたミューリーは、食事におりて行く前に上の階をひと巡りすることに決めた。魚料理にはあまりそそられなかったからだ。それぞれの部屋を入念に確かめてみると、ゆうべ考えたとおりだとわかった。彼女たちの寝室同様、どの部屋もかなり手を入れる必要がある。四つあるうちのふた部屋はあとまわしにしてもいいが、ジュリアナの部屋だけはどうにかしてもっと居心地のいいものにしてやろうと決めた。

そう考えたことが少女を呼び寄せたのか、大広間へとおりていったミューリーが最初に見かけたのがジュリアナだった。いぶかしげな表情のフレデリックを従えて、ミューリーのほうへと駆け寄ってきた。

「ミューリー、今日はわたしの髪を切ってくれる？　それともドレスの裾あげをしてくれるの？」興奮した様子で尋ねる。彼女の熱心な口ぶりに、ミューリーは最初になにをするかを決めた。

「あなたがよければ、いますぐに髪を切りましょうね。それが終わったら、ドレスもピンで留めてあげるわ。でも裾あげをするのは、夕食が終わって暖炉の前でくつろいでいるときにしようと思うの」

「そうなんだ」ジュリアナはがっかりして肩を落とした。「それじゃあ、今夜は着られないね」

ミューリーは唇を噛んでため息をついた。あとまわしにはできない大切なことがある。傷ついた少女の心を癒すことは、掃除や片付けよりもずっと大事だ。「わかったわ。昼食のあと休憩するときに、裾あげをしましょう。それでどうかしら？」

ジュリアナの顔がぱっと輝いた。「素敵！」

「髪を切る道具を持ってくるから、架台式テーブルで待っていてちょうだい」

「わかった。ありがとう、ミューリー。あなたは最高のお姉さんだね、ミューリー」

少女がテーブルへと駆けていき、フレデリックがそのあとを追っていくのを、ミューリーは笑顔で眺めた。

「物で釣って、すっかり彼女を手なずけたというわけですか。これまでそんなことをしようなんて思いついた人間はだれもいませんでしたよ」

「クレメント」ミューリーはため息をつきつつ振り返った。「なにかわたしにお手伝いできることがあるのかしら？　それともその無愛想な態度で、わたしに不愉快な思いをさせようと思ったの？」

　クレメントはミューリーの口ぶりに驚いたらしく、目をしばたたいた。食べ物に唾を――あるいはもっとひどいものを――入れられるのが怖くて、これまで彼に盾突こうとした者はいなかったらしい。そのことに気づいたミューリーは、あまり賢明な態度ではなかったかもしれないといくらか後悔した。

「奥さま」クレメントがようやく口を開いたとき、その口調はずっと従順なものになっていた。「これからすべきことを確かめるため、もう一度城内を見まわるつもりでいらっしゃるとセシリーから聞きました。まずは厨房をご覧いただいてもよろしいでしょうか。そうすれば、昼食の仕度に取りかかるときに、奥さまのお邪魔をせずにすみますから」

　もっともな話だったから、ミューリーはうなずいた。「ジュリアナの用事が終わったら、すぐに行きます。それでいいかしら？」

「はい、ありがとうございます」クレメントはいたって丁寧なお辞儀をすると、向きを変えて歩き始めたが、数歩行ったところで足を止め、振り返って言った。「ジュリアナの髪を切るために必要な道具をお持ちします」

「ありがとう」ミューリーはとまどったように答え、遠ざかる彼のうしろ姿を困惑した表情で眺めた。ぴしゃりと言ったことが、思いのほかいい結果を生んだらしい。

「奥さまはクレメントも掌中に収めたようですね」ガッティが声をかけた。

「そうみたいね。自分でもどうしてなのかは、わからないけれど」

「奥さまは彼の機嫌を取ろうとしませんでしたからね。前の旦那さまでさえ、腫れものに触るような感じで彼を扱って、好きなようにさせていたんです。おかげで彼はすっかり調子に乗ってしまったんですよ」

「クレメントは、ペストの流行前からあんなふうに無愛想だったということ？」ミューリーは信じられずに訊いた。

「魚以外に料理するものがないから、あんなに機嫌が悪いんだと思っていたんでしょう？」

ミューリーがうなずくと、ガッティは言葉を継いだ。「バランさまもそう考えていると思いますけれど、違うんです。近くに住むオルダス卿のところにいた彼をゲイナー卿が雇ったときから、不機嫌でした」

「オルダス卿の屋敷はここから近いの？」

「はい。一番近くの隣人です。ゲイナーとオルダスはずっと揉めているんです。先代のゲイナー卿と亡くなったオルダス卿は、どちらもレディ・ゲイナーを愛していたんですが、勝利を収めたのはゲイナー卿でした。オルダス卿はそのことをずっと恨んでいて、あからさまにはしませんでしたが、それ以来ふたりは不仲だったんです。それが息子たちにまで受け継がれてしまったみたいです。マルキュリナスとバランさまはどちらもストラスクリフで訓練を受けましたが、ずっといがみ合っていました。お父さまたちと同じく、おおっぴらにすることはありませんでしたが。マルキュリナスは人を使ってバランをいじめさせていたみたいです。決して自分の手を汚そうとはしなかった。当時の彼は小柄でひ弱でしたから、正面切って喧嘩をすることはできなかったんでしょうね」

「そしてゲイナー卿は、オルダス城にいたクレメントを引き抜いて雇ったのね？」

「はい。十五年以上も前のことです。あの頃はいい時代でした。レディ・ゲイナーも生きていらっしゃいましたし、ゲイナーはなんの問題もなく繁栄していました。おかしくなり始めたのは、レディ・ゲイナーが亡くなったときからです。ゲイナー卿はすべてに興味を失ったかのようでした。ところがペストが流行する前の年、地所に対する興味が突然復活したらしくて、もっと大きくてちゃんとした池が必要だと言いだしたんです。その池を作るには多額のお金が必要でしたし、とても大変な作業でした。工事に取りかかったと思ったら、まるで空の底が抜けたみたいに大雨が降りだして、全然やまなかったんです」

「あの夏のことは覚えているわ」ミューリーが応じた。「泥と湿気で、作物がずいぶんだめになったのよね」

「はい。わたしたちのところもそうでした。そのせいで、池にかかった費用は収入のかなりの部分を占めることになりました。あげくに不作で、そのあとはペストがはやって。もしもゲイナー卿が池を作っていなければ、これほど困窮することもなく、多くの使用人を失わずにすんだんです」

「そうかもしれないわね」ミューリーは言葉を選びつつ答えた。「でもそうしていたら、養わなければならない人間は多くなっていたうえに、食料になる魚もなかったのよ」

ガッティが驚いたような顔をしたので、ミューリーは肩をすくめた。「充分な数の人間がいたとしても、動物がどこかに逃げたり、盗まれたりしないように見張っていられたかしら？　ここはスコットランドとの国境に近いわ。あの人たちは掠奪《りゃくだつ》することで知られている。ゲイナー卿が新しい池を作ったのは、あなたが考えているよりも幸運だったのかもしれない。魚はすぐに飽きるかもしれないけれど、体調を整えるのには役立つのよ」大広間から厨房に続くドアが開いて、クレメントが再び姿を見せたので、ミューリーの視線がそちらに流れた。「ちょっと失礼するわね。ジュリアナの髪を切ってあげなくてはならないし、そのあとは厨房と庭を見てまわることになっているの」

ミューリーは髪を切るのが得意なわけではなかった。それどころか、これまで一度も切ったことがない。だが、ジュリアナが自分でずたずたにした栗色の髪――かつては美しかったはずだ――は、これ以上ひどくなりようがなかったから、ミューリーは必要以上の熱意を持ってこの作業に取り組んだ。そしてそれは、驚くほどうまくいった。不揃いに切られた髪を、なんとか見苦しくないスタイルに仕上げたのだ。

その結果にミューリーはおおいに満足したし、ジュリアナも喜んでいるようだった。ジュリアナは近くにいる人間すべて――クレメントとティボーとガッティとフレデリックだけだったが――にその髪型を披露すると、新しいドレスに着替えるため、階段を駆けあがっていった。忙しい一日になることがわかっていたので、ミューリーは手早く彼女のドレスの裾をピンで留めてやってから、元の服に着替えるようにと告げ、厨房へ向かうと、ひととおり確認してから、庭に出た。ただ様子を見るだけのつもりだったが、パセリが植えてあることに気づくと思わず息を呑み、即座にしゃがみこんでパセリを抜き始めた。すると不意に背後からとがめるような叫び声が聞こえた。

料理人のおののいたような顔をミューリーは驚いて眺めた。

「奥さま！」ようやく言葉が出るようになったクレメントが、荒々しい足取りで彼女に近づいた。「いったいなにをなさっているんです？」

「パセリを抜いているのよ」ミューリーはなだめるように答えた。「心配しないで。門の外に植え替えるだけだから」

「ですが、わたしは門の外まで行きたくはありません。料理に使うには、近くにないと困るのです」

「お城のなかでだれかが死ぬことを考えれば、そこまで歩くくらいたいしたことではないんじゃないかしら」

「なんですって？」クレメントは困惑して訊き返した。

「庭にパセリが生えていると、その年のうちにその家のだれかが死ぬという言い伝えがあるの。知らないの？」ミューリーの声には怒りがこもっていた。「こんな信じられないことをしているから、夫の命が危険にさらされるんだわ。こんなことは、わたしが許しません！　パセリは門の外に植え直します。必要なときに、あなたが少しばかり歩けばいいことよ」

クレメントはわけがわからないといった表情で、言うべき言葉が見つからないまま、ただミューリーを見つめていた。ミューリーが抜いているパセリが目に入ると、悲しそうな顔になった。

「なにか用があったのかしら、クレメント？」ミューリーが訊いた。

「はい」クレメントは一拍遅れて答えると、気を取り直して言葉を継いだ。「旦那さまとオスグッドが豚を捕まえてきたので、料理に使うハーブを摘みに来たんです」

「そうだったの」ミューリーはうれしそうに笑った。「今夜の夕食は詰め物をした豚なのね！　おいしいでしょうね」

「はい」

「それなら、バランは大広間にいるのね？」ミューリーは抜いたパセリを集めながら訊いた。ようやくバランと話ができると思ったが、クレメントがその望みをあっさりとかき消した。

「さっきまでは。豚はかなり暴れたようで、おふたかたとも血まみれでした。お湯を沸かして上の部屋まで運ぶわたしの手間を省くために、川まで体を洗いに行かれました」

「そう」ミューリーは片方の足から一方の足に体重を移し替えた。「川は遠いの？」

「いえ、それほど遠くありません」クレメントはパセリから視線をはずすことなく言った。その表情を見て、ミューリーは不安になった。恐ろしいことが起きるかもしれないと警告したにもかかわらず、クレメントは彼女の手からパセリを奪い取って、元の場所に植え直すつもりかもしれない。

ミューリーは用心深く一歩あとずさってから、向きを変えて庭を出ようとした。「それなら、パセリを植え直したら川まで行ってみるわ。夫と話したいことがあるの」

クレメントがため息をつくのが聞こえたが、ミューリーはそれを無視してその場を離れた。だれかの命を救えるかもしれないのなら、少しばかりの距離を歩くのがなんだと言うのだろう？

だが結局、門の外にパセリを植えるのはやめた。言い伝えによれば、縁起が悪いのは庭に生えるパセリだ。そこで、リンゴの木の短い列の端に植えることにした。ここなら庭ではないし、厨房からそれほど離れていないから、クレメントの不満も減るだろう。ミューリーは体を起こして手の汚れを払うと、バランを探して中庭の外へと歩いていった。

彼が朝から狩りに行ったと聞いて、ミューリーはおおいに喜んでいた。詰め物をした豚はさぞおいしいだろう。実を言えば魚はあまり好きではない。三食とも魚を食べることになるのかと思うとそれだけでぞっとしたし、実際に気分が悪くなった。ゆうべ食事を抜いてもさほどつらくなかったのは、そのせいだ。また、ジュリアナの髪を切ったり、厨房を見てまわったりすることに忙しくて今朝も食事をするのを〝忘れて〟いたのは、それが理由だった。

厨房の状態は満足のいくものだった。クレメントがとてもよく手入れをしていた。ほかの場所はどこも漆喰《しっくい》を塗り直し、新しいイグサを入れ、家具すら新しいものに取り換える必要があったが、厨房だけは申し分ない。足りないのは食料とここで働く使用人だけだ。ミューリーが心からの称賛の言葉を口にすると、クレメントはそれが自分の仕事だとしゃちほこばって答えながらも、顔を紅潮させ、うれしそうに目をきらめかせた。これまではだれもが腫れものに触るような態度を見せるばかりで、彼の努力を認めることがなかったのかもしれないとミューリーは思った。認めるべきところを認めさえすれば、きっと彼ももう少し態度を和らげるだろう。ティボーのように人懐っこく陽気になるのは無理だとしても、やりようによってはいくらか改善するはずだ。

「ミューリー」

ミューリーは前方からオスグッドが近づいてくるのに気づき、驚いて顔をあげた。濡れた髪をうしろに撫でつけ、濡れた服は体に張りついている。ミューリーは笑顔で言った。「使用人たちの手間を省くために、着ている服ごと体を洗いに行ったと聞いたわ。バランはまだ川かしら？」

「ああ」オスグッドはにやりとした。「あいつは水が好きなんだ。風呂に入るときでも、お湯が冷めるまで出ようとしない。外で水浴びをするときはもっとひどい。だがぼくはそうじゃない。さっさとすませるほうがいいね」

ミューリーは小さく笑ったが、彼の言うところの〝さっさとすませる〟方式は、あまりほめられたものではないと指摘するのは控えた――耳の下の首筋にまだ血がついている。だがすぐにそれが擦り傷であることに気づき、彼女は顔をしかめた。「豚と格闘したとクレメントから聞いたわ。怪我をしたのね」

「え？　これかい？」オスグッドは首を撫で、肩をすくめた。「これくらいなんでもない。あの豚は強情っぱりで、ぼくたちの食卓にはのぼりたくなかったみたいなんだ」

「バランも怪我を？」

「いいや。彼はぼくより素早いからね。それに彼は豚に乗っていたんだ。実は、豚がまだ弱り切っていないのに、そいつの前で馬からおりるという失態をぼくがしてしまってね。バランは馬から豚の背中に飛び移って、喉をかき切らなくてはならなかったのさ。この傷は逃げるときにできたものだ――迫り来る豚から逃げようと、うしろを振り返りつつ木立のなかに飛びこんだときにね」オスグッドはそう言って笑い、首の傷を撫でた。

ミューリーは首を振った。牡豚は狩りの獲物としてはもっとも危険だ。息絶えるまで時間がかかることが多いし、矢や槍に刺されるとますます怒り狂って、猛々しくなる。

「さて、ぼくは戻るよ。調理に必要なものがすべて揃っているかどうか確かめないと。豚のような上等な獲物は、ちゃんと料理しなくてはもったいないからね」

ミューリーは歩み去るオスグッドを見送ってから、川に向かって再び進み始めた。どれくらい遠いのかは知らなかったが、それほど距離はないはずだ。だがそう思っていたのも最初のうちだけで、五分もたつ頃には思っていたより離れていることに気づいた。遠いというほどではないものの、近くもない。けれど歩くのは楽しかった。樺《かば》の木とセイヨウトネリコの木をそれぞれ一本ずつ、さらには野生の玉ねぎやクローバーの小さな茂みも見つけた。どれも身につければ幸運を呼ぶとされるものばかりだ。バランにはできるかぎりの運が必要だと考えたミューリーは足を止めて樺の木の小枝を折り、セイヨウトネリコの翼果《よくか》を摘み、さらにはしばしの時間をかけてセイヨウトネリコの左右対称の葉を探した。四つ葉のクローバーも探したが、見つからなかったのでそれはあきらめて再び歩き始め、ようやく川にたどり着いた。

残念ながら、その川岸に人気《ひとけ》はなかった。しゃがみこんでクローバーを探しているあいだに、バランと行き違いになってしまったのだろうかとミューリーは眉間にしわを寄せて考えた。だが下流から聞こえた水音が、その疑問の答えをくれた。なにも知らずに近づいてきた城の女性たちを驚かせることがないように、バランたちは本流からはずれたところに移動したのだろう。

ミューリーは舌を鳴らしながら川のほとりまで歩き、音がしたほうに目を向けた。水面に青い布地が浮いているのが見えて、心臓が止まった——結婚式のために作った、バランの新しいダブレットと同じ色だ。それ以来、彼はずっとそれを着ている。

よろめきながら岸に沿って歩き、その布地のすぐそばへと近づいていく——それは夫の背中であることがわかった。水中に半分沈んでいる。

ミューリーは彼の名を叫びながら、川のなかへと飛びこんだ。たちまちのうちに水を吸って重くなった服が脚にからみついて、思うように動けない。彼のところにたどり着くまで、何時間もかかったように感じられた。ダブレットの背中の部分をつかみ、素早く仰向けにする。頭の下に片手を入れて持ちあげると、その血の気のない顔を呆然として見つめた。息をしていない。手遅れだ。絶望がこみあげたが、ぐっと奥歯を噛みしめると、彼を岸まで引きあげようとして体を起こした。

後頭部に当てた手に血がついていることに気づき、ミューリーの動きが止まった。頭をさらに持ちあげて濡れた髪をかきわけ、現われた大きく深い傷に息を呑んだ。何者かが……なにかで彼の後頭部を殴ったのだ。岸辺に目をやり、そこにあるものを見て、唇を固く結んだ。

凶器になりそうな石がいくつか転がっている。だれかがまたバランを殺そうとしたのだ！

　ミューリーは水のなかで立ちあがり、バランの肩をつかんで、陸地のほうへと引っ張り始めた。

　水中では体が浮くので、移動させるのは簡単だった。時々押したり、向きを変えさせたりするだけでいい。だが岸に着いてみると、その先は不可能と思えるほど難しい作業だった。彼を水から引きあげるだけの力が自分のどこにあったのかは永遠の謎だが、彼の体のあちこちらを引っ張ったり、押したりしながら、彼女はなんとかやってのけた。まず腕を水の外に出し、それから足元にまわって足首をつかんで引っ張りあげた。横を向いて、うしろ向きにお辞儀をしているような格好になったものの、腹部と胸の大部分はまだ水のなかだ。つぎに片手をお腹に、もう一方の手を胸の上のほうに当て、ありったけの力で体全体を水の外に押し出そうとした。

　いったい何度押しただろう。バランがいきなり咳きこみ、川の半分にも思えるほどの水を吐き出した。さらに何度か咳をしたあと、うめきながら仰向けになったかと思うと、それっきり静かになった。

「あなた？」彼が生きていることが信じられずに、ミューリーはささやくような声で呼びかけた。膝をつき、彼の顔にかかった髪を払いのけた。さっきよりは顔色がよくなって、赤みが差してきている。だがまだ意識はないままだった。

ミューリーは唇を嚙み、彼の頰を軽く何度か叩いたあと、大きく息を吸ってから思いきり引っぱたいた。これで目を覚ましてくれることを願ったのだが、残念ながら効果はなかった。

ため息をつきながらその場にしゃがみこみ、どうすればいいだろうと考えながらあたりを見まわす。助けを呼びに行くべきだと本能が叫んでいる。ひとりで彼を連れ帰ることはできないのだから。だが同時に、バランを殺そうとした何者かはまだ近くに潜んでいて、とどめを刺す機会をうかがっているかもしれないとささやく声もあった。バランをひとりで残していくわけにはいかない……けれど城まで彼を連れ帰らなくてはならない。

どうやって？　答えを求めて心が狂おしい悲鳴をあげ、やがて彼女の視線は無意識のうちにつかんでいた彼のダブレットに止まった。つかの間、その生地をじっと見つめたあと、自分の着ているドレス、そしてでこぼこした地面を眺める。充分な長さの枝も二本ある……。

ミューリーは首を振った。いいえ、ありえない。とても無理。たとえ夫のためとはいえ……。

だがその考えが頭から離れることはなかったし、それ以上にいい案も浮かばなかった。

ほかに方法がないことをおおいに残念に思いながら、ミューリーは立ちあがると服を脱ぎ始めた。

14

「彼女がなにをしたって?」大声を出すと、千本もの針が突き刺さるような激しい痛みがバランの頭を貫いた。ついいましがた、自分の壊れたベッドの上で意識を取り戻してみると、そこにいたのは心配そうな顔で彼を看病する妻ではなく、ベッドをはさんで座るオスグッドとセシリーだった。ミューリーが川で意識を失っていた彼を見つけて助けたのだとセシリーが言い、オスグッドがその状況をくわしく説明した。

痛みを押し戻そうとするかのように、ずきずき痛む頭を押さえ、頭が爆発しないことを確かめてから、もう少し静かな声でバランは繰り返した。「彼女がなにをしたって?」

「服を脱いで裸になり、それからきみの服も脱がせた。ふたりの服と近くで見つけた二本の枝で担架のようなものを作り、城まできみを引きずってきたんだ」オスグッドは目をきらきらさせて繰り返した。

「なんてことだ」バランは息を呑んだ。

「まったくだ」オスグッドは真面目な顔でうなずいた。「まさに驚くべき光景だった」

「見たのか？」バランはおののきながら尋ねた。

「みんな見たさ」オスグッドが答えた。「きみは服をつけていなかったから、だれなのかがわからなくて、アンセルムに見に行かせたんだ。そしたらアンセルムがぼくを呼びに来た」

「もちろん、わたしだとわかったのだろう？」バランが信じられないといった顔で訊いたが、オスグッドは首を振った。

「わからなかった。きみは色とりどりの担架の上で丸くなっていたんだ……汗と川の水で張りついた髪のせいで、ミューリーの顔もまったく見えなかった。だれもが、頭のおかしい女がなにかを引きずっているのかと思った」オスグッドは一度唇を結んでから、さらに言った。「城壁にいた人間全員が見つめるなか、ミューリーは跳ね橋近くまでやってきて、ようやくそこでセシリーが彼女だと気づいたんだ」

「そうなんです」セシリーが重々しくうなずいた。「わたしはすぐに城内に駆けこんで、ベッドから毛皮を持ってくると、急いでお嬢さまの体を覆いました。そのあいだに、男の人たちが担架を運んだんです」

オスグッドはうなずき、うらやましそうに言った。「きみを助けるためにあれだけのことをするんだから、彼女は本当にきみを愛しているんだな」

バランはまじまじと彼を見つめた。愛している？　川から城まで裸で彼を運んだのは、愛がなせる業なのか？　彼女は本当にわたしを愛しているのだろうか？　思わず口元が緩みかけたが、ふとあることに気づいた。もし彼女がわたしを愛しているのなら、いまここにいるはずではないか？　だが彼女はいない。

「妻はどこだ？」バランはうなるような声で訊いた。

「きみが目を覚ましたときに備えて、痛みを和らげられるものを探しに行った。意識を取り戻したら、ひどい頭痛がするはずだと言っていたよ」バランのいらだった表情に気づいて、オスグッドは言い添えた。「だが彼女はきみをひどく心配していたから、セシリーとぼくがきみについていると約束しなければ、ここを離れなかっただろうね」

「そうか」バランは壊れたベッドの上で体勢を変えた。夫の苦痛を和らげるためにここを離れたのならしかたがないと思えたし、彼のそばにはふたりいなくてはいけないと主張したのもいいことだ。ひとりだけ残していくよりも、彼を気遣っているのがわかる。それでも、目を開けたときに彼女にここにいてほしかったとバランは思った。正確に言えば、痛みをどうにかできるものを持った彼女にいてほしかった。ミューリーの言うとおりだ――頭が割れそうに痛んだ。

「なにがあったか、覚えているか？」オスグッドが唐突に尋ねた。「いったいどうやって川で転んで、頭を打ったりしたんだ？」

「川で転んで頭を打ったわけではない」バランは苦々しげに告げた。「うしろから忍び寄ってきた何者かに頭を殴られたんだ。そしてわたしは川に落ちた……あるいは突き落とされたのかもしれない。どちらにしろ、あれは事故ではない」

オスグッドは目を細くしてなにかを考えながら、マットレスの上で座り直した。三人は床の上に置かれた藁を詰めたマットレスの上にいた。バランが中央に横たわり、その両脇にセシリーとオスグッドが座っている。部屋に椅子はなかった。

「まさかミューリーが――」オスグッドが口を開いた。

「オスグッド！」バランは怒鳴るように言い、すぐに後悔した。頭を押さえ、食いしばった歯の隙間から声を絞り出す。「妻は、わたしを助けるために裸になり、城までわたしを引きずってきたと話してくれたばかりじゃないか。わたしを殺そうとしておいて、そのうえで助けようとしたとでも言うのか？　そんなことを言うつもりなら、頭が痛かろうがなんだろうが、ベッドから起き出しておまえを叩きのめすぞ」

「もちろん、そんなことは言わないさ」オスグッドがあわてて答えた。「ちょっと頭をよぎっただけだ」

バランはうんざりして首を振りかけたが、痛みがひどくなったので顔をしかめて動きを止めた。ベッドに横たわったまま、落ち着きなく身じろぎする。「妻はどこだ？」

「セシリーとオスグッドに、夫のそばにいてもらうように頼んだわ。彼がいまほどわたしを必要としているときはないのに、よりによってこんなときに話をしなければならないほど重要なことってなんなのかしら?」ミューリーは城壁に集まった人々の顔を見まわしながら尋ねた。全員が揃っている。ガッティ、彼女の息子とふたりの娘、ジュリアナ、クレメント、ティボー、そして彼女が知るかぎりすべての兵士。全員を集めても、城壁を警備する人間がいなくなることがないようにこの場所を選んだのだろうとミューリーは思った。興味を引かれたが、腹立たしいことにだれも彼女の質問に答えようとはしない。それどころかだれひとりとして彼女の顔を見ようとすらせず、気まずそうに身じろぎするばかりだった。

もちろん理由はわかっていた。ミューリーの生まれたままの姿を見ていたから、彼女を前にして決まりが悪いのだろう。それは理解できたが、本当なら恥ずかしがるべきなのは彼女のほうだ。だがおかげで、逆に彼女の居心地の悪さが軽減された。この場で顔を赤くしていないのは彼女だけだった。

「アンセルム?」しびれを切らして、ミューリーは尋ねた。バランが、自分の留守のあいだゲイナーの管理を任せているのが彼だったから、この集団を仕切っているのもおそらくは彼だろう。

アンセルムはなかなか口を開こうとはしなかった。ミューリーをちらりと眺めたものの、淡いクリーム色の清潔な服を着ている彼女が、あたかもまだ裸のままであるかのようにすぐに視線を逸らした。ミューリーがもう一度促そうとしたところで、彼はようやく切りだした。

「今回のことをわたしたちなりに考えてみました。宮廷からレイナード城まで旅してきたのは、レイナード卿ご夫妻、護衛の兵士、レイナードの使用人、奥さまのメイドのセシリー、そしてオスグッドだけです」

「ええ、そうね」ミューリリーは応じた。どういう話になるかはわかっていた。彼女自身も気づいていたことだ。

「つまり……犯人はそのなかのだれかということです」わかりきったことだとでもいうように、ゴダートが告げた。たしかにそのとおりだろう。だがミューリリーは顔をしかめた。セシリーは忠実なメイドだ。宮廷までいっしょに来てくれたし、彼女がほかの娘たちにひどくいじめられたときには慰めてくれた。オスグッドのことはよく知らないが、彼には好感を持っていたし、彼が関わっているとは考えたくなかった。犯人はほかの人間であってほしかった。

「動機を考えなければいけないわ」ミューリリーはようやく言った。「だれにバランを殺す動機があるというの？ オスグッドにもセシリーにもそんなものはないはずよ」

「奥さまのメイドのことは知りませんが、オスグッドにはあります」アンセルムがのろのろと答えた。

ミューリリーは驚いて目をしばたたいた。「どんな動機があるというの？」

アンセルムは肩をすくめた。「バランさまが亡くなれば、彼が遺産を相続します」

「相続するのはジュリアナじゃないのかしら。彼の妹ですもの」ミューリリーは眉間にしわを寄せた。

「ゲイナーは代々、男が相続してきました。息子か甥《おい》があとを継ぐんです。ジュリアナは、母親の領地を受け継ぎますが、ゲイナーはオスグッドのものになります」

ミューリリーは思わずジュリアナに目を向けたが、彼女はそれを聞かされても驚いてもいなければ、心を痛めた様子もなかった。

「ほかにも可能性はあるわ」ややあってから、ミューリリーは言った。

「どんな？」アンセルムが訊いた。

ミューリリーはためらった。「たとえば、わたしたちが気づかなかっただけで、旅をしている人たちが近くにいたのかもしれない」肩をすくめて言う。「そのなかのだれかが、バランの鞍の下にアザミを忍ばせたり、肉に毒を入れたりしたのかもしれないわ」

「たとえばマルキュリナス卿と妹のラウダですか？」ハビーが訊いた。「あの時期にゲイナーに着くには、旦那さまたちが出発したすぐあとに、彼らも宮廷を出たはずだとおっしゃっていましたよね？」

「わたしたちがレイナード城に着いてからは、なにも起きていなかった」ミューリリーが指摘した。「それが、いまになってまた始まったのよ。ふたりの地所はここから近いとガッティが言っていたわ」

「たしかに」エロールはうなずいたが、納得していないような口調だった。そのあとの彼の言葉を聞いて、ミューリリーにもその理由がわかった。「馬や料理中の肉のそばにだれかがいても、それがいっしょに旅していた人物なら気づかれにくいし、不審に思わないのではないでしょうか。しかし、見知らぬ人間がうろついていれば、必ずだれかが気づきます」エロールは首を振った。「いっしょに旅していただれかだという可能性のほうがずっと大きいと思います」

ミューリーの顔が険しくなった。オルダス兄妹が容疑者であってくれたほうがずっといい。「ふたりがバランの部下を買収して実行させ、結果を聞くために近くにいたのかもしれない」

「ありうることです」ゴダートはつぶやくように言ったあとで、別のことを指摘した。「ただ、最後の事件は門の外でしたから、外部の人間でも可能でした」

アンセルムはゆっくりとうなずいた。「たしかに。ですがやはり、オルダス兄妹が、レイナードの人間を買収したのではないかと」

全員が黙りこんだ。やがてミューリーが口を開いた。「いまはまだだれの仕業なのかはわからない。オスグッドかもしれないし、セシリーかもしれない」渋々、認める。「もしくは背後でオルダス卿が糸を引いているのかもしれない。だから――」

「ですが、彼の動機はなんなんです?」ガッティが遮って訊いた。「彼と旦那さまは長年いがみ合ってはいましたが、これまで旦那さまを殺そうとしたことはなかった。どうしていまになって?」

ミューリーは鼻にしわを寄せた。「マルキュリナスは妹のラウダと共謀してわたしをだまし、自分と結婚させようとしたのよ。でもバランがそれを阻止してくれて、わたしは彼と結婚することになったの。マルキュリナスはその仕返しがしたいのかもしれない」

「あるいは自分と結婚させるために、あなたを未亡人にしようとしているのかも」アンセルムが言った。

ミューリーは鼻を鳴らした。「英国じゅうで男性が彼ひとりしかいなくても、絶対に結婚しないわ」

「さっき、なにか言いかけていらっしゃいましたよね」ティボーが切りだした。「ガッティが口をはさむ前に。なにを言おうとしていたのですか？」

「そうだったわね」ミューリーは記憶を探った。「犯人がだれなのかはわかっていないし、容疑者全員を見張るだけの人手はないから、一番いいのはバランに警護の人間をふたりつけることだと思うの」

「ふたり？」アンセルムは苦々しげに訊き返した。「奥さま、わたしたちは人手が足りないんです。ひとりではいけませんか？」

ミューリーは唇を噛んだ。ふたりいてくれたほうが安心だが、人手がひどく不足していることは事実だ。ため息をつきつつ、うなずいた。「わかったわ。ひとりでいいでしょう。またなにか起きるかもしれないから、この件が解決するまでは、必ずだれかがいつもバランのそばにいるようにしてちょうだいね」

「バランさまは警護されるのをいやがると思います」エロールが言った。「やめるようにと命令されるでしょうし、そうしたらおれたちは従わざるを得ません」

ミューリーは押し黙った。彼の言うとおりだ。バランは警護をつけるのをいやがって、どうにかしてやめさせようとするだろう……そのことに気づけば。「いいわ、離れたところから彼を見守るようにしましょう。できるかぎり、彼に気づかれないようにして」

「それならなんとかなるかもしれません」アンセルムがうなずいた。

男たちは口々に同意し、アンセルムはエロールとゴダートに向かって言った。「おまえたちふたりが交代でバランさまを見張るんだ。ひとりは夜でひとりが昼間。どちらにするかはふたりで相談して決めるといい。だが」彼はその場にいる全員を見まわした。「みんなでバランさまを見守ってほしい。バランさまを見かけたら、だれかが彼を見張っていたり、あとをつけていたり、なにか妙なことをしていたりしないか、気をつけているんだ」全員がうなずくと、アンセルムは手を叩いて言った。「さあ、話は終わりだ。みんな自分の仕事に戻ってくれ」

常にだれかがバランを見守っていてくれることになって、ミューリーはいくらか肩の荷がおりた気分でほかの人々といっしょに城壁をあとにした。城内に戻り、大広間を半分ほど進んだところで、だれかがついてきていることに気づいた。うしろを振り返り、それがジュリアナであることを見て取ると、片方の眉を吊りあげた。少女は不安そうな表情で唇を噛みしめている。

川に浮いている夫を見つけてからの不安と心痛があまりに大きかったため、ジュリアナがどれほど動揺しているのかということまで、考えが及ばなかった。足を止め、笑顔で手を差しだすと、ジュリアナが指をからめてきた。

「お兄さんを助けてくれたのね」ジュリアナは震える声で言い、ミューリーが答えるより早く、言葉を継いだ。「でも、つぎは殺されるかもしれない。そうしたら、どうすればいい？　わたしにはお兄さんしかいないのに」

ミューリーの顔から笑みが消えた。この出来事で、兄が死んだらどうなるのだろうという恐怖が少女のなかに芽生えたのだろう。子供の頃のミューリーが経験したことのない恐怖だった……両親を失うまでは。ミューリーは膝をつくと、ジュリアナの肩をつかんでまっすぐに顔を見つめた。「それは違う。あなたには、もうわたしがいるでしょう？　お兄さんの身になにかが起きたら、わたしがあなたの面倒を見るって約束するわ」

ジュリアナは唇を嚙み、かろうじて弱々しい笑みを浮かべた。「わたしもあなたの面倒を見る」

ミューリーは彼女に微笑みかけ、ぎゅっと抱きしめた。「姉妹はそのためにいるのよ」耳元でささやき、わたしはジュリアナのことも、彼女の兄と同じくらい愛し始めているんだわと思った。そう思ったことに自分で驚嘆して、ジュリアナがあとずさったときもその場に膝をついたまま、動けずにいた。フレデリックといっしょに厩に行って、ハビーの犬の子犬が生まれたかどうか見てくると言ったジュリアナの言葉も、ほとんど耳に入っていなかった。ただただ、驚いていた。

ミューリリーはゆっくり立ちあがり、階段へと歩き始めたが、頭のなかは様々な思いが駆けめぐっていた。わたしはバランを愛しているの？　もちろん彼のことは好きだし、尊敬しているし、彼との営みを楽しんではいるけれど……でも、これは愛なの？　もうすでに彼を愛しているというの？

ミューリリーの両親は素晴らしい結婚生活を送っていた。ふたりは深く愛し合っていた。けれどそれは、例外的なことだったらしい。彼女は宮廷で、眉をひそめるようなことばかり目撃してきた。妻がいる貴族の男性が、そこらの暗がりでメイドといちゃついているかと思えば、その妻たちは愛人を作り、夫よりはひそかに、けれど同じように浮気をしていた。飲みすぎた男が妻を公然と殴る様や、飲んでもいないのに妻をあからさまに罵ったり、ひどい扱いをしたりするのも見てきた。だがバランがそんな態度を取ったことは一度もなかったし、今後も絶対にしないという確信があった。自分でもなぜそう思えるのかはわからなかったが、バランにはそんな真似をするとは思えない高潔さがある。

でも、愛……？

「そういうことね」ミューリリーはため息をついた。わたしは彼を愛している。だからこそ、彼を失うわけにはいかない。彼の命を狙っているのがだれであれ、なんとしても阻止するつもりだった。

バランはそろそろと目を開け、頭がもう痛まないことを知って安堵した。ミューリーの薬に感謝しなければならないだろう。ようやく戻ってきた彼女が持ってきてくれた薬は、驚くほどよく効いた。苦くてひどい味だったが、頭痛はあっという間に治まった。唯一の問題は眠くなってしまうことで、バランは再び眠りに落ちたのだった。

いまは何時だろうと思いながら、バランは部屋を見まわした。炎の明かりだけで部屋は暗い。壁に火の影が躍っていた。自分ひとりかと思ったところで、暖炉の前に座り、炎の明かりを頼りになにかを繕っている妻の姿が目に入った。一心に針を運ぶ彼女をしばし見つめる。彼女が手にしている淡い黄色の布地がジュリアナの新しいドレスだと気づくのとほぼ同時に、つんとくるにおいが鼻を刺した。

「このにおいはなんだ?」ややあってから、バランは尋ねた。玉ねぎのような気がしたが、部屋のなかでそんなにおいがする理由がわからない。

ミューリーは顔をあげ、大きな目を彼に向けた。「目が覚めたのね」ジュリアナのドレスを脇に置き、立ちあがってベッドに近づいていく。

「ああ」バランが応じると、ミューリーは藁のマットレスに腰かけ、彼の頬に手を置いた。

彼の顔と目をじっと眺める。「顔色はずっとよくなったたし、もう目がうつろじゃない。ゆっくり休んだのがよかったのね。頭痛はどう？」

「大丈夫だ」彼はそう答えてから、再び訊いた。「このにおいはなんだ？」

「なんのにおい？」ミューリーは不思議そうに訊き返した。

「玉ねぎのようだが」バランはいま一度部屋を見まわした。

「ええ、玉ねぎよ」ミューリーは答え、マットレスの脇に置いてあったマグカップを手に取ると、彼に差しだした。「さあ、これを飲んで」

「いや、いい。さっき飲んだら眠くなった」バランは首を振った。「どうして玉ねぎのにおいがするんだ？」

「この部屋に玉ねぎがあるからよ」ミューリーはさらりと答え、再びマグカップを彼に突きつけた。「これはさっきの薬とは違うの。あなたのために作った特別な薬よ。眠くはならないから、飲んで」

バランは苦々しげな表情になったがカップを受け取り、ひと息に半分飲んだものの、手を止めて顔をしかめた。「さっきのよりもひどい味だ。なにが入っているんだ？」

「ローズマリー、セージ、セイヨウオトギリソウ――そういったものよ」ミューリーははぐらかすように答えた。

「むう」バランは眉間にしわを寄せてさらにひと口飲んでから訊いた。「どうしてこの部屋に玉ねぎがあるんだ？」

「感染症や熱の予防に役立つの」

「ふむ」バランはまずい薬を飲み干すと、ミューリーにカップを返した。

「お腹は空いている？」カップを受け取りながら、ミューリーが尋ねた。

「ああ。豚はもう残っていないんだろうな」

「もちろん残っているわよ」ミューリーは立ちあがると、テーブルとして使われているベッド脇の収納箱にマグカップを置いた。そこに置かれていたトレンチャーを持って戻ってくる。

「一番いいところを取っておいてくれたの。ほかの人たちがテーブルにつく前に、クレメントが持ってきてくれたわ。あなたが目を覚ますのを待っていたのよ」

「そうか」バランは体を起こし、トレンチャーを受け取った。彼が食べ始めるとミューリーはマットレスに腰をおろしたが、肉を勧められると首を振った。

バランが黙って食べるのを数分見つめてから、ミューリーは口を開いた。「バラン？　なにがあったのか、覚えている？」

「ああ。わたしたちは川に行き、服を洗って岩の上に干してから、水浴びをした。オスグッドは先に洗い終えて、ひとりで城に戻っていった。わたしも水から出て服を着たところで、何者かに頭を殴られたんだ。その後、川に落ちたんだと思う」

バランが食事を続けているあいだ、ミューリーは無言だったが、やがて訊いた。「頭を殴られる前に、なにか見たり聞いたりはしなかったの？」

「なにも。わたしたちが水浴びをしていたところのすぐ上流には、ちょっとした早瀬があった。岩の上を流れる水音で、ほかの物音はかき消されてしまったんだろう」バランが指摘した。

「そう。川に行く途中で、オスグッドとすれ違ったわ。彼の服は濡れていた」

「そうだろうな。水浴びをしているあいだには、とても乾かない。わたしの服も、まだ濡れていたよ」バランは料理に気を取られ、上の空で答えた。クレメントはさらに腕をあげたようだ。豚肉は肉汁がたっぷりで味付けもよかったし、なにより一番いい部位を出してくれている。

「それじゃあ彼は、あなたを川に引きずりこんだから濡れたわけじゃないのね」ミューリーが訊いた。

バランの動きが止まった。肉のことは頭から消え、驚いたようなまなざしを彼女に向ける。

「なんだって？」

「もしや彼が……」ミューリーは気まずそうな様子で唇を噛んだが、バランがどっと笑いだしたので驚いて目をしばたたいた。

「ありえない」笑いがいくらか収まったところでバランが言った。「オスグッドはわたしの頭を殴って、川に落としたりはしていないよ」

ミューリーはいくらかほっとしたような笑みを浮かべた。「それは確か？ もしもあなたが死んだら、彼がすべてを相続すると聞いたわ」

そのことに気づいてバランは険しい顔になったが、それでも首を振った。「確かだ。オスグッドは子供の頃から、わたしを見守ってくれている。フランスでは幾度となく、わたしの命を救ってくれた。そしてわたしも彼を救った。わたしは心から彼を信頼している。違う、あれはオスグッドではない」断言したものの、彼を殺そうとした犯人だとオスグッドとミューリーが互いを疑っていることを知って、おかしくなった。トレンチャーに視線を戻し、食事を続けようとしたが、すべてたいらげてしまっていることに気づき、驚いて動きを止めた。

「もっと食べたいの？」彼の様子に気づいてミューリーが訊いた。

「いや、いい」バランはトレンチャーのパンをちぎり、口に放りこんだ。硬いパンは肉汁が染みこんで柔らかくなり、肉にも負けないくらいおいしかった。

繕いものをしていたドレスにミューリーが視線を向けたのを見て、バランは言った。「作業を続けるといい。きみの邪魔はしたくない」

ミューリーは笑って首を振った。「あなたと話をしているほうがいいわ」

バランはベッドの上で落ち着きなく身じろぎをした。「約束していたチェスをしようか」

ミューリーは目を輝かせた。即座に立ちあがり、ドアへと向かう。「すぐに取ってくるわ。なにか飲む物を持ってきましょうか？」

「そうだな、エールを頼む」バランはそう答えたが、すぐに考え直した。「いや、ふたりでワインを飲もう」

ミューリーはにっこりし、からかうように言った。「わたしを酔わせておいて、勝つつもりなんでしょう」

バランは笑って、首を振っただけだった。

ミューリーが部屋を出ていくと、バランはベッドに横になって彼女を待とうとしたが、玉ねぎのにおいが一段と強くなったので顔をしかめた。片方の肘で体重を支え、マットレスの横をのぞきこんだ彼は、ずらりと並べられた玉ねぎを見て驚きに目を丸くした。皮をむいて半分に切った二、三十個の玉ねぎが、まるで小さなフェンスのように並べられている。その向こうに目をやると、部屋の四隅と壁際にもなにかほかの物といっしょに玉ねぎが置かれているのが見えた。クローバーとセイヨウトネリコの葉と翼果はわかったが、あいだにばらまかれた木の枝がなんなのかは見当もつかない。

どれも、幸運を呼ぶとされているものだということは間違いなかった。妻は、くだらない迷信を信じている。彼女のような女性に会ったのは初めてだった。毒を盛られたミューリーをレイナード城で看病していたとき、彼女は宮廷にやってきたときから迷信深くなったのだとエミリーが言っていたと、レジナルドから聞いた。迷信を信じることで、人生の不確かさと両親の死に折り合いをつけてきたのだろうと、エミリーは考えていたようだ。ソマーデール卿夫妻のもとで幸せに暮らしていた彼女が突然孤児となり、宮廷で惨めな暮らしを強いられることになったのだ。ミューリーが迷信を信じるのは、人生が彼女に与える試練に備え、立ち向かうためだったのかもしれないというのがエミリーの意見だった。

そういうことなら、部屋に飾られているのが災いを呼ぶというサンザシの白い花ではなく、幸運を招く品物であることを喜ぶべきだろうとバランは思った。サンザシは死を連れてくると言われている。もちろん、五月祭が催される五月一日は別だが。

バランは小さく微笑みながらベッドに仰向けになり、ドアが開いたところでそちらに顔を向けた。チェス盤を抱えたミューリーが足早に入ってきた。ワインを持ったセシリーがそのあとに続く。

「ありがとう、セシリー」ミューリーはベッドにチェス盤を置き、駒が入った革の袋を開きながら言った。「もう寝てくれていいわ。今夜はこれ以上、用はないから」

「はい、お嬢さま」セシリーはマットレスのそばにワインと金属製の杯を置くと、部屋を出ていった。

「だれにチェスを教わったんだい？」バランはミューリーといっしょに駒を並べながら尋ねた。「国王陛下？」

ミューリーは少しためらったあとで答えた。「いいえ。お父さまが教えてくれたの。でも陛下が教えようと言ってくださったとき、気分を害されないように、知らないふりをしたのよ」バランはそれを聞いてにやりとした。ミューリーは彼の表情に気づいて、片方の眉を吊りあげた。「どうして笑うの？」

「きみはとても心が優しいんだと思ってね」ミューリーが顔を赤らめると、彼の笑みはいっそう広がった。「だからこのゲームではわたしがきみをこてんぱんにするよ」驚いたミューリーが顔をこわばらせたので、彼は肩をすくめて言い添えた。「きみにはわたしを負かすだけの攻撃性がなさそうだからね」

だが二時間後、妻にキングを取られ、三度目の敗北を喫したバランは、その言葉を撤回した。予想もしていない結果だった。うろたえて首を振りながらベッドに仰向けになり、ミューリーを見つめた。「驚いたよ。陛下がきみと対戦したがらなくなったのが、よくわかる」

「あら」ミューリーは不安そうな顔になった。「それって、あなたももうわたしと対戦してくれないということ？　あなたがそれで満足するなら、時々は負けるようにするわ。それに今日あなたが負けたのは、頭の怪我のせいよ。痛むはずですもの」

バランは顔をしかめた。「頭は痛まない。きみは正々堂々と勝ったんだ。もちろん、またきみと対戦するよ。わたしは、あらゆることで勝たなければ気がすまないような妙なプライドは持っていない。きみに教えてもらってもいいかもしれない」

ミューリーはまじまじと彼を見つめた。「本当に？」

「ああ、本当だ」バランは笑顔になったが、やがてそれはあくびに変わり、ミューリーはあわてて駒を集め始めた。

「眠らなくてはいけないわ」

「午後はずっと眠っていたんだぞ」バランはいらだたしげに応じた。

「それはそうだけれど、あなたは頭にひどい怪我をしたのよ」ミューリーが指摘した。「本当に痛まないの？　もう一度薬を――」

「いらない！」バランはあわてて彼女を遮った。たとえ痛みを感じていたとしても、あの薬をまた飲むのかと考えただけで、どこかに消えた。「大丈夫だ。だが、もう寝ることにするよ」

ミューリーがチェス盤と駒を片付けているあいだに、バランはマットレスに体を横たえ、彼女が暖炉のそばに戻ったのを見て眉間にしわを寄せた。「きみは寝ないのか？」

「もう少しこのドレスの裾あげをしておこうと思って」ミューリーが答えた。

「こっちにおいで」バランが命じた。愛を交わす元気はなかったが、彼女のぬくもりを感じたかった。

ミューリーはためらったものの、こちらに戻ってきて手早く下着姿になり、彼の隣で横になった。バランはすぐさま体を横向きにすると、彼女の腰に腕をまわして引き寄せた。

「おやすみなさい、あなた」目を閉じたバランにミューリーはささやいた。

バランはうなるような声で応じ、眠りに落ちていった。

ミューリーが起き出したときも彼は眠ったままで、数時間後、目を覚ましたときに初めて彼女が傍らにいないことに気づいた。彼女はしわだらけになった淡い黄色のドレスを枕代わりに、暖炉の前の毛皮の上で眠っていた。バランは小声でぼやきながら、シーツと毛皮をはいでマットレスから這い出た。あいにく、ベッドのまわりに並んでいる玉ねぎのことをすっかり忘れていたので、立ちあがった拍子に片足で踏んづけてしまい、バランスを崩して、思わずうめき声が漏れるくらいの勢いで藁のマットレスの上に倒れこんだ。

悪態をつきながら再び起きあがり、今度は玉ねぎを慎重に避けて立ちあがった。妻のばかげた迷信好きと女性全般に対する文句を言いつつ部屋を横切り、ミューリーを抱きあげてベッドに運んだ。

ミューリーはため息をついたものの、バランが服を脱がせ、シーツと毛皮をかけてやっても、まったく目を覚ます気配はなかった。だがバランが彼女の隣に体を横たえ、自分の胸に引き寄せると、眠りが浅くなったらしい。彼の名前を呼びながら頭を持ちあげようとしたが、バランは彼女の顔を胸に押し当ててささやいた。「眠るんだ」

彼自身は眠れないだろうと考えていた。午後はずっと、夕方もかなりの時間を眠っていたのだ。けれどミューリーの頭を自分の胸に乗せて目を閉じると、眠りは再び彼を包んだ。

つぎに目を開けたときには、窓を覆った毛皮の隙間から太陽の光が忍びこんでいた。ベッドにはまたバランひとりきりだ。だが今度は、暖炉の前にミューリーの姿はない。部屋のどこにもいなかった。

いらだち混じりのため息をつきながら、バランはシーツと毛皮をはいで立ちあがった。もちろん玉ねぎのことなどすっかり忘れている。今回はうしろ向きに倒れるのではなく、前につんのめり、木の床にしたたかに体を打ちつけた。寝室のドアが開いて、ミューリーが入ってきたのはそのときだった。

「バラン！　なにをしているの？」ミューリーは彼に駆け寄った。「ベッドから出てはだめよ。怪我で弱っているんだから」

「倒れているのは弱っているせいじゃない」バランは食いしばった歯の隙間から言った。「きみのいまいましい玉ねぎのせいだ。そいつを踏んづけてしまって、足が滑ったんだ」

「まあ」ミューリーは彼に踏まれてつぶれた玉ねぎを見やり、ため息をついた。「それでもやっぱりまだベッドから出てはいけないわ」

「これはベッドじゃないよ、ミューリー。いまいましい床に置いた、いまいましい藁のマットレスだ」バランがいらだたしげに指摘した。「ベッドといえば、この枠を直してもらうか、新しいベッドの枠を作るかしなければならないようだ。新しいマットレスも必要だ。椅子も。

暖炉のそばに椅子を二脚置こう」バランは顔をしかめて立ちあがった。

「あなた」ミューリーは彼の腕を取り、再びベッドに連れていこうとした。「起きてはいけないわ。頭にひどい怪我をしたのよ」

「わたしは大丈夫だ」バランは断言したが、体を動かしたことで再び頭痛が始まった。痛みに気づかないふりをして彼はさらに言った。「それより、きみの持参金の一部を使わせてもらいたい。家畜を手に入れ、使用人をもう少し雇おうと思う。オスグッドとふたりでカーライルに行って、必要なものを探してくるつもりだ」

「カーライル？」ミューリーは驚いて訊き返した。ベッドの向こう側へと移動するバランのあとを追っていく。バランは、収納箱の上に畳んで置かれてあった服を手に取った。「あそこまでは馬で一日かかるわ」

「オスグッドとわたしなら、行きはそれほどかからない。だが帰りはいくらか遅くなるだろう。二日後の午前中には戻れると思う——遅くとも午後の早い時間には」バランはダブレットを手に取りながら言った。彼を助けるために使われた名残の草の染みと小さな穴に気づいて顔をしかめ、つぎに脚衣に手を伸ばした。

「でもいまはだめよ。頭にひどい怪我をしたのよ」ミューリーは彼から脚衣を奪い取ろうとした。「せめて一日は休んでちょうだい。お願いよ、ベッドに戻って。わたし——」

「大丈夫だ、ミューリー」バランは譲らなかった。「やらなきゃならないんだ」

ミューリーは黙りこんだ。それ以上反論しようとはしなかったが、納得しているわけでもないようだ。やがて彼女は口を開いた。「お願いだから、せめて充分に注意すると約束して」

「わかった」バランは手にした脚衣を持ち替えながら答えた。ダブレットよりひどい状態で、大きな穴がいくつも開いている。首を振りながらも、とりあえずそれらを身につけたが、別の脚衣と父親の青いダブレットに着替えなければならないだろうと考えていた。

服を着終えたバランは、靴はどこだろうと部屋を見まわした。ミューリーが足早に部屋を出ていこうとしていることに気づいて、眉間にしわを寄せた。「どこに行くんだ？」

「あなたがどうしても行くと言うのなら、用意しなければならないものがあるの」そう告げると、ドアに手を伸ばしたが、はたと振り返って心配そうに彼を見た。「わたしが帰ってくるまで出発しないでしょう？　できるだけ早く帰ってくるから」

「どこに行くつもりだ？」バランは鋭い口調で尋ねたが、ミューリーはすでに部屋を出てドアを閉めていた。

15

「妻はどこに行った？」バランは馬の上でいらだたしげに体を揺すりながら、中庭を見まわした。彼女を見つけることができず口のなかで悪態をついたが、主塔の扉が開くとそちらに視線が吸い寄せられた。だが現われたのは、ミューリーではなくアンセルムだった。バランは叫んだ。「アンセルム！　ゴダートとエロールはまだ妻を見つけられないのか？」

「まだです。ですが、必ずすぐに見つけます」アンセルムはバランの馬の脇に立ち、バランからオスグッドに、そして再びバランに視線を戻すと、ゆっくりと言った。「本当にもうひとりかふたり、連れていかなくていいのですか？」

「いまはそんな余分な人手はない」バランはいらいらしたように答えた。アンセルムが同じことを訊くのは、少なくともこれで六度目だ。この旅が必要なのかどうかを問うのではなく、オスグッドとふたりきりで出かけるのを心配していることにバランはいやでも気づかされた。妻と同じく、アンセルムもオスグッドに疑念を抱いているようだ。

「来たぞ」オスグッドが言い、バランは門に目を向けた。ミューリーがこちらに向かって歩いてくる。

　バランは渋面を作った。「いったいどこに行っていたんだ?」

　答えを期待しているわけではなかったので、馬の向きを変えて素早く彼女に近づくと、流れるような動作で抱きあげ、自分の前に座らせた。どこに行っていたのかと彼が尋ねるより早く、ミューリーが謝罪の言葉を口にした。

「本当にごめんなさい、あなた」手にしている小さな袋のなかを探りながら言う。「こんなに長くかかるとは思わなかったんだけれど、クローバーが見つからなかったの。いえ、クローバーはあったのだけれど、四つ葉が欲しかったんですもの。あれが一番いいのよ。でも見つけるのは本当に難しいわ。それに左右対称のセイヨウトネリコの葉もなかなか見つからなかったし、ようやく見つけたと思ったら、それを摘むときに言わなければならない呪文を思い出せなかったの。たしか〝幸運を願いながら、いまセイヨウトネリコの葉を摘みます。幸運を授けてくれないのなら、このまま枝から離れないで〟だったと思うのだけれど、自信はないわ」

「ミューリー」彼女が息継ぎをするのを待って、バランは声をかけた。

「なに?」ミューリーは手を止めて、彼を見た。

「どうして木の葉や小枝をわたしの服にくっつけているんだ?」バランは、せいいっぱい忍耐強く訊いたつもりだった。

「怒鳴らなくてもいいのに」ミューリーは傷ついたような顔をした。「これは全部、幸運を呼ぶお守りなの。樺の木の小枝は悪魔の目を逸らしてくれるし、保護する力があるの。ニワトコは――」

バランはキスで彼女の言葉を遮った。唇を離したときも幸いなことに彼女は静かなままで、小さくため息を漏らしただけだった。出発を遅らせて彼女を部屋に連れ戻り、彼のことを忘れないようにしっかりと体に刻みこんでいきたいという誘惑にかられたが、なんとか思いとどまった。そんなことをすれば、出発しないままになってしまうだろう。この旅を中止するわけにはいかない。

どうしても行く必要があった。彼が手に入れようとしているのは、どうしても必要なものばかりだ。だがすぐにでも彼女を膝からおろさなければ、行かないままになってしまう恐れがあることはわかっていた。彼女の迷信深さや、彼女が服のありとあらゆる穴や隙間に押しこんでいる小枝や木の葉やそのほかのお守りはわずらわしかったが、それだけ彼のことを気にかけていると思えば、心が温かくなった。旅のあいだ彼の身を守るために、彼女にできる唯一のことをしているのだ。

ミューリーの頭の天辺《てっぺん》にキスをしてから、階段の下の地面にアンセルムと並ぶように彼女をおろした。真面目な面持ちで彼に命じる。「彼女を頼む」アンセルムはしかつめらしくうなずき、バランは馬の向きを変えようとした。

「あ！　待って、あなた！」ミューリーの叫び声に、バランは馬を止めて引き返した。彼女が駆け寄ってきた。

「忘れていたわ」ミューリーはあぶみにかけた彼の足をつかんで言うと、なにかまずいものを食べたときのように口を動かし始めた。なにを忘れたのかとバランが訊こうとしたそのとき、彼女は満足げにうなずいたかと思うと……彼に唾を吐きかけた。

バランは呆然として彼女を見つめるだけだった。彼が訊けなかったことを、代わりにオスグッドが尋ねた。「その……ミューリー？　いま、バランに唾を吐いた？」

アンセルムがぞっとしたように目を見開き、あわてて駆け寄ってきた。

「ええ」ミューリーは、それがいたって当たり前のことであるかのように、にこやかに微笑んだ。「旅に出る前に唾を吐きかけるのは、幸先がいいのよ。その人を守って、幸運を授けてくれるの」そう説明して、オスグッドに尋ねる。「あなたも唾をかけてほしい？」

「とんでもない！」オスグッドは笑いの合間にあわてて答えた。「国王陛下にも旅の前には唾をかけていたのかい？」

「いいえ。でも王妃殿下がかけていらしたはずよ。一度殿下にその話をしたら、とても興味を示されたみたいだったから」

「ミューリー」オスグッドがますます笑いこけているあいだに、バランは言った。

「なにかしら？」

「ここにおいで」

ミューリーは不意に用心深い表情を浮かべ、しばしためらってから彼に近づいた。バランは再び体をかがめて彼女を抱きあげると、激しく短いキスをしたあと、「愛している」とささやいた。すぐに彼女をおろし、馬を門に向けて移動させていく。中庭を出る前に、最後にもう一度振り返った。妻は、彼女をおろしたまさにその場所に呆然として立ちつくしている。

「ぼくがきみといっしょに行くことを、アンセルムは歓迎していないようだな」跳ねあげ橋を渡ったところで、オスグッドが言った。バランがなにも答えずにいると、彼はさらに言い添えた。「ぼくがきみを川に突き落としたと疑っているみたいじゃないか」

「どうだろう。わたしはなにも聞いていない」バランは肩をすくめて言った。「ただ、ミューリーは疑っている」

「なんだって？」オスグッドはぎょっとしてバランを見た。「まさか。どうしてぼくを疑うんだ？」

バランはもう一度肩をすくめた。「おまえも彼女を疑っていた」

「たしかに。だがそれとこれとは話が違う」

「もちろんそうだ」バランは面白そうに応じると、馬に拍車をかけて走らせ始めた。いまは、話をしたくなかった。妻のことと、戻ってきたときにベッドのなかでしようと思っていることについて考えていたかった。

部屋に入ってきたセシリーの気配でミューリーは目を覚ました。彼女が音を立てないように収納箱に近づき、なかに入っている服をかきわけ、ミューリーのお気に入りであるバーガンディー色のドレスと黒のサーコートを取り出すのを、眠たそうな目で眺めていたが、彼女が収納箱を再び閉じたところで、まぶたをそれ以上開けていられなくなった。この二日間働きづめだったので、疲労困憊《こんぱい》していた。あと数分でいいから、眠っていたかった。

バランが城を出ていくやいなや、ミューリーはゲイナーにいる人間すべてを集め、作業に取りかかったのだ。初日はまずタペストリーや大広間にあるすべての装飾品をはずし、ほこりをはたいたり、洗ったりした。それから壁に水漆喰を塗り、汚れた古いイグサはすべて運び出して、新しいものに換えてから、タペストリーと装飾品を元の位置に戻した。その夜、ベッドに入る頃には全員が疲れきっていたが、翌朝はまた朝早くから作業を開始した。城をできるだけ以前の姿に近い状態に戻そうとする彼らの熱意の源となっているのが、バランが連れてくるはずの新しい使用人たちに対するプライドなのか、それともやはり彼が運んでくる家畜によってもたらされる、豊かな食卓への期待なのかは、ミューリーにはわからなかった。

二日目の朝、ミューリーは様々な指示を彼らに与えた。何人かはバランの帰還に備えて厨房の準備に当たったが、クレメントがよく手入れをしていたので、必要とされる人員はわずかだった。残りの人間は上の階での作業にまわった。大工仕事が得意な人間はいるかとミューリーはアンセルムに尋ね、彼が名をあげた四人には新しいベッドの枠を作るための木を切りに行かせた。何人かは、彼女たちとジュリアナのための新しいマットレスを作ることになった。残った者たちは全員で広間や客間の掃除や片付けをした。

暗くなるまで作業を続けたにもかかわらず、ミューリーが部屋に引き取ったときにもベッドはまだできあがっていなかったが、明日じゅうには仕上げると彼らは請け合った。だがマットレスは完成していたし、ほとんどの掃除は終わっていた。今日は新しい鎧戸を作り、セシリーとガッティの娘たちには上の部屋に敷くための新しいイグサを取ってこさせるつもりだ。一部の男たちには、バランが連れ帰ってくる動物たちのために囲いを作らせ、彼女自身は庭で作業しようと考えていた。クレメントが厨房同様、庭もよく手入れしていたけれど、ひとりでできることには限界がある。

不意にまばゆい光が顔に当たり、ミューリーは驚いて目を開いた。セシリーが、ベッドの正面の窓にかけてあった毛皮をはずしたのだ。眠りにしがみついていた最後の数分もこれで終わりだ。起きて、一日を始める時間だった。バランは今日、戻ってくる。

彼のことを考えると、思わず笑みが浮かんだ。藁のマットレスから起きあがったミューリーは、気力も活力も充分だった。

「おはよう、セシリー。いいお天気ね?」窓の外に広がる晴れ渡った空を見ながら、ミューリーは機嫌よく声をかけた。

「ええ、お嬢さま。いいお天気です」セシリーは、体を洗うためのリネンをミューリーに手渡しながら応じた。

ミューリーはリネンを受け取ると水の入った洗面器に近づき、アンダーチュニックを脱いで、体を洗い始めた。

「今日はどんな作業をすればいいでしょう？」セシリーは収納箱の上にドレスとサーコートを広げながら尋ねた。「城壁の外を磨きますか？」

鼻にしわを寄せてミューリーが答える。「今日はずっと楽な作業よ。上のほかの部屋にも新しいイグサが必要だから、あなたにはガッティの娘たちといっしょに、イグサを取ってきてほしいの。そうすれば、仕事をしなさいと言ってわたしに叱られることもなく、のんびりお喋りもできるでしょう？」ミューリーは沐浴を終えると、セシリーが差しだした緑色のドレスを受け取った。

「お嬢さまはなにをなさるんですか？」セシリーが訊いた。

「庭で作業するつもりよ」ミューリーはドレスを着ると、サーコートを手に取った。「手入れする人がいなかったから、草が伸び放題になっているんですもの。草を抜いてみて、どれが使えて、どれが使えないかを調べようと思うの。なかにはまだ使えるハーブもあるはずだわ。そうすれば、乾燥させて冬のあいだ使える。でも急がなくてはいけないわね。早く始めなければ、味も風味もない料理を食べるか、あるいは法外な値段のハーブを買わなければならなくなるわ」

「わかりました」セシリーは彼女の背後にまわり、髪を整え始めた。「でも一日三度魚を食べることを考えれば、たとえ味はなくてもビーフやチキンのほうがずっといいんじゃないでしょうか」

そのとおりだと思いながら、ミューリリーは鼻にしわを寄せた。豚肉はあっという間になくなり、食卓にはまた魚がのぼっている。ほんの二日、そんな食生活を続けただけなのに、これっきりもう二度と魚は食べなくてもいいという気分になっていた。

「さあ、終わりました」セシリーはミューリリーの髪を整え終えて言った。「いますぐにガッティの娘たちとイグサを集めに出かけたほうがいいですか？ それともその前になにかすることはありますか？」

「いいえ、行ってちょうだい。たった三人なんですもの、何度も往復しなければならないはずよ。バランが戻ってくる前に終わらせたいの。すぐに行ってくれたほうがいいわ」

「昼食前には戻られないんじゃないですか？」セシリーは香りをつけた水と濡れたリネンを運びながら言った。

「お昼過ぎ――ひょっとしたらそれより早いかもしれないと言っていたわ」ミューリリーは革の靴を探しながら答えた。ゆうべベッドに潜りこむ前に脱ぎ捨てたはずだが、ベッド脇には見当たらない。「カーライルでの用事を昨日の午後の早いうちに終わらせて途中まで戻り、どこかで野営をして、今朝のうちに戻ってきたいということだったから」

「それなら急いだほうがいいですね」セシリーはドアに向かいながら言った。

「そうね」靴を見つけたミューリーはほっとして応じた。靴を履き、急いで部屋を出ると、階下におりた。

それまでと変わりばえのしない一日だった。すべきことを終えるために、だれもが忙しそうに走りまわっている。ミューリーはほとんどの時間を庭で過ごしたが、ひっきりなしに邪魔が入った。家畜の囲いを作っている男たちがやってきて、どれくらいの大きさのものを、どこに作ればいいのかを訊いてきた。ミューリーは使えなくなった古い囲いを見に行き、提案をしてみたものの、結局は無視された。彼らは口々に意見を言い合い、自分たちで答えを出した。

ミューリーはあきれながら庭に戻ったが、今度はベッドを作っていた男たちがやってきて、完成したものを寝室に運んだと報告した。当然ながらミューリーは作業の手を止め、急いで寝室に行き、彼らをねぎらわなければならなかった。つぎにセシリーとガッティの娘たちが、ジュリアナの部屋に新しいイグサを敷いたと言いに来た。ミューリーは手早い作業をほめ、二階のほかの部屋もお願いと言って、再び彼女たちを送りだした。鎧戸を作っていた男たちは、ひとつ目ができたのでこれでいいかどうか確かめてほしいと言ってきた。ミューリーはそのデザインを称賛し、ため息をつきながら作業を続けてくれと言った。この調子では、バランが帰ってくる前に庭の四分の一でも終えられればいいほうだ。

アンセルムが現われたときには、ミューリーはかなり機嫌が悪くなっていて、しゃがんだまま顔をあげて発した声にはいささかとげがあった。「今度はなに?」

アンセルムは眉をひそめたが、口に出してはこう言っただけだった。「お客さまです。オルダス卿です」

「ひとり?」

「いえ、バクスリーがいっしょです」

「バクスリー?」

「オルダス卿の使用人ですが、万一のときに備えて、いつも護衛として付き従っているんです。どこへ行くにも、オルダス卿は彼を連れていきます。宮廷には連れていく必要がなかったのかもしれませんね」

ミューリーは興味なさそうに肩をすくめた。「忙しいから会えないと言ってちょうだい」

「本当にそれでいいんですか?」

ミューリーは作業に戻ろうとしたが、彼の言葉を聞いて動きを止めた。眉を吊りあげながら尋ねる。「どういう意味かしら?」

「旦那さまに対する攻撃の黒幕がオルダス卿なのかどうかを見極めるチャンスかもしれない

と思ったものですから」アンセルムがゆっくり答えた。「口を滑らせるかもしれませんし、少なくとも奥さまに対する態度を見れば、旦那さまが死んだら奥さまと結婚しようと考えているかどうかくらいは、わかるんじゃないでしょうか」

ミューリーはためらった。あの男と話をするどころか、見るのもいやだったし、するべきことは山ほどある。けれどもしマルキュリナスがバランを襲わせているのだとしたら……。

「いいわ」ミューリーはこわばった足で立ちあがった。「なにかつかめないか、やってみましょう」

アンセルムは勇気づけるようにうなずいた。「万一に備えて、わたしがそばにいますから」

「ありがとう」そう答えたものの、ゲイナー城のなかでマルキュリナスがおおっぴらに騒ぎを起こすとは思えなかった。陰で画策することで欲しいものを手に入れようとする人間のような気がした。

「レディ・ミューリー！」ミューリーが大広間に入っていくと、マルキュリナスは立ちあがり、笑顔で彼女に挨拶をした。「きみは素晴らしい仕事をしたね。この城はほぼ住めるようになっているようだ。ペスト以来、まるで廃墟のようだったのに」

「ありがとうございます」ミューリーはテーブルに近づきながら、硬い声で応じた。実を言えば、これほど嫌味なほめ言葉を言われたのは初めてだ。〝ほぼ住めるように〟ですって？彼女の目には素晴らしいものに映っているのに。ミューリーはいらだちながらマルキュリナスに同行している男に目を向けた。マルキュリナスはどこへ行くにもバクスリーを連れていくとアンセルムは言っていたが、宮廷で彼を見かけた覚えはない。宮廷では必要なかったのだろう。だがその男をどこかで見たことがある気がした。長身で、護衛にしては細身で、赤みがかった金髪をしている。どこで見たのかを思い出そうとしていると、マルキュリナスが彼女の手を取ってキスをした。

「どういたしまして」マルキュリナスはその姿勢のまま、彼女を見あげた。手の甲に当てた唇をじりじりと移動させていく。「オルダス城では、いつでもきみを歓迎するよ。きみのような勤勉な妻がわたしの城にいてくれれば、どれほど素晴らしいだろうといまもバクスリーに言っていたところだ。もちろん、きみ自身であればもっといいのだが」

ミューリーは目をしばたたき、乱暴に手を引っ込めた。彼はたったいま、恐ろしくずうずうしい台詞を口にしたのだろうか？　それともわたしが完全に誤解をしているの？　ちらりとアンセルムの顔を見て、誤解ではないと確信した。マルキュリナスは喜んでミューリーを妻にすると、堂々と宣言したのだ。彼女はすでに人妻だというのに。

彼女の心を読んだかのように、マルキュリナスが言った。「きみの夫はどこにいるのだい？　頭の怪我がまだ治っていないわけではないだろうね？　彼の災難の話を聞いて、お見舞いに来たのだよ」

「お見舞いはけっこうです。バランは元気ですから」ミューリーは険しい顔で応じた。

「それで、彼はどこに？」

夫の居場所を告げるべきだろうか？　ミューリーはためらった。もしマルキュリナスが陰で糸を引いていたなら、バランが帰ってくるときにどこかで待ち伏せするかもしれない。だがすぐにはそんなこともできないだろうと考え直した。それに、彼がいつ帰ってくるのかを言う必要もない。

「夫はいま出かけています」よく考えたうえで、ミューリーは答えた。

マルキュリナスは残念そうに顔をゆがめた。「それでは、きみとふたりのひとときを楽しむことにしよう」

ふたりの時間を楽しんでいるのはマルキュリナスだけだとミューリーは思ったが、それでも彼からなにかを探りだそうというのなら、それなりの態度を取っておかなくてはならない。

「飲み物はいかがですか？」ミューリーは尋ねた。「それともなにか召しあがります？」

礼儀正しく、友好的とさえ言えるほどの口ぶりだったが、この申し出が懲罰的な意味合いを持っていることをミューリーは充分に承知していた。ちゃんとした材料で作ったまともなエールを飲み、充分な食材を使ったおいしい料理を食べているに違いない彼にとって、魚肉団子とまずいエールはとても満足できるものではないだろう。

「魚肉団子とまずいエールを？」マルキュリナスは笑いながら訊いた。「いや、遠慮しておこう」

ミューリーは目を細くしたが、こう言っただけだった。「ゲイナーの事情をよくご存じのようですね」

「たしかに」マルキュリナスはうれしそうに笑った。「きみのところの料理人の妹は、いまもオルダス城にいるのだ。知っていたかね？」

「クレメントの？」ミューリーは驚いて尋ねた。クレメントに家族がいることは知らなかったが、もちろん彼が自分から話すはずもない。

「そうだ。彼の妹はしばしばゲイナーを訪ねているので、わたしは彼女からここの様子を聞くことにしている。バランが使用人と家畜を増やそうとしていることを、彼女はとても喜んでいたよ。しばらく前から兄のことをとても心配していたからね」

視界の隅で動くものを感じて、ミューリーはそちらに目を向けた。いまにも爆発しそうな表情で、アンセルムが厨房に向かおうとしている。

「アンセルム」ミューリーの鋭い声に、彼は足を止めた。

アンセルムが振り返ると、ミューリーは首を振った。なにか言いたげに口を動かしながらも、彼は結局元の場所に戻った。妹にあれこれと喋ったクレメントを叱りつけに行きたがっているのはわかっていたが、そうさせるつもりはなかった。マルキュリナスが彼女から情報を聞きだしていることを、あとで直接クレメントに話そうと思った。彼女にゲイナーで働いてもらうようにしてほしいと、バランに頼むつもりだった。彼が妹と話をするのを禁止したくはない。

だが実を言えば、クレメントが妹になにかを話したとはとても思えなかった。彼はいつだって火傷《やけど》した猫のように機嫌が悪く、石のように口数が少ない。相手が妹であっても、それが変わるとは考えがたい。彼女が手に入れた情報の大部分は、厨房に向かう途中で耳にはさんだり、あたりの様子から推測したりしたことではないかとミューリーは思った。あるいはガッティの娘たちから聞いたのかもしれない。エストレルダとリヴィスはどちらもかなりお喋りだ。

そう考えたことが彼女たちを呼び寄せたかのように、扉がいきなり開いたかと思うと、両手に山のようにイグサを抱えたガッティの娘たちとセシリーが足早に入ってきた。三人は揃ってテーブルのほうに視線を向け、バクスリーに気づくと二度見した。それを見たミューリーは改めて彼を眺め、さっきは完全に見逃していたあることに気づいた。彼は並はずれてハンサムだった。娘たちもそう思ったことは間違いない。首を伸ばして彼を眺め、目を離さないようにしながら階段をあがっていく。

ガッティの娘のひとり——妹のエストレルダ——が階段につまずいた。持っていたイグサを落とし、とっさに手すりをつかむ。そのすぐうしろをあがっていたセシリーもイグサを落として、エストレルダが階段から落ちないように支えた。幸い、落ちることはなかった。ふたりがかがみこんでイグサを拾うのを眺めながら、ミューリーは安堵のため息をついて首を振り、やがてさっとマルキュリナスを振り返った。彼が手を握ってきたのだ。

「きみがこんなひどい苦境に陥っているのは見たくない」マルキュリナスは彼女の指を親指でそっと撫でながら言った。「もしなにかわたしにできることがあれば……」

彼のもう一方の手が乳房をかすめるようにして腕の内側を撫であげたので、ミューリーは体をこわばらせた。

「たとえば、レディ・ジェーンにしたようなことかしら？」ミューリーは冷ややかに訊いた。一連の事件の糸を引いているのがマルキュリナスなのかどうかを突き止めるのは、無理そうだ。彼が白状するはずもない。だが、彼がこの城の出来事をすべて把握していることはわかった。いい加減うんざりしていたし、彼に体を触られるくらいなら、ほかにするべきことはいくらでもある。

「レディ・ジェーンがどうしたというんだね？」マルキュリナスは鋭い口調で訊いた。

ミューリーは微笑んだ。バランがカーライルに向けて出発する前の夜にチェスをしていたとき、聖アグネス祭前夜に目撃したことを彼から聞かされていたが、マルキュリナスとレディ・ジェーンの関係は以前から知っていた。マルキュリナスは卑劣な男だと思っていた。レディ・ジェーンをベッドに連れ込むために結婚を約束したのだろう。彼女はひどく困った状況に置かれている。すべてが露見したら――妊娠したらいやでも露見する――大変なスキャンダルになる。

忍び笑いが聞こえてミューリーは階段に視線を戻し、バクスリーもそこにいることに気づいて顔をしかめた。笑みを浮かべ、イグサを集めてエストレルダとセシリーの腕に戻してやりながら、隙を見ては彼女たちの体に触れている。

主人がこうなら、使用人もああなるのね、ミューリーはそんなことを考えながら、ふたりが階段を再びのぼり始めるまで、緊迫した面持ちで見守っていた。それからようやくマルキュリナスに視線を戻す。ミューリーが少しも聞いていないことに気づいていなかったらしく、そのあいだじゅう、彼はずっとなにかを話し続けていた。言葉が途切れたところで、ミューリーは言った。「おふたりともお引き取りいただけないかしら。夫が帰ってくる前にしなければならないことがたくさんあるんです。いまはお相手をしている時間はありません」

マルキュリナスの瞳に怒りが燃えあがったが、すぐに作り笑いがそれを消した。

「そうだろうとも。うっかりしていた。ここを維持していくには、寝る間も惜しんで働かなくてはならないだろうからね」彼は愛想よく言ってから、いたずらっぽく付け加えた。「多忙のあまり、永遠に眠ることにならなければいいと願っているよ」

ミューリーが唇をぎゅっと結んだだけで言い返そうとはしなかったので、マルキュリナスはさらに辛辣な言葉を継いだ。「きみに自分で結婚相手を選ばせたのは、国王陛下の過ちだったと思うね。まったくとんだ夫を選んだものだよ、ミューリー。ペストのせいで独身の領主が少なくなったとはいえ、もっとましな相手を選べたはずだろう？　いまのきみを見るがいい。宮廷でも一、二を争うほど美しかったのに、いまや薄汚れた農民並みだ。まったく落ちれば落ちるものだ」

　ミューリリーはこぶしを握りしめたが、アンセルムがこちらに近づいてこようとしているのを感じて、手をあげてそれを押しとどめた。マルキュリナスの無礼な言葉に、彼も怒りを覚えているのがわかる。アンセルムが足を止めたところで、彼女は礼儀正しく尋ねた。「おっしゃりたいことはそれだけかしら？」

「どうしてだね？　宮廷のかわいいわがまま娘は泣きだすつもりかい？」

　ミューリリーは体を硬くした――以前のあだ名で呼ばれたことではなく、彼の期待に満ちた表情のせいだ。彼女が泣くのを待っている。泣けば、さぞ喜ぶだろう。そのためなら、一日じゅうでも彼女を侮辱し続けるに違いない。だがミューリリーにはそんなことにつきあっている時間はなかった。

　そうしようと考えていたわけではなかったし、そうするつもりだと気づいてすらいないうちに、気がつけばミューリリーは右のこぶしを繰り出して、マルキュリナスの鼻にめりこませていた。恐ろしく痛かったが、鼻血の吹きだした鼻を押さえて幼い少女のような悲鳴をあげるマルキュリナスを見る満足感に比べれば、それくらいささいなことだ。バクスリーがあわてて駆け寄ってくる。主人の鼻を調べ、折れていると告げ、自分のダブレットを裂いた布を鼻血が出ている鼻に当てた。どうしたものかといった渋い表情でミューリーを見ていたが、やがて首を振るとマルキュリナスを連れて扉のほうへと歩き始めた。報復するつもりはないようだ。

ミューリーはアンセルムが傍らにいることを確かめたうえで、ふたりのあとを追った。マルキュリナスとこれ以上言葉を交わすつもりは毛頭ないが、彼が出ていったことを確かめておきたかった。主塔の外までついていくと、階段の上に立って、バクスリーがマルキュリナスを馬に乗せる様を眺めた。それからバクスリーは自分の馬に乗り、鼻の折れた大人の男というよりは子供を相手にしているかのように、主人を連れて帰っていった。

「さてと」ふたりが遠ざかっていくのを眺めながら、アンセルムがつぶやいた。「奥さまと結婚する目的で、オルダス卿が裏で糸を引いていたのだとしたら、今後はもうなにも起こらないでしょうね」ミューリーからいぶかしげな顔を向けられ、彼は説明した。「自分より喧嘩の強い女性と結婚したがる男はいませんから」

ミューリーはかすかな笑みを浮かべると、首を振った。「なにか用があったら、わたしは庭にいますから」

「はい、奥さま」アンセルムは笑って、さらに言った。「城内をまわって、みなの作業の進捗具合を確かめておきます——奥さまがなさったことを話しておきますよ。みんな、さぞ喜ぶでしょうね。旦那さまも戻っていらしたら、きっと大笑いなさいますよ」

ミューリーはなにも言おうとはせず、主塔を抜けて庭に戻った。今度はだれにも邪魔されることなく、作業を続けることができた。彼女を呼ぶ声が聞こえたのは、太陽が高くのぼり、そろそろ昼食の時間であることに気づいた頃だった。

「奥さま！」

背筋を伸ばして顔をあげると、ゴダートが顔を輝かせながらこちらに駆けてくるところだった。

「旦那さまのお帰りです」ミューリーの前で足を止め、息を荒らげながら言う。「跳ねあげ橋を渡っているところです。城壁で見ていた男たちによると、牛が六頭と同じくらいの数の豚、それから荷馬車が三台だそうです。そのうちの一台には六人ほどの使用人が乗っていて、あとの荷馬車は布地の束や籠に入れた鳥らしいものを運んでいるようです」

ミューリーは笑顔で立ちあがった。バランが帰ってきた。

使用人と家畜はいい知らせだが、彼女にとってはバランが戻ってきたことがなにより重要だった。出発前に愛していると告げられたとき、ミューリーは水からあげられた魚のようにあえぐことしかできなかった。今度は彼女の番だ。駆けだしていって彼を迎え、首に腕をからめ、熱烈なキスをして、わたしも愛していると告げるのだ。

うれしさのあまり笑いながらゴダートを従えて進み、厨房を抜け、大広間を通り、ようやくミューリーは主塔の階段にたどり着いた。気持ちが浮き立っていたせいで、厨房にも大広間にもだれもいないことに気づかなかったが、彼女が外に出たときにはゲイナー城の住人全員がすでに階段の下に集まっていた。

彼らの期待に満ちた顔を微笑ましく眺めながら、ミューリーは軽やかに階段をおり、ゲートをくぐって進んでくる一行を待った。彼らが中庭を抜けて進んでくるのを、だれもがじりじりしながら見守っている。ようやく動きが止まると、全員が一斉に荷馬車に駆け寄った。

ティボーは新しい使用人を出迎え、ミューリーが来たときのように大仰に歓迎した。クレメントとハビーはまっすぐ動物に近づいた。牛を調べて、二頭は乳牛だと告げ、それから鶏をしげしげと眺める。そのあいだじゅう、ずっと舌なめずりをしていた。

ガッティは布を乗せた荷馬車に駆け寄った。ジュリアナとフレデリックがそのあとを追っていく。これで新しい服が作れると、ガッティは喜びの声をあげた。セシリーといっしょにイグサを集めて帰ってきたら、娘たちも有頂天になりますよと潤んだ目で言う。布地を調べ、古びた布は一枚もないことを確かめた。

兵士やほかの男性たちも布を運んできた荷馬車のまわりに集まっていたが、彼らの興味はエールと蜂蜜酒の樽《たる》だった。ここにいるだれもが、うれしさのあまり泣きだしそうな顔をしている。

全員が興奮した口調で言葉を交わしながら荷馬車を囲んでいるなか、ミューリーとアンセルムだけは険しい顔でその場に立ちつくしていた。あたりを改めて眺める。荷馬車のそばに馬に乗った男性がふたりいたが、バランとオスグッドではなかった。

「夫はどこです？」ミューリーは当惑して尋ねた。バランが手に入れた使用人や家畜などどうでもいい。武装した兵士たちに目を向け、眉間にしわを寄せて尋ねる。「あなたたちは何者です？」

「夫とおっしゃいましたか？」男のうちのひとりが驚いて訊いた。「オスグッドのことですか？」

「いいえ、バランよ。わたしはレディ・ゲイナーです。あなたたちは？」

「カーライルからここまで、荷馬車を護衛するためにご主人に雇われたのです」兵士はゆっくりと答えた。「レディ・ゲイナー、これほど早くどうやってここまで戻ってきたのですか？」

ミューリーはわけがわからずに彼を見つめた。「なんの話かしら？　わたしは一日じゅうここにいたわ……庭で作業をしていたの」

ふたりの兵士が目を見交わすのを見て、ミューリーの頭のなかで警報が鳴り響いた。なにかがおかしい。

「夫はどこです？」今度は命令口調で尋ねた。

「隣の村にいます。ある小屋にあなたがいるのを見たとオスグッドが言ったんです。その小屋の煙突からは煙が出ていました。ゲイナー卿は荷馬車を連れて城に行くようにとわたししたちに命じ、オスグッドとふたりであなたを探しに村へと向かいました」

ミューリーは不安に満ちたまなざしをアンセルムに向けた。これまで様々な風雨に耐えてきた彼の顔にも同じ表情が浮かんでいる。「だれかを連れて、見に行ってきます」アンセルムはそう言い残し、厩へと駆けだした。

その背中を見つめるミューリーの頭は、猛烈な速さで回転していた。何者かが再び夫の命を狙っているという確信があった。馬の用意をさせたり、アンセルムがだれかを連れて様子を見に行くのを待ったりしている猶予はない。ミューリーの視線は、馬をおりようとしている兵士たちに戻った。手前の男に素早く近づき、なんの疑念も抱いていない彼の手から手綱を奪い取ると、すぐさま鞍にまたがった。

「なにをする！　それはわたしの馬だ！」男が叫び、止めようとしたが、ミューリーは止まるつもりはなかった。手綱を強く引いて馬を門に向けさせると、かかとで腹を蹴りつける。馬はよく反応し、即座に走り始めた。

背後から聞こえる叫び声と騒ぎにも、ミューリーが速度を緩めることはなかった。夫が彼女を必要としているのだ。

16

「本当にミューリーだったのか？」住む者のいない家が立ち並ぶ村へと向かいながら、バランが尋ねた。城と村の岐路に立ち、荷馬車の一行が無事に跳ねあげ橋までたどり着いたのを確認したうえで、ミューリーを探すために村に向かっていた。今回の旅は短くはあったが、厳しいものだった。強盗に備えるために多額の金を費やしたし、新たな使用人や物品を無事に城へ届けるために、武装した兵士を雇ったりもした。妻に会うためとはいえ、余分な出費だ。

「ああ。あのお気に入りの黒のサーコートとバーガンディー色のドレスを着ていた」オスグッドが答えたが、顔をしかめて言い添えた。「だがどうして彼女があんな村にいたんだろう？　ぼくたちが使用人をあそこに住まわせるとでも思っていたんだろうか？」

バランは眉間にしわを寄せた。彼女がそんなことを考えるとは、想像すらしていなかった。実を言えば、新しい使用人を村に住まわせようなどとまったく考えていなかったのだが、そう言われてみれば素晴らしいアイディアだ。この距離なら、朝、城まで歩いてきて仕事をし、一日が終わればまた歩いて帰ることができる。そのうえ自分たちの家と、農作物を植えることのできるちょっとした庭も持てる。それで、ほかの領主からの引き抜きを阻止できるかもしれない。

また、彼らを住まわせれば、この村が完全な廃村になるのを防ぐこともできるだろう。

バランはにやりとして首を振った。こんなことを考えつくとは、わたしの妻は実に聡明だ。

「あるいは、きみが帰ってきたので、歓迎会でもするつもりかもしれない」オスグッドは笑って言った。「居心地のいい暖炉のそばに昼食を用意しているかもしれないな」

「ふむ」バランはくすくす笑った。「ほったらかしにされた汚い小屋で、こんな天気のいい日には必要もないのに暖炉に火を入れて、汗まみれになりながら魚肉団子と腐ったエールをいただくわけか」

「きみの言うとおりだ」オスグッドは顔をしかめた。「今日は火を入れるには暖かすぎる。彼女はいったいあそこでなにをしているんだろう？」

バランは首を振り、難しい顔をして考えこんだ。彼女はなぜあの小屋で火をおこしているのだ？

「いやなにおいを追い払うために、なにかいいにおいのするものを燃やしているのかもしれない」オスグッドはつかの間考えこんでから、おかしそうに言い添えた。「それとも、彼女が信じている迷信のひとつかもしれない」

バランは苦々しい顔をした。ミューリーは信じている迷信が多すぎる。どうにかしなければならないだろう。カッコーが鳴くたびに地面を転がったり、シャクシギの声が聞こえるたびに、なにか悪いことが起きるのではないかと心配したりするわけにはいかない。

「ぼくがきみを殺そうとしているなんていうばかげた考えを捨ててくれたことを願うよ」

バランは興味深げにオスグッドをしげしげと眺めた。「考えたことはないのかい？」

「なにを？　きみを殺すことをかい？」オスグッドはショックを受けたらしかった。

バランは肩をすくめた。「そうすればおまえはすべてを相続するじゃないか」

オスグッドはどっと笑った。「たしかに。修理するための金もなく、維持するのに必要なだけの使用人もいない、腐った野菜だらけの畑つきの城がぼくのものになるわけだ。そのうえ、かつての栄光をいくらかでも取り戻すために頭を悩ませろと？　素晴らしいね！　ぼくの短剣を探してくるよ。いまここで、きみをさばいてやろう」

バランは小さく笑った。「それほど悪くはないさ。一、二年は肉体的にも財政的にも大変だろうが、そのあとは大丈夫だ」

「まあ、きみにはミューリーと彼女の持参金があるからな。どちらも同じくらい役に立つだろう」

「それは違う」バランは断言した。「たしかに持参金のおかげでゲイナーはより早く立ち直れるだろうが、ミューリーのほうがはるかに価値がある」

オスグッドがまじまじと自分を見つめていることには気づいていたが、それでも彼のつぎの言葉には意表を突かれた。「彼女を愛しているんだな！」

バランは真面目な顔でうなずいた。否定するつもりはなかった。

オスグッドは笑みを浮かべ、それから声を出して笑い始めた。

「なにがおかしいんだ？」バランが尋ねた。

「彼女と結婚したらどうかとぼくが最初に言ったとき、きみが散々文句を言っていたことを思い出したのさ。なんと言っていたかな……？」オスグッドは首をかしげ、空を見つめて記憶を探った。「そうだ、たしか〝国王陛下のわがままな名づけ子と結婚するなど、とんでもないぞ〟と言ったんだ」オスグッドはにやりとして、からかうように言った。「まったくとんでもない話だったな」

「わかった、わかった。笑うがいいさ」バランはそう応じてから、笑って言った。「だがわたしはミューリーを手に入れた」

「そうだ」オスグッドは真面目な顔で答えた。「彼女を妻にできたきみは本当に運がいい。ぼくにもいつか運が向いてくることを願うよ」

今度はバランがにやりとする番だった。いたずらっぽく目を輝かせながら言う。「それなら、わたしが手を貸せるかもしれない。ミューリーには、自分の家と土地を持つ女性の知り合いが宮廷にひとりかふたりはいるはずだ」

オスグッドは短く笑った。「おいおい、二度とそんなことは言い出さないでくれ！」

「どうしてだ？」バランは面白そうに訊き返した。

「あんなお高くとまったいやな女どもと結婚するつもりはない。宮廷にいる女たちのなかで、ぼくたちの服を見てあざ笑ったりしなかったのはミューリーだけだぞ。レディ・エミリーもいるが、彼女はもうレイナードと結婚しているからな」オスグッドは首を振った。「それにぼくは落ち着くにはまだ早い。そもそも、ぼくがいなくなればきみが寂しがる」

「たしかにそうだ」バランはうなずいた。バランとオスグッドはほんの幼い頃からいっしょにいた。オスグッドがそばにいなかったときを思い出せないほどだ。オスグッドはいつも彼を見守り、いつも彼を面倒に巻きこんだ。いなくなればさぞ寂しいだろうが、いずれ彼も妻と自分の家を持ちたいと思う日が来るだろう。その日が来れば、彼と会えなくなることを悲しく思うと同時に、彼の幸せを喜べるだろうと思えた。バランは口元に笑みを浮かべて言った。「ラウダと結婚すればいいじゃないか。そうすれば妻と家が持てるうえに、近くにいられる。隣同士なんだからな」

「マルキュリナスという義理の兄のおまけつきでか？」オスグッドがぞっとしたように言った。

「断る理由がそれだけなら、何かきっかけを作って決闘を申し込み、やつを殺すんだな」バランが笑って言った。

オスグッドは首を振りかけたが、ふと動きを止めると前方を見つめた。「暖炉の火には見えないぞ、バラン」

バランは彼の視線の先をたどり、一番大きな小屋のドアの隙間から煙が出ていることに気づいて、目を見張った。ペストが流行する前は鍛冶屋が住んでいた家だが、彼と家族は早くに病に倒れ、それ以来ここは空家だった。

「ミューリーを見たのは、あの家じゃないだろうな？」バランはおののきながら訊いた。

「あそこだ」オスグッドは不安そうに眉根を寄せた。

バランは悪態をつくと、馬に拍車をかけ、小屋まで全速力で駆けた。「ミューリー！」安全な場所で馬を止めて叫ぶ。「ミューリー？」

オスグッドが追いついてきたところでバランは馬をおり、ドアに近づいた。有毒な黒い煙がもうもうと吹きだしている。いったいなにが燃えているのか想像もつかなかった。

「ミューリーがよく集めている小枝やハーブが燃えているようなにおいだ」オスグッドがあとから追いかけてきた。

「そうだな。ダブレットで鼻と口を覆うんだ」バランは自分もそのとおりにすると、小屋のなかへと駆けこんだ。

家のなかで渦巻く煙は、ドアから吹きだしていたものとは比べものにならないほどすさまじかった。黒く濃い煙が視界を遮っている。

「ミューリー！」バランは家具につまずきながら叫んだ。

「ミューリー！」オスグッドもすぐうしろで彼女の名を呼び、続けて悪態をついた。「なにも見えないぞ」

「わたしもだ」バランは体をふたつ折りにして、激しく咳きこんだ。ダブレットで顔を覆っているにもかかわらず、煙が喉に入ってくる。

「これだけの煙のなかで意識があるとは思えない」オスグッドが不安げに言い、同じように咳きこんだ。

「わたしは彼女を探す。おまえは外に出ていろ」バランはそう命じると、床に四つん這いになった。もしミューリーが意識を失っているのなら、床に倒れているはずだ。

「どこにいるんだ？」頭の上からオスグッドの緊迫した声が聞こえた。すぐ目の前にいるようだ。「きみの姿すら見えない」

「わたしは下だ。床に近いほうが煙が少ない」バランは片方の手でシャツを顔に押し当て、三本の手足でぎこちなく這いながら小屋の奥へと向かった。

建てられたときはひと間きりしかない小屋だったが、バランの父親のために働くうちに余裕ができた鍛冶屋は、もうひと部屋建て増ししていた。煙はその奥の部屋から出ているようだ。そのあたりが一番暗い。火が燃えているところで妻を見つけることになるのではないかと考えて、バランはぞっとした。

オスグッドが再び激しく咳きこむのが聞こえて、バランは鋭い口調で言った。「外に出ろ！」

「いやだ！」オスグッドが言い返した。「きみを助ける」

「それならせめて体を低くしろ。妻だけじゃなくておまえまで運ばなくてはならなくなる。ミューリー！」

言葉を発したときに吸いこんだ煙のせいでバランはしばし咳きこんだが、なにか柔らかいものがお尻に当たるのを感じた。オスグッドが彼の言葉どおり四つん這いになったのを悟って、ほっとする。

「彼女は奥の部屋だと思う」オスグッドが彼の隣にやってきて言った。

「ああ」自分もそう考えているからそちらに向かっているのだとは言わず、バランは短く答えた。ふたりは壁までの残り数十センチの距離を無言のまま、できるだけ急いで移動した。バランがこの小屋に最後に来たのはもう何年も前だったし、煙のせいで家具の配置もよくわからない。だがたしかドアは左側にあったはずだ。バランは片手で顔に当てた布地を押さえ、もう一方の手で壁を探りながら、膝をついて進んだ。手が熱いものに触れ、ドアを見つけたことがわかった。火かき棒のように熱を帯びている。

喉の奥で悪態をつきながらバランはドアの横手に移動し、オスグッドの腕をつかんで自分のほうに引き寄せた。それから手を伸ばして、ドアを開けた。

まるで命のある生き物のように炎が襲いかかってきて、ふたりの頭上を通り抜けていった。ドアの正面に立っていたら、生きたままローストにされていたところだ。気がつけばバランは荒い息をつきながら、オスグッドといっしょにうしろに倒れこんでいた。

「もしミューリーがこのなかにいたら、間違いなく死んでいる」炎が落ち着いたところで、オスグッドが顔をゆがめて言った。その部屋は完全に炎に包まれていた。ゆっくりと燃え続けていたところにドアを開けたせいで酸素が流れこみ、一気に燃えあがったのだ。

バランは無言だった。心臓が数回打つあいだ、ぴくりとも動かなかった。このなかにいたならミューリーは間違いなく死んでいる。だが唐突に、彼女はいないと確信できた。なにひとつ筋が通らないのだ。城ですべきことが山ほどあるのに、彼女が村にいる理由がない。それにどうして戸口から手を振っていた彼女が、燃えている小屋に入る必要があるだろう？そう、妻はここにはいない。そしてわたしはばかだ。

「外に出ろ！」バランは叫んで向きを変え、前にいるオスグッドをぐいっと押した。「これは罠だ。外に出るんだ！」

オスグッドを追い立てるようにして移動しているあいだにも、開いた玄関のドアと思われる白い四角形が小さくなっていくのがわかった。

バランは怒りの叫び声と共に立ちあがり、入り口に向かって突進したものの、目の前でドアが閉まった。罵り、咳をしながら、ドアを押したり、体当たりしたりしたが、すぐに息が苦しくなってドアに力なくもたれかかり、再び激しく咳きこんだ。オスグッドに腕を引っ張られ、そのまま床に沈みこむ。低い位置のほうがまだ息がしやすかった。

「窓から煙が逃げていかない」入る前に気づくべきだったことにようやく目を留めて、オスグッドが言った。

「板を打ちつけてあった」息ができるようになったところでバランが言った。小屋に近づいていくとき意識の隅で気づいていたのだが、注意を払わなかったのだ。妻の身の安全と、彼女がなぜここにいるのかということばかり考えていた。

「罠だったんだ」オスグッドがひとしきり咳をしたあとで言った。「ぼくたちはまんまと足を踏み入れてしまった」

飛びこんだんだ、とバランは思った。彼らは愚かにも自分から罠に飛びこんだのだ。だが声に出して言うことはなかった。話をすればするほど、煙を吸いこむことになる。

ドアにもたれ、部屋のなかを見まわした。煙のせいでなにも見えなかったが、頭のなかで小屋の様子を再現しようとした。窓の位置、ドアを破るのに使えそうななにか。

「立っていたとき、テーブルにぶつかった。重そうな感じだった――無垢《むく》のオークだと思う。そのテーブルを使えば、ドアを破れるかもしれない」オスグッドがあえぎながら言った。

「そうだな」やってみる価値はあるとバランは思った。

ふたりは黙ったままドアから這って離れた。テーブルはすぐに見つかった。たしかに無垢材でできていて、重い。ふたりはテーブルを横向きにすると脚の脇にしゃがみこんだ。オスグッドがうしろでバランが前だ。行動を起こすまではできるかぎり体を低くしておく。

「三つ数える」バランが言った。「三、と言ったら大きく息を吸うんだ。そして立ちあがって、ドアに突進する」

オスグッドは返事の代わりに咳をした。バランは数え始めたが、二までいったところで咳で中断し、ぐっと奥歯を噛みしめて叫んだ。「三！」

バランは大きく息を吸わなかった。また咳が出るのが怖かったので、できるだけ浅く息を吸って止め、ドアを破るべく立ちあがった。三歩進んでドアに激突しようとしたまさにそのとき、さっとドアが開いてミューリーが叫ぶ声がした。「あなた！」

バランは止まろうとしたが、オスグッドには前方の様子が見えておらず、勢いを緩めようとはしなかった。妻に向かって危ないと叫んだものの、手遅れだった。ふたりはテーブルごと彼女にぶつかり、悲鳴があがった。淡い灰色の煙のなかにぼんやりと浮かびあがった人影は、テーブルの下に消えた。

「起きてはいけません」

ミューリーはメイドに叱りつけられて顔をしかめた。

「わたしは大丈夫よ、セシリー」ミューリーはリネンと毛皮をはいで、ベッドから出ようとした。

「大丈夫じゃありません」セシリーが反論した。「男ふたりとテーブルになぎ倒されたんですよ」

「テーブルを持ったふたりの男性がぶつかってきて、地面に倒れたのよ」ミューリーが言い直した。「ちょっと頭にこぶができただけよ」

「ガッティが縫わなきゃいけなかったんですよ」まるでミューリーがその痛みを忘れてしまっているかのような、セシリーの口ぶりだった。だが怪我そのものよりも、縫合のほうが痛かったのだ。

実を言えば、怪我をしたときのことはあまりはっきりと覚えていない。村まで馬を走らせ、バランとオスグッドの馬の近くでおり、小屋のドアに駆け寄った。地面に刺した太い木材でドアが開かないように押さえてあった。しっかりとはまっているので、はずすのに時間がかかった。なかから叫び声が、続いて咳が聞こえてきた。声を聞いて安心したのもつかの間、その後の咳があまりに激しかったので安堵は即座に恐怖に変わり、半狂乱になって、ふたりの火葬場になりかねない小屋から夫と彼の従兄弟を助け出そうとした。

ようやく木材がはずれ、勢いよくドアを開けてなかをのぞきこみながら夫に呼びかけ……。目に飛びこんできたのは煙のなかから突進してくる巨大ななにかだった。逃げるどころか、手をあげて顔をかばう余裕すらなかった。小屋へ駆けこもうとしていたはずなのに、つぎの瞬間には体の前面すべてを痛みに震わせながら地面に倒れこんでいた。

バランとオスグッドは即座にテーブルを放り投げ、彼女に駆け寄ったらしい。バランが彼女を抱きかかえて馬に乗り、あたかも悪魔に追いかけられているかのように城に向かって走った——実際に追いかけていたのはオスグッドだったが。ふたりは村に向かっているアンセルムと兵士たちと途中ですれ違ったが、事情を説明するために速度を緩めようともしなかった。説明など必要なかっただろう。彼女の頭の傷からはおびただしい出血があり、顔じゅう血まみれだったからだ。アンセルムたちはその場で向きを変え、バランのあとを追った。

心配そうなまなざしでそのときの様子を語ってくれたジュリアナによれば、バランは主塔の階段を馬に乗ったまま駆けあがり、大広間まで彼女を連れていくつもりに違いないとだれもが思ったらしい。ガッティは明らかにそう確信していたらしく、あわてて荷馬車を離れ、主塔の入り口を開けようとした。だがバランは階段の下でうしろ二本脚で立たせるようにして馬を止めると、階段を駆けあがり、ガッティの脇をすり抜けながらついてこいと大声で命じた。

ミューリーの傷を縫ったのはガッティだった。傷の位置を確かめるために顔を洗わなければならなかったのだとジュリアナは言った。彼女によれば、ミューリーの顔はだれだかわからないくらい血まみれだったらしい。

彼女から聞いた話はそこまでだった。その先を教えてもらう必要はなかった。額の薄い皮膚を針で縫う痛みにミューリーは意識を取り戻し、苦痛に満ちた世界に帰ってきたからだ。バランがしっかりと彼女を抱きしめ、ガッティが縫合を終えるまでなだめるような言葉をかけ続けた。ミューリーはすぐに理性を取り戻してなにが起きているかを悟ったので、バランは彼女を抱いている必要はなかったのだが、彼がその手を離すことはなかった。縫合が終わる頃にはミューリーはぐったりして震えていた。一方のバランは真っ青になっていて、終わるやいなや、失礼すると言い残し部屋を出ていった。

ミューリーは彼がいなくなったことにも気づいていなかった。ガッティが彼女の服を脱がせ、ベッドに寝かせているあいだ、ほんのわずかな動作にも頭と体の両方が悲鳴をあげたからだ。

出血しているのは額の傷だけだったが、胸から腿にかけてテーブルがぶつかった体の前面には痣ができ始めていた。体を動かし続けていなければ、じきに激しい痛みに襲われることはわかっていた。痛みを和らげる唯一の方法がそれだ――動くこと。そうすれば筋肉が固まらずにすむ。セシリーの懇願や叱責にもかかわらず起きようとしている理由のひとつがそれだった。そして、もうひとつの理由があった。バランが帰ってきたら彼を出迎え、愛していると告げるつもりだったのだ。村での出来事でそれもすっかり台無しになった。そのことだけでも、夫に危害を加えようとした人間を恨むには充分だった。

「お嬢さま、お願いです」セシリーが懇願した。「お嬢さまが寝ていないと、わたしが旦那さまに責められます。そうしたら――」

「やましさを感じさせようとしても無駄よ、セシリー」ミューリーは穏やかに言った。立ちあがると全身が抗議の声をあげたが、なんとか表情を変えずにいられた。セシリーは十年間、ずっとミューリーといっしょだった。両親が死んで以来、病気のミューリーを看病するというれしくない役目を担ってきたのが彼女だ。インフルエンザや風邪やそのほか子供がかかる様々な病気のとき、ミューリーをなんとかしてベッドに寝かせておこうとセシリーはあらゆる手立てを尽くした。どれひとつとしてうまくいったものはなかったものの、それでも彼女があきらめることはなかった。

「ベッドに戻ってくださったら、旦那さまがカーライルから持って帰ってきたエールをお持ちしますよ。頭痛が楽になると思います」

「物で釣ろうとしてもだめ」ミューリーは言った。「この頭痛を治せるのは時間だけだわ」

服を持ってくるように命じれば、自分がどれほど弱っているかをセシリーに悟られると思い、ミューリーは自ら収納箱に歩み寄った。ベッドに横になっているときは痛みがあるだけだったが、立ちあがると頭がぐるぐるまわっているようだった……それとも部屋がまわっているのかもしれない。だがまわっているのが部屋ならセシリーがそう言うはずだから、やはり原因は彼女の頭なのだろう。

「お嬢さまほど意地っぱりな女性は見たことがありませんよ」セシリーがいらだち混じりに告げると、駆け寄ってきてミューリリーの腕を取って支えた。

「そうでしょうね」支える必要があると思われるくらい、ふらふらしていたのだろうとミューリリーは思った。心のなかで肩をすくめ、セシリーの手を借りて収納箱の脇に腰をおろすと、彼女が服を探し始めるのを見守った。

「どれを着たいですか？」まだ怒りが収まっていないようなセシリーの口調だった。

「なんでもいいわ。清潔なものなら」

「そうですか」セシリーは淡いクリーム色のドレスと茶色のサーコートを取り出した。「これならなにか作業をすれば汚れてしまいますからね。いくらミューリリーさまでも、そこまで愚かなことはなさらないでしょう」

ミューリリーは唇を噛んだが、ほかの服にしてほしいとは言わなかった。とてもなにか作業をするほどの元気はない。ただ、病人のように寝室に閉じこめられていたくなかっただけだ。たとえ実際に病人だとしても。

セシリーはミューリリーの着替えを手伝いながら、彼女の頑固さに小声で文句を言いつつ、下の階の架台テーブルの前の椅子にただ座っているだけですよとこんこんと言い聞かせた。さらに、階段をおりるのに手を貸すと言い張った。「気を失って階段を転げ落ちて、首の骨を折ったりしたらどうするんですか」

ミューリーは体に力が入らずふらふらしていたので、反論しなかった。それどころか、セシリーの手を借りて架台テーブルにつく頃には、ベッドから起き出したのはあまりいい考えではなかったかもしれないと思い始めていた。もちろん口が裂けてもそんなことは言えない。代わりに、おとなしくここに座っているから、上の部屋に彼女が着ていた服を取りに戻り、血を洗い落とせるかどうか試してほしいとセシリーに頼んだ。

その場を離れるセシリーをミューリーは愛情こめたまなざしで見つめていた。これまでの経験から、階段をあがり、服を取ってくるまで彼女がずっと文句を言い続けていることはわかっていた。洗濯しているあいだも、きっと文句を言っていることだろう。

セシリーの姿が見えなくなると、ミューリーはなにか気を紛らわすものはないかとがらんとした大広間を見まわした。あいにくそこにはだれもいなければ、注意を引くようなものもなく、気がつけば彼女はテーブルをこつこつと指で叩きながらするべきことを考えていた。繕いものは山ほどある。担架を作ってバランを城まで引きずってきたときに、彼のダブレットと彼女のドレスとサーコートをひどく傷めてしまった。残念なことに彼の脚衣は手の施しようがないが、ドレスとダブレットはなんとかなるかもしれない。

だがどちらも手元にはなかったし、上の階に取りに戻るつもりもなかった。

いま一度広間を見まわしたミューリーは、そろそろと立ちあがった。寝室のときのように部屋がまわり始めることはなかったので、ほっとして小さくため息をつき、厨房へと歩き始める。ほかに考えることがないせいか、口のなかの乾きと苦い味が気になった。頭の傷と、ガッティに飲まされたまずい薬のせいだ。セシリーが言っていたエールに、いまさらながらそそられた。

再びめまいが襲ってくることのないようにゆっくりとした速度で大広間を半分ほど進んだところで、厨房のドアが開いた。荷馬車で見かけたとおぼしき女性が出てきたが、ミューリーに気づくと不意に足を止め、厨房に戻っていった。その直後、ドアが再び開いて、クレメントがいつにも増して苦々しい顔で現われ、つかつかと彼女に近づいてきた。ティボーがせわしなく手を揉みしだきながら、そのあとをついてくる。

クレメントはなにも言おうとはしなかった。きゅっと口を結んだままミューリーの腕を取ると、再び架台テーブルまで連れていく。

「ベッドを出るべきではありません」彼女が腰をおろしたところで、クレメントはようやく言った。

「そうかもしれないわね。でも――」

「でも、はなしです」クレメントが告げた。「頭をひどくぶつけたんですよ。わたしたちがどんな思いをしたことか。奥さまにいくらかでも分別があるのなら、おとなしくベッドに寝て、快復するのを待っているべきです」

ミューリーは、セシリーが足早に階段をおりて厨房に入っていったことに気づいたが、意識は目の前にいるクレメントに向けられていた。父親が死んで以来、こんな口調で彼女に話しかけてきた人間はいない。名づけ親である国王ですら、こんな話し方はしなかった。彼の顔には心配と恐怖が浮かんでいて、ミューリーはいかにも大事にされているような気がした。「彼の言うとおりです、奥さま」ティボーが言い添えた。「頭の怪我で血をたくさん失っているんですよ。まだ顔色が悪い。ベッドに戻るべきです」

「ええ、でも……」クレメントが片方の眉を吊りあげるのを見て、ミューリーは口ごもった。もっともな言い訳をしなければ許さないとその表情が語っている。そこでミューリーはため息まじりに言った。「バランがカーライルから持って帰ってきたエールと、あとなにか食べるものが欲しいと思ったの」

正しい言い訳だったらしく、クレメントの顔がたちまち和らいだが、それでも彼女を叱りつけるように言った。「それならだれかに取りに来させればよかったんです。鶏を一羽使ってスープを作りました。奥さまが怪我をしたあと、二時間ほど煮込んであります。本当はもう少し煮込みたいところですが、飲めるくらいにはできあがっています。快復に役立つはずです」向きを変え、厨房に戻りながら告げる。「スープとエールをすぐに持ってきます。奥さまがおとなしく座っているように見ていてくれ、ティボー」

ティボーは彼が厨房に姿を消すまで待ってから、ミューリーの隣にため息と共に腰をおろした。

「おいしいスープですよ、奥さま」悲しげに言う。「旦那さまがカーライルから野菜も持って帰ってこられましたし、クレメントはこのあたりで一番おいしいスープを作りますからね。少なくともこの一時間ほど、主塔じゅうにいいにおいが漂っていて、もうどうにかなってしまいそうでしたよ。それなのに彼は断固としてわたしたちを近づけようとはしない。味見すらさせてくれないんです。これは奥さまだけのスープだと言って」ティボーは笑顔になって言い添えた。「クレメントは奥さまのことが好きなんだと思いますね」

ミューリーは疑わしげに眉を吊りあげた。クレメントはだれに対しても無愛想でぶっきらぼうで、それはミューリーに対しても同じだ。彼がだれかに好意を抱くとは想像できなかった。「どうしてそう思うの？　スープのせい？」

「いいえ。彼がそう言ったからです。奥さまが厨房の配置換えを提案したり、庭からパセリを抜いたりしたときに彼が癇癪を起さなかったと聞いて、旦那さまがどうしてだと訊いたんです。前の旦那さまが同じようなことを言ったときには、激怒しましたから。そうしたら〝奥さまが好きだからです〟とクレメントが答えたんですよ」

「彼は、前の旦那さまが好きではなかったんです」ティボーはさらに言った。「前の旦那さまがジュリアナを無視しているのが我慢できなかった。彼は本当はとても優しい男なんです。庭で鳥やリスに餌をやっているのを見たことがあります。ぶっきらぼうで扱いにくい男に見えますが、わたしたちにそう思わせようとしているより、本当はずっと優しいんですよ」

「わたしは、そう思わせようとしているより優しくなどない」すぐ背後からクレメントの冷ややかな声がして、ふたりは揃ってぎくりとし、うしろめたそうに振り返った。クレメントはティボーをぎろりとにらんでから言った。「わたしは人間よりもリスや鳥のほうが好きなだけだ」

ティボーの表情が曇り、ミューリーは唇を噛んだが、クレメントが彼女のほうを向くといくらか姿勢を正した。

「奥さまのスープです」湯気の立つ、パンでできたボウルをテーブルに置く。「いまはまだそれほどおいしくなっていませんが、最後の一滴まで奥さまに飲んでいただきます。これは体にいいですから。エストレルダがすぐにエールをお持ちします」

「ありがとう」ミューリーはどろりとしたスープから立ちのぼるにおいをかいだ。「素晴らしくいいにおいね」

クレメントは素っ気なくうなずくと背を向け、厨房に戻っていった。

料理人の姿が見えなくなると、ミューリーはティボーに向き直って彼の手を軽く叩いた。「あなたの言うとおり、彼はわたしたちに見せているよりも優しい人ね」

「そうなんです」ティボーは顔を輝かせた。「ご覧になりましたか? 素晴らしくいいにおいだと奥さまがおっしゃったとき、頬が緩みかけていたと思いますね」

ミューリーはくすくす笑った。

「わたしは仕事がありますので」エストレルダがエールの入ったカップを持って厨房から急ぎ足で出てくると、ティボーは立ちあがった。「使用人が増えても、しなければならないことはありますからね。どうぞスープを召しあがってください」

ミューリーは彼に、それからエールを運んできてくれたエストレルダにお礼を言い、スープを飲み始めた。もう少し煮込まなければおいしくないとクレメントは言っていたが、こんなにおいしいスープを飲んだのは久しぶりだった。こくがあって濃厚で鶏肉と野菜がたっぷり入っている。スープというよりはシチューのようで、ミューリーはあっという間に飲み干し、容器として使われていたスープの染みこんだパンまでたいらげた。最後のひとかけを食べ終える頃には、すっかり元気を取り戻し、すぐにでもなにかをしようという気になっていた。

大広間を見まわした。この二日半熱に浮かされたように働いたにもかかわらず、するべきことはまだまだあるが、どれもドレスを汚してしまうだろうし、いまの彼女にはおそらくまだ無理だろう。だができることはあるとミューリーは思った。大広間をいい香りで満たすだけでなく、お守りとしても役立つもの。

ミューリーは立ちあがり、しばしその場でめまいやふらつきが襲ってこないことを確かめた。大丈夫だとわかったところで主塔のドアのほうへと歩きだす。城の外の森をのんびりと歩き、広間のイグサの上に撒く樺の木の葉やクローバーを集めるつもりだった。どちらも悪運を追い払うと言われている。ニワトコもいるわ、とミューリーは思った。炎を防ぐのに役に立つ。

ドアまでたどり着いたところで、ミューリーの足取りが遅くなった。出ていくところをだれかに見られたら、間違いなく止められるだろう。そのうえ、バランに言いつけられてしまうに違いない。こっそりと行動する必要があった。

そっとドアを開けて外を見まわした。驚いたことに、中庭にはだれもいない。みんなどこかほかの場所で作業をしているようだ。素早く動けば、注意を引くことなく主塔を出て、中庭を横断できるかもしれない。城壁で警備をしている兵士たちだけが気がかりだが、彼女が着ているサーコートはガッティや彼女の娘たちのものとほぼ同じ茶色だ。城壁から見るだけなら、ガッティの娘のどちらかだと思ってくれるかもしれない……思ってくれることを願った。

ミューリーは笑みを浮かべて、外に出た。

「来たか」足早にやってきたクレメント、セシリー、エストレルダ、ティボーが城壁で待つ人々に加わったところで、バランが言った。

「すみません、旦那さま」ティボーは彼の前で足を止め、息を荒らげながら言った。「奥さまが食べるものを探して下に来られたので――」

「彼女が起きてきたのか？」バランはうろたえたように訊いた。

「はい。ですが、架台テーブルでクレメントが作ったスープを飲んでいるだけです」ティボーはあわてて答えた。「そのせいで遅くなりました。クレメントがスープをよそい、エストレルダがエールを運び、それからわたしたちは厨房のドアを抜けて、城壁をぐるりとまわってこなければならなかったんです」ティボーはしばし口ごもってから尋ねた。「奥さまもいっしょに来たほうがいいのかと思いましたが、でも――」

「いや」バランが遮って言った。「おまえたちに集まってもらったのは、彼女のことだ」

「奥さまの？」アンセルムが驚いて訊き返した。

ガッティが口を開いた。「今回、旦那さまの命を狙ったことに奥さまが関係しているなんて、考えていらっしゃいませんよね？」

「もちろんだ。どうしてそんなことを訊く？」

「前にここに集まったときには、犯人かもしれないと考えたふたりは呼びませんでしたから」ガッティが説明した。

「前にもここに集まったことがあるのか？」オスグッドが驚いて尋ね、自分が呼ばれなかったふたりのうちのひとりであることに気づくと、眉を吊りあげた。「きみたちは、ぼくがバランを殺そうとしたと考えていたのか？」

「わたしのことも」セシリーが静かな口調で言った。

全員が気まずそうな顔になり、オスグッドとセシリーと視線を合わせないようにしていると、バランが言った。「そんなことはどうでもいい。おまえたちに集まってもらったのは、わたしを殺そうとした人間のことを話すためではないのだ。妻のことだ。外壁を警護している兵士たちを含め、全員に確実に理解してもらいたかった」

彼らがうなずいて、じっと自分を見ていることを確かめてから、バランは言った。「常に妻を見守っていてもらいたい。どんなときもひとりにしてはいけない。わたしを狙っている犯人が見つかるまで、最低でも男ふたりが四六時中彼女といっしょにいるようにするんだ。それ以外の者も、彼女から目を離さないように。わかったか？」

つかの間の沈黙のあと、アンセルムが咳払いをして言った。「わかりました。ですが犯人はバランさまの命を狙っているんです。奥さまではなく。奥さまの身は絶対に安全です」

「絶対に安全ではない」バランが反論した。「彼女は――」

「旦那さま」エロールが口をはさもうとした。

「あとにしろ、エロール」バランは彼をにらみつけ、言葉を継いだ。「今日はわたしを助けようとして、彼女は危うく命を落とすところだった。以前にも、裸でわたしを城まで連れて帰らなければならなくなったこともある。つまり――」

「ですが旦那さま」エロールが再び声をあげた。

「あとにしろと言っているだろう！」バランが叱りつけた。「どこまで言った？　ああ、そうだ、つまりわたしの身が危険にさらされているあいだは、妻も危険だということだ。そんなことを許すわけにはいかない。常に彼女を見張っていてもらいたいのだ。彼女の身の安全を図りたい。なにか質問は？」

「はい」エロールがいささか不機嫌そうな口ぶりで言った。「奥さまの警護をする話をしている最中ですが、いま、ひとりで森のなかに入っていったのは奥さまじゃありませんか？」

バランはぎくりとし、振り返って城壁の向こうに目をやった。妻が森のなかに入っていくのが見えた。彼は悪態をつきながら、階段に向かって走り始めた。

17

セイヨウトネリコの翼果と葉はどちらも幸運を呼ぶとされているが、一番いいのは左右対称な葉だ——ひづめの音が聞こえてきたとき、ミューリーがセイヨウトネリコの木にのぼっていたのはそういうわけだった。ミューリーは手を止めて、足の下に視線を向けた。馬にまたがった夫が駆け抜けていくのが見えて、大きく目を見開く。

かなりの速度で駆けていたし、動揺しているように見えたので、声をかけるのはやめた。どんな用事があるにしろ、きっと大切なものなのだろう。それに、怪我をした直後だというのに木にのぼっていることを知られたら、ひどく怒るに決まっている。

ひづめの音が遠ざかったところで、ミューリーは木の葉に意識を戻した。左右対称な葉を見つけたちょうどそのとき、再びひづめの音が聞こえた。つかんでいた枝から手を離して下を見ると、またバランが駆けていくところだった。今度は反対方向に向かっている。さっきの用事はすんだのかしらと思いながら、左右対称な葉を見つけたあたりに視線を戻したが、当然ながらほかの枝に紛れてどれがそうだったのかわからなくなっていた。

文句をつぶやきながら、ミューリーはまわりにあるすべての枝、すべての木の葉を調べていき、ようやく左右対称なものを見つけたとき、またもや勢いよく近づいてくる馬の足音が聞こえてきた。

再度見失うのがいやだったので、葉をちぎってから顔を下に向けた。夫が再び走り抜けていく。その姿が森に消えるのを見送りながら、いったいなにをしているのだろうと首をかしげつつ、素早く木からおりた。

地面におりたところで、バランの護衛はどこだろうという疑問が湧いた。常にだれかが――エロールかゴダートが――彼を見守ることになっていたはずだ。城に戻ったら、ふたりに厳しく言わなければ。バランがひとりで城の外に出ることがあってはならない。彼の命を狙っている人間は、あとわずかのところで何度も失敗しているが、その幸運がこれからも続くという保証はない。

クローバーの生えている広い空地に向かって歩きながら、最後の出来事のことを考えた。あの日オスグッドは、どうして村にいるのが彼女だと思ったのだろう？　ふたりをおびき寄せたのは、女性だったのだろうか？　その直前、マルキュリナスは、バランと彼の護衛の男がゲイナーにいたのが偶然だとは思えなかった。だがマルキュリナスは、バランがじきに戻ってくることを知らなかったはずだ……バクスリーと言葉を交わしていたときに、セシリーかエストレルダが話したのでないかぎり。

ありうることだという気がした。だがオスグッドが、彼らのどちらかをミューリーと見間違うとは考えにくい。どうして彼女だと思ったのかを、オスグッドに尋ねる必要があった。クローバーの生えているところまでやってきたミューリーは、バスケットを持ってこなかったことを後悔しながら、大事なセイヨウトネリコの葉と翼果をサーコートのベルトの下に慎重にはさみ、膝をついて四つ葉のクローバーを探し始めた。

しばらくすると、ひづめの音が戻ってきた。木の上にいればよかったと思いながらも、ミューリーはクローバーの茂みのなかで四つん這いになったままでいた。バランが彼女に気づかず通り過ぎてくれることを願ったが、ありえない望みであることはわかっていた。

「ミューリー！」

ミューリーはあきらめて地面に膝をつき、空地で馬を止めて素早くおりるバランを眺めた。彼の姿を見て思わず笑みが浮かんだが、その顔に苦々しげな表情が浮かんでいるのを見て、彼女も顔をしかめた。怒っているのだとわかった。

それでも、こちらに近づいてくるバランを眺めるのは楽しかった。彼は格好のいい男だ――長身でたくましく、その動きは猫のようにしなやかだった。

どれほど忙しく働いていようとも、彼の留守は寂しかった。とりわけ、夜が最悪だった。ベッドに横たわったまま、彼のキスや愛撫、与えてくれる歓びを思い出しながら、長い時間眠れずにいた。そして、自分は同じだけの歓びを与えているだろうかと考えた。

キスや愛撫をするのは彼ばかりだったから、とてもそうは思えない。けれどなにをすればいいのか、わからなかったのだ。宮廷の暗がりや廊下で体を重ねている男女は何度も見たことがあったから、様々なやり方があることはわかっていた。そういえば、恍惚《こうこつ》の表情を浮かべる男性の前で女性がいまのミューリーのように膝をつき、なにか未知のことをしている場面に遭遇したことがある。男性自身にキスをしているのか、あるいは口にくわえているように見えたが、気恥ずかしさのあまりすぐに顔を背けて違う方向に歩きだしたので、ほんの一瞬見ただけだ。

バランが戻ったら、その女性がなにをしていたのかを訊き、同じことをしてほしいかどうか尋ねてみようと思っていた。だがいまこうして彼と向き合うと、気おくれした。けれどその話題を持ち出せばバランはきっと、彼女をベッドに連れ戻そうと考えていることを忘れてくれるに違いない。

「ミューリー」バランは膝をついている彼女の目の前で足を止めた。渋い表情はそのままで、ミューリーも思わず顔をしかめそうになったが、かろうじて笑顔を作った。

「いらしたのね、あなた。馬に乗るには気持ちのいい日ですものね。なにか用事だったの？」

「ああ。きみを探していた」バランは腰に手を当て、いらだたしげに告げた。「きみは寝ているべきだ」

「寝ているのは退屈なの」ミューリーは静かに言い、かすれた声で付け加えた。「少なくとも、あなたがいないベッドは」

その言葉にバランは動きを止めた。なにか言いかけていた口が閉じられ、彼女を見つめるまなざしが揺らぐ。怒りの表情が和らいだ。「ああ、ふむ、それはそうかもしれないが……」

「あなた？」彼の言葉が途切れたところで、ミューリーがつぶやくように言った。彼の視線はミューリーのドレスの胸元に注がれている。上から彼女の胸をのぞきこむ格好になっているから、さぞかしいい眺めだろう。だがそう気づいてもミューリーは立ちあがろうとはせず、体を支えようとするかのように彼の太腿に片手を添えた。

「なんだ？」バランが訊いた。その視線が再び彼女の体をなぞる。

この体勢がなぜかバランの心を乱しているらしいことにミューリーは気づいた。なにかの行為を連想するからだろうか。たとえば、宮殿で目撃したような行為を。

ミューリーはダブレットの下まで、脚衣に沿っておそるおそる手を滑らせていった。「考えていたの……」

「なにを？」バランはうなるような声で訊いたが、彼女の手を払いのけようとはしなかった。ミューリーは少しだけ手を左に動かした。脚衣の革ごしに彼のものに触れた。すでに硬くなり始めていたが、彼女の手が触れたことでいっそう硬さを増したようだ。バランが鋭く息を吸うのが聞こえた。

「あなたが口でしてくれたのと同じことをしたら、喜んでもらえるかしらって考えていたの」

バランは目を丸くして口を開いたが、ミューリーが生地ごしにゆっくりと手を滑らせたので、唇が小さく動いただけで言葉は出てこなかった。イエスという意味だと理解したミューリーは、もう一方の手でダブレットを持ちあげた。脚衣の生地がまとめられている箇所を見つけて開き、彼のものを自由にする。すぐに片手でそれを包んだが、バランがうめき声をあげたので動きを止めた。痛い思いをさせてしまったのだろうかと考えながら彼を見あげる。たしかに彼は目を閉じて、痛みをこらえているように顔をこわばらせていたが、それは彼女と愛を交わしているときに見せる表情でもあったので、ゆっくりと指を動かしてみた。彼の腰がぴくりと反応するのを感じて、少し力を抜いた。顔を近づけて先端にキスをすると、好奇心が募り、味わうように根元に向かってなめていく。

バランが彼女の髪を握りしめて、再びうなり声をあげたので、これで間違っていないのだと思えた。あのとき、メイドはくわえていたように見えたことを思い出して、彼のものの根本をつかんで固定し、口に含んだ。できるだけ深く口に納め、再び先端に戻る。自分がなにをしているのかさっぱりわからなかったから、バランの反応でうまくできているのかどうかを判断していた。うめいたり、うなったりする声が聞こえていたから、楽しんでいると思っていたので、彼が不意に体を離して、彼女の行為を中断させたときには驚いた。

「なにか間違ったことをしたかしら?」バランが膝をつくと、ミューリーは不安そうに尋ねた。

キスが彼の返事だった。確たる意思を持った舌がミューリーの口に忍びこんでくる。バランは待ちきれないようにクローバーのベッドに彼女を押し倒し、その上に覆いかぶさった。顎に唇を押しつけながら尋ねる。「こんなことをどこで習った?」

「あら」ミューリーは顔を赤らめた。「宮殿でメイドのひとりがしているのを見たの。それにあなたが同じことをしてくれたときには……」バランが顔をあげてしげしげと彼女を眺めたので、ますます顔が熱くなった。恥ずかしそうに言葉を継いだ。「同じことをしたら、あなたも喜んでくれるかと思ったんだけれど、ちらりと見ただけだったから、どうすればいいのかよくわからなくて。わたしはちゃんとできていたのかしら?」

「ああ」バランはうなるように答えると、再び唇を重ねた。舌を差し入れ、からませ合う。ミューリーは彼の肩に両手をまわし、キスを返した。服の上から乳首をつままれ、もっとも敏感な部分に太腿を強く押し当てられて、思わずうめき声が漏れる。バランは体勢を変えて彼女のスカートの裾から手を差し入れると、脚の内側をじりじりと撫であげていった。

彼の愛撫を受けて、ミューリーはじっとしていられずに脚を動かしていたが、その手が太腿までやってくると、ますます身もだえが激しくなった。やがて彼の指が中心部にたどり着き、重ねたままの唇から悲鳴のような声が漏れた。彼の口が不意に離れた。困惑して目を開けると、バランは下に体を移動させていた。理由を尋ねる暇はなかったが、彼がスカートのなかに頭を潜りこませてきたのが答えだった。

「ああ！」バランの唇にまず片方の、そしてもう一方の腿を撫であげられると、ミューリーは声をあげた。彼が両手をお尻の下に潜りこませ、まるで果実にかぶりつくように持ちあげたかと思うと、もっとも敏感な部分に口が押し当てられ、ミューリーの喉から再び歓びの悲鳴が漏れた。

ミューリーはあえぎながら顔を横に向け、すぐ目の前に四つ葉のクローバーがあることに気づいて、目をしばたたいた。摘もうとして手を伸ばしたものの、バランが本格的に愛撫を始めたので思わず力が入り、クローバーを握りつぶしてしまった。だがそんなことなどすぐに忘れ、彼女は強く目を閉じて頭を前後に振り立てていた。

バランがもっとも敏感な部分に軽く歯を立てると、ミューリーは息を呑んで目を開き、彼に腰を押しつけた。水滴が目に入り、まばたきをする。ふたつめの水滴に再びまばたきをし、雨が降っていることをようやく理解した。しばらく前から降っていたようだ。

ミューリーはとっさに手を伸ばし、バランにそのことを告げようとした。彼はスカートの下にいるから、気づいていないはずだ。だがつぎの瞬間、すでに快感におののいている体に新たな刺激が加わって、ミューリーはまた地面に爪を立てていた。バランが指を彼女のなかに差し入れたのだ。自分が尾を引く叫び声をあげていることに、ミューリーは気づいていなかった。やがて快感のあまり体がぴくぴく震え、空地に甲高い悲鳴が響いた。

ミューリーがまだ体を震わせているあいだに、バランは体を起こして膝をつこうとしたが、不意に動きを止めて空を見あげた。両手を広げて上に向け、雨が降っていることを確かめる。それなのにミューリーはなにも言おうとせず、半分濡れたまま体を震わせている。

バランはくすくす笑ったかと思うと彼女を抱きあげ、木陰を目指して走った。ミューリーは首から耳から、唇の届くところに手当たりしだいにキスをし、彼が顔をこちらに向けて唇を重ねてくると喜んで口を開いた。

雨をよけられる場所までやってくると、バランは顔を離し、ミューリーを地面に立たせた。彼女のサーコートを脱がせて地面に放り、再びキスをしながらドレスの紐をほどき始める。自分だけが脱がされるのはいやだったから、ミューリーも即座に彼のダブレットのボタンに手を伸ばした。キスを受けながら目を閉じたまま手を動かしていたが、突然頭上で雷が轟《とどろ》き、ぎょっとして目を開けた。

バランはドレスの紐をほどき終えると、すぐさま肩から下へとずらしていった。ドレスに動きを妨げられて、ミューリーはダブレットのボタンをはずしていた手を止めた。ドレスが足元に落ち、吹き荒れる冷たい風に裸でさらされて体を震わせる。バランはダブレットの残りのボタンを自分ではずし、脱ぎ捨てた。ブーツと脚衣がそれに続き、彼は再びミューリーを抱きすくめた。

彼の熱い体に包まれて、ミューリーはほっと息をついた。バランは頭をかがめて、彼女の喉に唇を這わせていく。ミューリーは彼が動きやすいように頭を横に傾けたが、稲妻が空を切り裂くのが見えてぎくりとした。雷鳴が轟く。嵐が近づいている。

ミューリーはバランから体を離すと、彼の手を取って木立のなかを走り始めた。どこに行くのかと彼が尋ねたような気がしたが、雷の音がその声をかき消した。やがて目的の木にたどり着いた。セイヨウトネリコを探していたとき、見つけてあったのだ。その枝の下の安全な場所までバランを連れてくると、ミューリーは向きを変え、再び彼のぬくもりに身を委ねた。

「いったい――？」バランは困惑した様子であたりを見まわした。さっきの木よりもこの木のほうがいい理由がわからない。

「これはニワトコなの。こっちのほうが安全よ。雷は絶対にニワトコには落ちないから。十字架はこの木から――」

バランは体ごと彼女を木の幹に押しつけ、キスで口を封じた。ミューリーは、熱く硬いものが腿に当たるのを感じ、彼の口のなかにため息をついた。待ちきれないように胸を押しつける。バランは両手で柔らかな半球を包みこみ、優しく揉んでいたが、やがてその手を脚のあいだへと移動させ、片方の乳房に唇を寄せた。そこが熱く潤っていることを確かめると、胸から顔を離し、再びキスをしながら彼女を地面に横たえた。

ミューリーは背中にひんやりと乾いた土を感じた。バランが温かな体を重ねてきて、膝を使って脚を開かせようとしたのですぐさま応じ、彼の腕にしがみつく。彼が入ってくると、体をのけぞらせ、悲鳴のような声をあげた。クローバーの茂みのなかで感じていた快感と情熱が戻ってくる。たちまちのうちにミューリーの体が熱と欲望に歌い始めた。バランの体をはさむようにして膝を立て、足の裏を地面に当てると彼の動きに合わせて腰を突きあげていく。

ふたりが愛を交わしているあいだに嵐は激しさを増していたが、ふたりの情熱は自然の怒りにも勝っていた。ミューリーは体の内側がいつものように張りつめていくのを感じた。バランが彼女の足首をつかんで自分の肩にかけたかと思うと、そのまま彼女の腿の裏に体を預ける形でのしかかった。空いた両手で乳房を愛撫していたのもつかの間、やがて片方の手を両脚のあいだに移動させた。

ミューリーはあえぎながら、胸に置かれた彼の手をつかみ、しがみつくようにして腰を揺すり続けた。そしてダムが決壊するように張りつめていたものが一気にほどけ、ミューリーは体を震わせて甲高い悲鳴をあげた。バランが最後にもう一度腰を突き立て、彼もまた声をあげながらミューリーのなかに精を放った。

「嵐は過ぎたようだ」

「そう」ミューリーはつぶやいて目を開けた。彼の言葉どおり、空は晴れ渡り、午後の日差しが降り注いでいる。もっともニワトコの木の下にいるふたりに、その日差しは届いてはいなかった。ミューリーはバランに微笑みかけながら、彼の胸に置いた手に顎を載せた。行為が終わった直後、バランは自分が下になるように体勢を変えていたので、ミューリーはゆったりと余韻を楽しむことができた。

バランは微笑み返し、片手を伸ばしてミューリーのお尻を撫でた。とたんに、心配そうに眉間にしわを寄せる。「冷たいじゃないか」

「背中だけよ」ミューリーは笑って答えた。「お腹はとても温かいの。あなたは火よりもすごいわ」

バランは笑いながら体を起こした。必然的にミューリーは彼にまたがる格好になり、ふたりの中心部が触れ合った。バランの顔に浮かんだ驚きの表情を見れば意図したことでないのはわかったが、そういう体勢になったことで彼はごく自然にミューリーの腰に手をまわし、唇を重ねてきた。彼のものが再び硬さを増すのを感じて、ミューリーは彼の口のなかに息を吐いた。

「服を着ないと」バランが言った。

「そうね」ミューリーはそう応じながら、彼の肩に指を這わせ、それから髪を梳《す》いた。爪で頭皮を撫であげられてバランはうめいたが、遠くから声が聞こえ、ふたりは揃って体をこわばらせた。さっと体を離し、怯えたように顔を見合わせる。

「いまのはオスグッド？」ミューリーが訊いた。

二度目の声が耳に届いて、バランはゆっくりとうなずいた。「いまのはアンセルムらしい。わたしたちが戻ってこないのを心配して、嵐が去るのを待って探しに来たんだろう」

再びオスグッドの声がした。さっきよりも近い。ミューリーとバランは立ちあがった。

「わたしたちの服——クローバーの近くの木の下に置いたままだわ」ミューリーが気づいて言った。

「どっちの方向だ？」ミューリーが自信なさげにあたりを見まわすのを見て、バランは苦々しげに唇を引き結んだ。うなるような声でさらに尋ねる。「ミューリー？」

「そんな言い方をしないで。いやな気分になるわ。気分が悪いと考えごとができないでしょう」ミューリーは息を吐きながら、クローバーの茂みの場所を思い出そうとした。やがてある方向を指して言った。「あっちだと思うわ」

「思う？」バランが抗議の声をあげた。いまや少なくとも六人の声が彼らの名を呼びながら、じりじりと近づいてきているのだ。

ミューリーは彼のしかめっ面を無視してクローバーの茂みがあると思われる方向に向かった。背後からぶつぶつと文句を言う声が聞こえていたから、バランがついてきていることはわかっていた。かなりの距離を歩いて間違っていたかもしれないとミューリーが思い始めたところで、バランが不意に彼女の腕をつかんだかと思うと、木のうしろに引っ張りこんだ。「あなた！」バランに抱きすくめられて、ミューリーが声をあげた。「服を着るんじゃなかったの？　こんなことをしている時間は――」

バランは彼女の口に手を当てて黙らせた。乱暴な仕草にミューリーは信じられないといったように目を見開いたが、やがてこちらに近づいてくるひづめの音に気づいた。すぐそばだ。「バラン！　ミューリー！」彼女のうしろから聞こえる声はオスグッドだ。やがてまたひづめの音が小さくなっていき、つぎに聞こえた叫び声は遠くからだった。

バランは返事をしなかった。だがミューリーの口に当てていた手を離すと、彼女から一歩離れ、歩き続けるようにと身振りで示した。

ミューリーは彼の手を取ると、再び進み始めた。思っていた以上の距離を走っていたようだ。足を止めて、方向を間違えたとバランに告げようかと思ったちょうどそのとき、不意にあたりが開け、クローバーが密生している空地に出た。ミューリーは安堵のため息をつくと、木の下に残されていた服に向かって駆けだしたが、すぐに不安そうな面持ちでバランを振り返った。ひづめの音がまた近づいてきている。今度は一頭ではなさそうだ。

バランは悪態をつきながら彼女の手を取り、空地のはずれにある大きな茂みの陰に引っ張りこんだ。二頭の馬が木立から現われたのは、その直後だった。ミューリーとバランは葉の隙間から、エロールとゴダートが――残念なことに――そこで馬を止めるのを眺めていた。

全員がふたりの捜索に駆り出されたらしい。

「いったいどこに行ったんだろう？」エロールは馬の上で背筋を伸ばし、あたりを見まわしながらうろたえた様子でつぶやいた。

「バランさまの命を狙っているやつに捕まってしまったのかもしれない」ゴダートが浮かない顔で応じた。「そうでなければ、とっくに戻ってきているはずだ」

ふたりはその点についてあれこれと議論を始め、もしバラン卿夫妻がいなくなったらどうすればいいのだろうと話し合っていたが、ミューリーはろくに聞いていなかった。空地を眺め、バランの馬はどこにいったのだろうと考えていたのだ。

「ライトニングがいないわ」バランの耳元でささやく。

「オスグッドが引いていった」バランは小声で告げると、空地にいるふたりの男から、彼らの背後の木の下に置いてある服へと視線を移した。

「どうして彼はわたしたちの服に気づかなかったのかしら？」ミューリーは意外そうに尋ねたが、すぐにばかなことを口にしたと思い直した。エロールとゴダートもまだ気づいていないのだから、オスグッドも見逃したのだろう。

バランは彼女の考えを訂正した。「彼は気づいているよ、ミューリー。わたしたちが脱ぎ捨てたままではなく、きちんとまとめて置いてあるだろう？」

「でもどうして馬だけ連れていって、服を残してあるの？」ミューリーにはわけがわからなかった。

「わたしたちが服を取りに戻ってくると思っていたからだ。オスグッドは木の下に服をまとめ、目立たないようにわたしの緑のダブレットを一番上に置いたんだ。それからだれかがライトニングに気づいて、このあたりを捜索したりしないようにどこかに連れていった。わたしたちが服を取りに戻ってこられるようにしてくれたんだよ」バランが説明した。「きみの尊厳を守ろうとしているんだ」

「まあ」ミューリーはため息をついた。もう手遅れのような気がした。間に合わせの担架に乗せた意識のない夫を城まで連れ帰るため、裸で歩かなければならなかったのはほんの数日前のことだ。そして今度は、茂みのなかに裸で立っている。

「ここで待っているんだ」

バランのささやく声にミューリーはあわてて振り返ったが、彼はすでに行動を起こしていた。彼女は息を止め、バランが空地の縁をそろそろと進んでいくのを見つめた。ときに木の陰に隠れ、ときに茂みの向こうに潜みながら一本の木からつぎの木へと走っていき、ようやくのことで服が置かれている木にたどり着いた。幹の陰からエロールたちを見つめていたが、ふたりがそちらを見ていない隙に素早く手を伸ばしたかと思うと、服をつかみ、再び木の向こうに姿を隠した。

バランは戻ってこようとはせずに、その場で手早く服を着始めた。ダブレットをまとい、脚衣をつけ、ブーツを履く。それからミューリーを見つめ、つぎに空地を見たところで顔をしかめた。その表情を見たミューリーも空地にいる男たちに目を向け、ふたりが木のほうに顔を向けていることに気づいて唇を噛んだ。あれでは、バランが見つからずにここまで戻ってくるのは無理だ。

ミューリーはバランに視線を戻した。すると彼は木の向こう側の地面に服を置き、まず自分の胸を、それから空地にいる男たちを、つぎに彼女を、そして最後に服を指差した。

バランがなにを言わんとしているのかミューリーにはさっぱりわからなかったが、確かめている暇はなかった。バランはすでに空地に足を踏み入れていた。

「バランさま!」エロールが喜びの声をあげた。「ご無事でしたか!」

「もちろんだ」バランはいたってのんきそうに笑顔で応えた。彼のダブレットの背中側が脚衣のなかにたくしこまれたままになっていることに気づき、ミューリーは目を閉じて、心のなかでうめいた。

「妻は……すぐに来る」

バランが怒鳴るような声で言ったので、ミューリーはぱっと目を開けた。バランはエロールとゴダートが馬の向きを変えざるを得ないように、ふたりの向こう側に移動している。結果、彼らはこちらに背を向ける格好になっていた。再びバランに視線を戻すと、移動して服を着るようにと身振りで彼女に告げていた。さっきも同じ身振りをしたのに彼女が気づかなかったから、わざと〝妻〟という言葉を強調したのかもしれないと、ミューリーは思った。

ミューリーはバランと同じようにしゃがんだり、身を潜めたりしながら空地の縁に沿って走り始めた。だがバランはいらだっているようで、その手が急げというように動いていることに気づいた。彼は懸命に男たちの気を逸らそうとしている。服のあるところまで裸のまま、一直線に走ったほうがいいのかもしれない――だがどちらかが振り返ったらどうする？

「手がどうかしたんですか？」ゴダートが訊いた。「さっきから、しきりに動かしていますが」

「いや、どうもしない」バランはうなるように答えると、再びいらだたしげに手をひらめかせた。

ミューリーはため息をつきながら、服に向かってまっすぐ走り始めた。だがあと少しというところで、また新たなひづめの音が聞こえ、悲鳴をあげたくなるのをこらえながら服めがけて突進し、木の陰に転がりこんだ。アンセルムが空地に駆けこんできたのはその直後だった。

ミューリーは男たちの話をぼんやりと聞きながら服を着たが、話の内容はほとんど頭に入っていなかった。ドレスとサーコートを着たところで、さっと手で髪を整える。それからできるだけ落ち着いた表情を浮かべて木立から歩み出た。ほぼ同時に、オスグッドがバランの馬を連れて空地に姿を現わした。

「ありがとう、オスグッド」バランは手綱を受け取ると、さっきと同じ場所に結びつけた。振り返って、ミューリーがどうしたらいいのかわからないといった表情で空地のはずれに立っていることに気づくと、すぐに歩み寄った。オスグッドも馬をおりた。

「ああ、奥さま!」アンセルムが彼女に微笑みかけた。「おふたりが戻っていらっしゃらないので大変心配したと、たったいまバランさまにお話ししていたところです。嵐が収まったので、探しに来ました。木の下で雨宿りしていらしたそうですね」

「ええ」ミューリーはかろうじて笑みを作り、バランの傍らにそっと寄り添った。

遠くから叫び声が聞こえ、彼らは揃って木立のほうに目を向けた。アンセルムが顔をしかめて言った。「おふたりが無事だったことをほかの者たちに伝えてきたほうがよさそうです」

「そうだな」バランがうなずいた。

アンセルムはエロールとゴダートに意味ありげな顔を向けた。「おまえたちはおふたりについて城まで戻るように」ふたりはうなずき、アンセルムは馬の向きを変えると、ほかの者たちを探しに行った。

「さてと」オスグッドはいかにもおかしそうに瞳を躍らせながら言った。「城に戻るとしようか」

「そうだな」バランはミューリーを自分の馬のほうに連れていこうとしたが、彼女が動こうとしなかったので振り返った。

「やっぱりクローバーとニワトコを摘んで帰りたいの。できれば樺の木の枝も」ミューリーが言った。

「だめだ。城に帰って体を休めるんだ。きみは頭にひどい怪我をしたばかりで、激しい動きができるような体じゃない」

ミューリーは唇をきゅっと結んだ。「わたしたちがついさっきしていたことほど激しくはないと思うけれど」いたずらっぽい口調で言う。

オスグッドの目に浮かんでいた笑いが、どっと口からあふれ出た。「いったいなにをしていたのやら」

「頭のなかでだけ想像してくれればいいわ」ミューリーが冷ややかに言った。

オスグッドはうなずいた。「そうだな。ところでバラン、きみのダブレットは裾が脚衣のなかに入っているぞ。それからミューリー、きみのドレスは紐がからまっている」

自分のドレスの状態を見て、ミューリーは真っ赤になった。想像の余地はなくなったようだ。彼女とバランは苦々しい表情で服を直した。バランはきっぱりと妻に告げた。「きみをここにひとりで残していくつもりはない」

ミューリーは顔をしかめた。互いを愛しているからといって、すべての確執が解消され、なにもかもがうまくいくわけではないようだ。ある程度の妥協が必要らしい。

「セシリーにバスケットを持たせてよこしてくれれば、わたしはひとりではないし、帰らなくてもよくなるわ」ミューリーはもっともらしく言った。

バランは気に入らない様子だったが、ついいましがたのかなり激しい行為を考えれば、植物を集めるのが無理だとはとても言えない。またセシリーがいっしょにいるのなら、彼女はひとりではない。結局、譲歩せざるを得なかった。

「いいだろう。彼女を連れてこよう」バランは馬にまたがったままのふたりの兵士に向かって言った。「エロール、ゴダート、彼女のメイドが戻ってくるまで、妻のそばを離れないように」

「承知しました」ふたりは応じたが、どちらも不満そうな顔をしている。

その理由はミューリーにもわかっていたし、彼女自身も不満だった。彼らはバランの警護に当たることになっているのだ。「どちらかひとりがいればいいと思うの。あなたがエロールといっしょに帰ったらどうかしら？　あるいはゴダートでもいい。ふたりは必要ないわ」

「だめだ」バランは譲らなかった。「ふたりとも残していく」

「でも――」

バランは短いけれど熱烈なキスで彼女を黙らせると、きびすを返して馬のほうへと歩き始めた。ミューリーは小さくため息をつき、遠ざかる彼の背中を眺めた。あの頑固さが彼の命を危うくしているのだ。

そう考えたところで、オスグッドに訊こうと考えていたことを思い出した。彼のほうを見ると、ちょうど馬にまたがったところだった。手綱を握り、バランがライトニングの縄をほどいているところに向かおうとしている。ミューリーは彼に近づき、ブーツに手を当ててそれを止めた。

「ちょっといいかしら？」

オスグッドはすぐに馬を止め、いぶかしげに彼女を見た。「なんだい？」

「荷馬車の警護をしていた兵士のひとりから、村にいるわたしを見かけたのはあなただと聞いたわ。本当なの？」

オスグッドはいらだったように息を吐いた。「頼むよ、ミューリー。ぼくがきみの夫を殺そうとしたと、いまだに疑っているんじゃないだろうね。ぼくが燃え盛る小屋に彼をおびき出して――」

「もちろんそんなこと思っていないわ！」ミューリーが遮った。

「そうか。それはよかった」オスグッドはかすかに笑った。

「わたしはただ、あなたがなにを見たのかを知りたいの」

「ぼくがなにを見たか？」オスグッドは面食らったように訊き返した。

「ええ。どうしてあなたはその人をわたしだと思ったのかしら？　マルキュリナスと彼の護衛のバクスリーが、あなたたちが戻ってくる直前に帰っていったわ。女性の格好をした男性だったということは考えられる？」

「女性の格好をした男性？」オスグッドはしばし考えこんだが、やがて首を振った。「いいや、あれは女性の体型だった。ふっくらしていたし、それに——」彼は両手を乳房を表わすような形にしようとして思いとどまり、申し訳なさそうに顔をしかめた。「いや、あれは女性だった」

「ラウダだったということはあるかしら？」

オスグッドはほとんど考えることなく首を振った。「いや、ラウダじゃない。彼女は背が高いし、それに……胸がない」

「その女性は背が低かったということ？」

「そうだ。それにきみのようにふっくらしていた」オスグッドはライトニングにまたがったバランを見ながら答えた。ミューリーに視線を戻したとき、その目には疑わしそうな光が浮かんでいた。「実のところ、あれは間違いなくきみだと確信していた」

「なぜ？」ミューリーは眉根を寄せた。「どうしてわたしだと確信できたの？　理由があるはずだわ。かなり距離があったんですもの」

「たしかに。でもぼくは目がいいんだ」オスグッドはあくまでも言い張った。ミューリーはもう彼を疑ってはいなかったが、彼のほうは再びミューリーが犯人ではないかと考えていることがその表情からうかがえた。

怒りを覚えながら、ミューリーは言った。「その女性の体型と髪の色くらいしか見えなかったはずだわ。わたしのような金髪だったの？」

「そうだ」オスグッドは不意に気づいたようにうなずいた。「だがきみだと確信したのは、それが理由ではない」

「来ないのか、オスグッド？」バランが声をかけた。早く出発したくていらだっているらしく、ふたりをにらみつけている。

「いま行く」オスグッドは鞍の上で姿勢を整えた。彼が馬を歩かせ始めたのを見て、バランは向きを変えて空地を出ていった。

オスグッドも馬に拍車をかけようとしているのはわかっていたが、ミューリーは彼のブーツに手を添えたまま、並んで歩いた。

「どうしてわたしだと確信できたの？」ミューリーは再度尋ねた。

「着ていたドレスの色だ」オスグッドが答えた。「ほら、手を離してくれ。すべてが解決するまで、バランのそばにいたいんだ」

「ドレスの色？」ミューリーの声が険しくなった。「何色だったの？」

「きみのお気に入りのあのバーガンディーのドレスと黒のサーコートだよ。ひと目でわかった」オスグッドはそう言ってから顔をしかめた。「だがぼくたちがテーブルごと小屋から飛び出してきみを倒したときには、きみは別の服を着ていた……あんなに早く着替えられるはずがない」オスグッドはため息をつくと、首を振った。「あれはきみではなかった」

「ええ、そうよ」

「それを聞いて安心したよ。バランはきみを愛している。きみが彼を殺そうとしたなどということになれば、さぞ傷つくだろうからね。さて、もう行かせてくれるかい？　彼をひとりにしたくないんだ」

ミューリーは彼の足から手を離し、馬から一歩遠ざかった。オスグッドはすぐに走り始め、バランのあとを追って木立に入っていったが、ミューリーはろくに見ていなかった。彼女の頭のなかはあるひとつの疑念でいっぱいだった。

セシリーがバランを殺そうとしたというの？

18

「ぼくがなにをしたのか、教えてくれる気はあるかい？」

バランは馬の足取りを緩め、目を細くして従兄弟を見つめた。セシリーをミューリーのところに連れていったあと、城に戻って彼を待ち受ける様々な用事を片付ける代わりに、再び狩りに行くことにしたのだ。カーライルで六頭の牛を買ったが、その価格はペストが流行する前の倍に跳ねあがっていたし、食料にしてしまいたくはない。繁殖させて、もっと増やすつもりだった。

「どうだい？」オスグッドが促した。

「なんの話をしているのか、わからないな」バランがようやく口を開いた。

「きみがずっと黙りこくって、ぼくをにらみつけている理由さ。ぼくがなにをしたのか、教えてもらえないか？」

バランは彼をにらみつけた。「その代わり、妻がおまえになにを話したのか、教えてもらおうか」

オスグッドは目を丸くした。「妬《や》いているのか！」

「違う。興味があるだけだ」

信じていないことがありありとわかる表情でくすくす笑うと、オスグッドは首を振って言った。「村にいた女性を彼女だと思った理由を訊かれただけだ」

バランは表情を和らげたが、けげんそうに首をかしげた。「どうしておまえはあれがミューリーだと思ったんだ？」

「ドレスの色だ」オスグッドが説明した。「ミューリーのお気に入りのバーガンディー色のドレスと黒のサーコートを着ていたと言ったじゃないか」

「バーガンディー色のドレスと黒のサーコート？」

「そうだ。それは間違いないんだが、ぼくたちが彼女とぶつかったときには、違う服を着ていた。あんなに早く着替えられるはずがないから、だれかほかの人間がミューリーの服か、あるいはよく似た服を着ていたんだろう」

「ほかの人間」バランがつぶやいた。

「話したかな？」オスグッドが笑顔で訊いた。「ぼくも危うく火に巻かれて死ぬところだったというんで、ようやくアンセルムもぼくが犯人じゃないと信じてくれたらしい。彼らがたどり着いた仮説を聞かせてくれたよ。犯人は、宮廷からいっしょに旅をしてきた人間のなかにいるというのが彼らの結論だ。そうでなければ、馬に近づいたり、肉に毒をまぶしたりしたときに、気づいているはずだからね」

「いっしょに旅をしてきた女性なら、ミューリーのドレスに近づくことができる」バランがぼそりと言った。

「そうだろうね――どこに行くんだ？」オスグッドは言いかけた言葉を切って尋ねた。バランが突然馬の向きを変え、来たほうへと戻り始めたのだ。

「その条件に当てはまるのはセシリーだけだ！」バランは言葉を荒らげた。

「セシリー？」オスグッドは驚いて繰り返した。「どうしてセシリーがきみを殺そうとするんだ？」

「どうしてわたしの夫を殺そうとするの？」ミューリーは訊いた。オスグッドと別れたあと、ずっとこのことについて考え続け、セシリーに問いただす一番いい方法を模索していたが、結局これ以外の質問を思いつかなかった。バランのせいでもある。セシリーを連れて戻ってきたとき、彼は機嫌が悪くて、彼女を地面におろすやいなや、オスグッドといっしょに狩りに行ってくると告げて走り去ってしまったのだ。

ミューリーは顔をしかめてバランを見送ったものの、すぐに意味ありげな視線をエロールとゴダートに向け、ついていくようにと促した。彼女の考えていることが正しければ、セシリーがここにいるあいだはバランの身は安全だが、彼女とふたりきりで話がしたかったからだ。セシリーとは十年もいっしょに過ごしたのだから、せめてそれくらいはすべきだろうという気がした。彼女が直々に問いただせば、正直に答えてくれるかもしれない。だがセシリーはなかなか口を開こうとはしなかった。

空地は不思議なほどに静まり返った。梢に止まる鳥や、ついさっきまでうるさいほどに鳴いていた虫たちも、不意に黙りこんだ。ふたりは、時が止まったのかもしれないと思えるほど長いあいだ、じっと見つめ合っていたが、不意にカッコーの鳴き声が沈黙を引き裂いた。

それが合図だったかのように、セシリーは唾を飲んで切りだした。「なにをおっしゃっているのか、わかりません」

「わかっているはずよ」ミューリーは言った。「あなたがわたしのドレスを取り出すのを見たの」

「ドレスですか?」セシリーは急に用心深い表情になった。

ミューリーはうなずいた。「わたしはまだ半分眠っていて、その日、わたしが着るための服を取り出しているのだろうと思ってたいして注意を払わなかった。そのあと、また眠ってしまったわ。その後あなたは、窓にかかっていた毛皮をはずして部屋に明かりを入れ、わたしを起こした。でもあなたが用意したのは、別のドレスだった」

「わたしは――」

「そのときはなにも思わなかった」ミューリーは、セシリーに嘘をつく暇を与えなかった。

「それどころか、思い出すこともなかった……村で見かけた女性が着ていたドレスの話をオスグッドから聞かされるまでは。あれはわたしのドレスだった。あなたがわたしの収納箱から持ち出したものよ」

「オスグッドが嘘をついたんです。そうに決まっています。バランさまを殺そうとしたのは彼なんです」

セシリーが必死になって訴えるのを、ミューリーは悲しく聞いていた。自分が間違っていることを、セシリーが己の無実を証明できることを心から願っていたのだ。だがセシリーがひとこと発するたびに、ミューリーのなかの確信は大きくなっていった。

「バランさまを殺して、わたしになんの得があるというんです？　彼が死んだら、遺産を相続するのはオスグッドじゃありませんか」ミューリーが黙ったままでいると、セシリーはさらに言った。

ミューリーのまなざしが険しくなった。「オスグッドが相続することをどうして知っているの？　外壁に集まったときにアンセルムから聞くまで、わたしも知らなかったのよ。あなたもあそこにいたの？　いたのね」

「いいえ。わたしはバランさまといっしょでした」セシリーは即座に答えた。「オスグッドとわたしでバランさまについているようにと、お嬢さまに言われましたから。覚えていますか？」

「ええ、覚えているわ」ミューリーは記憶を探った。「それなら、オスグッドが相続することをどうやって知ったの？」

セシリーは力なく肩をすくめた。「だれかから聞いたんだと思います」

「いいえ、違う」ミューリーはきっぱり否定した。「あなたはあそこにいたんだわ。どういうこと？　バランがわたしを探しに行かせたの？　わたしが部屋に戻ったとき、彼は目を覚ましていて、あなたになにかを訊いていた。でもわたしを見て、彼はそれ以上訊くのをやめた」ミューリーは首をかしげた。「あなたはわたしを探しに行っていて、彼はわたしの居場所を訊いていたのね？」

セシリーはなにも言わずに首を横に振ったが、ミューリーは信じなかった。

「あなたはわたしを探しに来て、バランが死んだらオスグッドが遺産を相続すること、今後はだれかが常にバランを見守ることを知った。困ったでしょうね。彼を殺すのが難しくなるわけだから。でも彼はすぐに起き出して、使用人と家畜を手に入れるために旅に出ると言った。あなたはそれを利用しようと考えたのね。バランはオスグッドとふたりきりになる。彼の身になにかが起きれば、オスグッドが疑われるわ。だからあなたはわたしの服を着て、ふたりの帰りを待った……」ミューリーは唇を引き結んだ。「火をすぐおこせるように準備していたのね。ふたりが近づいてくるのが見えたら、急いで小屋に火をつけなくてはならなかったはずですもの。それから戸口で手を振ってふたりの注意を引き、小屋のなかに入るふりをした。オスグッドまでバランといっしょに小屋に入るとは思わなかったのね」

「頭がどうかなさったんじゃありませんか」セシリーはとげとげしい口調で言った。「わたしは命じられたとおり、ガッティの娘のエストレルダとリヴィスといっしょに、森でイグサを集めていたんです」

「ふたりに尋ねたら、あなたはひとりでイグサを集めていたと答えるのではないかしら。ふたりに合流したのは、お城に戻ってくるときだけだったのではない?」セシリーの顔に動揺が走るのを見て、ミューリーは口元をこわばらせた。「そのとおりだったのね」

「違います!」セシリーは叫ぶように言うと、再び切羽詰まった口調で繰り返した。「彼が死んで、わたしになんの得があるんですか?」

「それが謎なのよ。だからこそ、犯人はあなたかオスグッドに違いないとほかの人たちから言われたときも、そんなはずはないと思っていた。あなたの利益になることはなにもないもの——少なくともわたしはそう思っていた。でもあなたが持ち出したドレスの話をオスグッドから聞いてから、ずっと考えていたの……ひとつだけ思いついたのが、バクスリーよ」

「バクスリー?」セシリーの声は不安に満ちていた。「彼はあかの他人です。この城で一度会ったきりです。エストレルダとわたしに話しかけてきたときに」

「それは嘘ね」ミューリーはぴしゃりと告げた。「あなたは宮廷で彼と会っている。聖アグネス祭の祝典の朝、エミリーがあなたたちふたりに気づいてわたしに教えてくれた」

セシリーが体をこわばらせた。

「〝まあ、あなたのメイドには恋人がいるらしいわ〟エミリーはそう言ったの。そのときは素敵なことだと思った。彼があなたを人殺しに変えてしまうなんて、夢にも思わなかった」

「バクスリーは関係ありません」セシリーが怒鳴るように言った。否定の言葉が怒りに変わる。「バランに死んでほしかったのはわたしよ。わたし。バクスリーじゃない。彼はそんなこと、一度も言ってない」

「どうして？」ミューリリーは訊いた。「彼はあなたになにもしていないのに」

「あんたと結婚した！」

ミューリリーが言葉もなく見つめていると、セシリーは両手をあげて言った。「あんたと結婚して、わたしをこんな荒れ果てたところに連れてきたじゃない！」

「それがなんだというの？」ミューリリーは困惑して尋ねた。「ゲイナーはいいお城だわ。いまはいろいろと問題があるけれど、ペストの流行以来、どこのお城でもそうよ。すぐに昔のように繁栄するわ。一年か二年か三年のうちには――」

「わたしには、一年か二年か三年なんていう時間はないの」セシリーは吐き捨てるように言うと、うんざりといった様子で首を振った。「あんたはわかっていない。なにも見えていない」

「ええ、わからないわ」

「わたしを見てよ。年を取ってきているのに、まだ結婚もしていなくて、子供もいない。全部、あんたのせいよ」

「わたしの？」ミューリーはうろたえて彼女を見つめた。

「そうよ。あんたのせい。わたしにはソマーデールに恋人がいたの。ウィリアムよ」

「家令の？」ミューリーは驚いて訊き返した。

「そう。結婚するはずだった。でもあんたの両親が死んだあとやってきた国王陛下は、あんたの子守りだったエルシーは年を取りすぎているから、長旅は無理だと考えた」

ミューリーはわずかに顎をあげた。エルシーはいい人だったが、かなりの年だったので宮廷への旅は負担だっただろう。セシリーに言われるまで、彼女のことなどすっかり忘れていた。

「わたしはそのとき、運悪く同じ部屋にいたの。陛下はわたしを指差して、エルシーの代わりを務めるよう命令した。つまり、あんたといっしょに宮廷に行かなきゃならなくなった。行きたいかどうかなんて訊いてもくれなかった。陛下に命令されたら、従うしかない。憤慨したわ。あんたの子守りになんてなりたくなかった。わたしは大広間づきのメイドで、ほかのメイドたちを監督するように訓練を受けていた。あんたと関わり合いなんてなかったし、関わりたいとも思っていなかった。泣きながらウィリアムに訴えたの。彼がなにかいい方法を考えてくれればいいと思った。でもそんなものなかった。彼にできたのは、予定が少し遅れるだけだからってわたしをなだめることだけだった。四年か五年すればあんたはほかの娘たちと同じように結婚するだろうから、そのときは夫といっしょにソマーデールに戻ってくる。そうしたら結婚して、ふたりで新しい人生を始めようって彼は言った」

セシリーは苦々しげに話を締めくくった。「そういうわけで、わたしはあんたについて宮廷に来たの。酔っ払った領主たちに体を触られたり、誘われたりしたわ。ほかのメイドと同じくらい軽薄で安っぽいと思われたんでしょうね。そして一年が過ぎ二年が過ぎ、五年が過ぎたけれど、あんたはまだ結婚しなかった。六年、七年、八年たっても、ひとり身のままでいてくれたの」――でもウィリアムとわたしは、宮廷にやってくる使用人や商人を通じて、ずっと手紙をやりとりしていた。彼は約束を守ってくれた。ほかのだれとも結婚しなかった。わたしを待っていてくれたの」最後の台詞の声はかすれていた。

「そしてペストが流行した」ミューリーはささやくような声でつぶやいた。ソマーデールの人たちはどうしただろうと考えた日のことを思い出した。ソマーデールもほかと同じような被害を受け、家令のウィリアムを含め半数近くの人々が命を落としたとセシリーはそのとき答えたのだ。

セシリーはうなずいた。「わたしが彼の死を知ったのは半年後だった。愛しているとわたしに伝えてくれというのが、最後の言葉だったの」

ミューリーは後悔の念に苛まれた。ペストが流行していたとき、セシリーがひどく落ち込んでいたことがあった。だがそれは、病気や死や積みあがっていく死体に対する恐怖のせいだとばかり考えていた。ウィリアムとのことも、彼がセシリーにとってどれほど大切な存在だったかも、なにひとつ知らなかった。

「一生結婚はできないし、子供も持てないとあきらめたわ。あんたも一生結婚しそうになかったから、わたしは死ぬまであの忌まわしい宮廷から出られず、老いていくんだって思った」セシリーは苦々しげに言った。「そうしたら国王陛下が、あんたに結婚するように命じたのよ。最初にそれを聞いたときは、なんとも思わなかった。ただ腹が立っただけ。あんたが十五歳のときにそう命令してくれていたなら、なにもかも違っていたのに。陛下の実の娘はペストが流行している最中、十四歳で結婚することになった。その前にペストにかかって死んでしまったけれどね。それなのにあんたには結婚を命じなかった。そんなとき、バクスリーと会ったの」セシリーの表情が和んだ。「彼はとてもハンサムで魅力的で……彼の主人があんたに興味を持っているって聞かせてくれた。わたしもオルダスの家に行けば、いっしょにいられるって言ってくれた。もう一度目の前に世界が開けたような気がした。もう一度希望が湧いた――夫、子供、未来」セシリーの顔が暗くなった。「でもそのためには、あんたにマルキュリナスと結婚してもらわなきゃならない」

「マルキュリナスと彼の妹の企みをあなたは知っていたのね」ミューリーは静かに言った。

セシリーはうなずいた。「バクスリーが教えてくれた。わたしもあんたの部屋で寝ているなら、悲鳴をあげないようにって言われたの。そうしないと計画が台無しになるからって」

「そしてあなたは、聖アグネス祭前夜の迷信をことさら強調してみせた。お姉さんが夢で見た人と結婚したと言ったわね」

セシリーは再びうなずいた。「あの夜、わたしはすごく幸せだった。策略がうまくいって、あんたはハンサムで金持ちのマルキュリナスと結婚して、わたしたちはオルダス城でいつまでも幸せに暮らすんだって思っていた」

ミューリリーの唇が怒りにゆがんだ。「あなたはでしょう。あなたはバクスリーといっしょにいられてオルダス城で幸せでしょうけれど、わたしは卑怯な手を使ったマルキュリナスと結婚しても、惨めな思いをするだけよ」

「あんただって幸せになっていたわよ」セシリーは言い張った。「策略のことなんて、知るはずがないんだから」

「でも、彼に品性がないことにはすぐに気づいたでしょうね」ミューリリーが指摘した。「そのときには、もう手遅れでしょうけれど」

「品性？」セシリーは鼻で笑った。「品性なんて必要ない。意気地がなくて臆病だからなんだっていうの？　彼はお金持ちで、使用人もいっぱいいる。オルダス城は立て直す必要もないから、農夫みたいにあくせく働かなくてもいいのよ」

「そうね、ただ愛人のレディ・ジェーンと夫の愛情を争うだけでいいのよね」ミューリリーは辛辣な口調で言い返したが、セシリーがうしろめたそうな顔になったので、驚いてまばたきした。「ジェーンのことを知っていたの？」

セシリーは肩をすくめた。「彼が誠実だったらどうだというの？　男なんて浮気するものでしょう」

ミューリリーは目を細くした。「ウィリアムも浮気をしていたの？」

「男ですもの」セシリーはうんざりしたように肩をすくめた。「それがなんだっていうの？」

「大事なことだと思うわ」ミューリリーはそう応じてから首を振った。「なにひとつ、バランを殺そうとした理由にはなっていないわ。策略がうまくいって、わたしがマルキュリナスと結婚することを願っていた理由はわかったけれど、バランと結婚したあとは……」ミューリリーは再び首を振り、改めて確認した。「彼の鞍の下にアザミを入れたのはあなたなのね？　肉に毒を盛ったのも？」

「そうよ、わたしがしたこと――馬も肉も川の近くで彼の頭を殴ったのも火をつけたのも。全部わたし。でも全部、あんたが邪魔してくれたおかげで、失敗したわ」ミューリリーをにらみつけるセシリーの目に、再び怒りが燃えあがった。「アザミはうまくいって、馬はいきなり走りだした。でもあんたが追いかけていって、彼の命を助けてしまった」

「あのとき彼を助けたのはレジナルドよ」

ミューリリーの言葉をセシリーは手を振っていなした。「だけど、あんたが肉を半分食べたせいで、彼は死ななかった。川から彼を助け出したのもあんただった」セシリーは苦々しげにミューリーをにらんだ。「わたしはあそこにいて、それを見ていたの。彼を残して助けを求めに行けばいいと思っていた。そうすればとどめを刺せるから。でもあんたは自分の服で担架を作って、彼を助けるために裸で城まで帰った。いったいどこのレディがそんなことをするっていうの？」今度は憤慨したように両手をあげた。「火をつけたときも邪魔をしてくれたわよね。ドアのつっかえ棒をはずして、ふたりを助け出した。わたしの心からの願いがようやくかなって、あの男を殺せると思うたびに、あんたが現われて邪魔をする……そのうち二度はあんた自身の命も危なかったというのに」とげとげしい声で言い募る。「わたしはいつまでたっても、オルダス城に行けないじゃないの」

ミューリーは、頭がどうかしたのではないかと思いながら――明らかにおかしくなっている――セシリーを見つめた。「あなたはどちらにしろ、オルダス城には行けないわ。たとえバランが死んでも、わたしは絶対にマルキュリナスと結婚したりはしないから」

「あら、するわよ」

「いいえ、しない」ミューリーは反論した。「バランを殺そうとするあなたの試みがうまくいったとしても、国王陛下はすぐにわたしを再婚させようとはなさらないわ。たとえそうなっても、わたしがマルキュリナスを結婚相手として考えることは絶対にない」

「あんたの夫は死ぬのよ」セシリーは脅すように告げた。「そうしたら、あんたはマルキュリナスと結婚するの。わたしはあんたのために十年というつらく長い年月を宮廷で過ごした——あんたはわたしに借りがあるわ」

ミューリーは信じられないという思いと嫌悪に舌を鳴らした。「借りなんてない。十年間、あなたは充分な賃金を受け取ってきたはず。それに事情を話して頼みさえすれば、国王陛下はあなたをソマーデールに帰してくださったでしょうね。あなたはただ、頼めばよかったの」

今度はセシリーがうさん臭そうな表情になった。「国王陛下に頼めるわけないでしょう。命令に従ってさえいれば、首をはねられることもないんだから」

「ばかなことを言わないで！」ミューリーはぴしゃりと言った。「あなたは使用人であって、奴隷じゃないのよ。そちらのほうがお給金がいいからといって、ここを出ていった農奴や使用人たちを見ればわかるでしょう」

「いまはそうよ。使用人や小作人の半分は出ていったわ。いまはわたしたちにも、もっといい条件のところを探すだけの自由があるからよ。でも十年前はそうじゃなかった。国王陛下から宮廷に行くようにと命じられたときには」

「そこまで望んでいたのなら、あれほどの手間をかけてバランを殺そうとするのではなくて、どうして荷物をまとめてオルダス城に行かなかったの？」ミューリーは尋ねた。

セシリーが苦々しげな顔で視線を逸らしたので、ミューリーは不意に悟った。「わたしを連れていかなければ、バクスリーが相手にしてくれないかもしれないと思っていたからね」

「うるさい」噛みつくような口調でセシリーが言った。「彼はわたしのものよ。彼を手に入れるの。ウィリアムを失ったんだから、その資格はあるわ。あんたはマルキュリナスと結婚するの」

「いいえ、しない。彼とは結婚しないし、バランを殺させもしないわ」

「するのよ——だって結婚しないなら、あんたはなんの役にも立たないんだから。……ああ、それなら、あんたのことも殺せばいいわね」

ミューリリーはまじまじと彼女を見つめ、ふたりきりで話そうと考えたのは大きな過ちであったことを悟った。いま目の前にいるのは十年間彼女の世話をしてくれたメイドのはずなのに、初めて見るような気がする——いままで本当の彼女を知らなかったのだ。セシリーが見せてきた顔は偽りのものだった。彼女は宮廷に来なければならなかったことで、ミューリリーに腹を立て、憎んでいた。それが、バランを殺そうと決めた理由のひとつかもしれないとミューリリーは思った。自分がウィリアムを失ったのだから、ミューリリーも同じ目に遭わせようと考えたのかもしれない。

どう対処すべきだろうと考えていると、セシリーがいきなりナイフを取り出した。「やっぱりあんたを殺すことにするわ。あんたにはもうずっと我慢ならなかったのよ」

ミューリリーは目を見開いた。予想外の展開だ。セシリーが凶器を持っているとは想像もしていなかった。そもそも、バランを襲っていたのが本当に彼女だとは信じていなかったのだ。ミューリーが取った手段はすべてが間違っていた。

セシリーがナイフを突き出しながら、いきなり突進してきた。ミューリーはとっさに横に飛びのき、枝を集めるためにセシリーが持ってきた頑丈なバスケットを振りまわした。側頭部を殴られたセシリーが地面に倒れこむ。ミューリーは彼女には目もくれず、即座に走りだした。あえて小道を避け、森のなかへと駆けこむ。彼女のほうが若くて体力もあるが、今日は怪我をしたばかりだし、クレメントが運んでくれたスープしか口にしていない。命を賭けた競争をすれば、負けるだろうと思った。頭を働かせなければいけない——あれだけの怪我をしたあとで、働かせることができるのであれば。

城があると思われる方向に向けて、全速力で走った。木立が途切れ、そこが村のはずれであることに気づくと、ためらうことなく数軒の家が立つあたりに向かった。ここから城まではかなりの距離があるし、身を隠すところもない。いまのセシリーなら、外壁に見張りの男たちがいても気にかけることなく、跳ねあげ橋まで彼女を追ってきて刺すだろう。セシリーは正気を失っている。村のほうが城よりはずっと近いから、とりあえず村のどこかに身を隠し、どうにかして城に戻って助けを求める方法を考えようと決めた。

もしも運がよければ、見張りの兵士がミューリーに気づいて、だれかをよこしてくれるかもしれない。

家が立つあたりに近づくにつれ、煙のにおいが強くなってきた。バランは鍛冶屋の小屋の火を消す必要はないと判断していた。小屋はすでに手の施しようがない状態だったし、火が燃え広がらないのであれば、そのままにしておけばいいというのが彼の意見だった。

足早に村へと入っていったミューリーは、延焼していないことを確かめた。だが完全に火が消えたわけでもない。小屋はすっかり燃え落ちて、くすぶる黒い残骸と化していた。

ミューリーは二軒先の小屋に向かい、だれも見ていないことを確かめてからなかへと入った。彼女が選んだ小屋は小さくて、暗くて、使われていないせいでじめじめしていた。ドアの脇の窓に近づき、森のほうに目を向ける。唇を噛み、セシリーが現われるのを待った。ものすごく運がよければ、セシリーは森のなかで気を失って倒れているかもしれない。バランの部下たちがなんなく彼女を捕らえるだろう。こうやって隠れている必要など、まったくないのかもしれない！

そんな考えが脳裏をよぎる間もなく、セシリーが森から姿を現わした。城に目を向け、それから村のほうを見る。そして……村に向かって歩いてきた。ミューリーは小屋のなかを見まわし、奥にもうひとつドアがあることを見て取ると、ほっと息をついた。あそこから外に出られるはずだ。もしセシリーに見つかっても、閉じこめられずにすむ。気づかれないように外に出て、城を目指して走ることもできるだろう。

彼女が隠れている小屋に向かってセシリーがまっすぐに近づいてくるのを見て、ミューリーの顔がこわばった。まるで彼女がここに隠れているのを知っているかのようだ。おそらく知っているのだろう。しばらく森で身を潜めながらこちらを見ていた可能性は否定できない。

ミューリーは口のなかで悪態をつきながら、足早に小屋の奥へと向かい、ドアを押してみた。ちゃんと開いたので、ほっとしながら外に出て、ドアを閉める。セシリーが小屋に入る音が聞こえないかと耳を澄ましつつ、そろそろと角に向かった。思い切って隣の小屋の裏まで走っていこうとしたそのとき、ナイフを構えたセシリーが小屋の角から現われた。

驚愕の悲鳴をあげながらミューリーはきびすを返し、走り始めた。セシリーが振りまわすナイフから逃れられるのなら、どこに向かっていようとかまわなかった。さっきまで隠れていた小屋を通り過ぎ、燃え落ちた鍛冶屋の家の先まで走ったところで、セシリーに追いつかれ、髪をつかまれた。セシリーはぐいっと髪を引っ張って、彼女を自分のほうに向かせようとした。

死がそこまで迫っていることを悟ったミューリーは、横向きに体を投げ出した。髪をつかんでいたセシリーの手は離れたものの、地面にうつぶせに倒れこむ格好になった。これほど無防備な体勢はない。素早く仰向けになったが、目の前には冷ややかな笑みを浮かべたセシリーの姿があった。

「毎朝運んでいく洗面器にあんたの頭を突っ込んで溺れさせるところを、何度想像したと思う？」

「あなたが宮廷に来ることになったのは、わたしのせいじゃないわ」ミューリーはじりじりと背中であとずさりながら言った。

「そうかもしれない。でもあんたが死ねば、わたしは宮廷を出ていけたのよ」

「それなら、どうしてわたしを殺さなかったの？　ウィリアムのために陛下に頼みに行くことすらできなかったのに、バクスリーのためには人殺しまでしようだなんて、おかしな話ね。結局ウィリアムのことを本当に好きではなかったのではないの？　国王陛下に命じられるまま、宮廷に来るほうが楽だったのね。なにか起きることを望んでいたの？　ほかの人に言い寄られることを？　それなのにそんなことは起きなかったから、それをわたしのせいにしているわけ？」

「うるさい！」セシリーが突進してきた。ミューリーは接触する寸前に転がって逃げるつもりで身構えていたが、その瞬間がやってくることはなかった。どこからともなく現われた人影がセシリーに飛びかかり、地面に押し倒したからだ。

ミューリーは呆然として体を起こすと、あたりを見まわした。オスグッドが小屋の角からこちらに走ってくる。セシリーに飛びかかったのがバランだと気づいたのはそのときだった。不安にあえぎながら震える足で立ちあがり、地面に倒れているふたりに視線を向ける。バランがセシリーを引きずるようにして立ちあがった。セシリーをこちらに向けたところで初めて、彼女が手にしていたナイフがその胸に刺さっているのが見えた。バランが飛びかかったとき、自分の持っていたナイフの上に倒れこんだのだ。バランは手を離すと、一歩あとずさった。彼もまた、その事態にショックを受けているようだ。

セシリーは三人をにらみつけると、よろめきながらうしろにさがった。不思議そうに自分の胸を見おろし、ナイフが刺さっていることに気づく。彼女の口から小さな笑い声が漏れた。首を振りながら、さらに一歩あとずさったかと思うと、ため息と共にくずおれた。

ややあってからバランが彼女に歩み寄った。顔を自分のほうに向け、まぶたを持ちあげ、つぎに彼女の口と鼻に自分の耳を近づける。

「彼女は……？」オスグッドが尋ねた。

バランが答えるより早く、ミューリーが言った。「ええ、死んだわ」

「どうしてわかるんだ？」バランが渋い顔で訊いた。

「森のなかでカッコーが七回連続で鳴くのを聞いたの。だれかが死ぬという意味よ」ミューリーはさらりと答え、バランに背を向けて歩きだした。動揺していたし、セシリーの死をどう考えればいいのかわからない。悲しい思いもあった。彼女とは十年間もいっしょにいたのだ。だが安堵もしていた。これで夫の身を心配しなくてもすむ。

ほんの数歩進んだところで、バランが彼女を抱きあげた。

「愛している、ミューリー」二度と放さないとでもいうように、バランは彼女を抱きしめた。

「わたしも愛しているわ、バラン」ミューリーはささやき、彼の肩に頭を載せた。言うべき言葉はそれしかなかった。

19

「ミューリーはどうだ？」オスグッドが静かに訊いた。

「大丈夫だ」バランはオスグッドと並んで架台テーブルにつき、差しだされたエールを受け取った。ミューリーを主塔へと連れていき、そこで彼女からセシリーの話を聞いたのだが、かわいそうなメイドは正気を失っていたとしか思えなかった。ミューリーにそう言って慰め、ベッドに寝かせて、眠りにつくまで彼女を抱きしめていた。

「疲れているし、今日の出来事でショックを受けているが、じきに立ち直る。彼女はとても強いよ」

「そうだな、まったくそのとおりだ」オスグッドは愉快そうに応じた。彼の視線はバランのうしろに向けられていたので、バランは振り返って階段を見た。ミューリーが上の階から駆けおりてくるところだった。

バランはかっとなってエールを押しやり、ミューリーが近づいてくるのを待った。起き出してきた彼女を叱りつけるつもりだったが、それはかなわなかった。ミューリーは彼の存在にすら気づいていない様子で、足早に大広間を抜けると、主塔の出口へと向かったからだ。

「どこに行くんだろう？」オスグッドがつぶやいた。

当惑して首を振りながら、バランは立ちあがって彼女のあとを追った。主塔を出て、軽やかに階段をおりていく彼女に声をかけようとして口を開いたところで、ゲートをくぐって近づいてくる旅の一行に気づいた。

「あれはなんだ？」

「ああ、そうだ。話すのを忘れていた」オスグッドが彼の隣に立った。「きみが寝室にいるあいだに、国王陛下の旗を掲げた一団がやってくるのを見張りが見つけていたんだ」

バランはうなずき、肩の力を抜いたが、階段の下に集まっている使用人や兵士たちと並んで立つ妻を見て渋面を作った。「ミューリー！　なにを――」

どうしてベッドから出てきたのだと問いただすつもりだったが、振り返ったミューリーは満面に笑みを浮かべて叫んだ。「わたしの荷物よ！」彼女があまりにうれしそうだったので、怒る気になれずに口をつぐんだ。

階段をおりて彼女と並んだところで、「きみの荷物？」と尋ねたのはオスグッドだった。

「荷馬車に積んできたふたつの収納箱がきみの荷物だと思っていた」バランは顔をしかめて言った。「もっとあったのか？」

「もちろんよ」ミューリーは笑って答えた。「あのふたつの収納箱には、ほかの荷物が届くまでの当座の服と身のまわりのものが入っていただけなの。残りは、王妃殿下が荷造りをして送ると約束してくださったのよ。結婚式の前にわたしが注文したほかの品物といっしょに」

「そうか」なんと言っていいかわからず、バランはまじまじと彼女を見つめた。

男たちが荷馬車といっしょに中庭に入ってくると、ミューリーは沸き立つ気持ちを抑えきれずに、うれしそうに両手を叩いた。子供のように舞いあがっている。

荷馬車がつぎつぎとやってくるのを見ていると、バランはとても同じようには喜べなかった。「なんとまあ。女性ひとりにいったい何枚のドレスが必要なんだ？」

ミューリーは声を立てて笑い、彼の腕を叩いた。「なにを言っているの。あの荷馬車に積んでいるのは、ドレスだけじゃないのよ」

「そうなんですか？」ティボーが興味を引かれて訊いた。ほかの使用人たちに交じって階段の下に立っている。

「ええ」ミューリーは彼らに微笑みかけた。「宮廷を出る前に注文しておいたの。チーズ、小麦粉、ここでは育たない外国のハーブ、それから――」

「チーズに小麦粉に外国のハーブ？」思わず口をはさんだクレメントの顔には、だれも見たことのないような笑みに近い表情が浮かんでいた。バランは何種類かの野菜を持って帰ってきたが、チーズや小麦粉はなかった。

「ええ、そうよ」ミューリーが笑顔で答えた。「それから、ワイン、蜂蜜酒、エール、小麦、椅子やそのほかの家具やリネン、鶏、布地、使用人もいるはずよ。ベッカーに手配してもらうように陛下に頼んだの……」階段の前で一台目の荷馬車が止まり、全員がそちらに向けて一斉に彼女の脇を駆け抜けていったので、そこで言葉が途切れた。

「きみは彼らからの永遠の愛を手に入れたようだ」バランが静かに告げた。

「わずかな食料のおかげでね」ミューリーは悲しげに応じた。

「それは違う。食料やワインや布地のせいではないよ、ミューリー。きみなんだ。きみはまだ顔も合わせていないときから、彼らのことを考えていた。会う前からジュリアナのドレスを作らせていたように。ここにないことを知っていたから、ああいったものを運ばせるように手配していた」

「あの人たちはもうわたしの身内ですもの。面倒を見るのがわたしの役目よ」

バランはうなずくと、彼女の体に手をまわして引き寄せ、邪魔にならない場所まで連れていった。使用人と兵士たちはつぎからつぎへと品物を取り出して、階段に並べている。

「日が落ちるまでに、荷馬車を空にしそうだな」バランが素っ気なく言った。「もう長いあいだ、彼らがあんなにてきぱきと働いたり、満面に笑みを浮かべたりしているのを見たことがなかった」

「みんなが喜んでくれてうれしいわ。あの人たちはずっとあなたに忠実で、ほかの人たちが出ていったあとも残ってくれたのよ。うれしいことや楽しいことがあってもいいはずでしょう?」

「あれは国王陛下か?」オスグッドの口調が不意に緊迫したものになった。

「いや、まさか——なんということだ」国王陛下が振り返り、馬からおりるフィリパ王妃に手を貸すのを見て、バランは狼狽《ろうばい》した。「いったいおふたりはここでなにをしていらっしゃるんだ?」

「あなたはわたしと結婚したわけだけれど」ミューリーは悲しげにため息をつき、不安そうなまなざしを彼に向けた。「わたしの迷信深いところにあなたがいらだっているのは知っているの——」バランは反論しようとしたが、ミューリーは手をあげて黙らせた。「あなたはわたしの迷信深さにいらだっている」ミューリーは確たる口調で繰り返した。「わたしのメイドがあなたを殺そうとしたし、今度は国王陛下と王妃殿下が訪ねていらっしゃった——きっとまたいらっしゃるでしょうね」

「そうだな」バランはため息まじりに言った。厄介ごとの種は尽きないようだ。

「わたしと結婚したことを後悔している?」ミューリーが訊いた。

バランは驚いて彼女を見た。「なんだって?」

「わたしと結婚したことを——」ミューリーは同じことを尋ねようとしたが、バランが彼女の口に手を当てて黙らせた。

「ミューリー」バランは真面目な顔で切りだした。「きみと結婚してよかったと本当に思っている。たしかにきみの迷信深さにはいらいらさせられる。きみのメイドがわたしを殺そうとしたのも事実だ。そしていま国王陛下と王妃殿下がこの城を訪れている。だがきみのためなら、それくらい――それ以上のことも耐えるつもりだ。きみとの結婚生活がまだ始まったばかりということが信じられない。きみと会って初めて、自分の人生がどれほど穏やかで平和だったかに気づいた」

オスグッドがどっと笑いだしたので、バランは言うべき言葉を間違えたことを悟った。ミューリーの顔には傷ついたような表情が浮かんでいる。バランは改めて口を開いた。

「つまりわたしが言おうとしたのは、きみはわたしの人生に混乱と興奮をもたらしてくれて、きみと結婚してからもう何年もたったような気がするということなんだ」

オスグッドの笑い声はますます大きくなった。

「いい意味なんだ」バランは必死になって弁明した。「つまり――」

「つまり彼が言いたいのは、きみが来る前はここでの暮らしは退屈だったってことだ」オスグッドが助け舟を出した。

「そのとおりです、奥さま。奥さまがいらっしゃるまでは、毎日がつまらなくて、惨めでした」エールの樽を抱えたティボーがやってきて言った。

「希望もなければ、光も、笑いもありませんでした」ガッティが首を振りながら言い添えた。

ティボーのうしろで両腕に布地を抱えている。「奥さまはゲイナーに希望を取り戻してくださったんです。わたしたちは暗い面しか見ていなかったのに、奥さまは明るい面を見ていた」

「それに、わたしの髪も切ってくれたし！」ジュリアナが熱のこもった声で言った。

バランはため息をつくと、ミューリーに向き直った。「前にも言ったとおり、わたしは女性と話すのが苦手だ。だがミューリー、きみと結婚していない人生なんてもう考えられない。ずっと前からきみがここにいたような気がするんだ。きみはここにいるべき人なんだ」バランはいらだったように言葉を切り、やがて言った。「つまりだ、愛しているんだ。それだけでは足りないのか？」

ミューリーの口元に優しげな笑みが浮かんだかと思うと、身を乗り出してそっと彼にキスをした。「充分よ、あなた。充分すぎるくらいよ」

バランはほっとして彼女に唇を重ねると、熱烈なキスをした。彼女を抱きあげ、階段のほうへと歩いていく。

「どこへ行くんだ？」オスグッドがあわてて訊いた。「バラン、国王陛下と王妃殿下をぼくひとりに出迎えさせるつもりじゃないだろうな。なんて釈明すればいいんだ？」

バランは唇を離して言った。「わたしが陛下の名づけ娘を愛していて、彼女にそのことを理解してもらうまでは部屋から出ないと伝えてくれ」ミューリーの愛らしい笑みを見つめながら、言い添える。「二、三日はかかるだろうが、よければどうぞそれまでいていただきたいと言ってくれればいい」

「二、三日？」オスグッドが悲鳴のような声をあげた。

「一週間はかかると思うわ」ミューリーがつぶやき、バランが驚いて見おろすと彼女は肩をすくめ、しかつめらしく言った。「わたしが手に負えないことは、国王陛下もよくご存じですもの。わたしを納得させるには、長い時間がかかることはわかっていらっしゃるわ」

「わがまま娘」バランは彼女の唇を見つめながら、愛しそうにつぶやいた。そこに浮かんだ笑みは、素晴らしい時間がふたりを待っていることを告げている。バランは咳払いをすると、オスグッドをちらりと見て言った。「一週間はおりてこないと伝えてくれ」

「一週間？」オスグッドはいまにも失神しそうだ。「だが――」

バランは従兄弟の泣き言を無視し、悪名高きわがまま娘と結婚したのは最高に賢明な判断だったと思いながら、妻を抱いて主塔へと入っていった。

訳者あとがき

リンゼイ・サンズの『甘やかな夢のなかで』をお届けできることをうれしく思います。サンズはユーモラスな作風で知られている作家ですが、本書もその期待を裏切ることなく、あちらこちらに笑いの種が散りばめられています。作者もきっと笑いながら書いているのだろうと思いつつ、わたしも笑いながら訳した箇所がいくつか……。読者の方にも、笑いながら読んでいただければ幸いです。

本書の原作のタイトルは〝*The Brat*〟。そのものずばり〝わがまま娘〟という意味で、主人公のひとりであるミューリーにつけられたあだ名です。自分の思いどおりにならないと大声で泣きわめくためにそんなあだ名がつけられたのですが、実はそれは意地悪な娘たちから身を守るための演技でした。両親を亡くしたあと、名づけ親である国王に引き取られて宮廷で暮らすことになったミューリーでしたが、その美しさゆえに国王から溺愛され、それをねたんだほかの娘たちからひどくいじめられたのです。演技のおかげでいじめられることはなくなったものの、結婚するようにと国王から命じられて夫となるべき男性を選ぼうとしたときには、わがまま娘だという評判ゆえに相手が見つからないという事態になってしまいます。

わがまま娘はあくまでも演技で、彼女が実はとても気立てのいい娘であることを知った男性がふたりいました。マルキュリナスとバランです。野心を抱くマルキュリナスは、国王に溺愛されているミューリーを妻にすればこの国を自由にできると考え、彼女と結婚しようと画策します。そこで思いついたのが、ミューリーの迷信深さを利用することでした。たまたまその日が聖アグネス祭前夜だったことから、その日一日なにも食べずにいるか、もしくは腐った肉を食べて眠ると、未来の夫の夢を見るという言い伝えを利用しようと考えたのです。マルキュリナスは、意識が朦朧とする薬草をまぶした腐った肉をミューリーに食べさせます。夜中に彼女の寝室に忍び込んで自分の姿を見せ、彼こそが未来の夫だと信じこませるつもりでした。偶然、その策略を知ったのが、バランと彼の従兄弟のオスグッドでした。天候不良とペストのせいで経済的苦境に陥っていたバランは、裕福な花嫁を娶ることを目的に宮廷を訪れていました。ミューリーは亡くなった両親から多額の遺産を受け継いでいましたし、噂のようなわがまま娘でないことがわかりましたから、バランの従兄弟のオスグッドは、彼女と結婚するようにとバランをたきつけます。マルキュリナスの策略を利用して、彼の代わりにバランが姿を見せればいいと提案しますが、曲がったことの嫌いなバランは断固として拒否します。けれどミューリーの寝室に忍び込んだマルキュリナスを殴りつけたとき、物音で目を覚ました彼女に、姿を見られてしまいます。そのうえ彼女の美しさに我を忘れ、キスまでしてしまうのです。翌朝目を覚ましたミューリーは、言い伝えどおりバランが未来の夫に違いないと考えるのですが……。

物語の重要な要素となっている聖アグネス祭前夜の言い伝えですが、これは実際にそういう民間伝承があるようです。アグネスは三世紀の終わりか四世紀の初めころの殉教者で、わずか一二、三歳で命を落としたそうです。アグネスという名前は、ラテン語のAGNUS――アニュス（小羊）――から由来しているとも、ギリシャ語のAGNOS――アグノス（純潔）――から来ているとも言われていますが、彼女の絵は小羊を抱いた姿がよく見られます。現在では、若い少女たちの守護聖人とされていて、聖アグネス祭前夜に夕食を抜いて眠ると、未来の夫の夢を見るという言い伝えがあります。詩人ジョン・キーツがこの伝承を題材にした『聖アグネス祭前夜』という物語詩を書いていて、それによって広く知られるようになったようです。ただ、腐った肉を食べる、というくだりは見当たらなかったので、その部分は作者の創作かもしれません。

もうひとつ本書の大きな鍵となっているのが、十四世紀に大流行したペストです。中国大陸で発生し、中国の人口を半分に減少させたのち、シルクロードを経由してヨーロッパに上陸して猛威をふるいました。当時の世界人口の三割、ヨーロッパでは人口の三分の一から三分の二が死亡し、荘園制に大きな影響を与える結果となりました。作中でも触れられていますが、恐怖や疑心暗鬼から治安も乱れたようで、多くの人にとってつらい時代だったことは想像に難くありません。

宮廷用の服を新調できないほどの経済的苦境に陥りながらも、卑怯な手を使うことをよしとしないバラン。不器用なほどの彼の誠実さにミューリーは少しずつ惹かれていきます。一方のバランは、迷信にこだわるミューリーにあきれながらも、彼女の聡明さと素直さに好意を抱き、ふたりの距離は縮まっていくのですが、それを面白く思わない人物がバランの命を狙っているのか、次々と事件が起こります。さてさて、ふたりはどうやって危機を乗り越えていくのでしょうか。作者が蒔いた笑いの種を拾いながら、どうぞ最後までお楽しみください。

二〇一六年八月

ザ・ミステリ・コレクション

甘《あま》やかな夢《ゆめ》のなかで

著者　リンゼイ・サンズ
訳者　田辺千幸《たなべちゆき》

発行所　株式会社 二見書房
東京都千代田区三崎町2-18-11
電話　03(3515)2311［営業］
03(3515)2313［編集］
振替　00170-4-2639

印刷　株式会社 堀内印刷所
製本　株式会社 関川製本所

落丁・乱丁本はお取り替えいたします。
定価は、カバーに表示してあります。

ISBN978-4-576-16125-9
http://www.futami.co.jp/